Romanen om D

JAN EDELHOLT

Romanen om D

© Jan Edelholt 2019
Etsning och akvarell: Lars-Göran Färg
Omslag: Inga-Lill Karlgren
Sättning: BoD – Books on Demand
Förlag: BoD – Books on Demand Stockholm, Sverige
Tryck: BoD – Books on Demand Norderstedt, Tyskland
ISBN: 978-91-7463-647-5

Till minne av Dennis

Innehåll

Prolog   11
    Sorti   11
    Kaos   13
    Dröm   14
    Skagen   15
    Tankar från en strandpromenad   17
    Personuppgifter   19

Del 1   23
    1 Medborgare D   23
    2 Direktorn   27
    Familjen   29
    De ensamkommande barnen   33
    Missionen   35
    Pojken från Aleppo   37
    3 Det var såhär det var.   40
    F.   43
    Korridoren   45
    Funderingar i en korridor utan ände   48
    Kvällsstämning och pärmhistoria   50
    B   54
    Spån   56
    Senare.   58
    4 D:s tillvaro   61
    Bilder   64
    Förändringens vindar   70
    5 Direktorn   71
    Utsikt från altanen   74
    6 Samhörighet eller kanske inte...   76
    Promenad vid havet   78

självporträtt 79
Ett första intryck av gruppboende Z 82
Fastigheterna och dess ägare 85
Vera 87
Gruppboende X 89
Våning två 93
Boende Z – Vera 95
7 Berättelsen om Frans 103
Bild 109
8 Agneta och Dennis 114
9 William 120
10 Berta 125
11 R besöker gruppboende Z och lär känna William och D. 135
Möttes då R och D? 139
12 Omöjligt att hantera en sådan som honom 145
Våren 2016. 147
Efter mötet 162
13 Agneta och Dennis 162
14 Likhet vare sig man vill så eller inte. 173
Dröm eller verklighet 178
15 13 juni 2016 181
16 Hustrun 185
17 Direktorn 192

Del 2 197
18 M som i Madeleine 197
Lasse 201
Märtha 203
Anette 204
19 Nea och räkfesten 205
20 Nadja 212
21 Begravningen 216
22 J tänker på Nea och talar om sig själv 230
23 Vera 240

24 J.	248
Nea	253
Lördag	256
25 Agneta	287
26 Vera	293
27 Nea	297
28 Varken hustru eller moder	303
Cirkeln som slutligen öppnas upp	306
29 Det uteblivna mötet	310
30 Vera	314
Veras monolog	318
31 Nea	325
J.	326
32 Reaktioner på gruppboende Z efter D:s död	336
Personalen	339
33 Nea söker efter modern	345
J.	351
Samtal 2	357
34 Örjan.	361
35 Frans.	367
36 Agneta.	372
37 Direktorn	375
38 J.	377
Nea	381
39 Torget.	385
40 Vera	388

Prolog

Sorti

Måndagen den trettonde juni. En man stiger in på Missionens kontor. Mannen ställer sig framför den kvinnliga receptionisten, placerar en blå engångständare och en cigarett av märket Marlboro på receptionsdisken. Mannen halar fram en halvliters petflaska, han dolt i en innerficka på sin alldeles för stora tygjacka, skruvar av korken, häller innehållet över sig, greppar efter tändaren och cigaretten. Mannen tar två kanske tre steg tillbaka från receptionsdisken, ser bort mot receptionisten, tänder cigaretten, drar ett djupt halsbloss och för tändarens låga mot sin kropp – längs den bruna tygjackan, över ansiktet. Håret. Lugnt och metodiskt. Varje moment ger intryck av att vara väl uttänkt.

Mannen står orörlig framför receptionsdisken, tillsynes i djup koncentration över vad han satt sig för, medan lågorna slukar honom alltmer ihärdigt. En stark doft av bensin och bränd människa sprider sig på kontoret. Mannen ger inte ett ljud ifrån sig. Brinner som en ensam fackla i natten.

Måndagen den trettonde juni. Solen skiner från en klarblå himmel. Måsarna och trutarna skriar över hustaken, hamnen, terminalen där de stora passagerarbåtarna lägger till. Skarvarna flyger längs vattenytan. Blickar från hamninloppets resta förtöjningsstockar. Skarvarnas svarta vingar utsträckta likt de vore budbärare från de outforskade havsdjupen. Från receptionen hör man avståndsbruset från Oscarleden, småfåglarnas kvitter ur de högresta almarna. Direktorns kontor har den bästa utsikten, vid tillfället följer direktorn hamnlivet från sitt panoramafönster. Tillfreds över flytten till det nya kontoret.

Måndagen den trettonde juni, en typisk sommardag, så mycket livsbejakelse i luften att J inte kan göra annat än att tappa andan. Det går av sig självt. Som så mycket annat i livet.

Efteråt säger kvinnan i receptionen att allt gick så snabbt att hon inte hann reagera förrän det var försent. Av den intensiva hettan och de aggressiva lågorna, hade hon slungats till golvet och skrikit med sådan panik i rösten som om det vore hon själv som var på väg att brinna till döds. Senare säger hon att hon aldrig glömmer hans blick. Iskall. Samtidigt sorgsen. Vemodig. Därtill avlägsnad. Men också stark. Förunderligt närvarande. Alla känslor i hans ögon, säger hon.

Följande dag står en notis att läsa i stadens morgontidning. Kort och koncist. Fakta, ingen analys, fundering eller tendens att vilja gräva. Förstå. Inte ens kvällstidningen ger händelsen utökat utrymme. Under rubriken: Självbrännare på Missionens kontor – publicerar man en ordagrann kopia, av morgontidningens notis. Kvällstidningen anser sig ha fullt upp med gängkrigets eskalering i förorterna och en våldtäktsman som gäckar stadens polisväsende och sprider skräck bland allmänheten.

Kaos

Som J uttryckte sig i efterhand förpassade händelsen honom i ett kaos utan jämförelse. De följande dagarna kan han omöjligt redogöra för. Fragment talar om att J planlöst drev omkring på stadens gator. Gata upp och gata ner. Impulsivt och ryckigt. Dag som natt. Ett svagt minne har J av att han stod utanför huset där det inträffat. Kanske var han också tre våningar upp, stod i dörren till receptionen, själva mottagningsrummet för besökaren, såg all efterlämnad svärta på golvet, framför receptionen och på receptionsdisken, sotspåren i taket, kände doften av bensin, airen av förkolnade rester från mannens liv. Känslan av protest, aggression men också uppgivenhet. En glimt av havet i bakgrunden. De svarta fåglarna och de vita. En tavla på väggen. Jesus omringad av sina lärjungar. En man med barnets blick som dominerande uttryck.

Därefter lämnar J staden för kusten och öarna, dräller som en drucken bland stenhällarna – raglar som en drogad bland enbuskar, ljung och mossa, kobbar och skär, båtar och horisonten. Den plötsligt grånande skyn och den svarta ytan. Som när kajorna samlas i skymningen om hösten. Himlen som hastigt mörknar för hundratals gråsvarta vingslag. Vid havsbandet mistluren som en lockelse från avlägsna regioner. På Östra kyrkogården ansluter kråkorna och kraxar sin elegiska sång för de döda. De bladlösa trädkronorna svärtas av fåglar. Om våren uppvisar gravstenarna sprickbildningar av alla känslor som ingen längre kan dölja. När väl regnet drar in över kusten, vräker det ner i tropiska mängder. Havsytan piskas med våldsam frenesi. De rundade hällarna sjunker i silvergråa nyanser. J som en blind utan käpp där han tar sig fram. All sorg som spiller över det genomskinliga i varje vattendroppe, som en vält kaffemugg över ett glasbord. Ljungen svällande, vaxmossan pussig som buken på en överårig galt. Det finns ett oemotståndligt sug efter att inte längre finnas till. J tänker att pekfingret är längre än världen. Ögonlock som sluts likt musslor i drivor på Bohuskusten. Och J, som i katatoni, sådant man kunde se på de gamla mentalsjukhusen, vars »enda frihet« från korridorsvanket, var att gå i sten, bära metaforerna inåt.

Mannens död tog J hårt. Och personligt. Det fanns stunder då J tänkte på sig själv som en kulturens skarprättare – en bödel, kunde han tänka. Den känslan blir han aldrig av med. Var och en av oss har tveklös skuld i alla dessa sköra människor som väljer att avsluta sina liv i förtid, muttrade J för sig själv och upprepade ett tankekorn han många gånger tidigare formulerat. En kollektiv skuld inför den som inte anses hålla måttet. Den som faller utanför det gängse synsättet skonas sällan, menar J. Toleransen är i allmänhet låg, trots att vi gärna hyllar oss för motsatsen.

Dröm

I drömmarna känner J sig förföljd. Han lär sig aldrig av vem. Någon står i dunklet, bland skuggorna, kamouflerat klädd så att personen smälter in med bakgrunden. J rusar genom en mörk stad. Och sedan all desorientering – inte den blekaste aning om var han befinner sig, vart han är på väg. Varken stadsbild, människor eller språk är honom bekant.

Att J var annorlunda gick inte att ta miste på. Hans bleka hy mot deras blåsvarta. Det gick helt enkelt inte att vara anonym. Allt J företog sig observerades. Bedömdes. Och domen var hård, utföll allt tydligare med ogillande blickar. Snart växte hatet mot honom, man spottade efter J, skrek och gestikulerade, sträckte fram ben som han snubblade på, man gillrade fällor, omöjliga för honom att undkomma. I drömmen föll J förr eller senare handlöst till marken. Man var då genast över honom, slet och drog i hans kläder, rev och bet hans blottade hud – slag och sparkar, knivar och pistoler som blixtrade i den plötsligt stjärnbeströdda natten. Man kastade sig över J, och han insåg att man ämnade ta livet av honom. J, den vite, bleke utbölingen som inte följde regler och förgivettagna uppförandekoder, etablerade normer och värderingar, bara hans uppenbarelse var nog, för en sådan missanpassad, fanns det bara en utväg. I samma ögonblick J insåg detta faktum, omöjligheten att ta sig därifrån med livet i behåll, vaknade J, alltid med vilt bultande hjärta, forcerad andhämtning och drypande av svett.

J drömde samma sak varje natt. Oavsett om han lade sig tidigt eller sent. Det gick så långt att han vägrade sova. J satt och vaktade på sig själv, att han inte skulle falla i sömn. Naturligtvis ett hopplöst företag.

Hur det gick över, kan inte J påminna sig, en dag var han bara förbi, hade gått vidare – lämnat ödehuset men stannat kvar på slätten som sydlänningen brukar säga och dra på smilbanden.

Skagen

Kattegatt och Skagerack möts längst ut på Skagens norra udde löpande ner till paternosterskären sydväst om Tjörn på den västsvenska sidan. När vågrörelserna tilltar tydliggörs en kamp som likt havet i sig är allt annat än tvådelat. Och samtidigt, reducerat till mänsklig fattningsförmåga, ett sjöslag mellan gränser och övergångar. En kamp som befäster, definierar, summerar, men också transformeras, mångfaldigas, upphör – alltid uppstår i nya formationer, sjöslag.

Man kan vandra länge längs strandlinjen, förvilla sig i evigheten och återvända, andas med vågorna eller bara stå stilla och betrakta det som i folkmun kallas »grenen«, bländande i solskenet, likt ett nyslipat silversvärd – förnimma snittet, uppfyllas av all den sakrala mäktighet himlen, de två haven och sanden ger. Är uppvindarna gynnsamma, (sydostliga), flockas örnar och falkar kring udden om våren på väg i nordöstlig riktning till avsedda häckplatser. Man kan ta ett steg eller två eller tre, vada ett antal kliv ut från strandkanten, stå med en skälvande fot i vartdera havet. Känna slitningarna, det avslutande andetaget för det nya, hur själva benstrukturen liksom rämnar, urkraften i det stora som formerar bergskedjor, raviner – land som stiger, land som sjunker, land som slits sönder och glider isär, land som går sig samman, land som bildar nya konstellationer, land som slåss för sitt liv, land som är sig själv nock – världshaven som alltid definierar, som sätter spelreglerna för allt som finns till. Världshavet som utbreder sig framför J:s blick och tangerar hans inre regioner. I det mindre, människor som sällan har pejl på läget, som saknar förmågan att vända saker och ting rätt. Det talas om utplåning, ifyllning, närvaro, frånvaro, gränser, broar. Gränser igen. Om överfyllda flyktingbåtar ingen bryr sig om att lokalisera. Förlista ingen hör ropa trots att stormen lagt sig och land kan skönjas. Kadavret från en isbjörn som plötsligt uppmärksammas utanför Nordjyllands kustremsa och inte beskrivs som annat än med en viss förundran. Äventyrsseglaren som tar sig från kontinent till kontinent och anser sig påvisa motsatsen till all den alienation som störtar över människor, likt J. Grenen mellan benen som ett nyslipat silversvärd, snittande universum med allt sitt overkliga. Månen som speglar sig i vågorna, utan avsikt, vilket hav det än rör sig om. Grenen, ett slags återvändande till det livet måhända djupast handlar om och samtidigt på ytan ger uttryck för – av helt andra skäl, när det sugs upp av dem som anser sig vara skapelsens krona.

Teckningen av kungsörnens glidflygning mot en ljusblå molnfri himmel. Ett något mot ett intet. Närhet mot ett avstånd. En störtande ängel som har mer gudomlighet i sig än vad som är blickbart. Ett blödande hjärta.

Vi är allt och inget, motsatser och tillsammans – på en och samma gång.

Om det nu finns frihet att välja, tänker J, är hindren många. Eller alls inga.

Tankar från en strandpromenad

Människan, sa sig J, där han såg ut över havet, har en tendens att klamra sig fast vid gränser, muta in sitt och klanens – övergripande kulturens revir. Kanske är det rädslan som styr. En rädsla som handlar om att formera ordning över vardagens bestyr, rustning mot uppluckring och förfall. Ytterst är det döden som sätter villkoren, tänker J. Den som vågar tänja på gränserna är i allmänhet mindre rädd för att dö. Såväl i sig som partiellt. Där kommer också barnen in. Ungdomen som rest jorden runt med upplevt vidgat sinne, drar öronen åt sig när familj bildas, ofta blir man som sina föräldrar, koderna man fått höra till leda vad som anses vara ett gott liv, och som en gång opponerats mot, växer till och tar överhand med full kraft. Det handlar om att skydda barnen, familjen, den närmsta kretsen – livet mot döden. Tryggheten mot utplåningen.

Vi flyttar fram eller bak våra positioner, yttrade J högt, där han promenerade söderut längs strandlinjen, och sökte överrösta vågorna med sin stämma, liksom besegra den tilltagande nordliga vindens överväldigande dån och framfart – nyanserar det inlärdas värderingar, sa han, vände på klacken och gick tillbaka mot grenen, traditioner som i varierande grad omformuleras, men mycket stannar kvar vid det gamla, återvänder likt fågelungen efter sina första vingslag till sitt bo, skräcken för det okända går igen generation för generation, stiger ur mörka gravar och drar oss med. Ingen kommer undan.

Den silverglänsande klingan sammanför det ena med det andra, oupphörligt i växling och förblandning.
Den silverglänsande klingan särskiljer det tredje från det fjärde, oupphörligt i föreställning och bestämning.
Pojken med det nedåtvända ansiktet som spolas upp på stranden, en solig dag som borde ha inneburit liv och framtid.

Människan är bräcklig, tänker J.
Relationen till det som inte sägs vara (av betydelse) är svårsmält.
Det kanske kunde vara vår bästa vän om vi vågade hålla den hand som i vår föreställning inte finns – som inte ges tillåtelse att finnas.
J tänker att den som inser negationens betydelse, att det är så det är att leva och reflektera, förhålla sig, först då kan personen i fråga, kanske tänka i termer av fred och allas lika värde.
Nyfikenheten på varandra.
Val utifrån en oändlig mängd alternativ att leva sitt liv på.
Och hjärnans metanivå som intresserad och stimulerad observatör, konstaterar han med ett snett leende.

Hur mycket hade inte D fått utrymme i ett sådant förverkligat resonemang? Att hans död inte uppmärksammas, följer givna spår från när och fjärran, menar J. Fallande kroppar framför kvantfysik.

Negationen stänger men också öppnar.

Man har väl sällan brytt sig om en psykiskt funktionsnedsatt förutom i sammanhang när han/hon anses utgöra en fara för andra. Hade D bränt ner det nya kontoret istället för sig själv, hade han varit första sides stoft.

Personuppgifter

Ställ dig frågan: vad är det du har uteslutit? yttrade J och promenerade bort från grenen. En mås skar genom luften. Hade svårt att hålla kursen. Drevs plötsligt med vinden i en vid båge. Vågorna sköljde upp över stranden.

Intet är en förutsättning för möjligheterna, fortsatte han, men sätter också människan i parantes – att både revoltera mot och förlika sig med. Kvar finns nuet – nej! den ständiga övergången. I mikroskopet knappast något alls. Intet har varken med metafysik eller fysik att göra. Intet är just intet – mot ett inbillat något, blir det bäst för den som är människa. Vad är det som utesluts?

Intet som omsluter den ensamma människan.

Måhända en ro i det. Men också ångest över att allt är tillåtet.

Eller inget – av det som benämns avvikande, om man frågar D.»Avvikelser från det gängse äro ej tillåtna. Avvikelser strider mot den rådande samhällsordningen, riskerar störta civilisationen i ruin«, hörs de räddhågade ropa, i kör, och det sedan århundranden tillbaka.

Skarvarnas egendomliga posé som tycks förmedla en gåta alla undrat över men ingen egentligen förstår sig på.

J minns hur han som 20-åring flanerade kring på gatorna med en känsla av ovanperspektiv. J såg sig själv liksom uppifrån, hur han lufsade kring och kände ömhet för gestalten som skulle vara honom. Kanske var förmågan uppövad av det berg i stadens utkant han gärna besteg, ett berg med en underbar utsikt, där man kunde se vida kring: gatmönster, hus och fabriker, centrum och förorter, älven och ån, de skogsbeklädda bergen, de sädesböljande dalarna, längre söderut de vidsträckta fälten, den befästa tomheten, havet som alltid definierar... Och J plötsligt som en del av en gemenskap, vare sig han ville så eller inte.

Men det kan också vara faderns introducering i *transcendental meditation*, där J gavs ett *mantra* med en stor ande i sig. Så fort J satte sig i lotusställning och uttalade mantrat, steg anden fram ur hans inre och gjorde honom lugn och seende som en örn. Rättade till hans utanför på ett avspänt sätt.

Man sa: J är väl som folk är mest. Varken mer eller mindre. J kan vara extremt fokuserad på det som rör honom själv. Men J vänder alltid blicken åter mot världen. J:s yrkesval är en grundstämning. Det är stödet för den som är belamrad med en psykiatrisk diagnos som engagerar honom. »Belamrad«, menar J, då han i huvudsak ser hur diagnosen används som ett hinder – J säger: människans behov av reduceringar, tydliggörs gentemot en verklighet som flyr.

Tillägger: stigmatiserar som om den diagnosutsatte vore murad i betong.

Betyder: att kommunicera i reducerande termer leder sällan till förståelse för liv. Den som har blivit förminskad är alltid någon annanstans. Och det sker varken man vill så eller inte, menar J.

Ibland längtar även den utsatte efter diagnos, sådan är tidsandan, eller snarare trycket, och så kan tvånget formera att den utsatte är med och reducerar sig själv.

Men oftast är omgivningen det huvudsakliga skälet som likt på skallmätningens tid gärna lever kvar i tron att man kan använda den berömdes rakkniv till mer än det var tänkt. Sådant får J att tänka på ansvaret. Bortom det öde som sägs vara ens eget.

J kommer söderifrån, likt D, från det vidsträcktas land. Slätten, anser J, är det osynligas manifestering i det synliga. Slättbon utvecklar blicken för det osynliga. På så sätt skärper sydlänningen, tänker J, blicken för både det synliga och osynliga. Liv och död integreras i själva andningen och vad som kommer ut som värdering.

Och det är också i detta, menar J, som igenkänningen uppstår. Sydlänningarna möts i ett slags syskonskap. Det var så J och D fann stunder av möjliga samtal.

J har arbetat i femton år med målgruppen. J har således ingen yrkesmässig erfarenhet från tiden före kommunens övertagande av de medicinskt färdigbehandlade. Till Missionen kom J för några år sedan, närmare bestämt för två år sedan. En dag i april. Inte för att J är religiös, snarare för att J var nyfiken på en idéburen organisation, om, och i så fall hur, den skilde sig från kommunen, vars kompetens och stöd vid flera gruppboenden, J arbetat på, uppvisade, ansåg han, en hel del övrigt att önska. Kanske, tänkte J, införlivar en organisation med Jesus som förebild, en god grund för en starkare överensstämmelse med det som utgör grunden för psykiatrireformen och LSS. Varje individs möjlighet att välja sitt eget liv – en mänsklig rättighet tagen på fullaste allvar.

Kvalitet framför kvantitet, om man så får vinkla.

*

21

Måndagen den trettonde juni. Runt lunchtid. Fler skarvar än vanligt har landat på hamnens förtöjningsstockar. Varenda förtöjningsstock är upptagen av dessa märkliga fåglar. Skarvarna vars vingar är utsträckta likt förkolnade kors. Från Missionens kontor sprider sig genom ventilationen doften av en bränd människa ut över havet. Och då, som på en given signal, lyfter de svarta fåglarna, flyger tillsammans längs med havsytan, under Älvsborgsbron vidare mot horisonten.

Ett ögonblick av stillhet sträcker sig från havet upp till bastionen vid Esperantoplatsen. En egendomlig känsla av ett efteråt. Och där, på höjden, står J förundrad och insuper känslan som väl bäst kan beskrivas som utöver det vanliga.

Del I

I

Medborgare D

Man hade sagt åt D att han inte var stark nog att vistas bland folk. Man hade sagt åt D att han var en sådan man inte visste vart man hade. Att D var en människotyp som kunde hitta på vad som helst. Det gick helt enkelt inte att lita på D. Och därför var det bättre, sa man, om D stannade inomhus. Bland dem som förstod sig på en sådan (person) som honom. D borde vara tacksam att man alls brydde sig om honom. För vad det ytterst handlade om var att man ville skydda D från honom själv. Alla dessa faror man observerat att D inte begrep sig på. Allt sådant som andra kunde göra med D när dessa upptäckte vilken skör person D faktiskt var. Så lättlurad att man borde bli skrämd av bara tanken.

D minns när han var barn: i den trakt han växte upp, en liten by centrerad kring en vitkalkad kyrka, där växte det fram nya kvarter, likadana hus, enplansvillor, i rött eller gult tegel. De första kvarteren gick i cirklar runt byns uråldriga kärna. D bodde i den andra cirkeln, gatan som låg närmast slätten.

D kunde stå i timtal som barn och speja ut över det platta landskapet, drömma om att resa iväg till platser ingen annan hade besökt. Stå alldeles stilla i skärningspunkten mellan slätternas tigande Gud, en patriark med sekulärt anspråk, vars anlete inför D:s blick sprang fram ur den vita kalken från kyrkan nere i byn, och verkade som en naturlag inför allt som upphöjdes till värderat mänskligt uttryck – också viddens öppningar mot världen.

Snart växte det fram nya kvarter, dessa följde mer raka linjer. Endast om det inte gick att betvinga naturen, i händelse av en märgelgrav, en galgbacke av historiskt värde – en klunga bokar, björkar, helst granar som bröt av slätten och skapade märkliga skuggningar i solljuset eller månskenet, barndomsgömslen utmärkta att försvinna i, böjdes gator och tomter av i en anpassad båge. Men helst tämjde man till prioriterat, linjärt värde.

Då man trots detta inte avsåg tvångsomhänderta D, försökte man övertala D att frivilligt skriva in sig på den avdelning man erbjudit honom. Avdelningen D varit på fler gånger än han kunde räkna. Avdelningen där D, sa man, borde känna sig som hemma. Man sa att man var som en familj efter alla dessa år. Allt man gått igenom, hade liksom svetsat samman honom med dem. Likt övriga familjer hade det inte alla gånger varit smärt- eller friktionsfritt, men i slutändan hade man alltid kommit överens, funnit en väg väl anpassad efter rådande omständigheter. En godartad samstämmighet, som utan tvekan kunde ges högsta betyg, och det utifrån värderad mall man gärna lutade sig mot. Det var så man beskrev saken, medan D såg tigande bort.

När man ser D på avstånd, är det som att han inte är verklig. Liksom genomskinlig, svårbedömd huruvida han alls har liv i sig eller inte. Folk som går förbi honom, uppfattar sällan att D är där, man går på som om D egentligen inte fanns. Märkligt nog är det ingen som stöter mot honom. Inte ens axel mot axel. Kanske är det en slags instinktiv känsla att någon eller något trots allt pockar på utrymme och står i vägen, ett hinder man mer anar än ser att man måste väja inför. Eller så är det D själv som parerar, D som har en gedigen erfarenhet av hur det är att inte stå i vägen, att hålla sig borta. Från båda sidor kan man tänka att mönstret på ett avgörande plan sker bortom det medvetna. Likt D, alltför luftigt, svävande och obestämt att orda något mera om.

Det är således sällan någon lägger märke till D. Ofta kan D röra sig tämligen fritt utan att någon kastar ett öga på honom. Det kan vara en fördel, då D på så sätt kan leva sitt liv obemärkt och en smula vågat. Samtidigt kan scenariot snabbt förändras. Går D in i en butik, är man genast där och undrar vad D söker. Visar på alla sätt att D är oönskad. D blir plötsligt föremål för allas uppmärksamhet. Man ber honom handla det han ska och sedan avlägsna sig. Om D någon gång ifrågasätter, i stunder av vältalighet talar om en allmänmänsklig rätt att ögonshoppa, (låt oss höja det en nivå: existera), säger man att man måste ha rotation på kunderna, annars kunde man lika gärna stänga igen. Är man mer barsk (önskar statuera ett exempel) säger man: att det är en affär, inte en välfärdsinrättning vederbörande befinner sig på. I det sammanhanget använder man helst en manlig expedit eller en av vakterna som cirkulerar mellan butikerna. Men då har D oftast lämnat affären för länge sedan.

D har sällan uppskattat uppmärksamheten – även om D för den sakens skull inte alltid önskar anonymitet.

D har egentligen aldrig tyckt om att vara inomhus. Är D på boendet, är D sällan i sin lägenhet, oavsett väder går D trapporna ner och sätter sig på gården. Det kan regna, snöa, blåsa, vara vindstilla, solen kan skina, månen lysa, det kan vara varmt eller kallt, dag eller natt, det bekommer inte D. D trivs oavsett. (Om D inte trivs, är orsaken en helt annan). Känslan av en obestämd men samtidigt klargjord frihet finns utomhus. Dylikt går emellertid bortom den omedelbara känslan av välmående: om det till exempel är sommar, parkbänkarna och uteserveringarna i staden är fyllda av soldyrkande, njutningslystna människor – nej! för D handlar det om existensen, rena rama livsnödvändigheten, det djupare skikten av D:s inre som har så många delar i sig att det knappast går att förklara. Njutning i en sinnlig bemärkelse är inget för D.

Psykologen D mötte som ung och fick dras med under flera år (som en säck potatis D egentligen aldrig blir av med), beskrev det som att D inte getts möjlighet att skolas in i gemenskapen bland människor, inte heller fått plats att röra sig i egen riktning. Att rummet D trots allt hade under delar av uppväxten, styrdes av dominanta föräldrar (vuxna), eller av egendomliga skuggfigurer, oftast omöjliga att undslippa, som aldrig gav honom space nog att leva och vilja – utifrån personliga förutsättningar, utvecklas i sådan dynamik som uppstår bland de sociala nätverk unga vanligtvis verkar genom. Och att tiden på låst avdelning, barnhem och annat, inte förbättrat saken för D. Varken när det kom till gemenskap eller ensamhet.

Om psykologen bara visste hur rätt hon hade: det var som en profetia eller förutsägelse över hur D:s liv skulle bli, baserat på en pricksäker analys över hur det hade varit för honom, så hade D tänkt, eller i vart fall sagt sig tro, i slutändan mest för att psykologen skulle bli nöjd – använda orden »korn av insikt« om honom.

Sådant som kunde få D som ung att pösa, oavsett sanningshalt. Liksom känna sig betydelsefull och verklig.

Samtidigt hade D med tiden kunnat ta till sig att det bara var ytskiktet man i så fall talade om.

D som person slank alltid undan.

Och psykologen, som för länge sedan föll ifrån, angav således definitionen för D:s existens och varande här på Jorden. Ingen svart svan dök upp som kunde rädda D från sådan styrka.

I sina klara stunder, tänker D: som om det var möjligt att definiera honom – ja, mänskligt liv överlag.

Och då tänker D mer på sitt inre, D:s djupare skikt som inte omedelbart synliggörs. På ytan är det tvärtom, resonerar D, och utvidgar så sitt resonemang: omgivningen bedömer, bemöter och söker fånga in och gränsa, där styr definitionen utifrån diagnosen till kistlocket slår igen och liket rullas in i brännugnen. Vem personen själv är, är det ingen som vet, eller bryr sig om.

D kan tänka att vad det handlar om är att slinka undan och samtidigt lobotomeras.

D går alltid klädd på samma sätt. I stor jacka, träningsbyxor och tröjor som döljer hans magra kropp. Om någon frågar D, varför D inte tar av sig jackan när det är sommar och solen gassar, ser D på vederbörande med en oförstående blick. Man kan säga att D sällan känner temperatur på det sättet.

I sådant och andra sammanhang beskriver personalen D i termer av obotligt sjuk, i full överensstämmelse med diagnosen D burit med sig sedan tidernas begynnelse. Står D personalen upp i halsen, talar man om honom som oförbätterlig. Man får i slutändan vara nöjd så länge D inte faller tillbaka alltför illa. Bättre kan D aldrig bli, konstaterar man, och så är det bra med den saken.

2

Direktorn

På Missionens nyöppnade kontor möter vi direktorn. Direktorn ser ut över hamnen och låter blicken fästa vid den passagerarfärja som i samma stund lägger till nedanför hans fönster. Direktorn sitter aningen bakåtlutad på sin kontorsstol, stödjer vänster knä mot bordsskivan och låter tankarna fara. Direktorn ser hur den stora båten parkeras med säker precision och känner en våg av beundran skölja över sig. I sitt intensiva betraktande är det för ett ögonblick som om direktorn själv vore kapten på skutan, direktorn lever så intensivt med i scenariot, inte alls olikt ett besök i kyrkan, gudstjänsten direktorn alltid med stor hänförelse deltar i, knäpper händerna så hårt att knogarna vitnar och prisar Herren Jesus i lovsång och bön, att strax innan bogvisiret öppnas och fordonen väller ut ur dess väldiga gap, kommer direktorn på sig själv med att sitta och hålla andan. Alldeles blå om näsa och kinder, tar direktorn ett djupt andetag, fyller sin gängliga lekamen med nytt livgivande syre, associerar åter till Herren Jesus Kristus, bilden av en fåraherde med sina lamm, hur den Upphöjdes outtröttliga mission är att föra hela mänskligheten i trygghetens hamn. Det finns många vilsna själar att lotsa. Och i det är kaptenliknelsen inte så illa.

Tillfreds över sin tankeutflykt vänder direktorn åter sitt fokus till datorskärmen. Direktorn är, kan man säga, ute i elfte timmen beträffande organisationens verksamhetsberättelse från föregående år. Och det grämer direktorn, känns som ett svek mot Gud.

Man kan säga att det inte alls är likt direktorn. Direktorn brukar alltid vara ute i god tid. Ha marginalerna gott på sin sida. Men det är så mycket som har hänt den senaste tiden, gamla verksamheter som fått läggas ner, nya som uppstått.

Till det har det krävts en hel del funderingar av direktorn. Direktorn har tvingats vända och vrida på begreppen, finna rätt i formuleringarna, balansera tradition med nutid, finna en god överensstämmelse med den missionskostym som syddes för över 100 år sedan, och smidigt placera in det i 2010-talets förutsättningar. Grunden: en hjälpande och broderlig hand till den som är utsatt, hemlös, hungrig, en tidlös enkel beskrivning, vill direktorn mena, som uttrycker allt som behövs sägas. Inte för att varken direktorn eller någon annan avvikit från hur det alltid har varit, traditionen är viktig, det vet med säkerhet varenda kotte inom organisationen. Men detta måste samtidigt varje år nedpräntas i ord som var och en kan begripa. Missionen är, upprepar direktorn, en oavvislig förlängd arm för den Högstes vilja och kraft. Det är inget som kan göras avkall på. I en föränderlig värld, är det av särskild vikt att påminna sig om varför man är här på jorden, tänker direktorn, i första hand den uppgift var och en som är en del av Missionen är ålagd att följa med hela sitt hjärta. Särskilt viktiga, är sådana värdeladdade, av Gud framsprungna ord och uttryck, när organisationen växer, förändringens vindar är starka, aningen bångstyriga, initialt lösa i strukturen.

Direktorn har sett mer än ett exempel på bröder och systrar som gått förlorade i en synnerligen lockande värld av hedonism, privat sökande, ett vidgat gudsbegrepp som bländar och avlägsnar den vilsne från den sanna vägen, eller tvärtom, en gudsförnekelse med politiska förtecken. För att inte tala om all den lojhet inför den Helige som poppar upp i stort sett varje gathörn och materialiseras över generationsgränserna. Gammal som ung bär på samma profana olycka, tänker direktorn och får något sorgset i blicken.

Familjen

Direktorn betraktar hamnen och båtarna, Älvsnabben, som färdas i ett behagligt mak längs med direktorns synfält. Pendelbåtarna som forslar passagerare fram och tillbaka över utloppet, mellan norra och södra Älvstranden. Direktorn tänker på övergången från varvsindustri till ett:»Science Park«, ett kunskapscenter på Lindholmen – tänker på exklusiva lägenheter, med vidunderlig utsikt tronandes längs med hamnbassängen på Hisingssidan. På motsatta sidan: Oscarleden, kontoren, Stenabåtarna, kanalerna, broarna, men också ringmuren innanför vallgraven. Stadens alla torg, krogar och caféer, parker och sittvänliga klipphällar, manifesterade på båda sidor av Göta älv, mängden av mötesplatser med skiftande miljöer, intryck och uttryck, paradgatan i blickpunkten – för den som så väljer, som låter sig påverkas och lockas av flärden. Direktorn tänker på Svenska Ostindiska kompaniet med sina majestätiska segelfartyg som under drygt åttio år utförde över hundra handelsresor till i huvudsak Kina och återkom med porslin, siden, te, kryddor... och gav staden en exotisk prägel, som liksom dröjer sig kvar, menar direktorn, till dags dato – samtidigt som han ser ett tiotal vita måsar segla mot en ljusblå, somrig himmelsfond. Exotismen som bidragit till sekulariseringens framfart, den vilsna tid som speglas i var mans öga, år 2016, menar direktorn.

Direktorn tänker på sin familj. I det ser direktorn en grafisk utvecklingskurva för sitt inre öga: direktorn kan inte vara annat än nöjd med resultatet. Villa och trädgård utan insyn. Blicken avgjort klar och fri, sedd från verandan, ut mot havet och horisonten. Liksom första parkett inför den dag Gud åter ämnar gripa in i historiens skeende på ett mer påtagligt sätt. En dag direktorn tänker sig blir snart. (Ett av Gud nedsänt tecken som först visar sig där hav och himmel möts). Direktorn tänker på sin hustru, nog tycks hon ha funnit sig till rätta med vad som blivit, konstaterar direktorn. Det tog sin tid, krävde sin tribut, men nu är man där, menar direktorn. Som en avhuggen slutsats formar direktorn sina läppar, då direktorn senare är i villan, knappast åt hustruns håll.

Hustrun ses alltid från sidan, man kan säga att direktorn, med hustrun i åtanke, helst använder sig av det perifera seendet. Det var bra länge sedan, tänker hustrun, som hon såg maken framifrån, hon ser honom alltid i profil, eller med nacken vänd åt hennes håll. Direktorn ser henne sålunda inte alls och följaktligen kan han inte dra en godkänd slutsats åt varken det ena eller andra hållet, menar hustrun.

Nu är jag hemma, säger direktorn, kliver in genom dörren till hemmets härd och förväntar sig att hans fritidskläder är framtagna, nytvättade, som brukligt snyggt hängda över herrbetjänten i hans arbetsrum, middagen serverad, de religiösa kommentarer i bok och tidskrift han för tillfället läser, och Bibeln, på sin plats vid hans läsfåtölj, en rykande kopp hett the vid TV: n, tandkräm på tandborsten, pyjamas och frottéhandduk tillhands på sina givna platser som stationer på direktorns väg till sömnen. Man kunde tro att direktorn vill ha det som på ett hotell för den kräsne, tänker hustrun, medan hon böjer huvud och blick som inför överheten. Eller som direktorn tillhörde en tid man kunde mena – i vart fall hoppas, tillhörde det förgångna, muttrar hon för sig själv.

Direktorn tänker på dottern, och i den sfären känner direktorn ett stygn av smärta, direktorn vet att han försummat dottern. Som hon sagt honom, med illa dold sarkasm, har direktorn ägnat mer tid åt Gud än åt själva skapelsen. Det som vanligtvis borde stå varje förälder närmast, har fått stå tillbaka för direktorns (upplevda) bestämning – den av Gud axlade börda. Sådant kan direktorn med smärta för sig själv i stunder av självrannsakan beröra. När direktorn var ung, många kvällar kom direktorn hem efter att den lilla lagt sig, det var så mycket att stå i, så många behövande, allt fokus på Herren Jesus Kristus – Guds symboliska nedstigande på jorden, uttryckt i Missionen som krävde så mycket av honom. Allt ville direktorn hinna med. Familjen kom i skymundan, det ska tillstås, tänker direktorn. Ändå var det för deras bästa. Pliktens betydelse framför den omedelbara konsekvensen, svårt att förklara, men inte alls grumligt för direktorns känsla, en stark och tillika helig emotion som i svårförstådda passager liksom fick visa sig på sikt, och så alltid gjorde, ansåg direktorn. En börda var direktorns kall, allra minst. Men direktorn var orolig för dottern. Tankegångarna hon drogs till, vägen hon gjort till sin, var längre ifrån direktorn än direktorn tordes medge. Direktorn bävade för att far och dotter en dag inte alls var kapabla att samsas om ens de mest grundläggande värderingar, men mest var direktorn orolig över att dottern skulle hamna i ett sådant mörker, där hon aldrig fann sin väg ut – vägen där Guds anlete åter kunde lysa över dottern och beströ hennes livsväg med sanning och Jesu kärlek. Det var en prövning direktorn självklart inte kunde förlika sig med, även om direktorn samtidigt förlitade sig på att det var en prövning, direktorn, som far, måste genomgå för att växa i sin mission. En Guds gåva, ville direktorn mena. Det fanns tillfällen då hustrun invände mot en dylik, vad hon ansåg, brist på god tanke- och inlevningsförmåga. Att maken liksom saknade förståelse för vad en far har att göra. En far är en far, sa hustrun. Då såg direktorn på hustrun med svart blick och klippte av med, att allt, precis allt utgick från, och kunde återföras till Herren Gud, att den väg som låg utstakad för var och en, var av Honom noga uttänkt. Det var knappast hustrun i position att ifrågasätta.

Direktorn, som i nästa andetag, kunde utbrista: för dottern, nej! absolut inte, hon går för långt! I jämförelse med de svårigheter direktorn upplevt med hustrun, var dotterns irrande gigantiskt. Och i det var det ytterst svårt för direktorn att begripa sig på meningen med en sådan prövning, i synnerhet då irrandet pågått under en fasligt massa år, även om direktorn, som nyss sagts, alltid, i slutändan lade vad som än uppstod, i Guds händer. Fattas bara annat!

Direktorn suckade uppgivet, ty egentligen ansåg direktorn att han med förnuftets hjälp borde kunna luska ut hur det låg till i en kris med familjen i fokus, vad för mönster och i det blottor som fanns att dra fram i ljuset – irrandets kärna och det bortvända ansiktets vilsenhet – vad som därmed kunde göras åt saken. Ty var det inte tankar av sådan art Missionen ytterst handlade om, frågade direktorn sig. Att som flera av hans kyrkovänner hävda att Gud ibland gör saker som går bortom mänsklig fattningsförmåga, var ett tanke- och förhållningssätt direktorn egentligen inte delade. Även om direktorn samtidigt hade svårt för att vara fullständigt konsekvent i varje enskilt sammanhang. Som det här med dottern. Direktorn återvände till skärmen, suckade omedvetet, petade i texten, funderade på en och annan formulering, men förlorade sig snart åter i tankar. Blicken över hamnen. Bron och havet. Göta Älvs utlopp i Kattegatt. I bakgrunden Nordsjön. Atlanten som dominerande hav. Tankarna löpte långt, men knappast fritt. Skarvarna som påminde om fallna änglar där de stod blickstilla på spridda förtöjningsstockar med sina vässade vingar, utfällda. Solen som plötsligt gick i moln, ljuset som hotfullt skiftade i mörkgrå nyanser, vilka spred sig in genom kontorets panoramafönster där direktorn satt en smula bakåtlutad på sin kontorsstol. Bilden av dottern, som tillfångatagen av de mest mörka och destruktiva krafter livet på jorden uppbringade. Direktorn rös till. Det var en ond tid som växt fram under hans levnad. Demoner i snart varje gathörn. Inte underligt att direktorn brast i konsekvens både här och där. Arma människor, tänkte direktorn och inkluderade sig själv däri för ovanlighetens skull.

Skuggorna tvingade honom snart att huka som en fågelunge för måsen, ner på knä i bön.

De ensamkommande barnen

Direktorn tänkte, medan han gjorde klart det sista inför publiceringen av 2015 års verksamhetsberättelse, på all den turbulens Missionen behövt hantera den senaste tiden. Direktorn tänkte på flyktingarna. Allt lidande dessa olyckliga själar tvingats genomgå. De omfattande flyktingströmmarna som sökt sig till Europa, hade världen någonsin skådat dess like? frågade han sig. I direktorns föreställningsvärld associerade han till israeliternas uttåg ur Egypten under Moses ledning. Direktorn formulerade hastigt ett antal rader på ett anteckningsblock han ständigt hade framlagt på skrivbordet: Med livet som insats har dessa kämpande heroer lyckats ta sig förbi tvivelaktiga eller reella gränsövergångar, posterade mellan länder och landområden, skrev han, förbi soldater och poliser redo att skjuta för att döda, fängsla, misshandla, giriga myndighetspersoner som grep varje tillfälle att sko sig på de olyckliga, kräva dem på deras eventuella besparingar eller annat av värde – förbi alla växande uppsamlingsläger som fanns i länderna kring de krigshärjade områdena. Svält – brist på mediciner, mat och rent vatten – sjukdomar, listan kunde göras oändligt lång, skrev direktorn. Alla dessa arma människor som till slut tagit sig till Europa, varav en del till Sverige. Över bergskedjor, öknar, hav, skog, åkrar, genom städer och byar. Som brottslingar tvingats krypa i dikesrenen, på huk bakom en presenning på ett lastbilsflak, med livet som insats på en vinglig, överfylld båt över Medelhavet. De ensamkommande flyktingbarnen, vars hem sönderbombats, familjer splittrats, alltför ofta bortom varje möjlighet till återseende. Flyktingarna som sett och upplevt så mycket elände skjutvapen och makthunger kunde skapa. Aids och torka. Sinande tillgångar och för tidig död. Alla dessa Guds barn, som inte nådde fram, som gick under på vägen till möjlig frihet. Guds barn som inte hade en Moses like att luta sina trötta huvuden mot. Direktorn lyfte blicken från anteckningsblocket, kände tårarna komma. Han skrev: drunknande som flöt i land längs land- och strandremsan i Sydeuropa. Människor på flykt, med ett kanske aldrig sinande hopp: det här kan gå, det måste gå, som enda livboj. Det var som om det handlade om utrotning krigsherrarna hade i åtanke, tänkte direktorn. Det var som om Djävulen materialiserats i all sin ondska. En modern form av förintelse, avslutade direktorn och rös till.

Direktorn hade talat med Gud, i bön hört sitt kall, vad som måste göras för de utsatta. Direktorn var en av dem som var ämnad att gå i det främre ledet, skapa en god start för flyktingarna i det nya landet, och då i synnerhet för de ensamkommande barnen. Det hade inneburit en hel del extra arbete, direktorn tvingades åter försaka familjen, hustrun och dottern, men direktorn hade som alltid vänt sig till Herren Jesus Kristus och känt det gudomliga stödet, kraften sprungen ur källan, och direktorn orkade på så sätt alla sena kvällar, få timmars sömn, tidiga morgnar. Herrens stöd inför var prioriteringen måste läggas! Det fanns inga alternativ att fundera över, och direktorn sa till sig själv, att han utförde sin mission med den högsta möjliga form av glädje och kärlek en människa kunde känna. Direktorn menade att han brann som en Guds fackla för sin uppgift.

Missionen

Missionen som organisation hade genomgått en hel del förändringar för att kunna ta emot alla de ensamkommande barn man i samråd med kommunen beslutat om. Man tvingades stänga två boenden, sa sig direktorn, det ena, ett lågtröskel boende, för utsatta, hemlösa och missbrukande kvinnor, det andra, ett boende för samsjukliga män vilka dömts till fängelsestraff och vars möjlighet till utslussning i samhället, gavs via stöd från boendet.

Stödet för dessa män kunde vara under många år, det var svåra, komplexa saker att ta sig an, tänkte direktorn som en liten utvidgning från det egentliga ämnet. Direktorn reste sig upp från sin kontorsstol, sträckte på sig, gick fram till panoramafönstret och såg ut över hamnen. Betraktade de tillsynes fjäderlätta moln som seglade i behagligt mak över den ljusblå himlen. En del av dessa sargade män, gavs möjlighet att flytta till anslutande satellitlägenheter inom Missionen – och den biten, ett antal lägenheter för den anpassningsbare, hade man fortfarande kvar, tänkte han. Men boendet var nedlagt och ombyggt för att ta emot de ensamkommande.

Man renoverade de slitna lokalerna, byggde om boenderummen och de gemensamma utrymmena, förhandlade om nya lokaler, avsedda för flyktingboenden, slöt som brukligt hyresavtal med reducerad hyra, sökte hjälp till möblemang, köksinredning, fräscha badrum, anställde ny personal, ökade antalet volontärer, och flyttade överbliven personal från de nedlagda boendena. De ekonomiska förutsättningarna för Missionen var goda. Omsättningen var i stort sett dubblerad. Den totala personalstyrkan hade växt med dryga 20 %. De offentliga myndigheterna sparade inte in på de ekonomiska resurserna. Man erhöll mer än man spenderade. Förfärdigade en god och trygg verksamhet för barnen helt i Herrens anda.

Känslan att skänka av sitt överflöd hade lyckligtvis ökat betydligt hos allmänheten, tänkte direktorn och sände en tacksam tanke till Herren Gud. Det skrevs och talades en hel del i media om den akuta situationen, många privatpersoner hörde av sig till Missionen och ville skänka allt från kläder, skor, möbler, böcker, till begagnade TV apparater, mp3-spelare, datorer, mobiltelefoner, etc. En känsla av givmildhet som även ett antal företag inom regionen och olika events tog till sig, i högre grad än vad som vanligtvis skedde. Man skänkte överbliven mat från mässor, restauranger och annat, för att på så sätt visa att man drog sitt strå till stacken. Ett klädföretag skänkte nya kläder. Jeans och tröjor. Ett cykelföretag, skänkte cyklar.

I fråga om mat föll detta inte alltid så väl ut, flyktingbarnen var knappast vana vid västerländsk mat, hade annan känsla för smak, tillredning och komposition, och i vissa fall förbjudna enligt sin religion att äta en del av maträtter som erbjöds. Kritiken hade inte låtit vänta på sig, även inom Missionen höjdes röster som talade om otacksamhet. När det nådde direktorns öra, skyndade han alltid till försvar för de ensamkommande. Att utgå från det egna som en universell sanning stank kolonisation lång väg och var inget Missionen skulle ägna sig åt, sa han.

Och maten gick inte till spillo, de övriga boendena kunde med fördel ta del av det erbjudna som ofta var rena gourmetmåltiderna, menade direktorn och kände sig ytterligare nöjd över resultatet.

Tyvärr innebar det skiftande fokuset en viss försakelse för de andra verksamheterna, fokuset reserverades självklart i första hand för de ensamkommande barnen, men direktorn var säker på, och så hade han också fått berättat för sig och själv upplevt vid alla möten han haft med medarbetare runt om på Missionen, att det fanns en stor förståelse, som stavades solidaritet och empati inför var fokuset och resurserna måste läggas. En prioritering helt i enlighet med Guds anda – till Herrens belåtenhet, menade direktorn. Direktorn kunde inte annat än att utbrista: Halleluja.

Pojken från Aleppo

Direktorn satte sig åter bekvämt tillrätta i den sköna ställbara kontorsstol han själv valt ut från katalogen för kontorsmöbler, lutade sig en smula bakåt och påminde sig pojken från Aleppo. Hur direktorn, som alltid med Herren Gud i åtanke, sett in i pojkens gnistrande mörka ögon, och däri sett så mycket smärta direktorn inte trodde var möjligt att en pojke kunde bära på. Det var som om pojken bar på hela mänsklighetens lidande – allt lidande på Jorden ingröpt i pojkens blick. Pojken, minns direktorn, hade uppenbarligen upplevt så mycket otäckt, hemskt, varit med om ett helt livs lidande trots sina unga år, och ändå, fanns där en gnista av ömhet hos pojken inför direktorns försök att finnas för honom. Direktorn kunde inte språket, men på ett avgörande sätt var det inte av nöden, menade direktorn, där fanns en kommunikation som gick bortom språket, en kommunikation som handlade om Guds kärlek och närvaro, som självklart nådde bortom alla gränser – ja, språk, kultur, kön och ålder. Och när pojken, minns direktorn, medan han knöt sina händer hårt om kontorsstolens armstöd, sagt via tolken, att han inte visste om han orkade leva längre, att den känslan inte i första hand handlade om allt han gått igenom, utan om den ovissa framtiden. Att pojken inte visste om han skulle få stanna i det nya landet, att det kunde ta år innan ett beslut fattades, det var så, pojken från Aleppo hört berättas från andra i samma sits som honom. Det ingenmansland, översatte tolken till direktorn, som pojken befann sig i – kände direktorn pojkens smärta i sitt eget hjärta som vore den hans egen.

Man trodde dessutom, sa pojken, att han ljög om sin ålder. Hur mycket han än sa att han talade sanning, tvivlade man på honom. Och den misstänksamheten som myndigheterna valt att fokusera på, hur det inte bara förhalade och försvårade för pojken, utan förminskade honom som människa, som att han var en tjuv om natten med avsikt att stjäla något värdefullt som inte tillhörde honom. En typ av människa, oärlig, morallös, han aldrig varit i närheten av. Där han kom från var ärlighet något man var stolt över, sa pojken. Såväl hans moder som hans fader var rättskaffens människor. Varför förstod man inte det? Oddsen för honom var inte goda. Han ville bara dö, sa pojken och grät därefter förtvivlat framför direktorn.

Direktorn grät han med, och när tolken sa att hon måste iväg för ett annat uppdrag, sa direktorn att han ville sitta ännu en stund hos pojken. Man satt där och teg tillsammans. Direktorn snart på sängkanten och pojken som låg ner i sängen och blundade. Och det var då det hände. När direktorn suttit hos pojken ytterligare en stund, försökt stödja den förtvivlade så gott han mäktade med, var det som ett starkt ljus, ja, bättre kunde inte direktorn återge händelsen, ett starkt ljus av Guds kärlek som strömmade mot dem. Kanske, tänkte direktorn, hade han aldrig upplevt en starkare närvaro från Herren Gud än denna sena kväll, och ändå, sa sig direktorn, hade han varit med om en hel del, fått flera tecken sig tillsänt genom åren. Direktorn hade aldrig känt sig så behövd som medmänniska, detta var sannerligen det yttersta med Missionen, att finnas för en annan människa i nöd, att bortom språk, kulturella världar, finna en gemensam kärna. Den kärna som Jesus förmedlade, förbi alla gränser, alla folkslag. Det var stort, tänkte direktorn och grät igen. Det största.

Kärleken när den är som allra heligast, utsänd av Honom.

Direktorn prisade Herren Gud för kraften Han gav.
Uppenbarelsen Han förmedlat.
Direktorn knäppte sina händer och föll på knä i bön.

Direktorn lämnade inte pojken förrän han sett att den unge somnat, och sovit, ja, en god stund, då hade direktorn rest sig upp från sängkanten, smugit sig ut på tå från pojkens rum, lämnat boendet, strax innan förhört sig om att personalen avsåg hålla noga koll på pojken. Och direktorn hade sagt till personalen, att de kunde ringa honom, om det var något, närsomhelst, att det var så direktorn ville ha det. Det fick man inte missa!

Därefter åkte direktorn hem till villan vid havet, somnade helt utmattad sidan om hustrun, som sov djupt och inte väckts. På morgonen hade man ringt från boendet, pojken hade öppnat fönstret, kastat sig ut från tredje våningen och avlidit omedelbart.

Det ... han kom nog aldrig över det... direktorn förebrådde sig själv ... han borde inte ha lämnat... ja, ni förstår. Sorgen. Skulden. Smärtan. Upplevelsen av det tappade fotfästet. Otillräckligheten. Sveket.

Sveket gentemot pojken från Aleppo.

Sveket mot Gud.

Därefter hade direktorn inte talat med någon på över en vecka.

Förtvivlan han känt var bortom alla ord.

Klandret och rannsakningen större än direktorn senare vågade beröra.

Från den dagen försvarade direktorn flyktingbarnen än kraftfullare. Att finnas för de ensamkommande barnen var den yttersta mission Gud ålagt.

Missionen var ett arbete som aldrig sinade. För direktorn var armodet främst brister i själens bygge och det gällde i sin tur hela planetens befolkning – ända sedan Jesu tid, sedan ursprunget, då Eva bet i äpplet. Inte en enda gång tvivlade direktorn på Gud, trots att väl ingen i så fall klandrat honom för det. Om det händelsevis på vägen uppstod någon form av tvivel, om än endast en periferisk krackelering, en hastig blick åt ett annat håll, höll direktorn, utåt, en sådan stark tro, han väl aldrig tidigare förmedlat.

3

Det var såhär det var.

Missionen. Året är 2014. Månaden april. Morgonen J vaknar till är ljus, intrycket är: mild. Den varmaste morgonen för året, tänker J, samtidigt som han sträcker på sig i sin fulla längd och kastar ett öga på mobilen som anger 13 grader för staden. Solen stiger som ett glödande tefat ur horisonten, rör sig maniskt över bergen och skogen i öster – över staden, staden med ansiktet vänt mot havet i väster. J tänker att solen är som en stampande ardenner. Otålig, stark, oövervinnerlig i sin framfart över himlavalvet. Det sjunger i varje vrå och hörn. Ivern hos naturen att växa fram ur den alltmer avlägsna vinterdvalan och ta sig utrymme och prakt är särdeles intensiv en dag som denna, tänker J. Här och där nervös oro som får marken att skälva. Låt oss tänka galopperande vildhästar över den amerikanska prärien. Ljudet från brummande och pinglande spårvagnar, biltrafik, bussar, mopeder, cyklister, fågelkvitter från en flock gråsparvar, visslande talgoxar, en hund som skäller nedanför J:s sovrumsfönster, en man som ropar, barn som stimmar och stojar. J går ut i köket, brygger kaffe, gör iordning frukost. Ställer sig i köksfönstret och ser ut över gatan, ser horder av människor med bleka ansikten som tar sig fram i den sjudande morgonen. På håll, ser hud som ligger bar, vitpudrad ut. Ett antal bleka fläckar vid hållplatsen som väntar på nästa buss eller spårvagn, som söker upp den växande bronsskimrande plätt där solens strålar strax når mellan husen. Vaxbleka ansikten mot mörka fasader och asfalt. Teateransikten. Förvandlingen till rödrosiga ansikten, några hastiga penseldrag som låter huden rödas, likt glöden från lägerelden. Kaffet som puttrat klart. J tänker på alla dem som är instängda i ett anonymt kontorslandskap, en sjukhuskorridor, ett institutionellt sammanhang, med lysrören som dominerande ljuskälla, som förstärker det bleka utan motpart.

J öppnar fönstret, noterar 14 grader på termometern, djupandas och stänger åter fönstret. En dag i april. I lägenheten blir det sol först framåt ettiden. Våren kom sent i år, muttrar J, mumsar på ostmackan och sörplar på sitt kaffe.

Efter frukost, ett par timmars läsande och genomgång av mail, nyheter på mobilen. Solen som är på väg upp över hustaken, solen som klär av det kvardröjande mörkret, gatans skuggningar framför de höga husen, med sin skarpa övergång till det vita. Det vita som ett slags vibrerande genomskinlighet, för J en associerad övergångsbild till en linnegardin i fönstret mot slätten och havet, känslan av hägringar framför fasta kroppar och materia, blodkärlens blåton på J:s underarmar som sväller i förväntan – likt den porlande bäck han ihågkommer om våren från barndomens landskap. Våren över vintern. Där fanns allt! Blodet som spränger sönder de blå finmaskiga kärlen, sprider sig och bildar ett nät av möjligheter på hans hud under skjortan, närmast hjärtat, den halvätna haren vid åkanten, vars blod blandar sig med åns vatten. Det röda som slukas av det genomskinliga. Kabbelekan som växer friskt längs med åns sidor. I dikesrenen, tussilagon i samtalsgrupper, så snart tjälen ger med sig. Klungor av blåsippor när J lyfter blicken. Och där ovanför den blå himlen.

Hjärnans associationsrikedom, det ena som ger det andra, attraherar minnen J trodde var bortglömda i evigheten.

Det var länge sedan han existerade på annat sätt än via sitt arbete.

När J åter ser ut genom sitt köksfönster, gatan, hållplatsen, kajorna som lyfter från trädkronorna och hustaken, måsarna som seglar över den ljusblå himlen, de högtflygande cirrusmolnen som sägs bestå enbart av iskristaller, tänker J att han är som mest hemtam med det som återstår efter fåglarnas vingslag. Efter rusningstrafiken. Det finns alltid ett efteråt, och det är i den glipan J känner sig som mest levande.

En glipa som i sig är mer värdefull än vad som i allmänhet bedöms. Mer verklig om man så vill.

Som med sin dolda ansiktshalva ger (aristoteliska) öppningar mot allt det som ännu inte är framfött.

J tänker att sådan eftersyn gör livet lättare att uthärda. Det vill säga när det kom till det personliga. Att liksom vara i mellanrummet, frihetskänslan J tror sig kunna känna. (Klingande möjligheter av getskällan från Parnassos sluttningar i Pindosbergen). I sitt arbete ansåg J sig alltid närvarande. I ett senare skede tänker J att det ständiga efteråt också ger honom en hel del ångest, att aldrig hinna fram, ständigt för långsam, olyckligt *post festum*. Utanför sammanhanget. Det han också möter i sitt arbete. Människor i ett väntrum, medan världen drar förbi utanför. Och det är i den igenkänningen J främst likställer sin existens med sitt arbete. Halvannan timme senare gör J sitt första pass på Missionen. Gruppboendet benämns X.

F.

Ett antal timmar tidigare vaknar F strax innan gryningen. Stiger upp ur sängen och klär sig i rask takt. Om F hör koltrasten som sjunger från hustaket tvärsöver gatan, är det mer som ett avståndsbrus han varken kan eller bryr sig om att lokalisera, eller intressera sig för. F:s fokus ligger på cigaretten han hoppas att nattpersonalen ska ge honom. F vaknar alltid innan gryningen. Oavsett tid på året. Det gör att F oftast sover längre på vintern än på sommaren. Lägger sig för natten gör F alltid samma tid, klockan tjugo och trettio. Ibland kan F vakna mitt i natten, går då upp, klär sig, söker upp personalen, och ber om en cigarett. Personalen ger honom aldrig en cigarett mitt i natten, däremot närmar man sig gryningen, eller om gryningen händelsevis just är överstånden, finns det en del personal som är mer tillmötesgående. Främst vikarierna. Märkligt nog verkar det handla om ljuset snarare än om tidpunkt. Det som är sent på natten i december är på morgonen i juni. Det innebär att F tillåts röka mer på sommaren än på vintern. Varför det är så vet F inte. Som så mycket annat när det kommer till personalen är det svårt att begripa sig på.

Så har det varit så länge F kan minnas. Makten har alltid utgått från någon annan. F öppnar dörren till korridoren och går

43

ut i dess dunkel. Det märks att det fortfarande är natt. Tystnaden är besvärlig och gör honom alltid så tungandad. Trots att han försöker gå försiktigt är det som om golvet vibrerar av hans steg. Liksom sviktar på ett farligt sätt. En oro i luften som sliter från väggarna. Knakar och beklagar. Dessutom är det mörkt. Inga lampor är tända. Endast ett svagt ljus från kontoret i mitten av korridoren. Ett ljus som växer i styrka allteftersom F närmar sig. Utan att kunna sätta ord på sina känslor känner F tydligt hur det är maktens centrum som utgår därifrån. Personalens sfär som avser kontrollera varje steg F tar. Och så mycket vet F, att om resultatet ska gå hans väg måste F underkasta sig på ett sätt som förhoppningsvis ger honom en cigarett. Samma sak var det när F var barn.

F kikar in genom dörren, sticker fram sitt huvud, harklar till och ser en god stund på nattpersonalen som sitter och stirrar på en datorskärm. Nattpersonalen reagerar inte. Ansiktet flammar i isblått. Inte förrän F öppnar munnen för att säga att han hemskt gärna vill ha en cigarett, säger den kvinnliga nattpersonalen: gå och lägg dig F, här har du inget att hämta, det vet du. Rösten är bestämd och definitiv, men får ändå F att gå i svarsmål, en cigarett kan jag väl få, så lägger jag mig sen, säger han. Jag kan inte somna om annars. Nattpersonalen fortsätter stirra på skärmen, ser inte bort mot F där han står i dörren, »Gå nu och lägg dig«, säger hon efter ett tag utan att bevärdiga F med en blick. F svarar inte, F vet hur lite han kan påverka men står ändå kvar, F är så röksugen, känns omöjligt för honom att gå och lägga sig utan att få sig ett par bloss.

En kort stund därefter reser sig nattpersonalen upp från kontorsstolen, en storväxt kvinna som blåser upp sig likt en påfågelhane och visar med tydligt kroppsspråk att hon är upprörd, han oönskad – kvinnan tar stora kliv fram till dörren. Vad du tjatar, du vet vad vi har sagt, du får ingen cigarett förrän klockan sju, gå nu och lägg dig, säger hon irriterat, och griper bryskt tag om dörrens handtag, vilket får F att automatiskt ta ett steg tillbaka, och stänger dörren om sig till kontoret mitt framför näsan på F. Kvar står F utanför, röksugen.

Korridoren

Korridoren. Vad kan J säga? En smutsgrön tunnel som barkar utför med en hastighet som ej går att påverka. Eländig till sin institutionella form, beklämmande dyster och syrefattig, en gång en korridor för dementa. Här finns inte det minsta möjlighet till alternativ, inte ens en bild av ett hav med en väntande båt – för den som trots allt har drömmar kvar. I dagrummet sitter en handfull orörliga män, tigande, stirrar på en TV-skärm som visar en amerikansk demonstration av en bakmaskin med en mängd funktioner som förevisas i ett uppskruvat tempo. Ingen av männen lägger märke till J. Männen fortsätter stirra på skärmen. Demonstratörens New York röst smattrar som ett automatvapen över dagrummet. Skärmljuset speglar sig i männens ögon. Ju närmre kvällen man kommer – mörkret, som liksom plötsligt anfaller dagrummet, desto kallare blir skärmljuset. Förstärker tomheten i männens blickar. Mildras kanske något av plötsligt tända fönsterlampor. Lampskärmar som går i blodets färg. Man kan ana krigets villkor. J tycker sig känna doften av långvårdsdöd. På näthinnan hågkomster av ett illa skött liggsår som gått i nekros. En av männen, mannen med gråvitt hipsterskägg, suckar ljudligt, reser sig upp, hasar in på sitt rum. En dörr öppnas och slår igen. På väggarna, några porträtt med kraftfulla penseldrag. Hårda ögon, som går i svart. Korridoren, det går fort nu, en smutsgrön tunnel som barkar brant utför. Det dröjer knappast länge, tänker J, innan de vitklädda är där med båren. Det är som om det är porträtten som räddar situationen, är liksom livbojar för var och en som tvingas leva i detta ingenmansland. En dörr öppnas. Vitt ljus som spiller över ett anslutande golv. Gulnar i kontakt med det röda. En manlig personal som går med dröjande steg fram till J. De är du som är vikarien, säger han. Det är jag som är vikarien, svarar J. Har du en cigarett? undrar F, dyker upp från sidan. Vi går in på kontoret säger den manlige personalen, presenterar sig som L, vänder sig om och går före J in på kontoret, stänger dörren om dem, framför näsan på F. Utanför har solen för länge sedan försvunnit, regnet har dragit in från havet, det smattrar ljudligt på rutorna. Gör det mörkare än vad den vita klockan med svarta visare på väggen anger. Inget att bry sig om, säger L. Han tjatar så fort han ser dig. De flesta är i dåligt skick, även om han är den som är i sämst skick. Inte många hästar i stallet, grumligt så det förslår, säger den manlige personalen, skrattar till och sätter sig med en duns på kontorsstolen framför datorn. Du får styra, göra det mesta själv. Men allmänt sagt, gubbarna är lätta att kommendera. Dags att äta, nu är det medicin. Nu får du gå in på ditt rum. Det är mest F som tjatar. Hade F fått bestämma hade han inte gjort annat än rökt cigaretter. F måste man hålla efter. I alla sammanhang. Balkong, garderober och skåp ska vara låsta på hans rum, annars slänger han ut sakerna, hivar allt som är möjligt över balkongräcket. Har det hänt ofta? undrar J. Nä, där har vi stävjat i tid, men om F haft chansen hade det inträffat varje dag. Varje dag, upprepar L. En cigg i timmen, sover han, kan du hoppa över, F får inte två cigg om han sovit bort två timmar. En cigarett. Alltid en cigarett, kom ihåg det, annars tjatar han än värre, och det går åt helvete för oss alla. B är den som klarar sig bäst. Han åker iväg med spårvagnen, far staden runt, går på träffpunkter, bibliotek, och till avdelningen där han har gräddfil när han inte orkar vara ute. När intrycken blir för många, liksom svämmar över i hans förvirrade hjärna, skriver han in sig på psyk och stannar där tills det lugnat ner sig för honom. Resten av gubbarna, klarar sig någorlunda, förutom F då – man får kommendera dem, så blir det bra. De är enkla i sina vanor. Man läser dem som öppna böcker. Du lär alltså känna dem snabbt. Mer än en nivå är ovanligt. Det är samma lunk till slutet är där och griper tag.

Vem är det som målar? frågar J. Den lille gubben med tomteskägget. P, svarar den manlige personalen. Han har varit konstnär. Men söp sig till psykos. Och sedan blir det sällan, men vi har ett målarrum där han kan kladda.

Låt oss nu tala om R. Honom ska du passa dig för. R är ett kapitel för sig. Man vet aldrig var man har honom. R ger ett intelligent och skärpt intryck, talar som du och jag, men bakom är han tokig som fan. Kan bli aggressiv om man inte håller med. En riktig psykopat, den mannen. Man får hålla distansen, låta honom komma självmant när han är mogen, så blir det bra.

Tvärtom med F, alltså, det kommer du ihåg, för F, handen nära strupen, ideligen. Nycklar får du här. J visas medicinskåpet, dosetterna, apodosrullarna, pärmen för signatur – köket, toa, förråden. Alla dörrar måste du låsa. F själ som en korp. Snokar så fort man vänder blicken åt ett annat håll. Lycka till! Måste hem till frugan. Du klarar dig. Är ju inte helt grön, vad man sagt. Får du problem, finns det personal på våningen över. Där kan du få hjälp om F flippar ut. De andra är det inget problem med, förutom R då, passa dig för honom. Överlag har de god koll på sin medicin och tider för måltider. Sitter liksom i ryggmärgen, de är vana vid att någon sköter ruljangsen. Som jag sa, det får rulla på med styrning tills det inte går längre. J ser undrande på den manlige personalen. Jag menar, säger han, det finns inte mycket att bygga på, och när det lilla som återstår rasat, får man se om de kan skickas någon annanstans, om de inte vid det laget stupat på sin post, vill säga.

L reste sig upp. Det finns korv i kylen, sa han. Stek korvarna i långpannan, 200 gr i ugnen tills de får lagom svärta – det blir bra det. Två korvar per man får räcka, och pulvermos har jag

tagit fram, det gör du snabbt... de äter som oxar, och pulvret får
vi gratis, och vattnet, grinade han, kostar inte många
kronor, så moset behöver du inte spara in på!
Därefter lämnar L våningen.

Prick klockan 17:00 stiger åtta män in i det kombinerade köket
och matsalen. Männen går tigande på rad fram till den långbänk
där mat, dryck, tallrikar, bestick, glas enligt anvisning finns till-
gängligt vid angivet klockslag. Enligt L, bör J lägga upp maten på
tallrikarna, så att det blir samma portion till alla. I det avseendet
är J glad över att han arbetar ensam. Trots att det är hans för-
sta pass. En känsla av allmän misstro gentemot männen, delar
han inte per automatik. Som han konstaterar tar gubbarna två
korvar, och moset räcker gott och väl till alla. Därefter tar man
sina tallrikar, bestick och fyllda glas, fortsätter in i matsalsdelen
och sätter sig jämt fördelat vid tre bord. J sätter sig med F och P,
mannen med hipsterskägg. Måltiden intas under tystnad. En-
dast fläkten över spisen hörs på avstånd, och kaffekokaren som
puttrar. Låt er väl smaka, säger J och tystnar som allt liv höll på
att rinna ur honom.

Funderingar i en korridor utan ände

Det är i maktanspråkets sfär, menar J, som grunden för institu-
tioner växer fram. Att sära och värdera, snitta och bedöma, be-
fästa och gränsa, bevaka och utesluta. Lyfta fram och föra bort.
En berättelse om vi och dem. För att överleva på en institution,
gynnas, på ytan, egoismen. Det finns sällan förutsättningar,
eller energi nog att gå samman och kräva förändring i någon
större utsträckning, makten, strömmar från ett håll, från sjuk-

husets, avdelningens, gruppbostadens ledning, från myndigheter och personal – formeras metafysisk, oantastlig och uttrycks som en godhetens princip, gynnsam för alla. Ur kaos återförd ordning och reda (trygghets- och normaliseringsanspelande). Och patienten, den boende, intagne... alltför nedtryckt och reducerad av systemet får en klapp på axeln om godtagandet är, som sig ska, absolut eller näst därtill. Det huvudsakliga som står till buds är således, tänker J, att söka gynna sitt eget i smyg, egoismen blir ett betydelsefullt verktyg mot utplåning och då främst för den som är stark, flexibel mentalt (vem som nu är det, i ett sådant sammanhang): betyder underkastelse parat med snillrik avläsning och blixtrande framhävning när ögonblicket är det rätta. Egoism hos den som har förmågan att fånga ögonblicket, variationerna i vardag, hos skötare, sköterskor, psykiatriker, psykologer, blottor i systemet, strategin att slinka in och ut ur sitt eget alltefter situation, tillfälle gynnas mest på institutionen. För den som kan pendla är styrkan gudalik tills elchockerna eller bältesläggningen sätts in.

När psykosen blir omöjlig att värja sig mot och/eller blir det enda att ta till och förlora sig i.

Himmel och Helvete ur samma källa, tänker J.

Neuroleptika dosen är så omfattande att ingen återvändo finns. För att inte tala om alla andra mediciner som var och en proppas full med.

Egoismen är det som på institutionen stimulerar såväl skärvor av liv som förtidig död.

Den utsatte är alltid förloraren – ett avsiktligt syfte, menar J, inbyggt i den institutionella strukturen – även om den som står på andra sidan, förr eller senare blåser bort av ett eller annat andetag. I slutändan göres inget undantag, tänker narren, i det ögonblick konungen faller död ned från sin tron.

Kvällsstämning och pärmhistoria

Under större delen av kvällen är det overkligt tyst på våningen. Få ord far genom atmosfären. Det skulle vara F som ber om cigaretter. Det är TV: n som står för ljuden. Likaså regnet som smattrar ihärdigt mot rutorna. De boende tar emot sin medicin med öppen handflata, någon vill själv öppna apodospåsen, man hasar iväg till kökskranen, tar fram ett glas ur ett av köksskåpen, fyller glaset och sväljer dosen – oftast flera tabletter och/eller kapslar. P står kvar med medicinhögen i sin öppna handflata. Ta dig ett glas vatten, uppmanar J. Det är personalens uppgift, svarar P och stirrar uppfodrande på J. Vi har inte i skåpen att göra. Inte, svarar J, som om det var någon ur personalgruppen han tilltalade, och ger strax P ett halvfullt glas med vatten. P sväljer medicinen, ställer glaset på diskbänken, ironin kan du spara till dem det biter på, säger han och rör sig ljudlöst ut ur köket. Tystnaden är så kompakt att J rycker till när kylskåpet drar igång.

P talar i tungor, det finns något voodoo liknande över honom, säger R med hög röst där han står i dörröppningen till köket. Jaså, svarar J. Du tror mig inte, men om du jobbar natt någon gång, förstår du vad jag menar. Han är farlig, mer än en gång har jag känt nålar instuckna i mitt bröst. Nålar med en enda avsikt, att nå hjärtat, sinusknutan – då är det kört, ingen överlever sådant. Han kanske bara är svårmodig, säger J. Svårmodig, om det vore så enkelt, nej gosse, där har du fel, du är för ung för att fatta vad det handlar om, säger R, vänder sig om och går iväg till rökrummet.

J går en runda i korridoren, alla gubbarna har gått in till sig, endast R sitter och gungar på en trästol i rökrummet, mumlar för sig själv och röker cigarett efter cigarett. J stannar utanför rökrummets dörr som har en genomskinlig ruta i pansarglas, täckande dörrens ovanhalva. J ropar in till R, egentligen osäker om han blir hörd eller inte, det kanske handlar om konst, hör du, konst! ropar J, kanske mer som motvikt, eller ett försök därtill mot den institutionella känsla han ofrånkomligt hamnat i. Det sitter i väggarna, tänker J och får lust att kasta upp. R ser på J, skrattar hånfullt och skakar på huvudet, tänder en ny cigarett. J går vidare, känner sig villrådig, malplacerad, hör R öppna dörren till rökrummet och hojta, inte konst, djävulen handlar det om, slår igen dörren. J ställer sig framför TV: n, lyssnar och åser när det för en gångs skull talas kritiskt om neuropsykiatriska diagnoser och miljardvinster hos storägarna på läkemedelsföretagen. Det är Janne Josefsson från uppdrag granskning, en av få vettiga, menar J, som likt så många gånger förr, rör runt i grytan, visar på absurditeter, maktspel, stigande aktier framför människointresse. Som öppnar upp för möjliga förändringar. Grytan vars innanmäte så fort journalisten vänder fokus åt ett annat håll, alltsomoftast återgår till det ursprungliga, något liknande, rentav värre. Samma liklukt som sprider sig genom korridorerna, suckar J och ser mot ett av de svarta fönstren – det svarta mixat med den röda färgen från fönsterlampornas skärmljus. Rinnande regndroppar som går i rött, orange, svart och isblått. En cigarett. F dyker upp, ljudlöst, ser inte direkt på J utan lägger blicken sidan om. J söker F:s blick, utan att lyckas. Hur har du det? frågar J medan han går in på kontoret, öppnar medicinskåpet och ger F två cigaretter. F svarar honom inte, vänder på klacken och går snabbt iväg till rökrummet. Visar på intet sätt att han för en gångs skull har två cigaretter i sin ägo. Fem minuter senare går F förbi kontoret. Rökte du båda? undrar J, mer för att ha något att säga, än att få svar på frågan. F svarar honom inte. En dum fråga, tänker J, självklart, en dum fråga, sätter sig ner på en av kontorets två kontorsstolar, den närmast dörren, ögnar genom en pärm, som beskriver allmän historik för gruppboendet – antalet boende, två våningar. Man tar sig an psykiskt funktionsnedsatta med såväl LSS- som SoL-beslut, åtta gubbar i åldern 50-70 år på våning ett, fyra kvinnor, fyra män på våning två, i samma ålder. De äldsta har en anamnes som sträcker sig bak till 60-talet. Samma årtionde som lobotomi slutgiltigt upphörde och Hibernal slog igenom på allvar, konstaterar J. I samma pärm finner J en beskrivning av Missionens psykiatriska inriktning, som i generella ordalag talar om följande: År 2014 finns det fyra boenden med psykiatrisk anknytning på Missionen. Två gruppboende, X och Z för personer med långvarig psykisk funktionsnedsättning, ett lågtröskel boende för missbrukande kvinnor med en psykiatrisk diagnos i botten, så kallad samsjuklighet, ett boende för män med samsjuklighetsproblematik och fängelsedom, där den sista tiden, innan muck, verkställs på det av direktorn beskrivna boendet, som en slags mjuk övergång till ett möjligt liv utanför murarna. J hör hur det slår i dörren till rökrummet, reser sig upp, ser ut i korridoren, ingen där. Åter detta tunga tigande. Institutionstigandet, som J har så svårt att värja ångesten inför. Nu är han mest illamående. J återvänder till pärmen, läser igen: gruppboende insprängt i ett ordinärt sexvåningshus. Två våningar, just! med åtta boende per våning. Ursprungligt ett kommunalt demensboende, öppnat innan psykiatrireformen, vars lokaler övertagits av Missionen. Ljudisolerade plattor i taket på kontoret, i vardagsrummet, kök och matsal – ett krav från fastighetsbolaget. Man bedriver, upprepar texten, en verksamhet av ett kombinerat LSS- och SoL boende för individer definierade som personkrets tre, personer med en anamnes av långvarig psykisk funktionsnedsättning, som anses medicinskt färdigbehandlade.

Tanken är, sedan psykiatrireformens födelse i mitten av 1990-talet, att integrera individer med olika former av psykiska funktionsnedsättningar, där allas lika medborgerliga rättigheter: rätten att kunna leva ett fullvärdigt liv, står i fokus. J läser vidare: jämlikhet i levnadsvillkor, ekonomisk och social trygghet, främjandet av ett aktivt deltagande i samhällslivet.

Steg. P dyker upp i dörren. Är det öppet i måleriet, undrar han. Ja, svarar J. Tänker du måla, åter en dum fråga, tänker J. P svarar honom inte, J hör hans hasande steg neråt korridoren. J grubblar åter över konstens betydelse i ett institutionellt sammanhang.

Boendets verksamhet, inriktning och mål avser ett förverkligat uttryck av socialpolitikens grundläggande demokratiska värderingar, läser J vidare. Gemensamma medborgerliga rättigheter realiserade för var och en oavsett förutsättningar – funktionsnedsättning. Formuleringar som kretsar kring samma viktiga tema, vilka, tänker J, avser täppa till varje form av feltolkning och missriktning.

I pärmen beskrivs kraften av ett gott bemötande. Ett sätt att medvetandegöra, tänker J, det som socialforskare som Goffman redan på 60- 70talen beskrev utifrån begrepp som sjukroll, institutionalisering, stigmatisering. Försvårande mekanismer för den insjuknade att återvända till ett (normaliserat) socialt liv utanför sjukhuset, oavsett kvardröjd funktionsnedsättning.

Institutionsvillkor och mentalsjukhustänk som den grundläggande faktor som kanske främst orsakar den psykiska sjukdomen – som avgjort fördjupar dess negativa effekter. En Michelangelos slavskulptur som aldrig bryter sig ur, tänker J. Eller snarare lyckas, om man tänker utifrån ett idealt nu-perspektiv.

J läser vidare: Boenderummen är ettor i varierande storlek. Toalett, dusch, kylskåp men inga kokplattor, eller kokvrår inplanerat. Det sistnämnda har länsstyrelsen vid översyn kritiserat och man har från Missionens sida lovat att åtgärda detta så att alla kan laga egen mat, om man så vill. I pärmen finns beslut från Länsstyrelsen, vad som ska åtgärdas för att uppfylla lagen, respektive tidsplan för när det ska vara åtgärdat. Vidare kopia på svarsbrev från Missionen där man förbinder sig att följa beslut och tidsplan. En ursäkt där bristen kopplas till det ursprungliga demensboendet. Vidare ett brev från Länsstyrelsen som i generella termer talar om vikten av att alla gruppboenden: rum/lägenheter, inom LSS ska ha möjlighet att tillaga egen mat, med hänvisning till ett normaliserat hushåll, motverkande en institutionell lösning.

Två år senare när J avslutar sin jobbsejour på Missionen är detta fortfarande inte åtgärdat.

J går ut i korridoren, registrerar tystnad, förutom vindens sus i träden, visslandet från fönstren i dagrummet. J öppnar altandörren, ställer sig i dörrglipan, regnet har upphört, himlen är fylld av förbipasserande gråsvarta moln som rör sig i en rasande takt. Den annalkande natten understödjer en ögonblicklig känsla av frihet. Bortvaro. Som kanske konsten, tänker J, tillspetsat av sin motsats. P:s vägran att ta ett glas ur köksskåpet. Kajorna flaxar oroligt i trädkronorna. En mås skriar i mörkret.

Redan vid detta första vikarietillfälle vet J att han inte kommer att bli långvarig på gruppboende X. Vad som får honom att tillfälligtvis stanna, är ett mönster som funnits hos J sedan den dagen han påbörjade sitt arbete med målgruppen. Möjligheten att arbeta på egen hand, möjligheten att luckra upp det institutionella och i det ögonblickliga mötet skapa en god atmosfär på så lika villkor som möjligt.

B

Ska du vara här?

J vänder sig om och möter en man i samma längd som honom själv men betydligt kraftigare i sin kroppskonstitution. Breda axlar och stora händer, vars tyngd ger kroppen en aning framåtlutad position – vänliga ögon och runda kinder.

Ska du vara här? upprepar mannen med en egendomligt släpande röst.

Det är du som är B, säger J.

Mannen nickar.

Jo, svarar J, jag kommer nog dyka upp lite då och då, när det behövs.

Det behövs alltid män, säger B. Det saknas män. Förutom L är det tunnsått, ibland på natten, men då sover jag, åtminstone till fyra, på dagen sällan.

Går du upp så tidigt, säger J.

Jag går upp när jag vaknar, klär mig och går ut, väntar på spårvagnen och åker.

Vart åker du?

Överallt, det som faller mig in. Hisingen. Havet. Skatås. Eller träffpunkten ute i Kortedala.

Det låter som frihet, säger J.

Kanske, svarar B. Men det är som med fåglarna, vad har de för val?

En cigarett, säger plötsligt F som dyker upp från ingenstans.

Jag vill ha min nattmedicin, säger B. Den för sömnen också.

Så vaknar du tidigt, säger J.

Jag vaknar när jag vaknar, svarar B med samma egendomligt släpande röst – inte ens spårvagnarna tar längre vila.

J låser upp medicinskåpet, ger B hans nattmedicin och signerar medicinlistan.

En cigarett, upprepar F.

J tar åter fram två cigaretter, ger dem till F och ler mot honom.

Leendet återgäldas inte. F slinker iväg till rökrummet med bortvänt ansikte som om han är rädd för att J ska ångra sig.

Tack, säger B. Det är bra att du är här. Kommer du imorgon? frågar han, samtidigt som han vänder sig om och går mot sin rumsdörr som ligger närmast kontoret.

Nej, det tror jag inte, svarar J. Jag vet inte när, men vi ses.

B går in till sig, stänger dörren försiktigt och låser den noga inifrån.

Det slår i en dörr. J vänder sig om, ser bort mot korridoren, skymtar en skuggestalt som dyker upp från korridorens bortre ände.

Strax innan rökrummet ser J att det är R. Deras blickar möts. Står du på span, säger R. Det har du inget för, vi är alla smartare än dig. R öppnar dörren till rökrummet och drar igen den hårt. En kort stund senare kommer F ut från rökrummet. Han går fram till J där J står kvar i dörröppningen till kontoret. En cigarett, säger han. Nej, nu får du vänta, svarar J med en viss tvekan i rösten. En cigarett, upprepar F. Men då F ser att J tittar bort, går han iväg till sitt rum.

Spån

På första våningen är det ingen av männen som har ett dokumenterat intresse för matlagning. Pärmen J bläddrar i innehåller diverse avsnitt som handlar om vikten att motverka nyinstitutionella verksamheter. Det beskrivs hur institutionens (mentalsjukhusets) villkor ofta bidrar till att skapa ett utökat handikapp, ett kroniskt läge för den som har insjuknat och inte på egen hand kan ta sig ur det vi idag benämner funktionsnedsättning. I ett sådant institutionellt scenario fokuserar man på hindren framför möjligheterna, vuxna män och kvinnor fostras till hjälplösa barn – ett synsätt som befäster och murar in den boende i en statisk diagnos enligt modellen omöjligt att förändra. Än tydligare är detta mönster (eller borde så vara, tänker J) före den tid avinstitutionaliseringen sköt fart. Det visar sig emellertid för J, att Missionen på gruppboende X, tagit fasta på omvårdnad i dess sämsta betydelse. Missionen anställde kvinnor och män utifrån en policy som premierade personal som tog hand om allt som hörde vardagen till. Ett övertagande av den boendes liv och leverne, hennes handlingsutrymme, struktur och innehåll, sådant personalen ansåg att den boende borde värdera som den bästa möjliga av världar.

Kronan på verket var kanske godispåsen på lördagen som personalen delade ut. Man intog en traditionell föräldraroll (skalade dock bort det mesta av de känslor en förälder kan tänkas ha för sitt barn), utökade gubbarnas handikapp till den grad att dessa kom i en ytterst svår beroendeställning till de av personalgruppen premierade regler och värderingar, till funktionsnedsättningens stigman, kognitiva och sociala faktorer som ansågs hämmande och begränsande för den funktionsnedsatte och klubbade diagnos(er) utan möjlighet till utväg. När J bläddrade tillbaka och läste i de sociala anteckningarna, följde ett dominerande mönster, utan svårighet att kart- eller blottlägga. Ett tydligt mönster som fokuserade på omvårdnad/omhändertagande, med få eller inga initiativ till självständighetsgörande. Tvärtemot den kunskap man kunde läsa om i samma pärm, endast några sidor bort. De grundförutsättningar SoL och LSS bygger på. Hur»inget dokumenterat intresse« översattes med: förmåga saknas, utmynnande i vad socialforskare definierar som transinstitution eller nyinstitutionell struktur. Gruppboenden med högst likartade värderingar, vårdtänk, handlingsmönster som socialpolitiken avsåg lämna bakom sig sedan årtionden tillbaka.

Ett övertagande av gammal skåpmat.

Resultat: ingen av gubbarna, förutom B och i viss mån R, lämnar boendet, undantag är vid sjukhus- och tandläkarbesök etc. Man går antingen halvt sömngångaraktigt mellan rökrum, vardags- och TV-rum, medicin- och mattider, eller stänger in sig på sina rum. Den enda gång man verkligen reagerar är om man saknar cigaretter, eller (möjligt) om det går fem minuter över medicindelningen eller utsatt tid för måltiden.

Alla åtta gubbarna har ett stort stöd från personalen med städ, tvätt, personlig hygien. Ingen har hand om sin ekonomi själv, antingen har man god man eller förvaltare.

Världen utanför är en främmande avlägsen plats som inte tillhör dem. En till döden skadeskjuten självbild som inte är svår att se var den härstammar ifrån.

Senare.

J lämnar kontoret, följer korridoren till dess ena ände, vänder vid F:s dörr och går tillbaka, förbi några av boenderummen, städet, personaltoaletten, gästtoaletten, förbi kontoret, ytterdörren, köket och matsalen, dagrummet och altanen, förbi tvättstugan, rökrummet, förrådet, resten av boenderummen, längst ned till målarrummet, vars dörr står på vid gavel. J ställer sig i dörröppningen, uppmärksammar en tavla uppställd på ett stativ, föreställande ett antal geometriska figurer. Vid en första anblick utan synbart sammanhang. Efter närmare betraktelse framträder ett ansikte, en överkropp, en hand, en rytmik mellan de till synes åtskilda figurerna – ett öga, där blicken, tänker J, påminner om P:s. Sett genom ett förstoringsglas som om tavlan gestaltar naturens minsta byggstenar och sedan omvänt, förstorat igen, till ett ansikte, en överkropps normala proportioner – det är som att skåda in i P:s själ, tycker J.

Ett gestaltat sammanhang – en komposition i målningen som symboliserar P:s inre. En känsla som så överväldigar J att han inte hör hur nattpersonalen anländer för sitt pass och ropar efter honom. I efterhand ska han tänka att det var lika starkt som när han som ung gick på konstutställningar, betraktade och funderade över innebörden i varje tavlas uttryck. Varenda tavla liksom en hel värld som öppnade sig för J med all sin styrka och rikedom, sina hemligheter. Nåja, kanske inte varenda tavlor, men tillräckligt många för att varje möte med måleriets magi, frekventa besök på konsthallar, museum och gallerier gav samma intensitet och djup som en roman av Hesse, Camus, Sartre, Pirsig, eller poesi av Eliot, Rilke, Ekelöf, Sachs.

Längre fram i berättelsen ska J tänka att allt han upplever och funderar kring är en spegling av honom som varande J, att han liksom är oförmögen att stiga ur sig själv, insupa en annan människas perspektiv. Sådana tankar ger J känslor han känner starkt obehag inför. Ty i dess förlängning befäster tankegången honom som oförmögen att utföra sitt yrkesval på ett sätt som inte bara överensstämmer med hans värderingar, utan som med ett slag krossar hela hans tillvaro.

Det är som att tron på förmågan att flytta berg liksom sätter tillbaka bergen där de alltid stått och gjort sig hinder.

*

J anställdes på timmar, skrevs upp på Missionens vikarielista, att ringa eller smsa in när behov uppstod på gruppboende X.

Den kvinnliga chefen fick honom att förstå att hans löneanspråk måste hållas låga. Man är en organisation med en liten ekonomi, sa hon, använder volontärer för att fylla ut behoven, och har ett gott nätverk med företag och mässor där man får till skänks mat, kläder, drycker, tvättmedel, shampoo och annat. Chefen sa: inte heller jag har en lön som motsvarar vad en kommunal- eller landstingsverksamhet erbjuder. I det fanns en hänvisning till en, menade J, utspelad (men ack så levande) tradition, som refererar till all form av socialt arbete som en slags förlängning av den omvårdnad en »god mor« visar sina närmaste. Om dylikt, från chefens uttryckta synvinkel, handlade om människans automatiska böjning för mer eller mindre oreflekterade scheman, relationen till ett starkt patriarkalt system hos Missionen, där en idébaserad organisation med gåvoekonomi tillåts (om än bakom lyckta dörrar) hänvisa till tanke- och handlingsstrukturer medvetet och/eller omedvetet som i kommunalt- eller landstingssammanhang per definition borde (men knappast gör) anses ytterst svårsmälta, lämnades av J tillsvidare därhän. Ett sätt att hålla nere lönerna, kunde han dock konstatera. Praktiskt utnyttjade kryphål som i teorin och i officiella sammanhang det rynkas på näsan åt.

Vad J senare kunde dra sig till minnes, utgjorde detta det enda egentliga mötet han hade med sin närmsta chef, kort därefter blev hon långtidssjukskriven för psykiska besvär, kanhända beroende på att hon själv hamnat i den kvinnofälla som den som arbetar inom socialt arbete så lätt faller i.

*

Följande morgon. Samma fina väder som gårdagens morgon. J öppnar köksfönstret och insuper atmosfären. Gråsparven, människoföljaren, som man kallade fågeln förr i tiden och spann myt kring, hörs tydligt i en plötslig paus när spårvagnen försvinner nedför backen, flocken stämmer upp i en euforisk kör som stiger mellan husen. I det finns inte tillstymmelse till ont varsel, sådant man en gång viskade om och bävade inför, tvärtom en livsbejakelse av stora mått som upptas av J där han står och ler i köksfönstret. Inte ens när J stänger fönstret och en ensam gråsparvshanne landar på fönsterblecket och tillsynes intensivt och pockande pickar på rutan, känner J det minsta obehag.

4

D:s tillvaro

Det var en dag av särdeles djärvhet, känslor framför förnuft, affekt som utan minsta tvekan utplånade allt försök till lugn, maniskt men också depressivt, och därtill färgexplosioner som påminde om ilskna jordgetingar i atmosfären, aggressiva, för den, likt D, som råkat trampa fel. Och som det inte räckte: frustande knoppar på träd och buskar. Fåglar som kvittrade i ren desperation. En plötsligt omild vind som en svidande lavett över D:s ansikte, en kaja som pickade ursinnigt på en papperskorgs plåtkant – på andra sidan en frusen bild av en värld där i huvudsak allt det D aldrig getts tillträde till, finner gehör för isande tankar och frostskadade känslor. Det hade verkat så lätt för andra att passa in. Ett slags automatiserat beteende som enligt D:s blick inte beredde omgivningen några större problem inför eventuella utsvävningar, annat än att det kunde sammanfattas i en pubertetskris, en olycklig kärlek man snart växer ur, första fyllan, allmän ungdomlig ombytlighet – sådant som kallas: livets skola. Övergångar från det ena till det andra. Från juvenila stormar, till normaliserad trygghet. Stabilitet. Jojomensan.

Här sparas det inte på krutet. Tillvaron är lika osorterbar som alltid, om än igenkännbar. D sitter på en bänk. Kunde lika gärna vara instängd på psyk akut. Det är han, den ständigt utanförkommande, som är funktionsnedsatt, det borde han känna till vid det här laget. D har god utsikt över gatan, allén, uteserveringarna och den breda trottoaren. Omkring honom alla dessa glada, surrande människor. Intensiva som myggor på jakt efter det sötaste blodet. Vanligtvis gör dylikt honom illa berörd. Inte i första hand över den uppsluppna sinnesstämningen, livsbejakarnas påträngande närvaro, rovgirigheten över det hela, men väl över deras antal. Låt oss tala om mängdlära. Den oformliga massan. Svårigheten att beräkna/förutse riktning, utfall, avvikelser. Två tre uppslupna kan han hantera men horder av...

I folkmängden kom D så nära att han kunde känna den obehagliga odören från massans andedräkt, hur ben ströks mot ben, blick brände vid blick. Kroppsvätskor som parade sig så fort tillfälle gavs. I grunden, kände han emellertid ingenting, eller i vart fall ytterst lite värt att orda om. Det var som om han egentligen inte var där. Utan att för den sakens skull vara någon annanstans. Två unga kvinnor slår sig ned vid ett ledigt bord på caféuteserveringen närmast bänken där han satt, barbenta och bararmade, med utslagna hår och rosiga kinder – han kände ingenting. Förr om åren kände han i alla fall något, ibland ett sug i magtrakten, en ökad puls, fantasi som drog iväg med honom i en dans av sinnliga bilder. Könets oro. Så var det inte längre. Det var inget han sörjde. Det var bara en tomhet. Inget annat. Känslorna var för eoner sedan bortförda. Det fanns en ro i det.

Men också ett vemod, särskilt starkt, när han om natten låg i sin säng, stirrade upp i taket och inte kunde sova.

Allt var så längesedan. D såg på de barbenta hur de skrattade och talade högljutt, gned smalben mot vadmuskel, och då, för ett ögonblick vällde en irritation upp inom honom.

Kajan flög iväg. I dess blick kunde han ana revolutionen.

D reste sig upp och lommade iväg. Huvudet böjt, porerna inåtgående, hela han gick mer så att säga in i sig själv än framåt på trottoaren. Och då ångesten. Den gamla vanliga, jävliga ångesten.

D stannade upp på trottoaren och skrek rakt ut.

Eller trodde sig skrika rakt ut. I själva verket var det inåt vrålet tog sig, där, utan botten, ekade det sedan den stora explosionen. Det lilla livet som gled ut bland allt det som var frånstötande: sjukhusrockar, grova kanyler, eter, kanske en sugpropp över fontanellen, en filt för den som behöver täckas över, som om det var fel från första början – doften av ett nej.

En ensam solstråle som borrade sig in i hans panna – en mördare av rang, som med all sin power easily kunde tränga genom pansarglaset, skallbenet, och skapa kaos. Förinta. Ett fåtal förvirrade neuroner som skvalpar kring utan sammanhang i det som aldrig utgjort en galax. Tomrum – en cell för den vanföre.

I samma stund som D upplevde att skriket stöttes ur hans mun, liksom kräktes fram över trottoaren i en missfärgad lavaspya, tänkte D, att det egentligen var över. Hade varit så länge. Längre än han kanske förstått. En fras han samtidigt upprepat tusentals gånger. Senast för ett par minuter sedan. Och då rann allt av honom igen.

D tänkte: det spelar fan ingen roll vilket.

Affektionen, låt oss trots allt kalla det så, är mer som ett efterspel av något som passerat, som en gång fanns men inte längre finns, ungefär som ljudet efter flygplanet som vibrerar och brummar i rymden ett litet tag efter att det försvunnit från radarn och störtdykt i havet.

D satte de första orden, 2012 eller möjligt 2013. En handfull meningar som formulerade det som bäst beskrev hans existens. Känt av, hade D gjort så länge han kunde minnas. Självuppfyllande, jo, men det var inte D som påbörjat det hela. Det, kan man inte anklaga honom för. Spelreglerna har han inte rått på förrän likgiltigheten satte in på allvar.

Åtta år hade D bott på gruppboendet i Missionens regi. Gått trappan upp till tredje våningen där D hade sin lägenhet, till femte våningen där den gemensamma lägenheten låg, satt sig i samma fåtölj (han trodde inte att man någonsin bytt ut fåtöljen, det gjorde man sällan, allt som fanns på Missionen, tänkte han, var gåvor – och gåvor hade ett evighetsanspråk, ungefär som Gud, oavsett hur illa medfaret det skänkta var).

Och sedan hade D gått neråt igen, ned för dessa halvspiralformade stentrappor, undvikt ledstången i betsat mörkbrunt trä, oftast förbi lägenheten (vad skulle han där att göra?), ut på gården, sjunkit ner i sin plaststol, där han suttit och hängt, rökt och sovit, fallit i dvala och hallucinerat... fram och tillbaka, upp och ner, i samma fåtölj, i samma plaststol under åtta år. Han var trött på det, det fanns inget mer att hoppas på eller längta till. Inte undra på att D kunde pissa ner trappuppgången när D fick den känslan. Lägenheten, var sliten och nergången, ingen som ville göra någonting åt det. Ett rum och kök, liksom en förlängning av honom som patient, tänkte D, oviljan att reparera allt D rörde vid, var bestående tills man spikade igen kistlocket.

Bilder

D tänkte på bilder: möjligtvis var det bilder D sysslade med? Om det var något D sysslade med, kanske bilder. Inte som en bildmakare, som i någon mån styr innehållet, formen, vad som är tänkt att fotograferas, känslorna som ska väckas hos betraktaren, vad som ska synliggöras, dominera – sådant som egentligen inte går att styra, men som dock, funderade D, kan innehålla en viss medveten aktivitet, gestaltning, intention, riktning... subjektiv avsikt. D var en passiv registrerare – likt en riggad kamera i det offentliga som just bara registrerade vad som skedde. D hade aldrig haft förmågan att påverka. Inte ens som liten, möjligt någon gång i fantasin – när D stått och sett ut över slätten, och plötsligt varit någon annanstans. Det hade förlängts vidare i det psykotiska och det var det som fick D att tänka att ingenting egentligen var verkligt, hade minsta betydelse, inte ledde någonstans av värde. D hade varit som död i samma stund han fötts. Möjligt en retning, en signal om en snarlik öppning, just sedd från barnet på slätten. En hallucination som upphörde i samma stund man gav den namn. Kanske en fluga ett ögonblick på någons rockärm. En överlevnadstaktik som fått en viss status på sjukhuset. Eller snarare tendens till fotfäste och då i de allra bästa stunderna, alternativt i de värsta tänkbara (det går kanske på ett ut, tänkte D) – mjölka fantasin, plums ner i psykosen. En omöjlig cirkel att slinka ur. Bara tanken på den stängda dörren. Gynna sig själv = cigarrett. Resa i overkligheten. Var annars? Sätta personal på Jesus plats. Likgiltighet – klappat och klart, tänkte D. Hur det kunde bli så från allra första stund, visste D djupast inte. Någon gång hade D tänkt att det var samma sak för alla. Man påverkade så mycket mindre än man själv trodde. Men för D hade det varit extremt. Om det trots allt vid enstaka tillfällen gick bortom simpel registrering, var det ett mottagande som gjorde ont, utåt sett en spya över trottoaren, inåt smärtande på ett sätt som inte gick att beskriva, eller hantera. Men att D själv påverkat – nej!

Vad D kallade för det psykotiska, var i huvudsak sjukhusets term, tillägnat från tiden för beundran. D såg upp mot himlen och grimaserade mot solljuset som stirrade honom rakt i ögonen mellan två jättelika trädkronor. Det psykotiska handlade inte om något som gav ett gott värde, kunde inte alls likställas med slättfantasier i en gynnsam riktning. Vad han skulle kalla fenomenet, om han själv finge välja, visste han inte – annat än elände, eller något värre, när psykosen var som intensivast kunde han föredra vita sjukhusväggar, lysrör som förstärkte och ... just! isoleringscellens bröl från luftkonditioneringen.

Samtidigt var det inte hela sanningen.

Det fanns en öppning i psykosen han aldrig annars nådde.

Det var kanske därför han överlevde?

Det grinande hålet i väggen. En näve sobril. Ett par meter Trillafon, på gränsen vad en grotesk tål.

D hade varit patient innan D blev patient. D hade kanske inte förstått det, bara upplevt allt detta kaos genom alla år, registrerat och smärtat och hallucinerat och haft sig.

Spytt kaskader av blod och galla över vitrockar. Över vardagen. Lärare och Poliser.

Längst bak moder, absolut svärfar – men aldrig far.

När D åter satt sig på en bänk, och funderade, såg D hur det hängde ihop. Och den insikten gavs ord ungefär 2012. Det var därefter D beslutat sig för att det fick räcka. D hade gjort sitt. Sett och registrerat tillräckligt. Formulerat klart. Tänkt färdigt. Våldförts för sista gången. Nu var det bara frågan om på vilket sätt D skulle avsluta. Och när – resten var ett förbannat malande, som tuggande kor i hagen, tänkte D.

Hade det då kunnat gå på annat sätt? Dylikt var inte D i stånd att svara på. Det fick andra i så fall orda om. För D var det försent.

D kunde möjligtvis tänka (i stunder rentav moralisera) att man borde ha gett honom mer tid än vad man gjort, inte varit så snabba med att ge honom svaren, som ändå inte var hans, som gjorde att det bara blev värre, D vilsnare.

Tid, inte tålamod – tålamod innebär att den som har tålamod har rätt och inväntar att den andre ska mogna till samma beslut, samma tankegång. Nej, men tid, tänkte D, att få vara sig själv, egenutrymme, att få växa i den riktning man vill och låta det vara ok att man inte vet i vilken riktning man är på väg mot, att det också får ta den tid det tar.

Det hade D aldrig fått.

Inte kunnat gå baklänges på egna villkor. Eller sidledes.

D visste, att alla intagna han träffat genom åren på barnhem, ungdoms- och vuxenpsykiatrin hade det i stort sett på samma sätt. En värld, där flertalet, den så kallat normala massan, var sjukt snabba med att osäkra vapnet och skjuta bort allt oönskat. D hade hamnat bland ett gäng mördare. Och det kunde få honom att liksom förlamas av all den skräck som följde. Speciellt i begynnelsen. Frysa till döds av all den iskyla som sändes ut. Smattret från kulsprutan. Fly, insåg han, var omöjligt.

Men också med tiden öka förståelsen för den idoldyrkan D ägnat sig åt, som självfallet sänkt D mer än D trott för möjligt. Aldrig mer densamma, det där fröet som kanske trots allt velat sparka åt egen blomning.

D gick varken med tunga eller lätta steg, det var som det var. D tänkte sig tillbaka till boendet, in genom porten, förbi plaststolen, öppna innerporten, sega sig uppför alla trappsteg, förbi den lägenhet som kallades hans, uppåt till sista trappsteget och pissa utanför den gemensamma lägenhetens dörr.

Likgiltigheten – möjligt den avgörande grundstämning som fått honom att släppa taget och känna ett och annat vingslag av frihet? Som fågeln, tänkte D, i allt sitt tvång.

*

Hade man retat D som barn? Kallat honom vid namn som han inte ville kännas vid? Slängt gliringar efter honom för hans skorrande r? Inte vad D kunde minnas. Flytten hade gått smidigt på det sättet. Men man hade varit rädd för honom. D var stor för sin ålder, säker i sina rörelser. Ofärdigheten kom senare. Först var D liksom större än alla andra, för att sedan tvärtom bli mindre, fienden vände fort vapnen mot honom. Också var han tyst av sig. Typiskt flertalet, tänkte D, att vara rädd för tigandet. Klassföreståndaren klagade en gång för hans mor över att D så sällan sa något, men det hade den manlige läraren inget för, modern var på samma sätt, eller snarare mer – modern som lade till det iskalla mot dem hon inte tyckte om.

D kunde vara hur säker som helst, komma hem med rak rygg

och svängande skolväska, var modern på det humöret, räckte det med att D öppnade dörren, hon behövde inte ens titta på honom, hemmets atmosfär var som en frysbox, ungefär sådan bitande kyla man kunde känna på slätten när snön och vinden slet i allt som kom i dess väg och nästan omformade D till is. Avstannad i rörelsen, död stunden därefter. Det fanns inte någonstans D kunde skydda sig. Längtan efter det. Hata solen.

D:s far var sällan hemma. Arbetade som bilmekaniker, dygnet runt, bilar var faderns liv. Antingen mekade han för någon kunds räkning på verkstaden han var anställd vid, eller sidan om, i det garage han fick låna – där hade fadern sin pärla, Impalan med vingarna utsträckta som en örn som spanar efter villebråd.

Det var sällan fadern hade bilen körduglig, alltid var det något som fattades, behövde repareras, bytas ut eller svetsas till. Få var stunderna när bilen cruisade på vägarna. Då oftast när det var sommar. Ett par gånger hade sonen fått åka med. Och det var stort. D fick inte röra något, bara sitta alldeles stilla och se ut genom den nedvevade rutan, betrakta de skiftande landskapen som fors förbi – som man ägde hela världen. Höra, eller som fadern sa, känna V8:ans spinn vibrera i magtrakten. Betrakta den välputsade instrumentpanelen, och uppleva med hela sin kropp när hastighetsnålen steg mot hundra, trycket mot sätets svarta skinnklädsel, doften från däckens avtryck i asfalten.

Det var mäktigt. Påminde om när D stod och såg ut över slätten, alla tankar och drömmar som for igenom honom. Men det hände inte så ofta. Mest var flaggskeppet i garaget. Och fadern med. Det var modern som präglade D. Gjorde honom ointaglig för alla andra, kall han med, men mest rädd och skygg. Kanske hade dock faderns sätt ett finger med i spelet, hur faderns frånvaro gav sonen mer form och bestämning än D insett. Även modern måste ha känt av mannens frånvaro. Och blev kanske så mer kylig och isande, resonerade D. D hade aldrig vågat reflektera över varför fadern inte höll till i det egna garaget, eller på uppfarten intill huset. Men nog hade det sin påverkan och djupare förklaring. En dag flyttade föräldrarna isär, modern tog med honom till den stora staden på västkusten, där hon ursprungligen kom från. Och fadern, såg D faktiskt bara en gång därefter. Strax innan han gick bort, kallade han sonen till sig. D minns att han åkt tåg ner på egen hand, gått den långa vägen upp till sjukhuset där fadern låg – det som nu var kvar av honom. Hade det inte varit för skrattet, faderns kraftfulla skratt D mindes från de få tillfällen bara han och fadern varit ute på cruising, hur fadern just! vevat ner rutan, lagt armbågen över dörrkanten, styrt med en hand, och skrattat på det där häftiga sättet, precis som fadern ägde hela världen. Skrattet fanns kvar, tog form vid ett tillfälle, när D tordes fråga hur fadern mådde – men i övrigt var fadern så smal och mager och eländig, inåtvänd åt sitt eget mörker, inte alls den kraft fadern alltid utstrålat. Håliga kinder, och så djupt hans ögon satt inne i skallen, knappt man kunde se dem. D hade registrerat och så åter upplevt doften av ett nej. Ögonen som hotfulla kratrar, magnetiska på något konstigt vis, drömde D otäckt om länge därefter. Fadern som ett skelett, uppäten av tumörer, vars skratt snart förvandlades till hans. D som en vansinnig, bland alla andra störda, inspärrad på en låst avdelningen på mentalsjukhusets tid, irrandes i ändlösa korridorer som liksom stupade brant utför.

Modern skaffade sig en ny karl men något halvsyskon fick D aldrig. Den nya mannen var mest berusad och arbetslös, många hårda ord for som projektiler genom luften och D stannade allt längre ute på nätterna. Trots att D inte var mer än tio år.

D hamnade snart på barnhem. Och andra julen, när han tilläts komma hem, var styvfadern död, och modern, hur det liksom stank bittermandel från henne, där hon stod i hallens dunkel och rökte cigarett efter cigarett. D som knappt vågade gå in.

Förändringens vindar

Utanför det nya huvudkontoret råder det full aktivitet. En strid ström av volontärer bär möbler, pärmar, datorer, kontorsmaterial och en mängd annat paketerat i kartonger, lådor och plastsäckar in genom ingången, uppför trapporna till tredje våningen där det nya kontoret med vidunderlig utsikt över hamninloppet och vidare ut mot Kattegatt, iordningställs. Äntligen skulle man separera cheferna från övriga verksamheter vilka alltför länge trängts i alltför trånga lokaler, verksamheter som svällt i en förvånansvärt snabb takt de senaste åren, tänkte direktorn och pös som en stolt tupp. Kurser och möten av olika slag för strömmen av ensamkommande, vuxna flyktingar och hemlösa romer, eu-migranter som krävde allt större utrymme av Missionen. Till slut hade det blivit ohållbart. Som ekonomichefen sa, var det omöjligt att i ett sådant kreativt kaos som det gamla kontoret förvandlats till, bygga vidare och förankra på ett följdriktigt sätt den verksamhetsutvidgning man nu genomgick. Det gällde att behålla Gud i fokus. Därför var det av stor vikt, menade såväl ekonomichefen som direktorn, det man nu gavs möjlighet till, att via kontakter inom de styrelser man satt med i, äntligen ges tillgång till den nya kontorslokalen.

Direktorn sa: ett nytt fräscht kontor, med god planlösning man med gott och rent samvete kunde flytta till.

På avstånd, vid det anslutande torget, sitter D nedsjunken på en parkbänk och ser bort mot inflyttningen. Vad han tänker eller känner är det ingen som vet. Tankarna som till slut leder till att det nya kontoret blir platsen där D ändar sitt liv. Enligt J utgjorde det nya kontoret den plats som bäst symboliserade det svek D alltid känt från omgivningen.

I samma stund dyker en gråtrut hastigt ned mot den fontän som finns i mitten av torget, nedsänkt i ett brunnskar av gjutjärn. På

70

brunnskarets kant syns en mindre fågel av okänt slag som piper hjärtskärande och rör sitt lilla huvud ängsligt fram och tillbaka. Det är frågan om en unge. Pipet är desperat, ropande efter sina föräldrar som inte syns till. Gråtruten dyker i en perfekt båge, griper fågelungen i sin gula näbb och flyger iväg med ungen hängande i näbben. Det hela går på några sekunder, ett drama som är över innan det knappt börjat. I samma stund reser sig D upp och går därifrån.

5

Direktorn

Tvivlar du aldrig undrade hustrun, och såg bort mot direktorns långsmala nacke. Som en fjäderlös struts kunde hon tänka, och le för sig själv.

Känner du aldrig tvivel, hade hustrun frågat. Tvivel – hade direktorn svarat och för en gångs skull sett direkt på hustrun, med aningen förundrad blick – en smula föraktfullt, tyckte hustrun, som samlade sig genom att åter tänka på likheten med en fjäderlös struts och då i sin helhet. Det finns inget att tvivla på, sa direktorn, det borde du veta. Allt vilar tryggt i Guds händer.»Herrens plan består för evigt, hans hjärtas tankar från släkte till släkte«, Psaltaren 33:11. Ungefär så hade direktorn svarat. Samma teatraliska svar som han gett med få variationer till dem som genom åren uttryckt tvivel, eller en antydan därom. Samma svar han gett till hustrun vid fler tillfällen än hon kunde räkna. Samma floskler som alltid. Hon suckade. Att han aldrig lärde sig.

Tja, även direktorn hade sina svaga stunder. Gud såg – om Han förlät, visste han inte. Direktorn borde vara en klippa, orubblig i alla väder. Vid mer än ett tillfälle hade direktorn dragit på svaret, sett undran i ögonen hos den frågande, osäkerheten som följde. Efteråt hade direktorn tänkt att han skickat ut vederbörande till mer elände och otrygghet än vad som fanns där innan. Om han nu avsåg kalla sig för en guds företrädare på jorden, en missionär värd sitt namn, kunde han grovt skämmas över sådant beteende. En slags övermaga anspråksfullhet i par med infantil dumdristighet, en smula storhetsvansinne, i kombination med en aning tvivel i sinne, vilsenhet i blick, som tvingade honom på knä i långa stunder. Skulden han kände var honom ibland övermäktig. Mot hustrun var direktorn emellertid benhård. Inget skulle sippra ut, till det ansåg han henne alltför vek och skör.

Som barn, direktorn tänkte på fadern, där hade funnits en mur som aldrig gick att rasera, inte minsta tendens till sprickbildning, solid och fast som berget den nybyggda villan rests på, sådan var fadern, det räckte med en blick så skälvde pojken, och jordklotet föll i sitt tvingande läge.

Ynglingen hade nog undrat: ska det vara såhär. Ska Gud och liv innebära avstånd, smärta, ensamhet, motsatsen till glädje. Sådan slutsats, som slöt sig kring faderns uttryck, var svårt för sonen att ta till sig. Fadern hade varit präst sedan tidens begynnelse, kristen och påläst enligt gammal sed och tro inom kyrkan. Och när sonen väl vågat sig till ett möte hos Missionen och möt sång, glädje- och lovsång till Herrens ära, motsatsen till faderns stränghet och gudsuttryck, hade den unge mannen känt det som att han hittat hem.

Att Gud kunde vara så annorlunda!

Brytningen med fadern hade varit svår och utdragen men nödvändig.

Genom Missionen fann direktorn den kristenhet som klappade varmast i hans hjärta.

Men nu, efter alla dessa år, ja, det fanns ögonblick då direktorn upplevde sig se faderns ögon i badrumsspegeln när han rakade sig om morgonen. Och hustrun sa, att någon glädje hade hon sällan känt, att det var dysterhetens och pliktens och allvarets familj som präglade hemmets atmosfär. Och dottern, som var någon helt annanstans. Vid mer än ett tillfälle, såg direktorn klart och tydligt likhetens mönster mellan honom och fadern. Men dylik insikt hade fort grumlat igen. Det var inget han kunde ta till sig på djupet. Mest vanföreställning och svårmod, som ytterst hustrun stod för, tänkte direktorn, som han visste, kunde färga av sig på honom i de mörkaste stunderna. Det nya huset som de flyttat till vore väl skäl nog för det ljusa att bryta igenom. Trots att direktorn borde veta bättre, menade hustrun, såg han det materiella som betydelsefullt för harmonin i familjens sköte, och det var något som växt fram hos honom med åren. En betydelsefull faktor som starkt bidragit till att direktorn rubbat på regler han inte ville orda något mer om. Direktorn var inte helt medveten om saken. Det var väl bara så, att han valt fel hustru, kunde han tänka, och att han famlade efter goda sätt att göra allt, om inte bra, så bättre. Möjligheten att vara en hel familj som ekonomichefen i Missionen tycktes ha sitt liv ordnat – vad han förstod och förespeglats av densamme – väckte då och då avundsjukan i hans sinne.

Frågan är om direktorn någonsin haft mod att gå steget vidare, inte bara erkänna utan ta till sig vad dottern upprepande gånger sagt och uttryckt – att han, fader och make, alltid satt Gud i första rummet, att hustru och dotter, gjort sig bäst som fotografier på hans skrivbord, i alla tider. Att det var så, han, direktorn, för stadens Mission, bevarat illusionen om det goda familjelivet levande, både för sig själv, inför Missionens olika delar och nivåer, som inför den Allsmäktige.

Objektivt och opersonligt, hade dottern uttryckt sig, för att klara livhanken, kunde hon senare tänka.

Direktorn, den bästa av fäder, en fasad att axla, likt den som rakryggad uppbär en kungakrona i strålande guld och blixtrande diamanter, stolthet i blick och hållning. Guds företrädare på Jorden. Allt detta nonsens, sa dottern och brast tillfälligt i objektivitet. Från en utsträckt hand till den nödställde, till en god fader för sin familj. Motsatsen hade bildat sprickor och söndring som torde synas vida kring. Så tillade dottern i samma anda av överlevnad – frågan är i vilken utsträckning fadern lyssnade? Tog till sig, nej! det gjorde han aldrig, sa dottern. Han var likt en kejsare utan kläder. Som paradoxalt kunde handla som Gud var att lura.

Utsikt från altanen

Direktorn ställde sig på altanen, såg ut över havet. Försökte tolka skiftningarna på himlen, molnen som hastigt jagade förbi, likt antilophordens skräck för rovdjurens gap, de plötsliga stackmolnen som strax skymde solen, som gav havet en mörkgrå färgton med svarta stänk, färglöst och dystert, tänkte direktorn, på ett ytterst tragiskt och illavarslande sätt. Trots årstiden, söndag den 12 juni, spred sig färglösheten över landskapet, alla dessa underbart kolorerade juniblommor och härligt grönskiftande blad, allt det ljus och himmelska sammansättningar av den mest gudomliga kolorit som Herren Gud gav allt liv på jorden, all spädhet, jungfrufödsel, likt Jesu moder Maria, som varje år gavs förnyad aktualitet: att likt dopet uppgå i Herrens gemenskap, all lummighet, täthet och styrka, som följde av den sanna vägens geografi och riktning, all den kärlek som Skapelsen innehöll, var liksom försvunnet – som Noaks ark för det sekulära. Kyrkans perifera roll för de otrogna. Apokalyptiskt om man så vågar tänka. Direktorn såg ut över landskapet och kände en klump i halsen växa till den gräns då han inte längre kunde hålla tårarna tillbaka. Var fanns Gud i allt detta? En fråga som gjorde honom än mer bedrövad och tårarna strömmade nedför hans kinder. Sedan kom skulden. Han, om någon borde veta: allt det lidande som bettet från äpplet spridit över världen, och vad man kunde lära sig av det, han, som också, tänkte direktorn, i sin roll som ledare för stadens yppersta Mission, hade till uppgift att vara Herrens ställföreträdare, leda människan bort från alla dessa förmörkande destruktiva krafter, ut mot ljuset, det uppenbara – Guds härlighet och oändliga kärlek. I stunden tyckte direktorn att en sådan uppgift var honom övermäktig, och i det mindes direktorn pojken från Aleppo som trots Guds närvaro genom honom, valt att ta sitt liv, och direktorn sökte av landskapet med sin tårfyllda blick efter tecken från den Högste, som skulle ge honom kraft och tillit att fortsätta sin gärning.

Direktorn såg ut över havet, där kom regnet från söder, regnet som spred sig åt väster, skyn blev mörkgrå och blåsvart och direktorn såg hur sikten över havet grumlades med ens, ett riktigt skyfall, som i tropikerna, tänkte direktorn. Det vräkte ner med sådan kraft att inget kunde vara sig likt efteråt, först trodde direktorn att ovädret var på väg åt hans håll, åt öster, där han stod på altanen, himlen mörknade betänkligt över hans hjässa, men snart såg han att ovädret drog åt norr, liksom längs med den bågformade horisontlinjen, från söder, via väster mot norr och där skyfallet lämnat, djupnade havet, horisonten flyttades längre bort från honom. Det var som en flock vildhästar galopperade i panik fram över himlavalvet, liksom flydde en illa okontrollerbar gräsbrand, galopperade i full karriär från söder mot norr, och den bilden fördjupades ytterligare då det plötsligt sprack upp i söder och solen spred sig över havet, landskapet, längs med horisonten, som eldtungor över Jorden. Havet: plötsligt ett glittrande paradis, av guld bestrött på den troendes väg. Det var inte svårt för direktorn att se detta scenario som av Gud givet, hur mörkrets våldsamma kamp mot ljuset gav vika för Herren Gud den allsmäktige. Livet och döden och evigheten i ett och samma. Ja, Gud även i överhet till ljuset. Och direktorn vände sig mot huset, gick in genom altandörren med säkra steg, över honom hade det åter ljusnat, med ett ansiktsuttryck som inte kan missförstås: Gud hade visat sig i all sin Härlighet. Nu kunde direktorn söka hustrun och sätta sig till bords och tveklöst njuta av den lunch han visste hon förberett för honom. För den som har den rätta tron var uppenbarelsen direktorn upplevt till tröst på vägens mödor. Allting vilar i Guds händer, sa direktorn sig, och knäppte händerna för bordsbön.

6

Samhörighet eller kanske inte...

Redan från dag ett fanns där en speciell samhörighet mellan J och D, en gemensam nämnare som, enligt J, till sitt ursprung handlade om geografi. Att de båda två var sydlänningar, uppväxta på slätten, band dem onekligen samman vid varandra, och gav sitt uttryck på samma sätt som när två emigranter, från samma geografiska område, möts på andra sidan Jorden. Känslan av tillhörighet, i allt det främmande, sådant som, menade J, omedelbart växer fram i det ögonblick mötet skänker. Få klarar, om det nu är det som vore förhanden, att slå på skyddsmekanismer som förhindrar dylikt. Emigranten översköljs med all säkerhet av en tacksamhet över att kunna hålla levande sådant som kräver att man är minst två från samma kulturkrets, ursprungligt delar samma punkt på kartan, som motvikt gentemot den av och till svårbemästrade känslan att existensen ska förloras för allt det nya som pockar på och i ett skört läge hotar ta över och liksom utplåna den man en gång var. Det handlar om en inre igenkänning, en slags skörhetens gemensamma referenspunkt, som J till sin förvåning upplevde tämligen starkt vid mötet med D och som sålunda sprang fram ur det geografiska – slättlandskapet – och avgjort förhöjde och fördjupade samhörigheten mellan J och D. Det var så J såg på saken.

J, som i samma ögonblick såg barndomslandskapets bilder av pilallé efter pilallé vars strävan är att förhindra leråkerns... ja, ni förstår: jordmyllan som tvingande förvandlas till rullande lervälling när det vill sig riktigt illa i kulingen, stormen och det ihärdiga regnandet om hösten, och därefter i det ymniga snöfallet suddar ut varje vettig gräns och formerar mystik och egendomligheter som både lockar och förskräcker, och sedan ljusnad tid: buxbom- och spireahäckar, ack brudspirea! vitkalkade husfasader, korsvirkeshus och vindpinat tegel, den ruttnande tångens odör, omöjlig att undslippa, havets sälta och åter inåt land, de böljande sädesfälten, klargula rapsfält, boken och kastanjen, falken och hussvalan... lärkan, våröppnaren, kronhjorten och di blåe. J såg på D och log. D vände bort blicken. Dessa minnen var så veka och otydliga gentemot det som kom senare. Ursprunget omsluten av en tät dimma som obönhörligen drev in från havet och aldrig lättar eller ens stiger ur ändlösa hagar med hopp om sikt och godsinnade mönster. Det skulle vara känslan av frihet, den embryonala drömmen vid leråkerns början, cruising med fadern, men Gud, iklädd psykiatrikerns kappa, tog fort över och ströp det mesta, tänkte D, reste sig upp ur fåtöljen till det gemensamma och gick trappan ner till gården.

Promenad vid havet

J söker sig till havet. J kan vandra i timtal längs strandlinjen, hoppa mellan stenarna, balansera på hällarnas inte alltid helt följsamma formationer. J tänker att promenerandet i sig ger känslan av det otvungna, med rätt andning går det av sig självt, och när J stannar upp, ser ut över havet, de små spridda öarna som ligger och flyter likt enorma sköldpaddsryggar, känner han den känslan som växer utöver de begränsningar han vanligtvis lever under – ohämmat på ett sätt som inte ens det vagabonderade flanerandet i staden kan ge.

Han kunde se på sig själv, sin plats i världen, organisationen han arbetade inom på ett sätt som vardagen aldrig öppnade upp. Långt ifrån allt han såg, tänkte på och reflekterade över, kunde användas, en del gav klarhet, annat i huvudsak aningar. Mycket var dunkelt, svårtytt, rentav missvisande, när han tänkte efter, eller sökte prova på dess eventuella inbjudan.

J såg ut över havet. Vidsträcktheten. Gråtrutarna och fiskmåsarna som följde en förbipasserande fisketrålare. En och annan skarv som sköt fram likt en pil längs med havsytan, på väg inåt staden, måhända till vila på en förtöjningsstock i inloppet. Havet. Det var som på slätten, det osynliga fanns där som möjliga avstickare på vägen.

självporträtt

Korridoren påminner om en autostrada som snittar sig genom en dyster novemberdag över slätten, på tvären mellan rutmönstrade åkerlappar i träda. Kråkan som störtar mot den svarta jorden, upphör i skymningen. Kadavret som ligger uppfläkt i dikesrenen. Doften av förruttnelse. Synen av blod. Känslan av identitetslöshet. Dimman. En geografisk association som både kan stärka och trycka ner. I korridoren förblir utsträckningen i sin raka linje, ingen känsla i stunden att falla utför, snarare en autostradas räta enformiga linje som pågår tills mörkret brister. Ett ljussken som faller mot en öppnad dörr, och där, som ett tecken på det andra, det mätbara avståndet, skuggan som ikläs köttet. J som rör sig mot ljuset, känner inte fötternas förankring mot plastgolvets sugande yta. I dörröppningen ser han mannen med hipsterskägg vars högra hand greppat en pensel som rör sig hastigt över ett vitt pappersark. Ett ansikte, som inte egentligen alls liknar mannen, inte till det yttre, tänker J, men kanske till det inre, som en grundstämning, en önskan, en inre fotografisk bild som omöjligt kan ljuga. Här framträder de svarta ögonen, rebelliska men också vemodiga, avlägsnade men också närvarande, de fårade kinderna, mörkblå svällande streck penslas från ögonen, förbi näsan, munnen, ner om hakan. I valet av färg, finns något av sjudande liv och kraftfullhet, synnerhet i streckets mitt, vid näsan – under ögonen, förbi munnen, blekare, svald av en vit bakgrund. J tänker, hur det blå sugs in det vita, som en vistelse i ett isoleringsrum, ett slut utan återvändo, spännbälte, utan det minsta penseldrag mot en gläntande himmel, alls inget löfte. J tänker hur det blå står emot det vita. Trots allt en oansenlig glipa i det stängda. Ofantlig om man är där under luppen och törs beträda. Här finns ett både och, samtidigt. Kanske finns där en blåmelerad ton som skvallrar om syrebrist, eller så är det enbart eller i vart fall i samspel med den vita färgen som berättar att det finns ingen annan utväg än möjligt drömmen om att lämna, en dröm som kan få drömmaren att transformeras, till vad? kan man undra. J betraktar åter ögonen, svarta, som avsomnade kratrar, och då, som ett ögonblick, av något som blixtrar till, det kan vara det stansade aluminiumhöljet från övre delen av penseln, där, innan borsten tar över, liksom speglar sig i lampan som lyser skarpt, intensivt, täta fotoblixtar, aluminiumremsor bländande över ansiktet, ögonen, som när mannen med sitt långa hipsterskägg vänder sig om och ser på J, fixerar J:s blick. Ingen tvekan. Straffet är att bli bländad, mista synen, som fursten, tänker J och associerar till Ekelöf. Vad är verklighet? Mannen ler en smula. Trevande. J svarar med samma leende, trevande, och i det en slags säkerhet som uppstår dem emellan, ett mönster av igenkänning som sträcker sig ut mot Vintergatan. Skörhetens rike. Galax möter galax. Det du gör – penseldragen, säger J. Det är sådant som kommer till mig i mörkret, svarar mannen. J glimtar fönstret bortom pappersarket, ansiktet, profilen som speglas däri, den raka, spetsiga näsan, det trevande leendet, hipsterskägget, mörkret som slår mot rutan, svarta grenar som spretar och vajar en smula ekivokt, en svart fågel som rör sig längs med fönsterblecket. Mörkret luckrar upp dagen, ljuset, säger mannen. Det som är förhanden ställs på sin spets, som noir. Ur det svartvita blir världen tydligare, skuggan från den svarta fågelns näbb, som om det går en mördare lös, varje intention synliggjord. Bilder från insidan av en cell, ett mentalsjukhus, utkik mot det svarta fönstret från korridorens ände, bakom gallret. Och i det vill jag hålla kvar det blå, blått lämnar aldrig, säger han, liksom transformeras i olika grader, men lämnar aldrig, avslöjar det som talar om utväg, ett slags hopp, som också kan vara ett avslut, närmast, men också längst ifrån, som stjärnhimlen, som de blå neuronerna. Kind mot kind. Ett fåtal, eller horder av kontaktställen, stjärnmoln på natthimlen, i hjärnans vindlingar. Och arkets naturligt vita, mot det svarta – natten... Jag har inga ord, svarar J. Inga ord. Det behövs inte, inte ens poeterna, eller just poeterna, jag menar, säger mannen, det är det som är mellan raderna som är det väsentliga, orden, förmedlar, laddar, bryter upp... tydliggör mellanrummet, om de följer sitt inre syfte, kan också vara efter fåglarnas vingslag, där kommer målandet in, penseldragen som skärper sinnena – mannen ser på sin ... ja, tänker J, vad säger man? Sitt inre ansikte som avslöjar, vad, vet inte J, det är som slättens själ, profilen som skuggas, och mannen, som för penseln till vattenskålen, doppar penseln noga, låter det blå rinna av, doppar sedan penseln i den svarta färgen på paletten och målar hastigt grova streck över ansiktet, över arket, reser sig upp, släpper penseln, säger till J, att magin är över, hoppet kvävt, rör sig förbi J där J står lutad mot dörrposten till målarrummet och går med hasande steg upp till sitt rum, öppnar dörren försiktigt och stänger den om sig på samma ljudlösa sätt. Kvar står J i samma posé, stilla, säger inget, vad han tänker, stiger fram i etapper. J står kvar en god stund innan han går in i målarrummet, släcker lampan som starkt belyser det vita arket med det överstrukna ansiktet – alla dessa svarta streck, det svarta mot det blå, det blå mot det vita, det vita mot det svarta, liv och död mot en slät yta, mellanrum, galler mot ett intet. J lämnar rummet och stänger dörren till målarrummet ljudlöst. Hjärtat stångar hårt mot revbenskorgen, skjorttyget. De svarta grenarna piskas mot det nattblå fönstret. Den svarta fågeln har lämnat sitt vita träck på fönsterblecket. Risken att bli bländad lurar ständigt i hörnen.

Ett första intryck av gruppboende Z

På gruppboende Z är intrycket tvärtom jämfört med vad J tidigare erfarit. Initialt så annorlunda att J kunde tro att han drömde eller var offer för en optisk synvilla som liksom grumlade J:s varseblivning, tanke och slutledningsförmåga. Jämförde man gruppboende X och Z var skillnaden så betydande att X, menade J, utgjorde ett särdeles tydligt skolboksexempel för de mest okunniga över hur man absolut inte skulle bedriva ett gruppboende, medan Z uppvisade flera drag som gav ett gott exempel hur ett idealt gruppboende kunde utformas i god överensstämmelse med det man, enligt J i allmänna ordalag talade om som psykiatrireformens mål, dess intention och värdegrund. Och detta inom samma organisation.

Stämningen är ytterst positiv. Personalen glada, vänliga och tillmötesgående, de boende sociala, öppna, tillsynes starka och möjlighetsinriktade. Tvärtom gruppboende X, där personalen tävlade om att kvantifiera insatserna. Premierade fostran framför empowerment. Och gav en ytterst tragisk atmosfär av boende som hasade sig genom korridoren med böjda huvuden och tom blick. På Z fanns det ett samspel mellan personalen och de boende, man litade på varandra, dörrarna var öppna, köket – inget lås på kylskåpet, man fick ta sig en tepåse, koka vatten när man önskade, och man satt gärna tillsammans och fikade, åt och såg på TV eller spelade spel. Det var som om det institutionella tänket inte existerade på Z. Det rådde en familjär grundstämning som gav så mycket energi och kraft att J baxnade.

J gick således i ett ständigt rus den första tiden. Äntligen, sa han sig, hade han funnit ett gruppboende som motsvarade den intention SoL och LSS hade för avsikt. Naturligtvis var hans känslor förstärkta av hur illa han upplevt X, det insåg han, men ändå, sa han sig: det var som dag och natt, det kunde man inte förneka. Och jämförde man med övriga erfarenheter J gjort inom kommunpsykiatrin var skillnaden i stort sett lika hisnande. Samordnaren var en pärla. Tog emot honom med öppna armar, visade verkligen att J var välkommen. Omgående blev J en favorit man ringde in när det behövdes en vikarie. När det snart blev en schemamässig omorganisation och det visade sig bli en 50 % tjänst ledig, ett vikariat tre månader i taget, var J personalgruppens första val. J tackade ja till erbjudandet, utan minsta tvekan.

J var den ende mannen i dag gruppen, som för övrigt bestod av samordnarens dotter, och två andra kvinnor. På natten fanns två manliga personaler och en kvinnlig, vilka bytte av varandra och täckte månadens alla nätter. Nattjänsten var ett ensamarbete.

Första tiden på sitt nya jobb följde sålunda J samma mönster man kan se hos de flesta nyanställningar. J myntade uttrycket »rosenperioden« – krackeleringarna drabbar den nyanställde att efterhand uppmärksamma.

Gruppboende Z låg centralt, ett par kvarter från J:s andrahandslägenhet, beläget i ett stenhus om fem våningar, byggt år 1900. Utgjordes av en trappuppgång, med boendelägenheter på varje våningsplan, och högst upp, takvåningen, som användes för kontor, kök, samtalsrum, matsal och vardagsrum. I den ursprungliga stadsplanen, framtagen på 1860-talet, aktuell till strax efter det följande sekelskiftet, uppfördes stadsdelen av stenhus byggda i fyrkantiga kvarter med breda gator efter modell från storstadsmetropolerna Wien och Paris.

Inte alls långt från vare sig J:s arbetsplats eller J:s lägenhet låg stadens paradgata, ett lagom och bekvämt promenadavstånd från den storstadspuls J under sin lediga tid gärna flanerade genom och lät sig genomströmmas av.

Enligt J utgjorde flanerandet, som läsaren i det föregående fått sig beskrivet, en betydelsefull rening för själen, manade till avspänd reflektion, perspektiv på tillvaron som också skingrade den melankoli han ibland ansattes av – den känsla av ensamhet och utanförskap som förstärkts inom J efter den separation han några år dessförinnan genomgått. Flanerandet var, ansåg J, en konstart att växa in i. En konstart till nytta för liv och hälsa. Ett påpekande han gärna återvände till, upprepade, fann delvis alternativa sätt att förhålla sig till. Flanerandets konst, sa sig J, blev man aldrig riktigt färdig med. Och i det, ansåg J, vid noga eftertanke, var hans gradering: hav, berg, stadsflanering, det som på sikt borde suddas ut, promenerandet i kombination med perspektiv på tillvaron ska kunna idkas, oavsett omgivning, tänkte J.

J menade att promenerandet stod över platsen i sådan verksamhet. Han var bara inte riktigt där än.

J lärde att Missionen, sedan lång tid tillbaka, hade en förhållandevis god relation med fastighetsägaren, vilken till reducerad hyra tillät olika verksamheter av social och kristen natur i flera av de fastigheter som låg intill varandra. Förutom gruppboende Z, för psykiskt funktionsnedsatta, huserade i en intilliggande fastighet ett café för hemlösa, där det gratis serverades smörgås, kaffe, te, ibland, beroende på vad som skänkts, någon form av lagad mat. Under caféet, fanns en inredd källare, fylld med skänkta kläder och allehanda skor, där de hemlösa gavs möjlighet att duscha och byta kläder och passande skodon. Ovanför caféet, var vid tillfället när J påbörjade sitt arbete på Z, gruppboendet för dubbeldiagnoser eller samsjukliga – män som både hade en psykiatrisk diagnos, ett missbruk, och ett pågående fängelsestraff med sig i bagaget – på väg att avvecklas, och byggas om för att ta emot ensamkommande flyktingungdomar i huvudsak mellan 13-17 år. Man räknade snart med inflytt. Behovet var stort och akut. Det förändrade fokuset, självklart i linje med intention och prioritering mottogs av Missionen med stort intresse. I efterhand kunde man möjligtvis tala om en viss forcering från kommunens sida, men det var inget som i allmänhet diskuterades inom Missionen. Ovanför ombyggnationen och på samma våningsplan i en intilliggande fastighet som sträckte sig bort mot gruppboende Z, och rumsligt knöt samman verksamheterna med varandra, fanns ett antal sattelitlägenheter i Missionens regi för dem från dubbeldiagnosboendet som klarat en god omställning till ett liv utanför murarna, eller rättspsyk, till ett liv utan droger och kriminalitet. Stödbehövande vilka med hjälp av mediciner och sociala stödfunktioner som kontaktmannaskap från såväl socialtjänsten, den psykiatriska öppenvården som Missionen fortsatte utvecklas mot ett självgående liv – vad missionspersonal, socialtjänst och öppenvården ansåg, bekräftade och beslutade om.

Fastigheterna och dess ägare

Den gamle fastighetsägaren var betydligt mer positiv till välgörenhet än hans äldste son som tagit över efter faderns död år 2012. Sonen var egentligen inte alls positivt inställd till fastighetsföretagets välgörenhet vilket i huvudsak yttrade sig i form av reducerad hyra men vågade inte, enligt ryktet, på grund av risk för negativ publicitet, höja hyrorna till tänkta marknadsvärdet – renovera och attrahera ekonomiskt välbärgade hyresgäster. Att ägna sig åt välgörenhet låg i tiden, och ansågs främja affärerna. Den allmänt vedertagna föreställningen påpekade att man riskerade falla tungt om man offentligt uppvisade minsta motstånd mot dylikt. Än djupare blev fallet om man dessutom bröt en tradition som vittnade om ett gott hjärta, vilket fadern således insett och värnat om – och dessutom tjänat en hel del pengar på, insåg sonen. Varför sonen även i personligt hänseende snart försökte efterlikna fadern. Han räknade de två toppcheferna inom Missionen, direktorn och ekonomichefen, till sina vänner. De möttes ofta på olika tillställningar runt om i staden. Man ingick i samma styrelser. Och det hände att man bjöd hem varandra på middag. Det sistnämnda var dock inget som basunerades ut offentligt.

Samtidigt fanns där ett eftersatt underhåll av fastigheterna, ett omfattande förfall i en hel del av utrymmena, som i gruppboendets trappuppgång, där den smutsgula färgen flagnade från väggarna, och sprickbildningar uppstått lite varstans. Hissen var högst opålitlig, påminde huvudsakligen om en varuhiss, och gick sönder stup i kvarten.

Det ryktades om mögel i såväl källaren under caféet (enligt J, obekräftade uppgifter), som trots klädesförvaring inte åtgärdades, som i övriga källarutrymmen. Men framförallt syntes undermåligheten i de lägenheter som beboddes av de psykiskt funktionsnedsatta. Dessa lägenheter uppvisade hos de flesta en betydande allmän nedslitning, synliggjort av såväl fuktskador, flagnade tapeter, sprickor i väggfärg och takputs, ingrodda, fläckiga, smutsiga plastgolv och trägolv – interiör gulnad eller mörknad på ett dystert och högst osnyggt sätt. Vad som sades, hade det inte varit lika illa på den gamle fastighetsägarens tid, men nu var det verkligen bedrövligt, tänkte J. Ångesten liksom skrek ur väggarna. Sprickor i toalettstolar och handfat, droppande kranar och duschar. Lägenheterna gav ett ytterst ohälsosamt intryck. Och de få möbler som fanns var ofta söndriga, slitna i färgen och hade hål i tyget. Endast tre av boendelägenheterna var renoverade och uppfräschade till en godtagbar nivå.

Vera

På innergården, uppe vid cykelstället, står en kvinna och röker. Vi kan kalla henne Vera, då hon inte tycker om att man använder hennes riktiga namn. Vera såg J när J kom med raska steg till sitt första pass. Vera tyckte hon kände igen honom. Varifrån visste hon inte. Det var något bekant över honom, ansiktet, hans sätt att gå. Hon sökte leta i sitt minne, men det var svårt, grumligt, likt en omrörd sjöbotten. Hon tvekade att ge sig till känna. Plötsligt orolig över att han skulle minnas mer än henne. Att det skulle kännas obehagligt, på det där gamla sättet.

Att den eventuella kontakt de haft inte var något bra, tvärtom, smärtsamt, uppslitande – så måste det vara, tänkte Vera. Slutsatsen medförde att Vera lämnade boendet, promenerade kring på gatorna under flera timmar. Så brukade hon aldrig göra. Hon tyckte inte om att möta människor, alla höga ljud som kom henne till mötes, blickar, vad hon uppfattade som hotfulla rörelser, avgaser, gjorde henne orolig och energitömd. Det var som att staden dränerade henne på energi, sög ur henne all livskraft. Vera orkade inte med stadens hektiska tempo, så hade det varit för henne sedan barnsben, hon kallades för snigeln – hade ett tempo, tänkte hon, som definitivt var annorlunda än andras. Hon vågade inte gå tillbaka till boendet. Visste inte vad som kunde hända när hon mötte honom. Så därför fortsatte hon sin oroliga promenad, gata upp och gata ner, helt planlöst. Alltid hade hon varit känslig för detta tempo. Folk hade skrattat åt henne. Sagt att hon måste vara lite bakom. Det hade varit ett handikapp för henne, det kunde hon hålla med om. Och hennes känslighet för tempo, för förändring överlag, hade försatt henne i en mängd prekära situationer, hon hade inte passat in någonstans, inte klarat skolan som andra, inte kunnat ta något jobb. Hon hade försökt, arbetat både i butik och som städerska men det hade fort blivit henne övermäktigt.

Hon fick vid båda tillfällena sparken efter endast några dagar. Man sa att hon inte passade in. Man placerade henne på ett dagcenter, utan att beskriva vad hon hade där att göra. Ett tag var hon på Samhall, men även där tyckte Vera tempot var för högt. Samhall var så produktionsinriktat, de anställda utförde enformiga och stereotypa moment som ingen annan ville ha. Uppdrag från industrier som skulle utföras inom en given tidsram, nej, usch! det var inget för henne. Hon minns inte vad hon arbetat med, men bra, hade det inte varit. Själv trodde Vera att man av misstag parat samman långsamhet med lågbegåvad. Trots att hon genomgått tester som alla pekade på att hon var normalbegåvad, ja, ett par test hade till och med resulterat i att hon låg över medel, men dessa tester hade slarvats bort, eller så hade man ignorerat dem eller avfärdat dem som mindre tillförlitliga. En snigel ska veta sin plats. En snigels öde är att förr eller senare krossas under en skosula, av den som inte har tid att se sig för, av den som väljer den breda, allmänna vägen, tänkte hon. Med andra ord: den som kallas normal. Och normal var hon inte. I vart fall inte på det sättet. Man hade sagt åt henne att det var lika bra att pensionera henne, fast hon vid tillfället bara var några och tjugo. Hon var ändå som en gamling, sa man och såg på henne med dystra ögon – blickar som talade om ingen återvändo.

Vera fortsatte att gå sin planlösa promenad, eftermiddag rörde sig mot kväll, trafiken intensifierades, antalet rusande människor likaså. Hon gick till en park, där var det lite lugnare, gräsänderna guppade i dammen, sneglade på henne nyfiket, som om hon möjligt hade bröd i fickan. Några ungdomar släntrade över en gräsmatta, en man med en svartgrå hund stod alldeles stilla och stirrade på vad, visste hon inte, hunden tittade upp på sin husse, stod lika stilla, som ett frågetecken, tyckte Vera, en äldre dam satt på en bänk och tittade på änderna, och Vera upplevde det som att hon för ett ögonblick kunde andas, liksom friare, skönt med lugnet parken gav, tänkte hon. Ingen som brydde sig om henne.

Nästan som att vara hemma. Vera gick i sakta lunk runt dammen och tänkte på ingenting. När hon väl lämnade parken, hade den värsta rusningen lagt sig. Och hon beslöt sig för att gå hem, hon tänkte att hon inte behövde visa sig i den gemensamma lägenheten utan kunde gå direkt in till sig och stänga dörren om sig. Först då, när hon väl styrde benen hemåt, kom tröttheten över henne, hon kände verkligen av att hon gått så långt, det värkte i benen och i vänster höft, stel var hon plötsligt på ett sätt hon inte känt av på länge. Aningen frusen ökade hon takten och steg snart in genom porten till gruppboendet. Där stod en personal och rökte på gården, en storväxt kvinna med axellångt brunt hår och stora glasögon som Vera glömt namnet på – han, den manlige personalen hon tyckt sig känna igen, syntes inte till. Var har du varit? undrade kvinnan. Vi har saknat dig. Jag tog en promenad, svarade Vera lågmält. Kände sig obekväm och orolig med ens. All denna kontroll, som om hon fortfarande var intagen på sjukhuset. Kommer du upp? frågade personalen. Nej, svarade Vera, jag går in till mig. Men har du ätit? Så det räcker, svarade Vera korthugget. Jag är trött. Ska sova. Också smet Vera in i trapphuset, var snart hos sig. Låste dörren om sig. Noga.

Gruppboende X

Eftermiddag. Två ordinarie personaler, samordnaren och en kvinnlig, sitter på kontoret, skriver i den sociala dokumentationen, ringer arbetsrelaterade samtal, i pauserna surfar man på nätet efter resor, samtalar om priser, resmål, hotell etc., skriver inlägg på Facebook och ser på bilder på Instagram. Man talar om F, ojar sig över hans ständiga övertramp. Man talar om F:s tjat efter cigaretter, att han inte passar in bland de andra gubbarna, att man är trött på honom, att F själ all energi så att de andra boende kommer i kläm. Man ojar sig över så lång tid det tar att finna en annan plats för F, trots att behovet enligt de samtalande är stort och akut. Man suckar och suckar igen.

J, som suttit med på kontoret, i bakgrunden, för sig själv, och tigit under samtalets gång, reser sig upp och går ut i vardagsrummet. Mannen med hipster skägget sitter på sin vanliga plats i soffan och stirrar på TV-skärmen som visar en amerikansk serie från 90-talet. Inspelade skratt och höga röster som far kring som ilskna getingar i dagrummet. Ljudet är högt på. J sätter sig i fåtöljen, närmast P, böjer sig fram efter fjärren, sänker ljudet och vänder sig mot P, har du inte lust att måla, frågar han. Nej, svarar P. Fortsätter stirra på skärmen. Det finns en personlighet i dina målningar som vibrerar av känslor prövar J. P vänder sig mot J och säger: det är en spegel av dina pretentioner.

Du menar att målningen blir till i betraktarens öga, säger J, upplivad över att han åter fått kontakt med P.

P rycker på axlarna.

I samma stund dyker R upp. Det där snacket är inte för er personal, säger han. Personal befinner sig inte på den nivån, ligger mest och gottar sig på ytan, som en jävla hora. Hugger när vi är som svagast. Jag sätter på kaffe, säger J och reser sig upp. Kaffe, sa R, det är väl inte tid för det nu. Du får inte avvika för mycket, det kan oroa, skapa revolution rentav, fortsätter R och skrattar högljutt, rör sig hastigt mot rökrummet. P säger inget. Stirrar oavbrutet på TV-skärmen, som nu sänder reklam. Genast höjs volymen, automatiskt. Ingen jävel ska undkomma, tänker J irriterat. Kan jag få en cigarett? ropar F. Visst, svarar J i samma höga tonläge. Slår en blick på väggklockan, ser att den är fem i och styr stegen mot kontoret. J öppnar medicinskåpet (där alla mediciner förvaras jämte F:s cigg), tar fram en cigarett, sätter ett kryss, på rätt timme och dag, på det upptejpade schemat på insidan av medicinskåpsdörren. Klockan är bara fem i, hör han den manlige samordnaren L bita av i bakgrunden. Du får inte ge honom lillfingret, då sväljer han hela handen. Ok, svarar J, lämnar kontoret och ger F ciggen, där han står placerad utanför kontorsdörren och väntar. J vänder sig om mot samordnaren, jag sätter på kaffe, säger han. Den manlige samordnaren svarar inte. Surfar vidare på Facebook. Resten av sitt pass tiger samordnaren så fort J närmar sig.

Den mindre goda stämningen mellan L och J var inget som undgick de boende. Sensitiva kände de väl av den ökande spänningen. F var mer orolig av sig än vanligt, vankade fram och tillbaka i korridoren, letade efter fimpar i rökrummet, eller på altanen. P gick in i målarrummet, dopade en tjock pensel i blå färg, stegade ut i korridoren, droppade färg på golvet och gick fram till ett av sina självporträtt och målade över ansiktet så mycket det gick med den blå färgen på penseln. R stod och talade lågmält med B som just var hemkommen från en av sina utflykter och stod och hängde i dörröppningen till sitt rum. R sa: man kan undra vem fan som är sjuk här. Också såg han menande på B, som inte sa något själv, men som liksom bekräftade med sina ögon och minen på munnen att något, var det, som inte stämde.

Lärde man känna B förstod man dock att han höll med om det mesta som sas, själv kunde han säga: jag behöver lugn och ro, resten skiter jag i, också slank han iväg ut, tog första bästa spårvagn till ändhållplatsen, åkte med tillbaka, eller hoppade av spårvagnen och promenerade en stund. Eller så gick han in till sig och låste dörren om sig.

Känslan av den samhörighet J upplevt med B var i detta ögonblick som bortblåst.

Nu handlade stämningen om det sjuka glappet mellan personal och boende, som de flesta av personalen kallade för professionalism, men som enligt J hindrade växt och relationer på ett gynnsamt sätt.

Vid detta tillfälle förstärkt av spänningen mellan L och J.

En kvinnlig personal från ovanvåningen kom ner, J gick henne till mötes. Ja, jag tänkte baka, sa hon, men så upptäckte jag att vi saknar mjöl, så, ja, jag hittar själv... fortsatte hon och stegade iväg till förrådet. J följde efter henne, hur har ni det däruppe? frågade han. Det är lugnt, sa hon, och greppade en tvåkilospåse vetemjöl. Om du vill kan du följa med upp, du har väl inte varit hos oss. Nej, det har jag inte, så det vore kul, svarade J. Jag ska bara tala med L. Gör du det, och kom sen, sa kvinnan och försvann från våningen. L kom J till mötes. Det går inte idag, sa han, både jag och I tänkte kompa ut, vad jag förstår klarar du dig utmärkt själv, rena proffset är du ju, sa han ironiskt, men imorgon kan du gå dit, jag har ett ledigt kvällspass till dig däruppe. Tack, sa J. Där kan du rucka på reglerna, sa L, bäst fan du vill, de är inte lika sjuka som här, men så är det ju blandat, män och kvinnor, och det livar alltid upp. Och det kräver inga fasta regler, undrade J. Jo, fasta regler kommer man aldrig förbi, då får man flytta till ödemarken, förresten finns det regler där med, anarkismen är död, sa L och skrattade rått.

Regler och regler, sa R och gick hastigt förbi. Allting ska vara så jävla förklarat och strukturerat som man var en fisk i ett akvarium. Fattar ni inte »förklarat« är som en nysning medan bakterierna slinker undan, omöjliga att finna rätt på annat än när bakterierna själva attackerar i våldsamma angrepp som gör världen än sjukare. Och folk dör som flugor.

Du menar möjligheten att välja själv, sa J och såg på L.

Välja själv, sa L, vilken värld lever du i?

Ja, vilken värld lever du i, sa R, som dök upp igen, gick iväg till rökrummet och slog igen dörren, hårt.

F gick förbi. Kan jag få en cigarett. Kan jag få en cigarett, upprepade han.

Du kan värma risgrynsgröt till kvällsmat, max två mackor per man. Tar du fram skinkan måste du se till att det räcker till imorgon också, sa L, överräckte arbetsmobilen till J och gick sin väg.

Våning två

Boendet på andra våningen har likartade regler och rutiner: låsta dörrar, skarpa gränsdragningar, personalen sitter för sig själva, mest på kontoret, men det är ändå aningen lättare atmosfär, mer färger, blommor, skratt, musik, livsbejakelse, inte alls så dystert och grått som på första våningen, tänker J. Personalgruppen består av yngre kvinnor, och det finns en lättnad i det. J trivs bättre, får bättre kontakt med de boende, men det är inte mycket som händer, de boende vankar fram och tillbaka i korridoren, röker cigarett efter cigarett i rökrummet, dricker kaffe, samma mönster dag ut och dag in.

Det var bara en av de boende som hade en behandlingsplan, som gav öppningar mot ett framtida liv utanför gruppboendet. Enligt personalen var övriga sju i för dåligt skick. För J handlade det om brist på god planering, en brist hos personalen vars blickar för stöd fokuserade på hinder framför möjligheter hos den boende.

Kanske saknade man kunskap, funderade J i efterhand, där han promenerar genom gatorna, de flesta hade bara en gymnasial utbildning.

J ville flytta fokuset till personalgruppen, vad är det vi som personal missar?

Vilka möjligheter har respektive boende: styrkor och förmågor, vad kan vara ett uttryck för passivitet, allmän tristess. Inte för att man alltid ska tvingas växa, den allmänna snurren, tänkte J, att man ständigt ska utvecklas, blir lätt en förbannelse – speglat gentemot den som behöver extra tid, en utopi, av och till en fallgrop, betyder: tillbaka till institutionen. Reduceringen.

Men om inte ens möjligheten finns, vad återstår då? Vanka kring i en nyinstitutionell korridor, mellan mattider, rökrum och sängen, år ut och år in, tills döden eller uppluckringen av kvarboendeprincipen gör sitt.

*

Tal om oförmågor hos den boende handlar mer om institutionalisering, en sjukroll där den psykiskt funktionsnedsatte blir behandlad och bemött utifrån diagnosen och dess följder sett som ett status quo. Känslouttryck och passivisering som var och en av oss bär på och som för den utsatte i ogynnsamma miljöer förstärks och för vård- stödpersonalen legitimerar diagnosen – individens status som funktionsnedsatt placerat i ett livslångt perspektiv.

Empowerment: vad vill personen, ett fokus på möjligheterna framför bristerna, lösningarna framför hindren, att utgå från den boendes tempo, val, intressen... att just se, tänkte J, att den boendes sätt att vara, känna, bete sig är huvudsakligen samma arsenal av känslor, tankar och uttryck som var och en av oss andra bär på, om än i reducerade, förstorade eller förvrängda proportioner och uttryck, beroende på miljö, bemötande, mående och annat. J tänkte att ett avgörande fel som görs är att se den psykiskt funktionsnedsatte som skild från den som agerar stödjare och behandlare. Om igenkänningsfaktorn varit större, hade »Alien« perspektivet skrotats och faktumet: vi är alla människor, vi har samma grund, men väl individuella uttryck, utgjort bästa stöd för empowerment för den som behöver stödjas därtill. Naturligtvis i kombination med en god organisation med samma möjlighetstänk som grund och fokus.

94

Boende Z – Vera

Vera höll sig borta från den gemensamma lägenheten. Orsaken var den nye manlige personalen. Hon tänkte mycket på honom. Sökte placera honom i sitt förflutna. Men lyckades inte. För Vera var det förflutna mer av starka känslor, med ett övermått av abstraktion i sig, än klara bilder eller igenkännbara ord att formulera. Kaos framför sikt. Kanske överdrev Vera, hon kanske aldrig hade träffat honom. Var han inte lik hennes förste man? Det var kanske så det var, dragen fanns där, mörk, sluten, samtidigt yviga rörelser. Känslan av hot och opålitlighet. Hon visste inte. Kanske var det hennes svårighet med män i allmänhet, män var oberäkneliga och egendomliga, bytte ofta skepnad utan att hon förstod varför. Från ljusa och glada, uppspelta, till mörka och opålitliga, svårtydda. Farliga. Bäst att hålla sig undan. Det gjorde ont att tänka på män. Som om män personifierade ondskan, kunde hon tänka.

Det fanns män på Z som arbetade på natten, men hon såg dem sällan, lade sig tidigt och gick upp sent, de besvärade henne inte. En av nattpersonalen hade dessutom jobbat på Missionen länge, han var nästan pensionär, tänkte hon, var som en godhjärtad morfar, eller som en skrattande tomte. Han var ofarlig. Kunde inte göra en fluga förnär. Det var de yngre, eller medelålders männen hon hade svårt för. Dem visste man aldrig vart man hade. Hon saknade att vara uppe i den gemensamma lägenheten, det skingrade hennes oro och svårmod att gå upp och ta sig en kopp kaffe, kanske skriva upp sig för lunch någon dag. Eller kvällsmat. Åt gjorde hon annars hemma. Inte något avancerat, men hon tyckte om att stå vid spisen och laga till en enkel måltid. Dessutom kunde hon göra det i sitt eget tempo, hon var så känslig för stress och hög ljudnivå. Många människor kring sig, gjorde henne nervös. Det var bara kvinnor som jobbade på boendet på dagen, och det passade henne bra. Om det var någon manlig, var det mest på sommaren och då kunde det kvitta. Då ville hon inte vistas i det gemensamma, det var som en bakugn, som det lätt blev i en takvåning. Men annars, var den gemensamma lägenheten ett gott sätt att skingra det svåra hon bar på, jobbiga känslor som ofta gjorde sig påminda.

De boende, grannarna, var visserligen till hälften män, men dem hade hon vant sig vid, de var oförargliga – förutom D, han visste man inte vart man hade. Men William, honom tyckte hon om. Han var alltid så artig och välformulerad – världsvan var han också. Talade så fint och lugnt och log som en väluppfostrad och snäll pojke. Honom tyckte Vera bäst om. Han var som hon föreställde sig en engelsk gentleman.

Plötsligt ringde det på dörren. Vera stod i köket, hade precis hällt upp kaffe. Vem kunde det vara? Förmodligen hennes kontaktman, hon kunde ringa på utan att förvarna, trots att hon visste att Vera blev rädd för det plötsliga, hon undrade säkert varför hon höll sig borta. Så måste det vara, tänkte Vera, och gick för att öppna. Övertygad om vem det var som ringde på.

Totalt överrumplad blev Vera när det var den nye manlige personalen som stod utanför hennes dörr. Han sa: Hej, har du lust på varma mackor ikväll, också log han. Första känslan var att hon skulle slå igen dörren mitt framför näsan på honom, så rädd och faktiskt arg var hon, att han bara vågade komma så där och ringa på och det utan att hon visste om det. Men hon stängde inte dörren, istället stod hon som förstenad, fick tunghäfta, flackade med blicken, kände hur hon rodnade som en skolflicka. Du är välkommen, sa han, och log igen. Ja, sa hon och drog på svaret, jag vet inte... Du behöver inte bestämma dig nu, sa han, jag gör mackor så det räcker, vill du, så är du välkommen.

Så sa han, ja, också log han ännu en gång, eller om det nu var så att han lett hela tiden, det kunde hon inte reda ut efteråt. Hon hade inte svarat, bara stått där och stirrat fånigt och sett hur han gått en trappa ner och hört att han knackade på en annan dörr.

Man åt klockan sjutton, och då var hon där. Hon visste inte vad hon gjorde, hade inte riktigt koll på varken kropp eller tanke, men hon gick uppför trappan, stegade in i den gemensamma lägenheten, och möttes av den manlige personalen, som log igen, också kom William henne till mötes. Artig och lågmält vältalig som alltid, inga yviga gester från hans sida. Det fanns stunder då hon tänkte att om hon skulle önska sig en man, skulle det vara en sådan som William. Han fick henne att slappna av och äta två varma mackor, och njuta av det också. Det var riktigt gott. Och även om hon inte stannade så länge efteråt, tog en snabb kopp kaffe, och gick sedan ner till sig igen, hade det känts bra, det kunde hon inte förneka. Och hon var förvånad över att isen så lätt smält. Hon var inte alls rädd för den manlige personalen längre, de hade inte talat med varandra, men på sitt sätt att vara såg hon att han var snäll och omtänksam och inte alls bullrig, yvig eller mörk eller så. Liknade faktiskt William till sättet.

Han utstrålade dessutom en viss trygghet, tänkte hon. Att hon mött honom tidigare i livet, att han tillhörde ett kaotiskt förflutet, stämde inte. Likheten med hennes man som ung, i kroppsspråk och så, nej, hon hade haft fel för sig från början. Han var så långt ifrån maken man kunde komma.

Nästa dag var Vera inte lika övertygad, lite avvaktande fick hon allt vara, han var ju man, tänkte hon. Men motståndet att besöka den gemensamma lägenheten när han arbetade, fanns inte lika uttalat längre.

J i sin tur såg osäkerheten i Veras blick. Han hade stött på kvinnor med hennes bakgrund förr. Det var någonting i rörelserna, mimiken, blicken som gick igen hos dem som haft våldsamma män omkring sig. Även om han inte alltid höll måttet, fanns hos J en förmåga att finna rätt nivå att arbeta utifrån. Och han kände att efter kvällen med varma mackor, att han personligt bjudit in henne, sökt vara lågmäld, artig, nedtonat kroppsspråk och ansiktsmimik, hållit sig i bakgrunden och funnits där som en potentiell resurs – uppmärksam och lyhörd för hennes stämningar och skiftningar, hade gett dem en god initial kontakt att bygga vidare på. Dylikt var bland det bästa med hans yrke, menade J, varje gång han kände att han byggt en bro, om än skör, fylldes han med en stor ödmjukhet – med styrka och energi att gå vidare i sitt sociala arbete. J tänkte att det gällde att finna människan i mötet, visa att de var på samma arena, ett ömsesidigt, respektfullt möte – bemötandet bortom varje form av stigmatisering. Så gott det nu gick. Att vara personal var i sig en kantring i relationen, fällorna var många, ibland övermäktiga då de tangerade omedvetna förgivettagna spår och förutsättningar och uttryck. Men, ansåg J, var man observant och ödmjuk inför uppgiften kunde man komma långt.

Förutom Dennis, William, Vera, en dam vid namn M, fanns där ytterligare fyra boende, Lasse, Greg, Anette och Örjan. J hade mött dem alla och överlag, tyckte han, fått en så god kontakt med var och en som det var möjligt på så kort tid.

Enligt kvällsrutinen samlades de flesta i den gemensamma lägenheten vid 19:30-tiden. På vardagen bjöds det på frukt och nybryggt kaffe och till helgen, godis och snacks. Det var ett gott sätt att stämma av hur de boende mådde, hur dagen varit, skingra ensamhet och bjuda in till ett småtrevligt samkväm. Det var en populär tidpunkt för de boende, kanske för att det var kväll, lugnare på alla sätt och vis. Inte alla satte sig ner för att umgås, man tog en frukt, en kopp kaffe, eller en näve lösgodis från den gemensamma godisskålen och slank sedan ner till sig, eller ut på gården för att röka.

Denna kväll utgjorde inget undantag, alla, förutom Vera och Örjan, var på plats när klockan visade 19:30. Även Märtha, M:s syster som då och då besökte M, hade anslutit till gruppen. Vardagsrummet fylldes av röster. Några försvann hastigt ner på gården för en cigarett, med en mugg kaffe i sin hand, men de flesta satte sig ner, såg på TV: n, där nyheterna mest handlade om kriget i Syrien. Och inväntade 20:00 då kvällsmedicinen skulle intas.

Det hördes gevärsskott. Bilder av hus i ruiner flimrade på skärmen.

Märtha muttrade: Krig i hjärnan.

Ingen svarade.

Det är människans grundstämning, tillade Märtha efter en stund.

Det kan så verka, svarade J, men det finns mycket annat också.

Ja, dåliga karlar, sa M och skrattade till.

Män, sa Anette, och såg skrämd ut.

Det har du väl aldrig haft, sa Märtha.

När det kommer till karlar, är det nog jag som är experten, sa M.

Märtha såg bort mot J, har du varit på honom också, sa hon och nickade åt J:s håll.

Vem vet, sa M och skrattade högljutt.

Män och krig. Män och krig. Anette reste sig upp, upprörd, lämnade hon hastigt sällskapet, våningen.

J gjorde ansats att gå efter.

Hon är alltid så, sa M. Kan jag få min medicin, frågade hon.

J reste sig upp, gick ut i trappen och lyssnade.

William kom flämtande uppför trappan.

Det kostar på, sa han och log ansträngt, men är bra för blodomloppet.

J log.

Såg du Anette, sa J.

Ja, hon är på väg ner på gården, säkert för att röka.

Röker hon?

Ibland – för att lugna nerverna, men också för att njuta, sa William och tillade: Greg är därnere och han rullar gärna en cigg till henne. Hon är lite småkär om man så säger, sa William och skrattade med hela ansiktet.

J log tillbaka.

Ska du också ha din medicin?

Nej, den tar jag hand om själv. Får apodosrullen av er varannan vecka, sedan klarar jag mig.

Ursäkta, jag borde ha haft koll, sa J.

Det är inte så lätt.

Det är mycket att komma ihåg när man är ny. Det vet jag själv från tiden när jag jobbade, men då fanns det inte så mycket tålamod, så jag slutade snart.

Vad jobbade du med?

Det minns jag inte, sa William som fortfarande stod och pustade efter ansträngningen, eller det kan vi ta en annan gång, jag tror jag tar en frukt till, är det okey.

Absolut, svarade J och gick in på kontoret för att ta fram kvällsmedicinen och signera var och ens medicinlista.

Strax därefter dök samordnaren upp.

Hej sa hon och log med hela ansiktet. Är allt bra?

Det flyter på, sa J.

Ja jag hade lite papper att hämta, tänkte gå till kontoret innan jag gick hit imorgon.

J fortsatte ta fram apodospåsar och överräcka dem till några av de boende, däribland Greg och Anette, som samtidigt trängdes på kontoret.

Vet du vem som jobbar imorgon bitti, undrande samordnaren.

Är det inte din dotter, svarade J.

Kanske. Ja, jag kan se efter själv, svarade samordnaren, böjde sig ner över skrivbordet, bläddrade i planeringskalendern. Jo, det stämde, konstaterade hon, jag skriver en lapp till henne att jag blir en halvtimme försenad.

Samordnaren skrev sin lapp, tog fram de papper hon behövde, vände sig mot J och sa, när de åter var ensamma: För ordningens skull talar vi inte om henne som min dotter, hon är en anställd som alla andra, familjerelationer ska vi lämna utanför arbetsplatsen.

Ok, sa J.

Ja, jag går nu, ha en fin kväll, sa hon strax därefter.

Plötsligt dök William upp.

Hej, sa han, och sken upp, jag tyckte väl att jag hörde dig. Är du här för att kolla J?

Samordnaren log. Absolut inte, sa hon, och fortsatte le.

Nej, jag bara skojade – han sköter sig dessutom fint, tillade William och blinkade med ena ögat åt J:s håll.

Jag ska precis gå, sa samordnaren.

Så synd, men jag förstår, sa William, du är populär på fler håll än här.

Samordnaren log och såg på J.

När jobbar du nästa gång, frågade hon.

På fredag, kvällspasset, svarade J.

Då syns vi, sa hon, log mot J och William, och gick sin iväg.

William sa, en riktig pärla.

Ja, hon har ett smittande leende, sa J.

Hon är den bästa personalen på Missionen, sa William. Har koll på allt.

Plötsligt stod D i dörren.

Hon är falsk, sa han, styr och ställer efter eget huvud.

William vände sig mot D, där har du fel, hon är bra för oss, och boendet, sa han.

Det vet jag inte precis, sa D, kan det bli bra med personal?

William, tittade på J, och sa, han är oförbätterlig.

Kan jag få en cigg, sa D.

J låste ut två cigaretter, gav D hans medicin.

Nu tar vi oss en kopp kaffe, sa J.

D gick nerför trappan. William till köket och fyllde på kaffe.

J följde efter William.

Han är en misantrop, sa William.

Han kanske har sina skäl, sa J.

Du har rätt, sa William, men hon kan sin sak.

J gick in i TV-rummet. Endast Märtha satt kvar och tittade på ett nöjesprogram.

Märtha sa, som om hon noga lyssnat på vad som sagts: Man måste vara stark själv. Annars blir det inget bra.

William slog sig ner sidan om henne, du har rätt, sa han, fast det kan vara svårt att bara ha sig själv.

*

Morgonen därpå väcktes J klockan nio på morgonen av en motorsåg, vars ilskna missljud brutalt skar sönder hans sömn. Trots att oljudet kom från vardagsrummets fönster som vette mot innergården och dessutom var stängt, hörde J motorsågen tydligt. J steg sömndrucket upp ur sängen och gick fram till fönstret och såg en man klädd som en skogshuggare i full färd med att såga ner de täta grenarna upp mot toppen på en gran. Granen var tämligen hög varför arbetet tog sin tid. Skogshuggaren hängde i någon slags säkerhetsanordning, förankrad på ett sätt J inte kunde se. Plötsligt såg J hur det rörde sig från en gren nära toppen, kvistar som formade ett bo och däri en skathona som rörde sig oroligt av och an. Ju närmre motorsågen kom, desto oroligare blev fågeln. Skogshuggaren tycktes inte se något av det som utspelade sig inför J:s blick, koncentrerad på sitt arbete som han var. J levde sig så in i sceneriet, det var som att han kände skathonans desperation utan att kunna göra något åt saken. Han knöt nävarna, tänkte att han borde rusa ner på gården och på något sätt påkalla skogshuggarens uppmärksamhet innan det var försent. I samma stund ändrade skogshuggaren taktik, sågklingan nådde nu en dryg meter under boet, varpå skogshuggaren vände på motorsågen med avsikt att såga av övre delen av granen med topp och allt. Det gick på ett ögonblick. Först i samma stund toppen vek sig och föll tungt mot marken, lyfte skathonan från boet och flög iväg. För sin inre blick såg J hur boet, fyllt med fågelungar och ägg, krossades mot innergårdens stenbeläggning. J öppnade fönstret, lutade sig ut och tittade ner utan att kunna se annat än toppen av granen, grenarna från boet och resterande grenar från granen som låg i en tät hög på marken. Skogshuggaren fortsatte metodiskt med sitt arbete, hissade sig själv neråt, sågade samtidigt ner delar av stammen och överblivna mindre grenar som han lämnat strax ovan sig. Snart var det bara en stock kvar, vilken skogshuggaren, sågade ner med ett rikt- och fällskär när han väl landat på marken.

Motorsågsgubben verkade fullkomligt omedveten om vad för drama som utspelat sig. J var djupt tagen av händelsen. Att man valde att såga ner granen samtidigt som man borde veta att fåglar möjligtvis häckar däri, i synnerhet vid denna tid på året, var för honom obegripligt. Men att gå ner för trappan och skrika på skogshuggaren var inget J gjorde. Länge efteråt såg han, eller tyckte han sig se honan och kanske hannen vilset flyga kring där granen en gång stått, landa på intilliggande tak och skorstenar och speja oroligt ut över omgivningen efter sina förlorade ungar. Det var som att J tog på sig skulden, liksom kände den smärta han trodde skatorna bar på. En dag slår det tillbaka, tänkte han. Så måste det bli: den som tillsynes är i underläge, bidar sin tid.

7

Berättelsen om Frans

För den som önskar påtala personlighetens betydelse framför anonymitetens är F första bokstaven i namnet Frans. Inte för att det är så många som kallar F för Frans. Personalen på gruppboende X säger sällan Frans, man talar hellre om honom som han, eller möjligt som F – alternativt utifrån numret på lägenheten/ rummet – på samma sätt som man identifierar patienten utifrån sängens nummer på sjukhuset. Initialer använder också J i viss utsträckning, i första hand som ett sätt att skydda den beskrivna från omvärldens direkta blickar. Sekretessens betydelse och så vidare. Institutionell anonymisering förnekas bestämt.

Om det inte finns risk för att skada den beskrivna eller i förlängningen anhöriga, är det inte bara möjligt utan högst önskvärt, anser J, att frångå och använda personens namn.

För personalen på gruppboendet handlar det opersonliga »han«, »F«, eller numret, dels om tystnadsplikt och personens rätt till integritet, men också om ett uppdelande i ett vi och ett dem. En klyfta som anses viktig för professionens skull.

»Initial« eller »han« spelar också väl in på Frans bakgrund. Frans, en man som aldrig haft någon egentlig till- eller samhörighet att falla tillbaka på. Ingen visste var Frans kom ifrån, det finns inget nedtecknat, ingen historia som talar om en moder eller en fader, syskon, eller släkt. En dag hade Frans plötsligt funnits där på barnhemmet, och enligt dokumentationen hade man börjat därifrån. Den första maj 1955 stod första anteckningen att läsa: En liten mager parvel, underviktig för sin ålder som beräknas till fem månader, har svårt att hålla maten, kräks upp det mesta, tycks föredra vatten – stod nedtecknat förhand med en svårläst handskrift. Den enda person som möjligt kunnat ge utförligare uppgifter om den lille pojkens ursprung var barnhemmets föreståndare, som också namngivet barnet, men som olyckligtvis dog strax efter Frans uppdykande på barnhemmet. Det spekulerades att det hade med Frans att göra, då det ryktades att föreståndaren tagit sig själv av daga. Men man hade inte kommit fram till något säkert. Tvärtom, menade vissa, borde pojkens plötsliga uppdykande på barnhemmet gett föreståndaren lust och kraft att leva vidare. Föreståndaren var femtio år när hon avled, varför ryktena uteslöt henne som mamma till Frans.

Barnhemmet låg beläget i det inre av Småland, omgärdat av granskog som sträckte sig mil efter mil åt alla väderstreck, enstaka hus utslängda i plötsliga gläntor var allt av mänsklig aktivitet som framträdde för den som reste förbi. Inte förrän nio kilometer nordväst glesade skogen av för ett ögonblick, ett och annat kalhygge synliggjordes och ett samhälle steg fram där de flesta som arbetade på barnhemmet hade sin bostad. Den nyligen avlidna föreståndaren hade däremot levt sina dagar ensam i en glänta, omgärdad av granskogen, en typiskt röd och vit stuga som låg för sig själv, cirka en och en halv mil från barnhemmet. Den nya föreståndaren, levde som sina anställda inne i samhället och upplevdes, till skillnad från den föregående föreståndaren, som en av gänget av de anställda.

Frans ursprung förblev således en gåta. Trots vissa eftersökningar fick man inga som helst upplysningar om födelseplats, exakt ålder eller härkomst. Det var som att han egentligen inte fanns. Och det var bara att acceptera, sa man. Man fick göra det bästa av saken. Och Frans växte upp på barnhemmet fram tills han skulle fylla tretton – utifrån ett födelsedatum som sattes till den 1 december 1954 – då han blev för gammal för barnhemmet.

Under dessa första tretton år, funderade inte Frans så mycket över att han saknade föräldrar. Att barnhemmet var den enda förankring pojken hade här i livet. Trots att övriga barn ibland åkte iväg på helgerna för att besöka föräldrahemmet, eller närstående släktingar, kom tillbaka med historier som visserligen var överdrivna, det kunde till och med Frans förstå, men som vid dessa tillfällen samtidigt andades av en energi som gjorde söndagen för Frans till kanske den bästa av veckans dagar. Förstärkt av personalens uppfattning ansågs Frans ta situationen överlag med ro och balanserad insikt. Dessutom stannade barnen sällan på barnhemmet mer än ett år eller kanske två, det var så det var, och Frans tycktes även ta den saken med ett distanserat lugn som enligt personalen utmärkte honom vid denna tid. Emellertid, var sanningen en annan om man kikade in i Frans inre. För sig själv kopplade Frans ihop föreståndarens frånfälle med sitt eget liv och inom sig sa han sig att det säkert var hon som var hans mamma. Många drömmar och fantasier kretsade kring det och gjorde situationen uthärdligare för Frans. Detta var samtidigt inget som den fasta personalen på barnhemmet understödde, gav uttryck för, eller tog fasta på. Den allmänna policyn var att det var bättre att låta Frans ursprung sväva i ovisshet än att fara med osanning. Därför blev man ytterst förgrymmade när en yngre kvinna som visade sig blödig och tilllika oprofessionell, arbetade som vikarie den sommaren Frans skulle fylla nio år. En ung kvinna från grannkommunen som man ansåg underblåste Frans önskan om ett givet ursprung. Men man gjorde ingen affär av saken. Det var enklast så. Att liksom låta det hela falla i glömska. Självfallet fick den unga kvinnan aldrig mer sätta sin fot på barnhemmet.

Frans såg barnhemmet som sitt hem, en naturlig plats för honom att bo på. Och, vad man sa, lät han således nöja sig med det. Åren gick och Frans var van vid att hans kompisar aldrig fanns så länge vid hans sida och byttes ut mot andra. Det var så det var. Han visste inget annat. Huruvida detta skadade honom eller inte, var enligt föreståndaren på barnhemmet, omöjligt att svara på. Att han inte hade någon mamma, var tråkigt och ledsamt och det fanns en hel del stunder då han möjligtvis tycktes sakna någon han kunde kalla för sin mamma, sa föreståndaren. Personalen räckte inte alltid till, å nej, men det var som det var, det fick man acceptera, menade föreståndaren. Omgivningen förvånade sig över Frans tillsynes så pragmatiska och vad man sa inom personalgruppen, mogna sätt att hantera saken, att man på ett sätt glömde bort hans behov, han fanns men fanns ändå inte, och personalen fokuserade i huvudsak på de andra barnen som oftast hade akuta svårigheter att behandla – och stödja dem rätt här i världen. Åsikten kring Frans reducerade behov, sett ur föreståndarens och personalens ögon, blev en truism, onödig att orda vidare om.

Men när det trots Frans särställning ändå beslöts att man inte kunde avvika från den trettonårsregel man satt som det datum andra fick ta över, och den allmänna policyn liksom gjorde det lättare att tänka så, gick det utför med Frans. Och likt många andra barn och ungdomar som växt upp på barnhem och andra institutioner fann sig Frans därefter aldrig tillrätta. Mönstret avvek ingalunda. Skörheten hos det uppväxande släktet som, vid förutsättningar av det medelgoda slaget och därutöver, kan leda till styrka och kraft, alltid lika obeskrivligt stort, kan också, för den som lever med mindre goda förutsättningar, vända till ett famlande i svårmod, ångest, en psykisk vekhet, som gör den unge ytterst svårhanterlig, sa man utan att riktigt förstå konsekvensen av det sagda, och i F:s fall vittnade den sociala dokumentationen över hans utveckling, från tretton år och framåt, om en särdeles slagsida åt det negativa. Ingen av de professionella beskrev det svek Frans måste ha känt (kanske för att man aldrig frågade honom) gentemot barnhemmet som trots allt var som hans familj, den enda familjekonstellation han någonsin känt till, allt fokus lades på de brister man upplevde att Frans besatt. Och det var också i detta sammanhang Frans blev F.

För Frans var det som att han sögs ner i ett svart hål. Ett svart hål, är den samlande bedömningen, han aldrig därefter lämnat. Snart sattes det diagnos på honom, man gav honom mediciner, i stort sett mot varje uttryckt känsla, bemötte honom som en förlorad, och planerade den ena institutionsvistelsen efter den andra för honom.

Det är som R brukar säga: det är i själva bemötandet som det sjuka sitter. Den stämpeln kommer man sällan ur. Den biter sig fast i skelettet som den värsta form av obotlig cancer.

*

Nu var det dags igen. Det hade varit på gång länge. Redan 2010 hörde man personalen sucka över F på gruppboende X. Ingen ville egentligen ha honom kvar på X. Han var för jobbig, sa man. Trögfattad, fixerad och eländig i sina uttryck. För var dag blev det allt värre. Detta evinnerliga tjat om cigaretter – och att man ständigt måste hålla koll på honom. Att han gick in hos medboende så fort tillfälle gavs, rotade runt i deras lådor, skåp, sökte i jackfickor, i sin ständiga jakt efter cigaretter, och tändare – som också stod högt i kurs för F. Likaså, var man inte observant, stal han mat från kylskåpet, tog mer än han fick vid måltiderna, stal ur andras gottepåse. Det fanns inget hejd på vad F kunde ta sig för när bevakningen av honom släppte, sa man. Också dessa ständiga stopp i hans toalett, hela rullar med toapapper som han sökte spola ner, man fick till och med ge honom bitar av toalettpapper för att på så sätt minska risken för ödesdigra proppar i själva systemet och inte behöva ringa avloppsjouren stup i kvarten som både var omständligt och dyrt för Missionen. Den samlade bedömningen var att F var i alltför dåligt skick att bo kvar på gruppboendet.

Men det var svårt att finna ett följdriktigt alternativ för F. En institution där man kunde övervaka och dirigera honom med tydliga simpla kommandon och otvetydiga signaler. En institution som följaktligen pekade med hela handen. Man sa: på det sättet kunde man säkerligen även styra F att sluta röka. Personalens allmänna omdöme var att F:s rökande, handlade mer om en sjuk fixering, än om ett rökbegär. Orsaken till fixeringen handlade om F:s psykiska sjukdom, som för var dag, ansåg man, tilltog å det svåraste, i en slags bottenlös nedåtgående spiralsjuka. Ett cirkelresonemang som enligt J inte ledde till annat än att bita sig själv i svansen. Själva bemötandets roll var inget som diskuterades.

J tänkte: ju fler restriktioner, ju svårare blev det att hantera F, desto fler så kallade påhitt från hans sida, som ledde till, om möjligt än fler inskränkningar, eller försök därtill.

Det var ingen som tyckte om F, och chanser hade han getts tillräckligt var åsikten överlag.

Det var inte förrän Berta anställdes som enhetschef som det började hända saker. Hon visste hur man kringgick LSS, var den allmänna bedömningen från personalen.

Och mycket riktigt, tog det inte alltför lång tid, innan Berta lyckats vaska fram ett boende, för äldre, med psykiatriska diagnoser i botten, vilket också kunde handla om dementa tillstånd. En avdelning i samarbete med en annan kristen idéorganisation i staden, samma avdelning man i ett senare skede ämnade placera D på. Men det blev först senare, då Berta vid denna tid inte ens presenterat sig på gruppboende Z utan ägnade sig åt gruppboende X som F levde sina dagar på.

Bild

F röker på altanen som ligger i anslutning till dagrummet. Cigaretten brinner fort ner, F hinner ta 7-8 bloss sedan är han vid filtret. F tror att man stoppat något kemiskt ämne i cigarettpapperet som gör att cigaretten brinner snabbare. Ungefär på samma sätt som man tagit bort en cigarett från asken, minskat från 20 till 19 utan att sänka priset – så vill man tjäna mer pengar på den som röker. Egentligen är det inte F som tänkt ut detta, han kommer knappt ihåg vad det handlar om, det är R, hans närmsta vän på boendet som säger så, och ryter till åt F som om det är F som varit den som borde ha ett kok stryk. F minns i huvudsak det kemiska, att hans cigarett tycks brinna upp av sig självt. Ibland går han till personalen och säger att cigaretten brunnit upp av sig själv, att det beror på det kemiska, att han därför vill ha en cigarett till. Det lyckas honom aldrig. Personalen skrattar åt honom och säger: du tar alla chanser att snilla åt dig en cigg. Det håller inte F med om. Det är ju hans cigaretter, och så är personalen för dumma för att inse det kemiskas betydelse, tänker han.

Det mesta i F:s liv kretsar kring cigaretterna – maten kan också påverka, då han sällan anser att han får i sig tillräckligt, medicinen däremot bryr han sig inte om att fråga efter, där är han inte som R, som helst vill ha mer piller än han får. R säger att om F själv fått ha sina cigaretter hade han inte rökt så mycket, eller tjatat på personalen hela tiden, att det är personalens strategi: en cigg i timmen – som gör att F hela tiden tänker på cigaretter. R är smart. R har haft ett riktigt jobb, som lärare tror F det var, ett liv bortom psykiatrin, så är det inte för F som alltid haft med psykiatrin att göra. Som L, den manlige samordnaren brukar säga, har F aldrig gjort ett hederligt handtag i sitt liv. Och det, menar L, är en belastning för F. F går mest runt och kräver, som en jävla stropp, säger L, när han är på det humöret.

R menar att hela F:s situation, att man reglat balkongdörren, låst in alla hans kläder, hygienartiklar, att han inte får ha egna nycklar då man menar att han kastar ut saker han har i sin ägo på gatan, bränner upp sina kläder, eller söker spola ner dem på toaletten... att det må vara sant i en liten mening: det vill säga, någon gång, har F gjort så.

Men menar R: om man tar ifrån en människa allt, då man anser att den människan inte klarar av någonting, blir den personen snart som ett vilddjur, alla funktioner upphör att fungera som de ska, om F i ett sådant scenario någon gång får chansen, liksom blir som galen och uppfyller just vad personalen söker begränsa – det blir som en självuppfylld profetia, säger R. F håller med om vad R beskriver, även om han inte kan resonera som R, förstår han att man gått för långt, att han är som instängd i en bur utan någon som helst möjlighet att komma ut och leva som andra. Att man från dag ett aldrig sett F som en människa.

En dag, när F och R stod och tog sig ett bloss på altanen, kom J ut till dem och pratade om livet och vädret. R var som alltid avvaktande när det kom till personal, i allmänhet tyckte han inte om dem, inte heller J hade han positiva tankar om. R, sa till Frans, när de senare var ensamma, att visst hade R förstått att J var villig att tänja på en del regler, men varför, förstod R egentligen inte, kanske var J en spion, sa han, en sådan typ av personal som var utsänd av myndigheterna för att observera hur patienterna betedde sig när de till exempel fick gå till kylskåpet själva. Sådant som egentligen var petitesser, som knappast på djupet handlade om frihet, men som på detta skruvade boende ändå hade viss betydelse. Abnorm betydelse, lade R till.

F sa att J var bra, men i det fallet var F inte att lita på, menade R. F var bara ute efter cigaretter och det var inte en god bedömningsgrund.

J sa till R vid ett tillfälle, när de stod ensamma i köket, att han rent allmänt var skeptisk till restriktioner, då dessa ofta kunde få motsatt effekt, ett större utanförskap, mer psykos helt enkelt, detta var ord som R egentligen själv kunde sagt, men till J hummade R till svar, och teg därefter.

R:s slutsats var: J kunde man inte lita på.

Att J genom att ge F extra cigaretter snarare försökt påvisa att F var obotlig. J var personal. Punkt. Och att han kom ut till dem på altanen var inget annat än rövslickarfasoner.

Sådana åsikter hade R vid ett senare tillfälle fört fram till William på missionens andra gruppboende, Z, där också D bodde, men det höll inte alls William med om. William sa att R:s slutsats var bristfällig. Så kunde man inte tänka. R, var enligt William alltför misstänksam, R missade helt enkelt:»the good ones«, bland personalen.

*

Januari eller Februari 2016 är tidpunkten F ska flytta till det föreslagna boendet. Ett ändamålsenligt boende, en bra bit från stadens centrum, där man enligt personalen har erforderliga resurser att kontrollera F, såsom krävs, man säger: är av nöden. F kan inte alls förstå varför han måste flytta. Han har ju bott på X så länge, tänker han. Kan knappt minnas något annat. Även om F inte alltid trivts, vet han inget annat, det är på gruppboende X F har rotat sig, fått ro i sig själv, kan han tycka. I stunden försvinner att han inte får ta hand om sina egna cigaretter. Det kan bero på att den konflikten numera är som att andas för F.

En kvinna, svår att begripa sig på, har varit hos honom, hon har just gått ifrån honom, hennes sätt att tala har gjort honom ledsen och orolig, det var som när han var barn, de vuxna som inte alls brydde sig om honom, och när han tydde sig till dem, blev de arga, slog till honom, knuffade honom så att han ramlade och gick hånskrattande därifrån. Den svåra kvinnan har han träffat mer än en gång. Men mest sett henne när hon gått förbi honom i korridoren, eller i dagrummet, som han inte fanns. Hon ser alltid så upptagen ut, sträng och tillknäppt, som hon bar världen på sina axlar, och det gör hon kanske också, tänker F. Kvinnan sa till honom att han inte kunde bo kvar, när han frågade vad hon menade, svarade hon att det inte fanns tillräckliga resurser för honom på X, men att dit han skulle flytta fanns det människor som kunde hjälpa honom tillrätta, på bästa sätt. R blev förbannad, sa att käringen inte var mänsklig, att hon behandlade F värre än en dörrmatta. På det visste F inte vad han skulle svara, han blev lika ordlös som han blev när den svåra kvinnan sa att det inte fanns någon annan utväg.

Senare, samma dag som den underliga kvinnan talat med honom, ställde F sig i kontorsdörren, såg på personalen som satt på sina kontorsstolar stirrande på varsin datorskärm och inte verkade se att han var där. Han sa... men då avbröt de honom och sa åt honom att det inte var dags för en cigarett. Han sa: när ska jag flytta? Och då svarade den manlige personalen L, att det kunde bli snart, så fort en plats blev ledig. Att det var Berta som hade hand om den saken. Han frågade vem Berta var. Man svarade honom att han borde veta det. Han stirrade frågande på dem. Den kvinnliga personalen sa att det var kvinnan som besökt honom som var Berta, att det var hon som bestämde. Hon bestämmer allt, sa personalen, men att han kunde lita på henne, att det skulle bli bra för honom. Han sa: hur är det där? Den kvinnlige personalen svarade att hon inte visste, men att det säkert var bra, och så upprepade personalen att F kunde lita på att man ville honom det bästa. Att Berta var duktig på sådant. F sa: det bästa är om jag får vara kvar. Detta svarade inte personalen på, istället såg de på den där skärmen, som de förresten gjort hela tiden. F sa att kvinnan man kallade för Berta, verkade vara en svår kvinna. Detta svarade man inte heller på. F sa då, kan jag få en cigarett. Då vände sig den manlige personalen L mot F och skrek åt honom att nu fick han allt ge sig. Han skrek åt F att F borde veta vid det här laget att han inte fick en cigg klockan halv utan alltid klockan hel – också blev den manlige personalen L liksom argare, kanske för att han insåg att han uttryckt sig aningen luddigt, som om det för ett ögonblick fanns en antydan till tvekan över vad han sagt, något, hör och häpna, L:s kvinnliga kollega inte kunde låta bli att påpeka. Annars hade du väl aldrig reagerat så, sa hon till L, trots att F stod i dörren och lyssnade. L tillade då, i samma förhöjda tonläge, varje heltimme, det vet du, det vet du!

F gick därefter till dagrummet, satte sig ner med en duns bland de andra gubbarna och såg på TV-skärmens flimrande bilder. Vad han såg på, visste han inte. Det visste han sällan, det var inte därför han satt och glodde på skärmen, det borde man förstå.

Han tänkte på att fly. Men han visste inte varthän.

Också kom den där otäcka känslan han ibland hade som barn över honom igen, den som talade om för honom att han aldrig borde ha fått leva, att han tillhörde det släktet som borde ha utrotats för länge sedan.

8

Agneta och Dennis

April 2016. En kvinna går förbi D. D som flanerar kring på stadens gator, insjunken i sin alldeles för stora tygjacka. Inget mål i sikte. D har sällan ett mål i sikte. Ibland, tänker D, är det skönt att bara sätta benen i rörelse, benen går av sig självt, D följer bara med, och kan så glömma vem han är, eller snarare anses vara. D kan träda ur sin kostym och vara en turist i staden där han bor, en flanör på resande fot, en främling som ingen vet var han kommer ifrån, eller vart han är på väg – ingen som bryr sig om vilket – en typ av människa som just bara går omkring och upplever allt D kanhända aldrig förr sett, eller lagt märke till. Glömd sekunden efter man sett honom. Som vanligt när det gäller D får man tänka i termer av potentialitet framför aktualitet, avtryck som försvinner i samma stund de sätts. För vissa handlar dylikt om känslan av en fluga som irriterar på nästippen, och då tanken på en flugsmällare. Just denna dag, en dag som tveklöst kan sägas avvika på ett högst avgörande sätt från alla andra dagar D upplever, möter D kvinnan som introducerats i det ovanstående, ja, D observerar henne inte, hon är som vilket föremål som helst han passerar, det är hon som observerar honom, man möts i ögonblicket och det är kvinnan som vänder sig om i samma stund man gått förbi varandra. Visst är det något bekant över honom, tycks hon tänka, hon har liksom något på tungan, ett namn kanhända, ett minne som tränger på, eller en tanke om ett minne som handlar om honom och kanske henne, och han som bara fortsätter att gå, mannen, i hennes egen ålder, går inte alls i skyndsam takt, snarare tvärtom, som han går i tankar, är någon helt annanstans än var kroppen befinner sig. Mannen, med den alldeles för stora tygjackan, hann gå en bra bit, kvinnan stod kvar, medan hennes hjärna arbetade på högvarv, mest å det omedvetna hållet, hon kände vibrationen, något avlägset bekant – vad mer? Knappt medveten om det själv, förutom det där surret då, på ytan, som en fluga, eller vad som nu sker innanför hennes pannben. Sålunda, vänder hon sig om, följer efter honom, det är så det utvecklar sig. Går en bra bit bakom honom, gata upp och gata ner, kvarter för kvarter, liksom trollbunden av situationen.

Man hade väl gått så en halvtimme ungefär på samma sätt, han först, sedan hon, när kvinnan plötsligt mindes honom. Dennis, en skolkamrat från klass tre – kanhända första året i mellanstadiet. Alltså, plötsligt förstod hon vem han var, han sprang liksom fram ur minnet klart och tydligt, hon mindes honom som den där lille grabben, mindre än tjejerna i klassen, som inte sa så mycket, en pojke man inte visste om han var där eller inte. En dag slog de följe hem efter skolan, de bodde åt samma håll, faktiskt i samma huslänga, likt nu gick hon bakom honom, då hade han vänt sig om, sett på henne blygt och hon hade hunnit ikapp honom och de hade gått tillsammans hemåt.

Det blev så, varje dag, minns hon, där hon följer honom gata upp och gata ner – inte om någon annan såg det, det passade sig inte, pojke och flicka, nej, det var skämmigt, rollerna hade plötsligt blivit tydliga och starkt gränsande. Det blev så att han ofta gick först och väntade på henne en bit bort, och på så sätt blev de kompisar, ibland tog de omvägar, småsprang tillsammans till ett intilliggande skogsparti, satte sig under ett väldigt lövträd och pratade om allt möjligt. Då var han inte blyg och tigande utan riktigt pratsam. Han blev hennes bästis ett tag – i hemlighet förstås. Sedan hände något, vad, kunde hon inte erinra sig, han försvann, efter ett tag viskades det att han hamnat på Barnpsyk, och sedan fosterhem långt därifrån och de sågs aldrig mer. Eller sågs de igen? De mindes hon inte. Inte nu. Hade han inte växt förfärligt under denna tid? Eller kanske tvärtom krympt samman och blivit minst av alla?

Hon ökade stegen, närmade sig honom allt mer och till slut, när hon befann sig en halvannan meter bakom honom, just inför ett trafikljus, som i samma stund slog om från grönt till rött, ropade hon hans namn: Dennis! Dennis! Ja, två gånger, minsann, också en tredje gång: Dennis!

Förvånat vände han sig om, tittade på henne, inte direkt, utan lade liksom blicken sidan om, som i smyg, om man så säger – såg i vart fall åt hennes håll, samma blick som han hade i skolan innan de lärt känna varandra, tänkte hon.

Känner du igen mig Dennis, sa hon. Det är jag: Agneta.

Nej, svarade han, högre än han avsett.

Men, sa hon, vi bodde i samma huslänga, slog följe ett tag i fyran, tror jag det var.

Det blev grönt ljus och Dennis vände sig bort från kvinnan och började gå. Ökade visst takten. Tänkte: henne kände han inte. Varför skulle han känna henne? När han var på humör att tänka, var hans åsikt att han aldrig varit barn, en gammal trädrot från första stund. Multen och maskäten. Kvinnan följde efter honom. Maskäten! sa han, högt och tydligt. Kvinnan slöt upp vid hans sida. Det där med maskäten hade hon inte hört förut. Inte från honom i alla fall. När vi var barn, när vi var små och oskyldiga, sa hon, så högt att han inte kunde undgå att höra vad hon talade om, gjorde det ont – redan då, sa hon, och såg på honom oavvänt, där hon gick strax bakom honom. Ont i oss båda. Och du visste att jag förstod dig. Att jag var på din sida.

Dennis saktade in och såg skyggt på kvinnan. Oskyldiga, sa han. Det finns ingen från det mindre släktet som är oskyldigt. Det är bara något man hittar på för att slippa ifrån. Det är barnen som är de skyldiga, sa han. Det är barnen som är de mest skyldiga, sa han. Kanske var det barnen som gjorde mig gammal redan från första stund, tänkte han. Han teg. Ökade takten. Kanske kunde han så lämna henne bakom sig? Men hon hängde i som en blodigel. Hon sa, vi bodde i samma hus, vi gick i samma klass, i lågstadiet, i trean tror jag det var, eller om det var i fyran? vi gick hem tillsammans, och sen följde du med mig hem. Det är de vuxna som är oskyldiga, sa han plötsligt och slog åter av på takten, ofrivilligt, kan man säga. Han sa: det är de vuxna som inte förstår vad de håller på med. Så är det. Om det är någon som är oskyldig, så är det de vuxna, sa han en smula upprört. Färdigväxta på ett konstigt vis. Jag tror tvärtom, sa hon utan att tveka, att det är vi vuxna som är de skyldiga. Det är de vuxna som borde ha koll på läget. Han avbröt henne, om du varit i min värld hade det varit annorlunda, du har säkert levt ett liv som alla andra. Han ökade takten igen. Kvinnan följde efter. Kommer du inte alls ihåg mig? frågade hon. Vad finns det att minnas, svarade han. Allt sådant är så meningslöst.

Tycker du? sa hon.

Han vek in på gatan där gruppboendet låg. Jag bor här, sa han, det är dags för mig att sova.

Vill du inte träffa mig igen, undrade kvinnan. Jag skulle gärna vilja träffa dig...

D avbröt henne. Jag behöver sova, sa han, öppnade porten och försvann in på en innergård som hastigt skymtade till för henne innan porten slog igen.

D gick in till sig, somnade på sängen med kläderna på. Drömde om alla de där barnen som ansågs oskyldiga, förutom han vill säga, han var svartepetter, det kunde han klart och tydligt förstå när han stod för sig själv på skolgården och växte till en oformlig klump ingen ville kännas vid. Allra minst han själv.

*

En vecka senare, mötte han henne igen. Det var som om hon suttit och väntat på honom, på den parkbänk han brukade sätta sig, rakt framför caféet. Han kom gående och där satt hon. Hur hon visste om hans plats hade han ingen aning om. Kanske var det slumpen som åter förde dem samman. Visst hade han tänkt på henne. Smakat på hennes namn. Agneta. Det hade dykt upp minnen, ögonblick, från tiden när de var barn, hon som lyssnat på vad han hade att berätta, och det var en hel del på den tiden. Han minns, att han sett på henne att hon velat förstå. Att han tyckt om henne, på sitt eget vis, att han blivit varm i kroppen när han umgicks med henne. Hon hade bjudit hem honom. Man hade gått in på hennes rum. Hennes mamma bjöd på saft och bullar. En vanlig mamma. En vänlig mamma. Och ändå hade han tyckt att det var något med mammans leende som inte stämde överens med hur hon talade, vad hon sa. Han hade haft mycket tid att fundera över det, eftersom det blev den enda gången han var hemma hos henne. Strax därefter, tror han det var, blev han körd till Barnpsyk. Och han kom nog aldrig mer hem efter det, möjligt på permission, han mindes inte. Barnpsyk, Familjehem, Pojkhem... Han ville inte tänka på det. Mentalsjukhus. Men han hade tänkt på hennes mamma. Blev inte klok på om hon var en god människa eller en ond människa. Slutsatsen blev att det var han som var ond, han som var skyldig till allt elände, inte bara för honom själv, hans mamma, hennes mamma, hans döda pappa, styvfadern och skolfröken, utan, ja, till slut, skyldig inför hela mänskligheten. Det där som sköt fart ordentligt när han blev myndig, när han insåg sin dödsdom.

Förståelsen inför allt elände han förorsakat, växte till sig som ett höghus – inte känslan, känslan hade funnits där hela tiden.

Han kunde tänka att det var han som var skyldig till att isen smälte på Antarktis, eller att skogarna skövlades i Amazonas.

Hej! sa hon, vill du inte sitta ner ett tag, Dennis. Han hoppade till, Dennis, hur många kallade honom för Dennis. På det sättet. Han satte sig ner. Tycker du jag är påflugen, undrade hon. Nej, det är inte farligt, svarade han. Och tillade, för säkerhets skull. Jag har en bra dag idag.

Jag med, sa hon och log.

De hade umgåtts hela eftermiddagen, vädret var behagligt, något som förvånade honom. Han brukade aldrig tänka på vädret som behagligt. Men denna dag gjorde han det. Han och Agneta promenerade ända bort till Slottsskogen och där fikade de och pratade om allt möjligt, eller bara satt tysta och kopplade av från allt – eller snarare kopplade bort. Betraktade alla fåglar som simmade kring i dammen. Det enda han hörde var hennes andhämtning, och sin egen, och kvittret och tjattret i bakgrunden från fåglarna. Som så många gånger förr fascinerades han av att det fanns så många arter. Fler än han kunde hålla reda på.

På hemvägen till boendet ville hon följa honom ända till porten, men det ville inte Dennis, han kunde inte förklara varför, sa han, men det var bättre att de skildes i gathörnet och att han gick den sista biten själv. Väl där ville hon krama honom, han lät henne få sin vilja igenom, men det kostade på, stel som en pinne blev han och hjärtat galopperade så intensivt som det ville hoppa ur bröstet på honom. Hon ville gärna träffa honom igen, sa hon. Men han hade svårt att bestämma sig, i alla fall för när, och någon mobil hade han inte, så det fick bli som det ville, sa han, och ångrade sig i samma ögonblick. Agneta skrev ner sitt mobilnummer, stack det i hans hand, och sa till honom, att om hon inte hört något från honom inom ett par veckor, skulle hon komma till boendet och söka upp honom. Dennis tittade på henne, och visste inte om han skulle skratta eller gråta, det blev lite mycket för honom och han vände på klacken och gick sin iväg utan att ens säga hej. Agneta stod kvar i gathörnet och såg efter honom, och i samma ögonblick som Dennis öppnade porten, vände han sig om och log på ett sätt som han väl aldrig annars gjorde. Hon besvarade genast leendet. Och så var det bra med den saken.

9

William

J satt i tankar när William klev in på kontoret och slog sig ned i en av de två fåtöljer som fanns att ta igen sig i och samtala utifrån. Det är lustigt, tänkte J, sådan skillnad det kan vara på två boenden inom samma organisation. På gruppboende X är det omöjligt för den boende att gå in och slå sig ner på kontoret. Vid dörren är det som en osynlig gräns, som ingen av de boende, varken på våning ett eller två, överträder.

William sa: Här sitter du och drömmer dig bort till avlägsna trakter.

J tittade förvånat på William. Jag förlorade mig faktisk i bilder från min hemtrakt, fast bilderna också handlade om mitt arbete.

Se där, sa William, så fel hade jag inte.

Jag tror, sa J, att om vi bara vågar, så ser vi mer hos varandra än vi anar.

Så är det nog, sa William, men vi läser också in saker som är rent påhittade, eller som vi själva anser har betydelse, och då tror att den andre också anser, eller bör anse. Så blir det hela grejen, att tvinga den underlägsne att tänka i samma banor som den överlägsne.

Ja, det har väl du varit med om, sa J.

För oss med diagnos är det vardagsmat, svarade William och såg ner på sina händer som rörde sig i hans knä nervöst fram och tillbaka. Vi stämplas i samma stund som pennan raspar över papptret, eller numera tangenten slås an – och det sitter i. Du vet: flertalets tro, är rätt tro. Är hela sanningen.

Samtidigt, sa J, är det sådana personer som du, som ser genom andra, du kan det där med att läsa av stämningar... Stämningar, det handlar om god överlevnadsteknik, lär vi oss inte att se, känna av, undvika eller passa på, går vi under tidigare än annars, sa William och trummade med tummarna mot låren.

Jag tänker på skörhet, sa J, det finns det gott om hos personer som har det svårt, det är en nackdel, men också en fördel, det vässar seendet.

Mest en nackdel, sa William, det är vi som dör först, det visar statistiken. Titta bara på alla dessa unga som far illa idag.

Passar inte in någonstans, ges inget vidare utrymme att få vara sig själva.

Eller stöd därtill, sa J. Det håller jag med om.

Du pratar om en ideal värld, sa William, det vässade seendet, vad är egentligen det?

Något du besitter, sa J.

Jag undrar det, sa William. I slutändan kan man fråga sig om jag egentligen är något annat än ett stort blödande hjärta.

Kan jag få en cigarett? Dennis dök upp i dörren.

Visst svarade J, hämtade tre och gav honom dem.

Dennis tog cigaretterna och slank ut genom dörren, nerför trappan igen.

Han mår inte så bra, sa William.

J svarade honom inte, där fanns en osynlig gräns han sällan överträdde. Det är dags att ta fram kvällsmat, sa han, vi har fått kycklingsallad och skinkfrallor till skänks från mässan. Det låter gott, sa William. Vad är det för mässa förresten? Boendemässa, svarade J, också gick de gemensamt iväg till köket.

J tog fram salladen och frallorna, vatten och mjölk, kokade kaffe. Tog fram glas och muggar, bestick och tallrikar.

William sa. Trivs du här?

Jo svarade J, det gör jag, det känns som bra stämning och mindre av vi och dem.

Det är nog mest på ytan, sa William.

Okey.

Man hamnar så lätt i normalisering.

Så är det för oss alla, sa J.

Det blir speciellt när det handlar om oss, sa William.

Tror du det räcker med en kanna kaffe, undrade J.

Koka du två, svarade William, kaffe kan man inte få för mycket av. Han log.

J skrattade.

ESL, sa William, vet du vad det är.

Ett självständigt liv, sa J.

Sådant handlar mest om att fostra oss, etikettsregler vid matbordet, att man ska skölja tallriken efter sig, ta lagom med mat, så att det räcker åt alla. Det syftar till att fungera här på boendet, samspel med varandra och så vidare, som på en institution, om du förstår vad jag menar, och en smula borgerlighet, det handlar inte om att självständiggöra oss som individer att klara livhanken ute i samhället. ESL. Det är här man missar något väsentligt... alltså, samspel med omvärlden, det blir under konstlade former, och sedan, även om man mår dåligt, tjatas det om etiketterna, som om det vore vägen till friskhet och välgång – det handlar också om att man drar in på personal... tillade William och såg på J. Jag menar, det väsentliga blir att göra det praktiska arbetet så lätt för personalen som det bara går.

ESL, sa J...

Förlåt jag avbryter, sa William. ESL ska handla om att lära oss att hantera vårt inre så bra som möjligt, och det speglat i den vardag vi lever i.

Man kan ju tala om att boendet är en del av er vardag, sa J.

Men det är långt ifrån allt, och det kan bli mindre och mindre om vi får utveckla sätt att hantera vår rädsla inför att möta samhället – alla människor och aktiviteter därute som vi är utestängda från. Öppna istället dörrar för oss. Ge oss verktyg. Stöd oss, där det är som viktigast!

Jag tänker på bemötandet, sa J.

Ja, det måste komma från båda håll, sa William, fokus på oss själva, våra svårigheter som måste luckras upp – strukturerna som också måste finnas där, möjligheter för alla liksom. Att se oss som människor, som individer.

Jag tänker att det handlar om att stödja, snarare än att lära er, ni lär er själva, vi stödjer... kanske coachar.

Eller låter oss vara – i viktiga ögonblick, låter oss vara.

Det slog i en dörr från trappen, och båda lyssnade efter steg. Men ingen kom. Varpå J frågade William, har man dragit in på personal?

Det var mindre ensamarbete förr, sa William. På helgerna hade man en personal som kom in mellan tio och arton, som kunde göra saker med någon av oss, eller finnas för den som hade det extra svårt. Det skulle D till exempel behöva.

Ja, sa J, jag har anat att man inte gärna ökar resurserna, ens när det behövs, och det är ett svek mot er, mot hela tanken med LSS.

Fokus på etiketter blir ett sätt att minska personal, om inte annat lätt att ta till utifrån lagen om attraktion av gammal skåpmat, med andra ord: fostra den förtappade, det är på det planet det ligger, sa William, och tillade: man vill få bort en sådan som Dennis, ett hopplöst fall, säger man, fast det behövs mer personal som kan stödja – alltså människovänliga strukturer, i synnerhet i perioder när han eller någon av oss andra mår dåligt. Nu talar man mest om att han måste flytta. Och det skapar en oro hos oss andra också. Som att man ska vara frisk för att vara här annars blir man flyttad till någon institution för de evigt fördömda.

J såg på William och nickade instämmande. I sitt inre tänkte han att den som är psykiskt funktionsnedsatt, som vanligt blir satt på undantag, åsidosatt, bortglömd, befintliga resurser läggs på andra håll. J tänkte, som William sagt, att det också var samhället som behövde luckras upp, mer än de boende på Z och X. Ett mer tillåtande klimat, som socialpolitiken, i de bästa stunder, var tänkt att leda till.

Strukturer som måste förändras och anpassas efter det nya.

Som i sin tur gav utökade möjligheter till empowerment...
Jag tror jag ska ta mig en cigg innan maten, sa William, samtidigt som de övriga boende dök upp i en jämn ström för kvällsmat.

Nästa dag mötte J samordnaren på kontoret, hon satt och skrev i den sociala dokumentationen. Efter sedvanliga artighetsfraser, sa samordnaren, jag hörde att du talade med William igår. J såg på samordnaren med förvånad uppsyn. Ja, sa samordnaren, det var en fågel som kvittrade att du medan du tog fram kvällsmaten samtalade med William om saker han inte har med att göra. Vi har som policy här på Z att inte tala om organisationen inför de boende, eller om någon annan av de boende. Man kan inte lita på vare sig honom eller någon annan, bäst är att vi håller en gemensam ståndpunkt utåt, och inte går in i något där någon av de boende kan känna ett övertag, eller vinst, sådant kan bli illa med tiden. William är sjuk, även om han ger ett friskt intryck, och han manipulerar gärna sin omgivning, därför håller vi oss neutrala.

J satt tyst medan samordnaren ringde ett samtal. Han kunde hålla med om att han en smula överträtt gränsen. Samtidigt var det ju sant det som de talat om, och Williams åsikter var viktiga. Viktigt att de boende fick framföra sina åsikter. Det var ju deras hem. Inte personalens. Deras liv.

Viktigt att ges möjlighet att formulera sina tankar i ord.

Inget sekretessbelagt hade ju sagts, tänkte J, varför han knappast tänkte hörsamma samordnarens tillrättavisning.

10

Berta

Berta – betyder enligt kalendern: den lysande. Rör vi oss tiden före Missionen, alla dessa år Berta arbetade på kommunen, bedömde omgivningen henne snarare tvärtom. Ursprungligen kom Berta från Berlin där hon enligt egen utsago, kom till världen på »rätt sida« några år innan muren stängde stadens östra sida från dess västra. Vad Berta menade med »rätt sida«, var det få som visste. Liksom en mängd andra saker som rörde Berta, höll hon sina tankar för sig själv. Inte ens hennes före detta make hade koll på vem hon innerst inne var. Berta talade aldrig med honom på det sättet. Även för maken höll hon inne med vilken sida av Berlin hon växt upp. Det beror på hur man ser på saken, var svaret hon gav och teg därefter. Vad som allmänt var känt var att hon kom till Sverige året efter att muren föll, utbildade sig på socialhögskolan i staden och började arbeta i chefsposition inom kommunen i samband med LSS och psykiatrireformens genomförande. En kvinna med pondus, sa flera om henne, men tänkte då mer på hennes grova kroppskonstitution och hennes auktoritära uttryck än på hennes inre kvalitéer och eventuella förtjänster. Det var således få som uppskattade Berta i det offentliga. Till mindre eller kanske stor del påverkade Bertas tyska brytning uppfattningen om henne. Det hårt klingande uttalet, satsmelodin med få runda hörn, avsaknaden av mjuka svängningar och därtill bristen på flexibilitet i en generell mening (som också per automatik hamnade i den tyska brytningens sfär) gav Berta ett rykte få drog på munnen åt. I kombination med ett kvardröjande bagage sedan andra världskrigets dagar, med en topp under 80-talet, som hör och häpna fortfarande levde kvar i de kretsar som omgärdade Berta, vilket på ett infantilt sätt reaktiverades av hennes blotta uppenbarelse (Berta tog helt enkelt över rummet, sa man om henne), ungefär på ett likartat sätt som föråldrade institutionella idéer lever kvar per automatik i bemötandet av funktionsnedsatta – var det tämligen svårhanterbart i omgivningens öron att få grepp om vad Berta egentligen menade med det hon uttryckte. Det var som om innehållet inte hängde samman på ett förnuftsmässigt sätt, sa man, riste på huvudet och tillade: som var och en blev främlingar inför varandra i Bertas närhet. (En del talade härvidlag om rädsla, andra om Bertas arrogans, få uttalat om hennes brytning). Och Bertas blixtrande insatser och brandtal i ett förhöjt tonläge som liksom sprack på höjden och föll tvärt som en skjuten and i ett mummel få begrep sig på, vilket i huvudsak uppstod när Berta tyckte något var fel – dessutom ofta på ett personligt plan framför ett yrkesmässigt, och Berta i dylikt sammanhang blev, vad omgivningen beskrev som: affekterad. Ja, i kombination med ett besvärande tigande, en säregen tystnad som under långsamma, utdragna tider, liksom vände sig inåt hos Berta, och formade henne okontaktbar för omgivningen, orsakade att man för det mesta upplevde Berta som obehaglig, frånstötande, stämningen i hennes närhet allt annat än friktionsfri. Berta ansågs mer osvensk än vad som kunde tålas. Var det möjligt, undvek man således henne. Endast socialchefen uppskattade hennes förtjänster. Dylikt ansåg kolleger och andra som hade att göra med henne i vardagen, berodde på att socialchefen ytterst hade en fiktiv bild av Berta, snarare än en reell upplevelse – socialchefen, i egen hög person, var det få som såg till. Som sig bör i en hierarki som det kommunala, var det övre skiktet sällan synligt, vilket inte är detsamma som att man inte visste vems beslut som gav organisationen dess riktning. Även om inte heller ett rakt och följbart uppåtstigande led särdeles ofta, enligt dem som beskrivs som medarbetare, är förhanden i en organisation likt kommunens, snarare anonymitet hela vägen. En slutsats J inte drog sig för att uttrycka gång på gång, när dylikt kom på tal. I synnerhet när det kom att handla om ansvar.

Berta arbetade inom kommunpsykiatrin under många år. Antingen som sektionschef eller som enhetschef. Med tiden tröttnade hon emellertid på sitt arbete. Höll sig alltmer borta när omgivningen krävde hennes närvaro. I backspegeln var det nog ingen som sett henne speciellt engagerad. Hon är alltid så trött av sig, sa man. Alltför många måsten över och kring sig, ändlösa konferenser och diskussioner om LSS vara och utveckling, integrering och empowerment, om bristen på samordning, den ständiga frågan som aldrig blev löst, men alltid tillhörde agendan. Berta suckade: Det handlade om samordning mellan enheter inom socialtjänsten, samordning med vårdavdelningar inom psykiatrin: sluten- och öppenvården, samordning med somatiken, oviljan och åsidosättandet av den psykiskt funktionsnedsattes kroppsliga sjukdomar. Sådant tröttade ut Berta innan man ens börjat.

Samordning, ansåg Berta, blev ett specialfält i sig, som gled långt ifrån olika realiserade former av samverkande stöd som borde stå i centrum.

Man stod och stampade på samma punkt år ut och år in.

Berta öppnade fönstret på sitt kontor, tände en cigarett, satte sig på den breda fönsterbrädan och mindes sig tillbaka till hemstaden Berlin. Åren från hennes uppväxt, blev henne allt mer kärt, desto fler år som tillryggalades. Det var en annan syn på livet, hård men rättvis, tänkte hon och återvände till nuet.

Bara en sådan sak att de flesta av klienterna rökte, gav ett envist motstånd från sjukvårdens sida. Policyn var rökfria sjukhus, där trots allt vissa undantag gjordes, och då oftast för den som var inskriven på en psykiatrisk avdelning. Och det var något som Berta menade inte sågs med blida ögon av hälsofascisterna. För det kunde man inte anklaga Berta för. Hälsofascist var hon inte. Hon rökte själv och tyckte att det var ett ständigt mobbande av det rökande släktet, som, menade Berta, oftast utmynnade i ett sämre bemötande, fördröjd eller rentav utebliven handläggningstid och insatsstrategi. För den som hade en psykisk sjukdom i botten och dessutom rökte, var man direkt utesluten från all form av vettig somatisk vård. Någon måtta på kostnaderna får det allt vara, resonerade man i en slags allmängiltig acceptans av hur var och en bör tänka och handla. Som om det vore det självklaraste i världen att sätta demokratin ur spel om ekonomin sägs tryta, värderingar och handlingsmönster inte anses följa det av samhället upphöjda och riktiga. Tänker man efter, sa sig Berta, är vidrigheten på samma nivå även när finanserna är rättvända. Glömda grupper som per automatik tar stryk i såväl goda som sämre tider. Det gäller såväl inom psykiatrin som inom somatiken, eller socialtjänsten, tänkte Berta, utan att intressera sig för att ta analysen vidare och tänka i termer av klass, etnicitet och kön.

Vad Berta kom att förbise, hävdade J, var att Missionen sysslade med samma mönster av åsidosättande. Anor, som J menade, sträckte sig bakåt i tiden, inte enbart till mentalsjukhusens blomstringstid utan, sett med dagens blick, genom Missionens hela organisationshistoria. Ett slags överhetsperspektiv grundat i Gud Fader som satte omhändertagande och omvårdnad framför empowerment i förgrunden. En tydlig brist på insikt inom Missionen, hur förlegade idéer tillåts verka och leva kvar och ta sig uttryck i fler sammanhang än man kan tro. Statusen som Missionen åtnjuter i staden innebär per automatik, menade J, att man inte behöver reflektera över hur det egna förhållningssättet är anpassat till rådande socialpolitik. Inte för att man på något sätt historiskt skulle ha ägnat sig åt ett medvetet förtryck av dem som är behövande, utan för att man inte hängt med i den demokratiseringsprocess som LSS och psykiatrireformen befäst. Exemplet X visar, menade J, att man lever kvar i ett omvårdnadstänkande som var förhärskande före LSS, den tid av institutionalisering: totala institutioner, som socialforskaren Goffman beskriver – som nämnda lagar, reformer, socialpolitiken har för avsikt att lämna bakom sig.

Staden J verkar i, har sedan lång tid tillbaka ett nära samarbete med flera kristna organisationer, och sedan psykiatrireformens genomförande och kommunens övertagande av de medicinskt färdigbehandlade, samarbetar man med de kristna organisationerna med tillhörande behovsgrupp. Man kan säga att kommunen gjort sig beroende av insatser som utförs av idébaserade organisationer som Missionen. Tillsammans med det goda rykte Missionen och övriga kristna organisationer uppbär, är kontrollen av utförandets kvalité bristfällig. Dessutom, tänkte J och log en smula, är det kanske för mycket begärt att Missionen ska peta på Gud Fader själv. Att låta Herren ta del av demokratiseringsprocessen, tillade J och tog sig tillbaka till allvaret.

I det sammanhanget, när det gick utanför Bertas egen intressesfär, engagerade hon sig inte. Då agerade hon i samma anda som sina fiender. Även hon ansåg att man kunde dra in på insatserna i en mängd sammanhang. Och i den betydelsen kunde Berta rentav dra fördel av den hierarkiska organisationens anonymitet i sitt maktutövande. Inbyggda eftersläpningar inom organisationen. I det spelade det mindre roll om det var kommunen eller missionen som stod för organisation och beslutsfattande. Om det var Gud eller en trappa av chefer, eller för all del illusionen om ett medarbetarskap, som det vimsades med och om. Oavsett, hade respektive, sina demokratiska brister, som Berta visste hur hon kunde hantera och domptera utifrån egna mål och anpassningar.

J hade på ett avgörande sätt fel uppfattning om Berta. Berta förbisåg inte alls något av betydelse, hon visste vilka strider som gagnade hennes policy och inriktning. Hur hon måste agera för egen vinnings skull. Vilken våg hon så att säga skulle rida på. Resten lämnade hon därhän.

Och, som sagt, när det gällde rökningen, var Berta varken undfallande eller passiv, rökningen var helig för henne, och där stod hon på samma sida som de som drog kring med en diagnos och dessutom tog sig en cigg när andan föll på.

När jobbet på Missionen dök upp våren 2015 drog Berta slutsatsen att den utlysta befattningen kunde passa henne perfekt. Berta kände en före detta kollega från kommunen som numera arbetade på Missionen och som beskrivet för henne att Berta i stort sett kunde jobba efter eget huvud. Det enda åtagandet som krävdes av en anställd i hennes position, menade kollegan, var ett obligatoriskt deltagande på några möten per år där Jesus hyllades i sång och bön.

Från forna kollegan hade Berta förstått mellan raderna, att resten av Missionen inte hade så mycket kunskap om psykiatri (egentligen obefintligt, vilket knappast, enligt J, skilde sig nämnvärt från andra aktörer, som kommunen), att man sökte en auktoritet på området och att Berta sålunda var klippt och skuren för tjänsten. Missionen fokuserade på de ensamkommande flyktingbarnen och Berta, sa kollegan, väl medveten om vad som drev henne, kunde därmed använda tjänsten som ett sätt att varva ner till pensionen.

Missionens gruppboenden för psykiskt funktionsnedsatta var en lågprioriterad grupp, även så inom kommunen, skillnaden, ansåg kollegan, var att man på Missionen inte gav sken av att man måste leva upp till något man inte ansåg vara betydelsefullt nog att prioritera, i synnerhet då Missionen inte visste vad som var betydelsefullt. Varken med avseende på lagar eller djupare kunskap vad en psykisk funktionsnedsättning innebar. Det var där Berta kom in, och det passade henne perfekt. Hon tänkte: det man inte vet något om, har man inte ont av.

J såg rött när han tänkte på att Berta utnyttjade sådan kunskap till sin fördel, manipulation av andras psyke, tillika förtryck av stödbehövande, kallade han det, och ilsknade till, när någon inom personalgruppen talade tvärtom och beskrev Bertas vurm för boendegruppen. Själv tyckte J att hennes falskhet lös igenom bara genom hennes frånvaro. Att det tog så lång tid innan hon presenterade sig för personalgruppen, och att hon aldrig gjorde det för boendegruppen, talade sitt tydliga språk, menade J.

Missionen som sådan levde som uttryckt på ett gott rykte – en väl utvecklad hjälpverksamhet för stadens utsatta.

Berta sökte således tjänsten och erhöll anställning utan större konkurrens. Vad kunde man annat än att tappa hakan inför sådan erfarenhet, och buga inför Bertas villighet att dela med sig av all den kompetens hon besatt – var det styrande skiktets allmänna omdöme. Det fanns alltså egentligen inga andra sökande, inte på Bertas nivå. Och den föregående chefen, kunde äntligen läggas till handlingarna. Trots diverse påtryckningar hade denne bitit sig fast vid Missionen av egoistiska skäl, oaktat långvariga sjukskrivningsperioder, var det ingen som haft hjärta att, vad man sa, ställa den gamla chefen inför faktum: att hon var för vek för sitt arbete – nej, man lät henne, med Herren i åtanke, sa direktorn, invänta den dagen ett gott alternativ dök upp som hon kunde övergå till. En tjänst i lugnare miljö och takt som passade hennes sköra psyke bättre. Så hade nu skett.

Och Berta.

Kommen som en skänk från ovan, sa direktorn vid presentationen inför Missionens styrelse och chefer på det nya kontoret man hyrt till reducerad hyra – det nya kontoret med en vidunderlig utsikt över hamnen, båtarna, bron och horisonten – ja, det där känner ni till vid det här laget.

Berta erhöll rummet på kortsidan när hon flyttade in på det nya kontoret. Hade utsikt över flera kontorsbyggnader i förgrunden och i bakgrunden en av stadens förnämsta kyrkor, som låg på en höjd, där hon främst kunde se spiran på kyrktornet, hur den reste sig som en glänsande raket mot himlens fond. Om Berta öppnade fönstret, där hon sin vana trogen från kontoret på kommunen, kunde fortsätta stå och röka (här var fönsterbrädan för vek för hennes tyngd), utan att någon lade märke till hennes bolmande, såg Berta, om hon vände blicken mot höger, en mindre bit av hamnen, framförallt terminalen och den stora passagerarfärjan, när den lagt till vid kajkanten, och så även en mindre bit av Göta Älvs utlopp. Hon var den av cheferna som hade sämst utsikt. Det låg en sträng hierarki över Missionen och den visade sig tydligt i hur kontorsrummen fördelades. Men sådant var inget Berta fäste sig vid, hon hade sin linje klar för sig, och den var hon tillfreds med, dessutom passade kontorsrummets belägenhet henne perfekt. Sidan om huserade hennes kollega från kommunen, enhetschefen för de ensamkommande barnen och eu- migranterna.

Två kontorsrum låg direkt ut mot hamnen och havet. Dessa var vikta för ekonomichefen och direktorn. Direktorn hade det största kontorsrummet, närmast receptionen, ekonomichefens rum var lite mindre men utsikten var lika storslagen som hos direktorn. På andra sidan, till vänster om receptionen, huserade den nyanställda kvinnliga informatören med rum mot gatan och spårvagnen och torget.

Typiskt, var det män, tänkte Berta, som satt på de högsta posterna inom Missionen, karlslokar som hade de bästa rummen, lönerna, och alla andra förmåner som de själva roffat åt sig. Dylikt skiljde sig inte från övrig organisationsstruktur inom kommun, landsting, stat, eller privat. Missionen, tänkte Berta, kunde dessutom alltid falla tillbaka på att den högste inom organisationen, Herren Gud, tveklöst var av hankön.

Män i allmänhet kunde hon känna förakt inför. Berta hade aldrig haft någon lycka med kärleken, alltid mött män som strulat, som utövat makt och betett sig allmänt illa. Mannen hon gift sig med, var inget undantag, och snart hade hon skilt sig från honom. Berta hade inga barn, och det var hon glad för, hon levde som singel sedan många år tillbaka. Och så tänkte hon fortsätta ha det. Berta målade sig aldrig. Trivdes bäst i löst hängande kläder, framför figursydda. Ägnade fritiden åt att läsa och se på TV. Väninnor brydde hon sig i det stora hela inte om. Kvinnor i hennes egen ålder upplevde Berta som schåpiga, betedde sig som tonåringar, menade hon, speciellt de som var singlar som henne, desperata på ett sätt som om det inte gick att leva själv, som att ha en man vid sin sida var det enda som gjorde livet värt att leva. Och de som var sammanboende, eller gifta, kunde aldrig resa iväg, knappt vara borta en kväll från hemmet, allt handlade om mannen. Mannen. Berta rös av bara tanken. Men några väninnor hade hon dock kvar, som ett slags nödvändigt elixir från det hon kallade »den goda tiden.« Tillsammans med dem gick hon gärna och såg talpjäser på olika teatrar som staden erbjöd. Man delade en flaska vin, samtalade om Valerie Solanas, feministiskt initiativ, om sådant som luckrade upp det patriarkala samhället – och Berta vred det gärna dithän att det vore skönt med ett samhälle helt utan män.

För fortplantningens skull, sa hon, och fick i stunden medhåll av sina väninnor, kunde det räcka med spermabanker. Hur dessa skulle fyllas, var inget hon brydde sin hjärna med. Man skrattade och skålade och fyllde på glasen.

I det tysta svärmade Berta även för Margaret Thatcher, men det var inget hon basunerade ut bland väninnorna. Trots att det förmodligen i första hand handlade om en beundran av en stark kvinna i en mansdominerad värld under 80-talet, framför dennes politiska riktning.

I slutändan, var Berta ensam om att vilja leva ensam.

Hennes bästa väninna sedan många år – hur många brandtal hade väninnan inte hållit för Berta, orerat om att mannen inte behövdes, att patriarkatet var vigt för schavotten, och sedan, visade det sig att det mest var bitterhet över att hon inte träffat Mr

Right. Blev lika blöt i trosan som alla andra idioter! så fort någon av det manliga släktet visade minsta intresse, tänkte Berta med stegrad irritation.

När väninnan så träffat den där brunbrända karlsloken, som ständigt gick omkring och kliade sig i skrevet, blev hon som förbytt, Berta såg sällan till henne och lika bra var det.

Men Berta accepterade direktorn, fattas bara annat! Han gav henne så mycket frihet att hon kunde styra och ställa efter eget huvud, leva ett slags parallellt liv inom organisationen, på egna villkor. Värre var det med ekonomichefen, han var både pengagalen och sliskig, det var ekonomichefen, vad hon förstått, som drivit igenom flytten till det nya kontoret. Alla pengar som kom in via verksamheterna för de ensamkommande (det var inte klokt, vad man öste ut pengar, från myndigheternas sida, tyckte Berta) fick Berta intrycket att ekonomichefen tog varje tillfälle i akt att frångå organisationens policy om att all vinst skulle gå tillbaka till verksamheten. Inte för att hon brydde sig, eller hade något uppenbart bevis. Men hon kunde inte tycka annat än att det var märkligt att inte direktorn sa ifrån, att direktorn verkade så undfallande mot ekonomichefen, oavsett vad han uttalade sig om, eller föreslog. Det var som om ekonomichefen hade någon form av hållhake på direktorn.

Enligt Siv, receptionisten hade såväl direktorn som ekonomichefen nyligen flyttat till havsnära villor. Och det, tänkte Berta, kunde man undra över om det hade gått rätt till.

Typiskt män, tänkte Berta, och sprätte fimpen ut genom fönstret ned på gatan – efter att först sett efter att ingen kom promenerande.

Men så har de ju sin manlige Gud, och bibeln, där mannen är allt och mer därtill, tänkte Berta och stängde fönstret.

Det bästa var om hon kunde hålla sig på avstånd från det manliga släktet. Sålunda var det utmärkt att Berta fick kontoret avsides och dessutom positionen att styra och ställa som hon ville på Missionen. Man överlämnade ansvaret till henne. Det var hon som besatt kompetensen.

Och männen, jämte hennes forna kollega från kommunen, kunde fokusera på det som låg i tiden och genererade mest inkomster, tjänster och möten. De ensamkommande barnen. Där kunde direktorn och ekonomichefen gå kring och glänsa som fjäderlösa tuppar, med kammarna resta, medan Berta gjorde det bekvämt för sig de sista åren innan pensionen.

Sett ur Bertas synvinkel, skulle det emellertid visa sig att hon den första tiden på Missionen tvingades avlasta sin forna kollega från Kommunen med olika insatser för de ensamkommande barnen och de hemlösa romerna. Men inte heller detta var något som egentligen besvärade Berta. Inte var det mycket hon i slutändan behövde göra och utåt sett var det förklaring nog att Berta tog det lugnt med att sätta sig in i gruppboendena X och Z. Framförallt Z fick vänta länge på henne som aktiv chef, vilket passade Berta perfekt.

Berta ställde sig vid fönstret, tände en ny cigg och lät tankarna vandra till sin hemstad Berlin.

II

R besöker gruppboende Z och lär känna William och D.

R föredrar anonymitet. Initialen räcker gott, menar R. Namnet är heligt, och får nu, när hans mamma är död sedan några år tillbaka, inte uttalas av någon. R säger att han är beredd att döda vid minsta övertramp. R anser sig kunna se genom allt och alla.

135

Besitter rena röntgenblicken, om man frågar honom. Han menar att han alltid befinner sig på ett berg varifrån han har god sikt över mänsklighetens göranden och låtanden. Enligt R är hans ovanperspektiv en prägling som skapats sedan barnsben. Tillsammans med fyra systrar och en hårt arbetande ensamstående mor växte han upp på en av de många höjder där staden växt fram. Därifrån kunde han se alla förändringar som sköt fart från 60-talet och framåt. Som liten grabb hoppade och skuttade R mellan höjderna och blickade ut över det han senare kom att kalla, myrstacken. R hade god utsikt över en vältrafikerad gata som kallades för hängkojen, alla affärer och hantverkerier, spårvagnar och cyklister, ölcaféer och gatlyktor som tändes i ett pärlband på kvällen längs huvudgatan och skapade föreställningar om att tillvaron inte var så illa trots allt. R hade god utsikt över sidogatornas livsmönster, enkla arbetarbostäder, utedass på bakgårdarna, stora barnkullar som lekte och slogs när revir och position skulle befästas. R utsågs tidigt till gatans kung. Ingen kunde mäta sig med honom. R låg alltid ett steg före. Och var det någon som mopsade upp sig satte hans knytnäve effektivt stopp för det.

Det var på den tiden stad var stad, menar R, myllrande liv och rörelse. Långt ifrån allt var synliggjort. För den som avvek, gällde de stora institutionernas era – men det var inte lika illa som nu när alla från krypåldern stängs in på institutioner av modell mindre, och inte kommer ut förrän båren är där och hämtar. Möjligt med ett upplevt mellanspel i egen hage. Slott och herresäten, eller drömmar därom. Betyder skräck för kyrkogårdsvandring. För att inte tala om alla dessa lysrörslandskap som förstör synen och brölet från det som kallas luftkonditionering som kväver lungor och andningsförmågan och sänker mellanspelet i ett hav vars botten är som en bortglömd kyrkogård, säger R och spyr så ut sin galla i ett tempo få hinner med.

Tidigt utvecklade R sålunda en blick för ovanperspektivet och i kombination med, som R själv uttryckte saken, ett gott läshuvud, blev det inte så illa.

Enligt R var det dock hans kombinerade förmåga som gjorde honom till paria när vuxenlivet stod för dörren.

Inte undra på att R bedövat sinnet då och då, all aversion R mötte och hans ... ja, vad R menade i slutändan utgjorde en »förbannelse«, kunde knäcka den bäste. Amfetamin på det och R upplevde det snart som att alla var efter honom, till kropp och hjärna.

R var en sådan som helt enkelt såg för mycket.

En Gud när påtändningen var som bäst.

Ett missfoster när psykiatrin fick säga sitt.

En som slipade kniven innan blodsmaken rann till.

Nu var han där han var. Och fick göra det bästa av saken. Närmade sig de sextio och gnistan för alternativ hade falnat, liksom känslan för amfetaminet.

Men hans förmåga fanns kvar. Var han på det humöret, sprutade det idéer ur hans hjärna. Som vanligt hade R gjort sig ovän med de flesta i sin omgivning. Och då i synnerhet med personalen. Men det var inget han sörjde. Personalen som alltid var av den åsikten att det var dem som visste bäst hur ruljangsen skulle skötas, gjorde honom ofta ilsken som ett bi. Eller snarare som en eldsprutande drake. Att han lade sig i, visade sig väl insatt i LSS och psykiatrireformen, lagar och intentioner, socialpolitik och mänskliga rättigheter, gjorde inte saken bättre. Personalgruppen som helhet undvek honom så ofta det var möjligt. Rädda för att gå i klinch med honom, blotta sin underlägsenhet, okunskap och ovilja att tänka utanför ramarna. R tyckte missionen fastnat i så många fällor, där man liksom gled tillbaka till tänket från sinnessjukhusets tid – om man nu någonsin lämnat, tillade R och skakade våldsamt på sitt tunga huvud.

Vad visste dessa religiösa – om ens något om Sonen?

En bunt dumhuvuden, om hans bedömning fick råda.

Ett oförtjänt gott rykte när det kom till sådana som honom.

Som det här med kontrollen av F. Ju mer man sökte kontrollera den stackaren, desto svårare blev det att kontrollera honom. Världen och människan var helt enkelt inte möjlig att kontrollera på det sättet, menade R.

Alltså: ju mer hinder man satte upp – i en mängd varianter på samma tema – desto fler hinder uppstod, och personalen kom allt längre bort från den avsikt psykiatrireformen satt upp som mål och motto – desto djupare gick man ner sig i sitt kontrollerande. Att man till slut, menade R, inte gjorde annat än sprang kring och kontrollerade, medan den som kontrollerades, som i fallet F, alltid fann utvägar och stod i rökrummet och rökte en cigarett han inte borde ha rökt, sådant var lättare att inse än att man var född. Inte hjälpte det F tillrätta, tvärtom, på djupet for F lika illa som på den tiden man ansåg lobotomi vara den ultimata behandlingsmetoden, yttrade R och svor till. Vid ett tillfälle, när gruppboende X hade en gemensam utflykt med gruppboende Z, blev R bekant med William. Inte var han jämbördig med R i intellektet, det fanns det ingen som var, ansåg R, men en god observatör, var William, hävde ur sig knivskarpa analyser och slutsatser som inte gick av för hackor. Tillsammans såg dessa två herrar genom det mesta. Man fann varandra på utflykten och snart därefter besökte R, William. Ett besök som ledde fram till den bästa form av vänskap två herrar i dylik situation kunde ha, menade R. Gemensamt hade man skrivit ett kort brev till direktorn, på det gamla sättet med frimärke och kuvert, som William tiggt till sig av personalen, under förevändning att han skrev till Försäkringskassan. I brevet påtalade William och R att man upplevde det som att psykiatrin kommit i skymundan. Liksom behövde upprättelse inom Missionen som organisation. Direktorn hade inte svarat personligen. Men organisationens tidning gjorde ett reportage, strax därefter på Z, för att uppmärksamma, som man sa, gruppboendet, med bild på William och en volontär. Designad av den nyanställda informatören på Missionen. I huvudsak för att tysta kritiken, sa R. Ett piss i Mississippi.

Möttes då R och D?

Man möttes. Och där fanns en ömsesidig empati. Man spelade på samma planhalva, och skulle man syna var och ens åsikter för sig, var de samstämmiga i det mesta som rörde grund, hinder såväl som frihetens uttryck. Men som personer var de alltför olika för att komma varandra närmare. D flydde fältet så fort R dök upp. D upplevde R alldeles för bullrig och synliggjord. Enligt D tog R över rummet så fort han fanns i närheten. Pratade mer än lyssnade. Tjatade om samma sak på tusen olika sätt. Krävde av andra som vistades i hans närhet total uppmärksamhet och koncentration på vad han sa. Det var R som satte agendan för vilka ämnen som skulle avhandlas. Och även om R hade rätt i det han sa, blev det för mycket för D. D slank iväg, ut genom dörren till den gemensamma lägenheten, nerför trappan och ut på gården. Satte sig i sin blå plaststol och grävde i askfatet (om askfatet inte av personalen fyllts med vatten) efter en fimp som kunde ge honom några bloss, eller tog upp en av sina egna som han antingen fått av personalen, eller som D av och till hade tillgång till via sitt reservpaket. Om det var möjligt, hade D alltid ett reservpaket i sin stora innerficka på sin tygjacka. Tanken var att han skulle ta till en av dessa reservcigaretter när inga andra alternativ fanns. Det hörde inte till vanligheten att det gick som han tänkt sig. Var han på det humöret kunde han röka tio stycken på en halvtimme. Och möjligheten att köpa egna var obefintlig då han sällan fick ha hand om pengar. Det var mest när han var på humör att tigga från folk som gick förbi honom på stan. Det var inte ofta det skedde, tiggeri föraktade D egentligen, men i spåret av plötslig spontanitet och ett våldsamt röksug, tiggde han ibland ihop till en ask eller två.

Brist på cigaretter var det nästan ständigt och jämt. Precis som F skulle D ha en cigg i timmen som personalen skrev upp på en lista fäst på insidan av medicinskåpet inne på kontoret. Då och då lyckades D få extra cigg, men oftast höll man benhårt på schemat och det spelade ingen roll hur mycket han tjatade, någon extra cigarett fick han inte. Förutom vissa vikarier då, som likt J kunde ge honom 5-10 åt gången att hushålla med, det vill säga när vikarien eller J anlade en rebellisk ton, eller D steg på en öm tå, och talade om mentalsjukhustänk, då veknade sådan typ av personal alltid. Men rent allmänt var det alltför mycket energi som gick åt till att tjata till sig cigaretter, att D tappade ork för allt annat. Och när orken kom, ville han helst småbråka med personalen, sno kakor och frukt, strö fimpar i soffan inne hos sig. Han fick likt övriga boende inte röka i sin lägenhet men det gjorde alla som rökte ändå. (Fattas bara annat, tänkte D). Det var den gamle chefen som kom med det förslaget, i sin naiva iver att skapa ett rökfritt boende, självklart gick det inte, det var inte precis rätt ända att börja i om man ville att han och de övriga skulle må bättre. Personalen tjatade, men ingen lyssnade och chefen var sjukskriven. Dessutom hade man lovat ett rökskjul på gården som aldrig blev av. En gång hade han somnat med en cigg mellan pek- och långfinger, och vaknat med ett ryck när ciggen låg och glödde på baksidan av hans ena lår och det blev ett brännmärke i soffan. Där fanns fler brännmärke, men det hade D under noga kontroll själv bränt dit. Han visste vad han gjorde. Syftet var att oroa personalen. Göra dem förbannade. Och det lyckades han med i en mängd sammanhang. Som den gången han tryckte in rutan till brandlarmet utanför kontorsdörren. Det var sent på kvällen. Klockan närmade sig tolvslaget. Och av det tjutande brandlarmet for snart den ensamme nattpersonalen runt boendet som en skållad råtta. Som en manisk bastard av den högre skolan. Det kunde de gott ha, småpåvarna, tänkte D och drog på munnen. Att driva med personalen gav mersmak och en känsla, om än bräcklig och svag, som gav honom ett gott skratt och en slags härlig illusion om att det för en gångs skull var han som bestämde, satte agendan, och gjorde hans tillvaro för ett ögonblick mer uthärdlig, eller snarare mindre outhärdlig.

Det var vad han orkade med. Något djupare, att ändra sitt liv, nej, den tiden var förbi. Kanske om någon trott på honom, sett igenom vad han pysslade med, och förstått att där fanns kraft som kunde vändas till något bättre. Men så var det inte. Man ville bli av med honom. Punkt. Slut. Så hade det varit sedan tidernas begynnelse. Och gruppboende Z utgjorde inget undantag.

Således, att tala om frihet i ett sådant sammanhang, var aningen malplacerat, ansåg D, och syftade på R, som enligt D drevs av drömmar snarare än av fakta.

Med andra ord att sitta och diskutera med R (om det nu var möjligt så förälskad som R var i sin egen röst), var totalt meningslöst. R:s intellektuella svada ledde ingenstans, trodde han ens själv på skiten? bättre att leta fimpar i askfatet, på marken och eventuellt få sig några bloss. Och att vara ute i luften, under himlen, där skatan som landade i trädet fick stå för revolten – det var fan så mycket bättre, menade D. Det bästa livet kunde erbjuda.

Och så pratade de om att han skulle stanna inomhus.

De var fan i mig inte kloka någonstans, sa sig D, när han var på det humöret.

*

På natten, efter R:s första besök, sitter D på gården och stirrar rakt framför sig utan att tänka på något speciellt. Som ofta är, kan D inte sova. Är alldeles för orolig för det. Har en extra cigarett i fickan som han tänder.

Vad är det man vill? frågar han sig själv efter en stund, och svarar: man vill bli av med mig. Det har man velat länge. Ända sedan jag välte skolbänken i första klass. Jag var inte som andra. Jag är inte som andra. Det fanns en tid när jag höjde dem till skyarna. Jag såg på bödlarna med dyrkan i min blick. De var som Gudar. Jag, en träl. Jag fick vara glad att jag fick ta del av den luft de andades. Jag såg på dem med beundran. Försökte efterlikna dem i hur de rörde sig, talade, vad de sa, hur de tänkte, vad de reagerade på, vilka känslor som härskade i deras reaktion, i deras inre. Jag blev speciellt duktig på att känna aversion mot det som avvek, och då i synnerhet över mig själv. Jag hatade mig själv som personalen gjorde. Och alla andra intagna, kunde jag i mitt inre göra narr av, på samma sätt som personalen brukade göra. En dag förlorade jag känslan, ja det gick inte över en natt, det kom gradvis, men det sista skuttet var kraftfullt och slutgiltigt avgörande. Gjorde liksom slut på självbedrägeriet. Man kunde tänka sig att jag då sökte mig till mig själv, strävade efter att välja den väg som jag ville gå. Men så var det inte. För det första hade det gått så lång tid att jag inte hade en aning om vad jag ville. Vem jag var, om jag så undrade. Jag var så uttömd i mina fruktlösa försök att efterlikna dem som hade hand om det hela, att jag sket i vilket, kände mig tom, likgiltig, ja, ni förstår.

Jag tänker på all den avpersonalisering jag utsatts för genom åren, som, kan man säga, byggde om mig till ingen – jag var ingen, jag är ingen... man försökte göra om mig enligt normer och kostym jag aldrig kunnat passa in i. Jag var en helt annan från början och det fanns ingen i min omgivning som ansåg att jag var bra som jag var, att stödja mig i att bli en egen person utifrån mina egna framväxande förutsättningar som LSS talar sig så varm för. Åh nej.

Man vill ta livet av mig, så krasst är det, och då det inte går sådär över en natt, vi lever ju inte i sådana tider, får det bli genom en avpollettering i slow motion, det vill säga, fortsätta placera mig på olika institutioner, på sikt mer stängda, bortglömda avdelningar och boenden, periferiska, som där jag är nu, fortsätta proppa mig full med tunga mediciner, ECT och andra tvångsåtgärder, där mitt jag, mänskliga rättigheter, min fysiska såväl som psykiska rörlighet, begränsas i motsvarande grad. Det är som att klä av mig funktion för funktion, underbyggt av diverse diagnoser. Låt vara att det funnits sidospår, via psykiatrireform och LSS, en och annan personal som haft gott uppsåt, men det är och förblir ett spel för gallerierna, en retning i bakgrunden, och den senaste diagnosen man satt på mig handlar om att jag är dement, inte kliniskt, det har man inte kunnat bevisa, sådant trams är omöjligt, stiger som en ballong högt mot skyn och exploderar snart – men psykologiskt, och även motoriskt, jag rör mig alltmer som en dement, säger man, eller kanske snarare som en Parkinson patient (tänk, vad underligt efter all psykofarmaka jag tvingats stoppa i mig genom åren) och sådana observerade tendenser, som att jag inte svarar på tilltal, eller om jag öppnar munnen svarar uppåt väggarna, inte lyssnar, inte kan lära mig saker, inte kommer ihåg, helt enkelt inte förstår vad personalen säger till mig, att all mänsklighet och tillika anständighet således runnit av mig – jag kan omotiverat urinera var jag än befinner mig (förmodligen, menar psykologen, är jag som en form av amöba, en encellig varböld: en enkel signal till hjärnan som resulterar i: pissa utanför dörren till den gemensamma lägenheten, eller varhelst, när det trycker på), vidare: att jag blivit mer egoistisk (även det en bastardsignal), roffar åt mig så fort det bjuds på sött utan att tänka på andra... Helt enkelt äter upp hela kakfatet och sålunda skiter i mina medmänniskor, slutsats: avser man skicka mig till någon plats där det bor dementa och andra med kroniskt obotliga psykoser, undantagsplacerade, som enbart har kvar en del restprodukter som liksom spyr ur den infantiles mun och rörelseuttryck. Spasm i ben eller arm och så vidare. Uttryck som: Pavlovs hundar, och så vidare.

Där ska man placera mig. Growl. Ni förstår.

Sista anhalten innan jag ger upp andan.

Vad jag hört har man möjlighet till terminalvård.

Vad jag hört anses det vara en trygghet.

Du ska brinna din jävel!

Hört i förbifarten:

Våra pistoler är skarpladdade.

Vi har bara att invänta rätta ögonblicket.
Eller var faen är bensinen!

*

Han sätter sig i sin plaststol, på innergården, utanför gruppbo-
endets ytterdörr, mannen med den alldeles för stora tygjackan,
som vanligt med en duns utan synbar möjlighet till återvändo.
Hakan sjunker ned mot jackans krage. Ögonen är slutna. Sover
han? svårt att avgöra. Det ser ut så, från ett ögonblick till nästa...

... reser han sig upp, sätter sig ner, reser sig upp igen, ögonen är
som mest halvöppna, pupillerna avlägsnade, ögonlocken fladd-
rar, överkroppen vaggar fram och tillbaka, viljelöst, kan tyckas,
som ett grässtrå i vind. Vinden uteblir, han fortsätter vagga, i hu-
vudsak med överkroppen, benen är stilla, han känner nog inte
benen eller fötterna, är han vaken? ingen vet, kanske är han rädd
för att falla? kanske söker han fågelns flykt? – han lyfter blicken,
förbi husväggen, upp mot rymden, det är mörkt, natt, klockan
är över midnatt, ett nytt dygn, stjärnorna möter hans blick när
han ser förbi husväggen upp mot rymden, allting snurrar, han
möter bilden av sig själv när han åker karusell som barn, huj,
vad det går! moderns hand som rycker honom till sig, hennes
långa vassa naglar, som alltid, lika brutalt, gräver sig in i hans
arm på det där blodiga sättet, han faller, som en sten, tungt och
illa, oformligt och känslolöst ned i plaststolen utan att sänka
blicken, blicken är fäst vid alla stjärnorna: röda, gula, vita, blå
stjärnor, kanske är han egentligen inte längre kvar på jorden,
kanske finns det en ro för honom i det...

Han lägger blicken mellan stjärnorna, in i det svarta, där han är
van, och ändå, han är orolig nu, det ser man på honom, skräck-
slagen, han ser ut att ha ont, överkroppen vrider sig oroligt i
plaststolen, fram och tillbaka, från sida till sida, han trummar

med fötterna, fingrarna kroknar om plaststolens klumpiga armstöd, ögonen går runt i skallen på honom, som den som är besatt av död eller för mycket liv, sak samma, det går fort, det som sker, sker, omöjligt för honom att påverka, han tänker: som det alltid varit... maniskt? å nej, det ska dom inte få det till.

Och då liksom mjuknar hans anletsdrag, från den ena stunden till den andra stunden, han sänker åter blicken ned mot jorden, asfalten, gatstenen, stjärnorna som speglar sig i den nyss uppkomna vätan, han ser sig omkring, fäller ner kragen, gräver efter en cigarett i innerfickan, tänder cigaretten, drar ett djupt halsbloss och lägger vänster ben över det högra.
Tänker på ingenting.

12

Omöjligt att hantera en sådan som honom

I drömmen står J på gården en bit från porten till boendet för de ensamkommande och skäms så att kinderna glöder. Varför han står där och skäms är svårt att begripa. J står där Vera brukar ställa sig, delvis skymd av ett lövrikt buskage. Ingen ser honom. Platsen påminner på ett underligt vis om barndomens utkikspunkt, vid spireahäckens slut, där slätten tog vid, utkikspunkten som gav J så mycket han annars omöjligt kunde ta till sig. Det är först i detta sammanhang, i drömmen, J får klart för sig vad som egentligen sker. Inte ens promenaderna ger en insikt av sådant slag.
Det är då man kan säga, som liknelsen går i sin fullbordan. Sexvåningshusen som kringgärdar gården viker sig och det enda verkliga blir synligt, slätten.

Plötsligt hör J steg bakom sig, han vänder sig om och möter samordnarens blick. J öppnar munnen för att säga något, men samordnaren förekommer honom. En dag dödar jag dig, säger hon och ler det där leendet få kan motstå.

Därefter kliver samordnaren in i skuggan, samtidigt som J skymtar att hon för ner sin högra hand i höger kappficka och plockar med något J inte kan identifiera vad det är. Han vet bara att hon rotar runt i fickan, kanske efter en revolver, tänker han.

J tänker att hans starka känsla av skam blir en sköld mot rädslan. Han borde ha förstått tidigare hur det låg till. J ser henne knappt nu, samordnaren är täckt av skugga, där borde han ha förpassat henne för länge sedan, menar han. Men J:s blick har samtidigt vant sig vid mörkret och hennes ögon undgår honom inte. J håller fast sin blick vid hennes. Han ler inte. Det finns inget att le åt, tänker han. Allt är försent.

*

Så ofta J talat på arbetsplatsmöten och under handledningen, om behovet av att stödja D. Där hade J varit ensam. Visst lyssnade hans kolleger, första gångerna han tagit upp saken, hade det förekommit en viss debatt, en oro eller i vart fall en viss tvekan i luften, men det hade alltid strandat vid att D måste flyttas från Z. Man sa att han en gång varit möjlig att göra något för – det hade man också gjort, ville man påpeka, och såg på J aningen anklagande. Men nu var det försent, D var för sjuk, återhämtning ett minne blott. Samordnaren lyssnade på tanken om behovet av extra personal, sa varken det ena eller andra, satt där med sitt ständiga leende som ett skydd mot obehagligheter. I slutändan satt alla och log, samordnarens dotter med ett visst darr i mungipan.

Så vid ett tillfälle, när samordnaren under ett möte berättade för personalgruppen att Berta snart skulle ha tid att ta sig an Z, att Bertas stöd till chefskollegan för de ensamkommande inte längre behövdes, det var då samordnaren för första gången visade tydlig irritation över J:s tankar om extrapersonal. Det var uteslutet, sa hon. Inte längre lönt att ödsla tid på. J hade mumlat, att det var Z:s plikt att stödja D. Varpå samordnarens dotter sagt att det vore bra med en kaffepaus. Alla hade rest sig upp. Liksom vänt sig inåt. Som en sköldpadda för skuggan.

Det var inte förrän en av personalen, My, påmint om att D rökt en hel del i sin lägenhet den senaste tiden som ordningen återställts och mötet kunde återupptas i en lättare stämning.

Våren 2016.

Man hade haft möte om D. Mötet ägde rum i den gemensamma lägenheten, stängt för övriga boende vid tillfället. Samordnaren, Berta, My, som var D:s andra kontaktman på Z, socialassistenten och kontaktmannen från avdelningen. Man hade talat om honom snarare än med honom. D satt där för syns skull, enligt lagen var det så det skulle vara, han som klient, patient eller vad man än kallade honom för, hade rätten på sin sida att delta i sin egen planering. Så var det lagstadgat, förnämligt så det förslår, tänkte D. Men, som sagt, man hade knappt talat med honom, och om, var det som man lagt orden i hans mun. Man var redan på det klara med vad som skulle till. Hans ord vägde lätt. Han sa ingenting. Valde att säga ingenting. Vad fanns det att säga? tänkte D. Dessutom förstod han sällan vad de sa. De talade alldeles för snabbt, använde latinska sjukhustermer och psykologiskt fikonsnack, abstraktioner som det knappast rörde sig om en människa i fokus, också pratade de i mun på varandra, var inte nog ivriga att ge uttryck för vad de ville ha sagt. Fanns det någon som stod på hans sida, det trodde han inte. Han var ensam. Som alltid. Men det var inget att sörja över, tvärtom, var det hans enda styrka. D var numera frikopplad. Där låg hans känsla. Man sa att han var för dålig för att bo kvar på Z, en fara för både sig själv och andra. Samordnaren berättade om alla brännmärken i hans soffa, hans vårdslöshet med glöden från cigaretterna. My (som enligt D ofta låg nära hysteri) sa att han var en levande brandfara, opålitlig och nyckfull. My talade om att han blivit så mycket sämre, att hon var rädd för vad han skulle ta sig för när hon jobbade ensam. My, som, enligt D, inte hade mycket kunskap om sitt arbete. Kunde knappt stava till ordet psykos. My stod också lägst i rang på Z. Jämte J som dock enligt D var mer oberoende. J styrdes av värderingar framför affektion. My tvärtom. Styrkt av den nyligen utförda psykolograpporten, som utförligt beskrev D:s sätt att bete sig som uttryck för dementa symptom, talade My om hur D var en tjuv av kakor och kex, godis och frukt, mat och dryck, när det föll honom i smaken – inget kunde man ha framme när D var i närheten, sa My. Att han dessutom uträttade sina behov i trappan, lite varstans när han behövde, sådant talade sitt tydliga språk, menade hon. My sa att allesamman var vettskrämda för att D skulle bränna ner boendet. My sa att D inte gick att känna igen, att D inte tycktes förstå vad man sa till honom. Att D förändrats och blivit sämre bara under det senaste året. För varje dag tappade han funktioner. My sa att man som personal inte hann med de andra, att de övriga boende fick lida för D:s skull. My sa att hela boendet riskerade kantra så länge D var kvar. My sa att så kunde man inte ha det. Att dessutom arbetet som kontaktman var meningslöst, D varken ville eller kunde utföra någonting av minsta värde. Samordnaren fyllde i att D skapade oro bland de andra. Att det trygghetsarbete man under lång tid byggt upp på Z, som gjorde att de flesta av de boende mådde så mycket bättre än de kanske någonsin gjort. Att de boende återinsjuknade alltmer sällan, vilket visade sig i att avdelningen under flera år inte behövt skriva in någon av de andra från Z. D undantagen. Där talade statistiken sitt tydliga språk, sa samordnaren. Från avdelningen bekräftade man förändringen, man sa att personalen på Z utfört ett gott arbete. För D menade man att man inte kunde göra något mer, alla mediciner hade provats, samtal och ECT. D hade regredierat i betydande grad, varför en flytt av honom var befogat. Man sa att alla resurser var uttömda.

Socialassistenten var den enda av de församlade som tyckte att D kunde vara kvar på gruppboendet, hon sa att D var tilldömd LSS och att man således hade skyldighet att stödja honom så gott man kunde på plats. Hon talade om LSS som en rättighetslag för de utsatta. Hon talade om kvarboendeprincipens betydelse. D registrerade vad socialassistenten sa, men tyckte hon saknade kraft bakom orden, vek som en torr kvist, ansåg D att hon var. Den nya chefen, Berta, däremot! en riktig orm, tänkte D, sa att kvarboendeprincipen måste godkänna undantag, att D var undantaget som bekräftade regeln. Berta sa, att situationen blivit ohållbar. Att dessutom psykologens rapport påvisade att en förändring till det bättre inte längre var möjlig. Att situationen gick ut över de andra som bodde på Z, hur man kunde se en växande oro hos dem över hur illa det var. Berta sa att D var en fara för säkerheten och tryggheten. Att i värsta fall, här såg Berta bekräftande på My, riskerade hela boendet att kantra. Så fick det inte gå till. Här måste det gemensamma gå före det individuella, menade hon.

Själv hade D ingen kommentar att komma med, han stirrade ned i bordskivan och undrade, i samma stund det varit tyst pinsamt länge, om det var någon som hade en cigarett.

Efteråt satt han på gården och halvblundade, inte underligt

att han var trött. Alla anklagelser blev för mycket för honom. Han orkade inte ens gå uppför trapporna till den gemensamma lägenheten och be om en cigarett, fast ingen kunde neka honom. Han hade hittat en stor fimp i askfatet, dragit några hastiga bloss, det hade räckt. Nu ville han sova. Eller i vart fall blunda.

*

Några dagar efter mötet, läste J en kortfattad sammanfattning över vad som diskuterats och vilka beslut som tagits. J läste att alla varit överens förutom socialassistenten att gruppboendet inte längre var anpassat för D. Att D var i för dåligt skick, citat: hans status uppvisar en starkt nedåtgående kurva, med hänvisning till psykologens rapport, omöjlig att vända, att D dessutom utgjorde en säkerhetsrisk, man måste ta på allvar. Slutsatsen blev att man avsåg arbeta på att finna ett alternativ för D, ett boende eller avdelning med tydlig struktur och väl definierade regler, som så att säga avgränsade D från det handlingsmönster som både för honom själv och omgivningen skapade osäkerhet och destruktivitet. Rapporten summerade: en plats på ett boende med tydlig struktur är inte bara önskvärt utan avgörande för D:s eget välbefinnande och omgivningens. Det inre kaos man uppfattade att D befann sig i, krävde, sa man, en sådan form av varaktigt boende som Z omöjligt kunde erbjuda.

Slutsatsen gynnade även D på sikt, skrev man – att han inte insåg det för tillfället, var inte så underligt då det ingick i hans sjukdomsbild att sakna sjukdomsinsikt.

Citat: gruppboende Z utgjordes av ett trappboende som var otillräckligt för D:s bästa, varför det fanns ett akut behov av flytt för D till ett nytt anpassat boende.

J visste att My tillsammans med samordnaren talat om att D eventuellt kunde flyttas till gruppboende X, då X karaktär av korridorsboende möjliggjorde en högre grad av övervakning av D. Berta satte sig genast emot detta, trots att hon enligt J borde veta hur X var beskaffat, ansåg hon att det inte var så X skulle användas. Att dylikt gick utanför ett LSS boende – dess bestämning och riktning, dess funktion, sa hon.

Där hade Berta rätt, menade J, samtidigt som hon inte gjorde något åt X snedvridna karaktär, sanningen som samordnaren och My av bara farten förmedlade. Tvärt om, Bertas huvudsakliga insats på X, var, under den tid J arbetade på Missionen, F:s tvångsflytt.

J ögnade igenom den sociala dokumentationen, som vanligt var det fokus på negativt, avvikande incidenter och händelser beskrevs med en suck mellan raderna: så här illa är det. Sällan eller aldrig fokuserades det på situationer där D uppvisade ett friskare mående, händelser som pekade på möjligheter, öppningar, sådant som kunde byggas vidare på för att stödja D att må bättre i en varaktig mening. Med andra ord, vägar och strategier som syftade till att D gavs möjlighet att känna att hans liv hade mening och framtid, glimtar som J visste att det fanns förhållandevis gott om. Inte en enda dokumentation över tid som beskrev en händelse med livsbejakelse. Inte heller J hade skrivit något som motsats till det han kritiserade. Varande vikarie på halvtid, om än kontaktman, valde han bort den sociala dokumentationen. J ansåg att hans eventuella möjlighetsinriktade rader inte hade sådan avsedd effekt att det gjorde skillnad. Att det fick räcka med hans muntliga kritik. Denna åsikt fördömde J i ett senare skede, men då var det försent. J kunde helt enkelt inte förklara sitt beteende annat än att han brottats med en stark känsla av uppgivenhet och försvarade sig med att han i vart fall inte dokumenterat något negativt.

Inom personalgruppen var det sällan någon tog upp mötena mellan D och Agneta som en positiv kraft, hur man på bästa sätt kunde stödja D. D som varit ensam och levt i utanförskap hela sitt vuxna liv, måste bära på en mängd olika känslor, liksom uppvirvlade till ytan, tänkte J, starka och kaotiska, svåra att landa i på ett gynnsamt sätt. My uttryckte mellan raderna att »kvinnan säkert var lika sjuk som D.« Samordnaren talade om att relationen var ett område som D och kvinnan fick ha för sig själva, som inte ändrade något i sak, dit D flyttade fanns det samma möjligheter som på Z att umgås utanför boendet, det hade Berta sagt. Magda sa att det var roligt för D att han träffade någon, såg sedan på samordnaren och teg därefter. Den enda som i all försiktighet var inne på samma spår som J, var samordnarens dotter, hon sa att det fanns goda möjligheter i ett förhållande, men att det måste vara svårt för D att träffa Agneta efter så många år som ensam. Att hon för sin del gärna ville stödja honom i hans relation med Agneta.

J sa att det i relationen fanns en hel del möjligheter att fundera över. Samordnaren sa, att den nya relationen lika gärna kunde innebära kaos och tillbakagång och tillade att alla skulle fokusera på att dokumentera och lyfta fram de svårigheter som D uppvisade, så att Berta lättare kunde dra i rätt trådar. Och det med tyngd. Att det primära var att D flyttade från Z. Övrigt fick man låta det nya boendet ta hand om.

Åter hänvisades det till D som en säkerhetsrisk – den boende som stal så mycket energi att de övriga boende inte fick det stöd de hade rätt till.

Samordnarens dotter tystnade, vad annat kunde hon göra, mot en sådan argumentation, tänkte J.

Och J var själv på väg att öppna munnen för att säga något men tvekade, också var stunden förbi.

Enligt J var resonemanget skuldbeläggande, och det spelade samordnaren vant på, samordnaren visste hur hon effektivt skulle kväva dotterns tankegång. Var och en som knystade ett ord om D, som en människa med potential, blev mellan raderna en säkerhetsrisk. Och det var i det facket som J alltmer placerades.

J tänker att det här borde han ha tänkt för länge sedan.

Det var i detta sammanhang som J... ja, ni förstår, det hade tagit lång tid, en hel del vatten hade runnit under broarna. Somligt hade J anat: avvikelser, underligheter, makt och position utan att egentligen reflektera eller ta till sig (möjligt kan en tvättmaskinsliknelse vara på sin plats), det var först nu som han kunde analysera och förstå bortom ytan. Det var först nu som J anade att han i fler situationer än han kunde räkna, agerat på ett sätt som egentligen var mot hans principer och känslor inför vad som borde göras.

Mötet hade blivit av i hast, lät man J förstå – och man hade inte ens ringt J och erbjudit honom att delta. Han var ledig, men det var också J som var förste kontaktman för D. Samordnaren sa att det inte varit nödvändigt att kontakta J. Samordnaren menade att hon alltid var med vid sådana möten. Alla hade en gemensam syn, sa samordnaren, varför J som person var av mindre betydelse. Här såg samordnaren på J, gav honom ett brett leende, sålunda: vem som var bäst lämpad för dylikt uppdrag, var inte svårt att lista ut, menade samordnaren.

Följaktligen: på Z fanns en bakomliggande maktstruktur som så sakteliga blev skönjbar för J. Egentligen, menade J, efter att ha införlivat sina nya reflektioner i den kunskapsbank han besatt sedan föregående år inom den kommunala psykiatrin, är sådant i varierande grad aktualiserat inom alla typer av organisationer. Det ser bara lite olika ut. Det handlar om maktförhållanden, policy, grundförutsättningar, värderingar som liksom sitter i väggarna, sällan debatterade, upplyfta till ytan (ibland inte ens medvetna) det handlar om maktstrukturer/hierarkier där den som befinner sig i det övre skiktet, tänkte J, alternativt har en personlig fördel utifrån sin position oavsett var han/hon befinner sig i organisationen, sällan är villig att låta strukturen synliggöras, bli föremål för diskussion. Mana till förändring och så vidare.

Enligt J, är det ytterst få organisationer som uppvisar en maktstruktur där demokratin sätts i förgrunden. Man kan, som på Z, hänvisa till den familjära stämningen, en horisontell struktur med få asymmetriska utskott, beskriva den anställde utifrån begreppet »medarbetarsfär«, jämbördigt med alla nivåer inom organisationen, hävda att dylik tankegång spiller över på de boende – en illusion, tänkte J. Längtan efter att befästa sin egen makt, att bevaka och öka egna fördelar, är en allmänmänsklig egenskap som lätt går överstyr. Samma egoism som går igen inom all institutionalisering, tänkte J. Kanske överallt där mänsklig aktivitet uppstår. Hierarkiska strukturer framför decentralisering. Demokratin har kanske aldrig spelat en avgörande roll annat än som tomtebloss för spraket och gnistrandets skull, tänkte J.

Så easy med en sådan policy att kväva den boende.

Jämfört med gruppboende X, där strukturen liksom var synliggjord i praktiskt taget varje handling, regel, uttalad tanke – resurserna hos den boende ansågs, enligt denna syn, helt enkelt obefintliga, han/hon var dokumenterat svårligen kroniskt funktionsnedsatt: alltså degenererad och begränsad av sin psykiska sjukdom uttryckt i diagnos efter diagnos. Det fanns, sa man på X, helt enkelt inget annat att göra än att leda den boende som en blind utan käpp. En slutsats som i sin tur avgjorde vilken typ av personal man anställde. Som beskrivet var gruppboende Z i yttre hänseende, motsatsen. Samtidigt fanns där på Z en underliggande struktur, inlindad i allt vad LSS och ett gott bemötande, empowerment etc. står för, vilket huvudsakligen, ledde till samma, eller ytterst likartad policy som på gruppboende X. Tydligast synliggjort, hävdade J, när den boende, som i fallet D, så att säga inte ansågs hålla måttet, och sålunda överskridit gränsen för vad boendet var tänkt att ägna sig åt i form av tilllämpade stödfunktioner.

Det som enligt J:s åsikt i huvudsak handlade om personalens

tillkortakommanden, organisationens ovilja till utökade resurser, maktspelet som uppdagades för J på Z, överfördes således per automatik till den boende, i detta fall D, hans påstådda regression, svårbemästrade psykossjukdom, tilltagande funktionsnedsättning och demenssymtom.

Utifrån valt bemötandeperspektiv, ansågs D i för dåligt skick för ett LSS boende i allmänhet, i synnerhet utifrån den trapphusmodell Z representerade. Om någon, likt socialassistenten, invände, utifrån argumentet: LSS är en rättighetslag, eller utifrån kvarboendeprincipens betydelse – togs esset i rockärmen fram: D:s påstådda säkerhetsrisk kopplat till hans påstådda psykologiska demens. Likt råttan i pizzan, tänkte J. D kommer förr eller senare bränna ner boendet. En myt som blev en sanning, ingen kunde argumentera mot. Kanske tydligast speglat och synliggjort i relation till samordnarens dotter vars tankegångar och empati, som av och till rörde sig i det perifert tillåtna, effektivt kvävdes av samordnaren för Z – tillika modern, en privat sida som samordnaren spelade vant på enligt egen visa och i slutändan gav samordnaren större makt än annorledes.

Missionen valde att inte lägga extra resurser på D. Missionen valde att bortse från den kanske viktigaste tankegången, som enligt J borde styra varje form av social verksamhet: när en av våra boende mår sämre, regredierar, hamnar i kris, måste vi vara villiga att tillföra extra resurser, så gott vi kan vara ett bra stöd för den som mår dåligt. Att finnas tillhands och stödja en människa i kris är en betydande del av det uppdrag, i detta fall en idébaserad organisation som Missionen har att utföra. Det demokratiska uppdrag var och en inom socialt arbete har att utföra. Det som ytterst handlar om socialpolitikens lagar och portalbegrepp: LSS som rättighetslag. Demokratins sista utpost. Från medmänniska till medmänniska.

Att finnas för varje människa oavsett normalitetsnivå, diagnos, brist.

Att se möjligheterna hos varje människa. Framförallt i detta sammanhang ta till sig gråzonen mellan behandling och stöd och agera därefter. Och inte tillåta individen att falla mellan stolarna.

Att stödja och finnas för en människa i kris.

Så sällan personer, som D, fått uppleva det.

Argumentet att få bort D från Z förstärktes som sagt av den utförda psykologutredning som pekade på demens utifrån ett psykologisk plan, framför ett kliniskt plan (enligt J: ett luddigt tyckande framför faktabaserat). Psykologens tester, menade J, var svåra att genomföra. D var knappast samarbetsvillig. I den mån D förstod frågorna, alternativt brydde sig om att förstå frågorna, eller såg genom dem och medveten svarade uppåt väggarna, blev det framkomna materialet, som resultatet baserades på, ytterst bristfälligt. Frågan var hur psykologen överhuvudtaget kunde prata i termer av psykologisk demens, utgjorde ett stort frågetecken för J.

J tog upp saken med personalen och gavs svaret att personalen under samordnarens överseende gått igenom frågeställningarna och gett svar som följde samma mönster som J hört till leda. Samordnaren hade sammanfattat personalens syn på den regression som skett med D under främst de två senaste åren och slutgiltigt skrivit rapporten grundat på dessa svar och vad J menade utifrån avsiktlig vinkling.

J hade frågat om det inte kunde tolkas som en subjektivt färgad vinkling av sammanfattade slutsatser, varpå J fått till svar, att det var frågan om en samlad bedömning, baserad på erfarenheter och iakttagelser som sträckte sig bakåt i tiden, i vissa fall till den tid D flyttade in på Z. Att bedömningen var professionell, inte subjektiv, byggde på fakta, inte känslor, att man självklart ville D väl, men att D inte hade en tillräcklig sjukdomsinsikt att förstå sin belägenhet, och att J, trots allt, endast varit anställd på Z under en mycket kort tid. Samordnaren tillade att det inte fanns anledning att diskutera vidare, att J inte borde ifrågasätta den metod psykologen använde för att få fram sitt resultat. Eller personalens samlade bedömning.

J undrade vad D:s roll i undersökningen var. Samordnaren svarade att det var D det handlade om, att D deltagit efter bästa förmåga, men att det självfallet fanns brister, då D i slutändan var en mycket sjuk person.

J undrade om samordnaren inte vid något tillfälle tänkt tanken att D kanske drev med situationen, att det delvis berodde på hans understimulans han levt i under så många år. Att det var D:s enda sätt att känna empowerment. Samordnaren sa att man försökt på alla upptänkliga vis att få D intresserad av olika saker, men att det var D själv som backat, inte dykt upp vid överenskomna tider etc. Samordnaren sa att det var som att J anklagade personalen för ett dåligt utfört arbete, när det i själva verket var D som var svårt funktionsnedsatt, att det var där fokuset måste läggas – att J borde inse det. Att det var ytterst otrevligt, ja, att det fanns personal som kommit till samordnaren och sagt att J betedde sig som om det var personalens fel att D regredierat. Att samordnaren måste be J att tagga ner, då saken kunde leda till en ytterst dålig stämning inom personalgruppen.

Samordnaren tillade: att man knappast kunde tala om empowerment, när det handlade om D som en säkerhetsrisk.

Och i det ögonblicket kom William in på kontoret och undrade om det inte var dags att iordningställa kvällsmat.

I efterhand insåg J att det var efter dessa diskussioner med samordnaren, samtalen med personalen, åsikten J höll fast vid att D behövde extra resurser på Z, som man undvek honom. Ingen ville längre arbeta tillsammans med J. Antingen kompade man ut. Talade om att det var ont om vikarier. Att det inte var mer att göra än att J kunde arbeta själv. Arbetade man vid samma tidpunkt, var J oftast ensam, då kollegan, oavsett vilken kollega det rörde sig om, gjorde sig upptagen med diverse praktiska sysslor på boendet, eller hemma hos någon av de boende, försvann på uppdrag som hänvisades till samordnarens order.

My sa, jag vet hur det är, jag har själv varit vikarie på halvtid, det är inte lätt, man är inte lika involverad i de boende, eller med boendet, man får därför ta det praktiska med maten och medicinen.

Förändringen kom abrupt. Och J hade vid tillfället ytterst svårt att greppa vad som hade hänt. Än mindre såg han orsakerna i klart ljus. På ett sätt kom han under hela sin anställning på Z att leva kvar i den initiala känsla han fått av gruppboendet vid första intrycket. Fångad av samordnarens ständiga leende, grumlades slutsatserna J trots allt drog under klara stunder. De övriga anställda som samtidigt som de undvek J agerade som om ingenting hade hänt, lika vänliga och på ytan samspelande med såväl honom som de boende, som om det var hjärnspöken J drabbats av. För ett tag var det också som att man ändrade attityd mot D, lät honom få extra cigaretter, mer mat, etc. Situationen gjorde självklart J förvirrad. På frågan varför man undvek honom, svarade man att inget ändrats, att han var lika omtyckt som alltid, att man var en organisation med högt i tak. Allt lades i J:s knä, det var J som missuppfattade situationen, det var J som hade fel angående D. Här var det frågan om en personalgrupp som sökt stödja D under lång tid. Och det på bästa sätt.

Samtidigt i kulisserna reducerade man D i vanlig ordning och frös ut J å det grövsta.

I samma veva offentliggjordes att Berta ämnade dyka upp på nästa arbetsplatsträff. Första tillfället för Berta att träffa hela personalgruppen sedan hon påbörjade sin anställning vid Missionen ett år tidigare.

Där hade ursprungligen funnits en viss samlad kritik då Berta arbetat på Missionen under ett helt år utan att ens presentera sig för personalen eller de boende på Z. Samordnaren menade att

Missionen visste hur bra Z fungerade, att ledningen uttryckt så, med en särdeles kraft bakom orden, vilket borde föranleda en stolthet hos personalgruppen, och att man därför kunde spara på Berta, så att chefen i lugn och ro initialt kunde lägga sin kraft på de ensamkommande barnen. Samtidigt: bakom kulisserna, förstod J, hade det förekommit flera möten mellan samordnaren och Berta som påvisade den bakomliggande maktstruktur som kanske annars sällan uppdagades. Eller som av den ordinarie personalen sågs som given, tillika omöjlig att ändra på. Vid ett tillfälle informerade samordnaren personalgruppen att en vikarie slutat på Bertas uppmaning. Och vid den informationen satte man punkt. Locket lades på. Dylikt hade förekommit vid fler tillfällen, sett ur Z:s historia, bland annat hade en av nattpersonalen tvingats lämna sin tjänst på Z, överflyttad till en annan del av missionen, inte heller i detta fall visste någon varför, förändringen hade skett över en natt, nattpersonalen som arbetat under många år på Z bara försvann. Hon ville nog flytta själv, sa My, medan en av hennes kollegor på natten menade att så inte alls var fallet.

Det fanns, uppdagade J, en kultur på missionen där man stängde av eller flyttade på personal utan att berätta varför, en makt i kulisserna som styrde på ett anonymt, men fullt verksamt sätt. Inofficiella möten mellan chefer och samordnaren hade förekommit under lång tid, och stärkt samordnarens position betydligt.

Magda, dagpersonalen som efter över fem år på olika vikariat fått en fast tjänst, berättade för J, vid ett tillfälle när de satt ensamma på kontoret, att i början när hon arbetade på vikariat inom Missionen och närmade sig tre års anställning, och enligt lag hade rätt till fast anställning, hade man sagt upp henne några dagar innan datumet inföll och sedan återanställt henne veckan därpå för ett nytt vikariat, och på så sätt kringgått LAS.

Ett dribbel utan dess like som inte uppdagades utanför Missionen som organisation. Som inte drogs fram i ljuset av någon, trots att, tänkte J, rimligtvis frågetecken måste uppstått.

Berta dök upp vid nästa arbetsplatsmöte. Tog över med en två timmar lång föreläsning där hon beskrev sin syn på socialt arbete, sina förhoppningar, sin vision, sina förväntningar på personalgruppen, hur hon önskade att Z utvecklades. Det var inte någon ur personalgruppen som yttrade ett ord under detta möte. Inte ens J, som mest kände sig illamående vid tillfället. J som bar på en stark känsla av utanförskap efter hur personalen fryst ut honom. Kände det som att han dränerats på all sin energi. På fritiden, sov han mest, orkade knappt ta sig ur sängen. När Berta var klar reste hon sig upp och gick sin väg. Tillade att om något var oklart kunde vederbörande ta det med samordnaren som enligt Berta hade full koll på hennes intentioner. Samordnaren log och nickade, de övriga likaså. Endast J såg bort, lade blicken mot köksdelen, önskade sig säkert någon annanstans. Vad fanns det att säga, sa han sig i efterhand. Och gav sålunda uttryck för en likartad uppgivenhet som D. Mycket av det Berta sagt var självklarheter, helt i överensstämmelse med rådande socialpolitik. Men det fanns en underliggande struktur och tankekedja som handlade om bilden av en chef som helst verkade utan att synas. Hänvisningen till samordnaren som länken mellan henne och personalgruppen, utgjorde en perfekt position inte bara för Bertas syn på sitt arbete som ett slags tillbakadragande från det offentliga (endast agerande när nödvändigheten så krävde), utan även ett befästande av samordnarens position. En maktens position som naturligt tilltalade samordnaren, samtidigt som övrig personal fortsättningsvis hade oerhört lite att säga till om. Dottern hade i kraft av sitt släktskap en underlägsen roll. Så var det i det privata, och det överfördes smidigt till arbetet på Z. My var som Magda tacksam över att hon hade jobb, och båda fick sig tilldelade fördelar som möjligheten att ta hem varor som kom till Missionen i alltför stora mängder, skänkt av olika företag. Gavs på så sätt en dold kompensation av den låga lönen, samtidigt som det var olagligt, stimulerat av samordnaren, men med ett personligt ansvar som utmynnade i att samordnaren fick en hållhake på personalen. En hållhake som användes åter i det dolda och liksom tystade eventuell kritik över beslut tagna mellan Berta och samordnaren, beslut som man kanske inte alls höll med om men inte vågade yttra sig över, annat än att hålla för sant och riktigt vad som beslutats.

Det som alltmer uppdagades för J var således att det rent strukturellt var omöjligt att ha något att säga till om. Det som var väsentligt för Z avhandlades och klubbades igenom bakom stängda dörrar mellan Berta och samordnaren.

Övrig personal stod helt utanför det som var väsentligt för organisationen, för Z. Det fanns en rädsla att tänka fel och göra fel, en rädsla att i slutändan bli bortsorterad, utmanövrerad. Att Berta officiellt hade mer tid för Z ändrade inte saken. Hon fortsatte hålla sig i bakgrunden, utifrån en säker position vilken hon med samordnarens hjälp styrde gruppboendet med järnhand. (Och enligt inofficiella rapporter gör så än).

Personalgruppen var utåt sett helt eniga att Berta var den chef som gruppboendet saknade, både när det gällde hennes vurm för de boende, LSS som grundprincip, vilket icke minst hennes brandtal på personalmötet visat, som varande medarbetare inom organisationen. Som Berta sa: det har alltid varit så att Missionen sett varje anställd, och varje människa som är i behov av stöd, som ingående i en och samma familj – och den policyn delar jag till fullo. Vi är en familj i ordets bästa bemärkelse, sa hon. Och här vände Berta sig mot J och sa, vilket inte motsätter att D måste placeras på ett annat boende för allas bästa.

I personalens gemensamma syn på Berta som chef, gavs Berta en slags upprättelse, jämfört med den negativa samsyn som medarbetare och kolleger inom kommunen haft om henne. Berta blev en chef att lyssna till, till synes uppskatta, respektera – men också att frukta. Och Berta som till en början blev milt uttryckt irriterad över att hon initialt tvingats ägna sig åt de ensamkommande barnen/ ungdomarna och de hemlösa romerna, utvecklade en fördel, som så att säga smidigt passade in i den maktstruktur som samordnaren gick i bräschen för. Att verka i det fördolda.

Efter mötet

Tänkte Berta på J, hon visste precis vilken typ av anställd han representerade. Hon hade stött på många som honom under sitt yrkesverksamma liv. Och Berta visste hur hon skulle hantera honom. På något finurligt, obemärkt sätt, tänkte Berta göra sig av med J. Det var inget problem. Bara fråga om tajming. J hade så gott som redan slutat, sa sig Berta och log för sig själv. Det hon föreläst om, var sådant som alla kände till, som brödsmulor till småfåglarna, det hon inte föreläst om var hennes egen roll på Missionen, som hon ämnade bevaka noga. Och i det passade en anställd som J inte in. Som tur var, för Berta, avvek detta mönster som sagt ingalunda från hur det sett ut länge på Missionen. Makten utgick alltid från kulisserna, även lönesättningen handlade om hur väl man strök den befintliga strukturen så att säga medhårs.

Lönesamtalen var ett skämt.

Många hade fått gå. Endast de svaga och lättpåverkade fick stanna kvar och det var en linje som Berta, likt samordnaren, ämnade använda sig av fullt ut.

13

Agneta och Dennis

Eftermiddag. D satt på gården med en utbrunnen fimp mellan vänster pek- och långfinger och blundade. För en utomstående var det som att han sov, och det gjorde han kanske också – bakom ögonlocken fladdrade pupillerna likt insektsvingar. Hej, sa Agneta och stod plötsligt framför D. D öppnade ögonen och kisade upp mot skuggan som stod framför honom. Först visste han inte vem det var. Märkligt nog rann en urgammal historia upp i hans inre, vad hette han? Kanske Diogenes, tänkte D, livsfilosofen som bodde i en tunna, som inte önskade sig mycket av världen, också en herreman som hört talas om mannen med de små anspråken som plötsligt stod framför Diogenes och frågade denne om det inte fanns något han önskade sig, varpå Diogenes svarade att han enbart önskade sig att herremannen skulle träda åt sidan så att han inte skymde solen för Diogenes – i samma stund vek skuggan bort från D:s synfält och när D kisande följde gestalten med blicken såg han att det var Agneta.

Jag tänkte, sa hon, ja, jag hade vägarna förbi...

Vägarna förbi, sa D och log en smula.

Ja, jag hade dig i tankarna och tänkte att jag skulle gå in för att se om du satt på gården.

Så du hade mig i tankarna, sa D och log med hela ansiktet. Det tackar jag för.

Jag ville träffa dig, sa Agneta.

Också hade du vägarna förbi, sa D och skrattade till.

Mmm, sa Agneta. Och här sitter du.

Här sitter jag.

Hur har du det?

Bättre när du kom.

Orkar du gå med?

Ska vi gå? sa D på samma muntra sätt som liksom exploderat inom honom sedan han förstått att det var Agneta som stod framför honom.

Ja, jag tänkte att vi kunde promenera en runda, kanske fika... sa Agneta.

Jag orkar nog inte gå så långt, du får tänka på min ålder, sa D.

Å ja, du är inte äldre än mig, sa Agneta och log.

D reste sig upp, lät sin för stora tygjacka falla ned längs med bakkroppen, han kände i fickorna, efter vad, visste han inte.

Har du med dig allt du behöver? sa Agneta.

Jag är en man med tomma fickor, sa D och log skevt.

Men med ett stort hjärta, sa Agneta, jag kan köpa dig en ask cigg, om du vill.

Han svarade inte.

Tillsammans gick de mot porten och lämnade boendet.

En timme senare satt de på ett café, på en uteservering ut mot en vältrafikerad gata, hon, invirad i en filt, läppjandes på en cappucino, han, invirad i sin tygjacka, med en nyköpt ask Marlboro och en kopp svart kaffe.

De satt tysta, när D sa, på min toalett, uppe i ena hörnet, högst upp, vid taket, bor en spindel, en spindelhona som har lagt säkert ett hundratal ägg som liksom svävar i luften, varje dag tittar jag upp på spindeln som sitter blixtstilla i sitt hörn och bevakar äggen som växer, minimalt sett från mina ögon, och så nu idag, fanns där inga ägg, men fullt med små babyspindlar som kravlade kring i luften, kanhända på osynliga änglatrådar.

Är det inte äckligt, med spindlar på toaletten? undrade Agneta.

Tvärtom, det är allt det andra som är äckligt, spindlarna är inte äckliga, de är änglar – änglar som får mig att må bra, eller i vart fall mindre dåligt för ett ögonblick, man kan säga att spindelmamman och nu dessa små babyspindlar, är bättre än alla mediciner man sökt ge mig genom åren, mediciner som sällan nyttjat något till, annat än att försämra mitt liv, och antagligen förkorta det.

De är dessutom mina husdjur, tillade D.

Som kravlar kring i lägenheten...

Ja, kanske blir det så, men babyspindlarna är så små – en och en lägger man knappast märke till dem, de tillhör ett universum som vi känner väldigt lite till, men som finns över allt omkring oss. Ett mikrouniversum, som kanske är mer tillåtande än vårt. Det låter ju faktiskt fascinerande.

När babyspindlarna blir riktigt stora – de som nu överlever till vuxen ålder, och inte dukar under för andra spindlar, eller kanske flugor – ger de sig ut i stora världen, kanske någon av dem uppsöker din toalett, sa D och log.

I min sits finns det mycket tid över att upptäcka sådant andra inte ser, sa han.

Till exempel ser jag nu att du vill prata om något annat, du vet bara inte hur du ska börja.

Jag minns när vi satt i skogen, tätt samman, då pratade du också om det lilla, insekter och spindlar, du sa att du ville slå ihjäl dem som använde flugsmällare, sa Agneta.

D skrattade till.

Jag är rädd för att jag inte förändrats på det sättet.

Nej, jag förstår det, sa Agneta och log.

Hur har du det? undrade hon och sökte hans blick.

Jag har det som jag har det.

Finns det inte mer att berätta.

Det är som vanligt, man vill bli av med mig – flytta på mig.

Flytta?

Ja, man säger att jag är för dålig för att vara kvar, att det inte är lönt att tvångsomhänderta mig – man menar att det behövs en mer varaktig lösning.

Jag förstår inte.

Det gör egentligen inte jag heller, men jag tror att det är frågan om en slutgiltig lösning.

Det låter hemskt... sa hon.

Jag är van.

Dessutom har jag lagt av med att bry mig.

Båda satt de tysta. Agneta visste varken ut eller in med vad Dennis berättade.

Du kan inget göra, sa han, efter en stund, men att vi sitter här, just nu – bättre än så kan jag inte ha det.

Kan jag verkligen inte göra något? frågade Agneta. Jag har så svårt att samla tankarna, men något måste man väl kunna göra.

Nej, sa D, bestämt. Det finns inget att göra. Det har det aldrig gjort. Jag äter helt enkelt för mycket kakor, sa han och skrattade till.

Agneta tittade på honom, hon kände sig plötsligt sorgsen, hon var inte så stark själv, tänkte hon, hon förstod att han försökte skämta bort eländet. Så är det för den som är svag, tänkte hon, man skämtar eller så drogar man skallen av sig... vad annat kan man göra?

Du har det inte så lätt själv, sa han.

Nej, men jag är glad att du satt på gården.

Jag med, sa han. Jag med.

Också lämnade de uteserveringen.

Tillsammans gick de genom en park, längs med kanalen, hörde bruset från biltrafiken, plinget från spårvagnarna, måsarnas skri. Såg en och annan båt glida förbi. Paddan.

Kanske kunde vi åka till havet någon gång, sa hon.

Kanske, sa han.

Vi kunde ta spårvagnen till Saltholmen och sedan färjan.

Röda Sten, sa han.

Det med, sa hon.

Men vi bestämmer inget, sa han, ingen bestämd dag, det orkar jag inte med, det får bli när det blir. Bara det blir, svarade hon, och såg länge på honom.

När D kom tillbaka till boendet, var avsikten att stanna till på gården för att slå sig ned på sin plaststol och njuta av en Marlboro – doften var speciell, och även om han väl kunde se falskheten i budskapet, identifierade han sig i stunden med dessa brunbrända bildsköna män som för evigheter sedan red fram över prärien i ett underbart kvällsljus i brons och guld, eller med sadeln slängd över ena axeln och en Marlboro cigg i mungipan, bredbent promenerade in på saloonen, utstrålande styrka, erövring, friskhet, oövervinnerlighet. Så kände sig D när han halade upp ännu en cigg, tände den och tog ett djupt halsbloss, medan han lät ciggen ligga kvar i mungipan som han vore en cowboy. Han log. Stämningen han befann sig i gjorde honom mer förvånad än annorledes då hans plaststol var upptagen, ja, även den andra plaststolen som stod på andra sidan plastbordet, var upptagen. Två unga mörkhyade killar satt i stolarna, talade högt på ett obegripligt språk och skrattade lika obegripligt. D gick fram i sin cowboystämning, ställde sig bredbent framför den yngling som satt sig på hans stol, han sa: den stolen abonnerar jag på, ja, man kan säga att stolen är min, ingen annans. Ynglingen skrattade och vände sig mot sin kompis, sa något för D åter obegripligt och såg därefter skarpt på D. På en sekund, tänkte D i efterhand, rann all styrka av honom, inte bara Marlboro känslan utan hela eftermiddagen med Agneta.

Han gick några meter bort. Rökte klart sin cigarett, och då ynglingarna satt kvar och fortsatte tala på samma underliga språk, öppnade han dörren till trappan, gick uppför trappan och in till sig, lade sig på sin obäddade säng och somnade omgående.

En timme senare stod samordnaren i rummet, bredbent som en karl och sa med vass stämma: skulle inte du tvätta idag?

D ryckte till, såg yrvaket upp på samordnaren. Jag har inte haft tid, mumlade han.

Tid, det handlar inte om din tid, det handlar om tvättstugan, det förstår du väl, tvättar du inte på den tid som är din, får du vänta en hel vecka till nästa gång.

Det är okey, svarade D.

Det är inte alls ok, sa hon och såg irriterat på honom.

Jag klarar mig, sa han.

Du har ju hur mycket tvätt som helst, sa samordnaren och såg sig kring i rummet på alla högar med tillsynes använda kläder som låg utspridda lite varstans – mest på golvet. Samla ihop dina kläder så går vi gemensamt ner i tvättstugan, sa hon, vände på klacken och gick iväg. I dörren vände hon sig hastigt om och såg bort mot D där han låg kvar i sängen och stirrade upp i taket, sa att hon skulle komma tillbaka om en halvtimme.

Men det hörde inte D, eller så struntade han i det, han reste sig upp, såg ut genom fönstret, killarna var borta, varför han omedelbart gick ut genom dörren och ner på gården, satte sig på sin plats, i sin plaststol, och tände en Marlboro. Noterade att han hade tre kvar och la tillbaka asken i fickan. Snart kom en av ynglingarna tillbaka och ställde sig framför D.

Har du en cigg? frågade han.

Jaså, du pratar svenska, sa D.

Vad trodde du? sa killen.

D ryckte på axlarna.

Har du en cigg, eller?

Nej, du kan få röka fimpen, sa D och sträckte fram ciggen mot ynglingen som genast tog ciggen, drog två snabba bloss och gav tillbaka ciggen till D.

Du fick hela, sa D.

Vi delar, sa killen.

Killen stod tyst och observerade D, det slog i porten, en mörkhyad ung kvinna gick förbi, ynglingen vände sig om och tilltalade kvinnan, som log och sa något tillbaka, båda på samma obegripliga språk, tänkte D.

Killen vände sig åter mot D.

D frågade, var kommer du ifrån?

Den mörkhyade ynglingen kisade mot D, inte från samma plats som du, blekgubbe.

D skrattade till.

Jag är en klandestin, sa han.

D såg frågande på honom.

Han sa: Jag är en sådan som inte existerar.

Då är vi från samma ställe, sa D och lade höger ben över det vänstra.

Det tror jag inte, sa killen.

Inte jag heller, sa D.

En klandestin, sa ynglingen är en flykting som tappat bort sig på vägen, inget land, ingen familj, ingen födelseort, ingen ålder, finns helt enkelt inte... Och blir behandlad därefter. En klandestin är en människa utan rättigheter. Det enda som finns kvar, är min själ och den är stark, sa han och slog sig för bröstet.

Ja då är vi absolut inte samma, sa D.

I samma stund öppnades dörren till trappuppgången, och samordnaren stack ut sitt huvud och såg irriterat på D. Har du samlat ihop kläderna? undrade hon och spände blicken i D. D såg på henne med oförstående blick. Då får du gå som en trashank, sa hon och smällde igen dörren.

Ynglingen sa, hon är vacker. Jag tycker om kvinnor som visar temperament, också skrattade han till.

Visst, sa D, vad du vill.

Du borde sätta henne på plats.

Det gör jag också.

Det är svårt att leva i Sverige, sa han.

Med kvinnorna?

Nej, inte med kvinnorna, med systemet.

Med systemet, upprepade D. Det kan man inte göra mycket åt.

Killen sa: först är man snäll och låter mig få komma hit till Sverige, sedan säger man att det kan vara tillfälligt, att man inte kan svara på om jag får stanna, också hinner man dö innan man får veta. Eller så blir man tillbakaskickad när man allra minst anar det. Och dör säkert då med.

Det är ungefär samma för mig, sa D. Skillnaden är att man håller liv i mig på alla upptänkliga sätt, för att inte öka på arbetslösheten.

Vill man slippa undan får man ta död på sig själv.

Det är precis som jag tänkt också, att det är enda utvägen, klandestin hela vägen.

Klandestin. D smakade på ordet.

Ja, fast själen kan man aldrig ta ifrån mig, den går till förfäderna.

Som en skugga på slätten, sa D.

Ynglingen halade upp ett paket Level och bjöd D på en cigg.

Här broder, jag bjuder!

Tack, sa D och tog villigt emot ciggen.

Jag träffar en flicka. Hon är snäll, säger att hon älskar mig och tänker gifta sig med mig när jag fyller arton – så säger hon att jag får stanna i Sverige så länge jag vill.

Vill du stanna i Sverige, sa D och tände cigaretten.

Jag skulle vilja stanna, få uppehållstillstånd och känna mig säker på att det jag planerar blir av hela vägen.

Du är bra på svenska.

Jag har inte varit här så länge, sex-åtta månader ungefär, men jag har studerat hårt, har lätt för att lära. Jag vill så gärna bli en... människa... om du förstår vad jag menar.

Själv föredrar jag djur, sa D.

Du är rolig du, sa den mörkhyade pojken.

Vill du inte åka hem då? undrade D.

Kanske, svarade pojken och såg bort mot porten, när allt blivit annorlunda.

Åter slog det i porten. Örjan dök upp, släpandes på en golvlampa som enligt D såg ut att ha gjort sitt. D hälsade inte. Inte värt att öppna munnen, inför Örjan, tänkte D, han är en aggressiv jäkel.

Örjan såg den mörkhyade ynglingen gå iväg och D som satt på samma plats han alltid satt på. Örjan var ytterst tillfreds över sitt inköp. Lampan var fin, kurvig liksom, och det tilltalade honom. Han hade inte vågat prova om lampan fungerade, men det hade egentligen ingen betydelse, det var inte därför han köpt den. Likt många andra saker han hade i sin lägenhet gav han fullständigt faen i om de fungerade, det var känslan, samhörigheten, ja, han kände sig mindre ensam med mycket saker omkring sig, demonerna höll sig lugna, han blev någon, en person, en människa som hade betydelse. Saker gav liksom mening och förankring för honom, på ett sätt inget annat gjorde. Saker gjorde honom trygg och glad, harmonisk och tillfreds med tillvaron. Ibland i vart fall. Där skilde han sig inte från andra, trodde han. Personalen hade sagt åt honom att han inte fick köpa mer, att man knappt kunde komma in i hans lägenhet, att det var omöjligt att hålla rent, att samlandet var det problem som gjort att han tvingats flytta från sin lägenhet. I början, när Örjan var ung, första tiden han kom på sakers verkliga betydelse, köpte han dyrt, la alla pengar han hade på saker och blev på så sätt skuldsatt, upp över öronen, som man säger. Det var inte bra. Men nu, handlade han inte längre dyrt, gick på loppmarknader och second hand och köpte sådant som inte grävde hål i hans plånbok – i hans numera skrala ekonomi. Det viktiga var att saken hade själ.

Örjan smög in i trapphuset, hjärtat bankade lite extra, han ville helst inte träffa någon personal, det blev alltid sådant himla liv och det orkade han inte med, han kunde inte heller styra sina känslor utan blev alltid så upprörd och skrikande om personalen ifrågasatte hans köp, och det tog på krafterna, gjorde att han kunde sova i dygn därefter. Helt utmattad. Örjan smög sig uppför trappan, stack nyckeln i låset och gick raskt de sista stegen in i lägenheten och stängde dörren om sig. Skönt, tänkte han, nu kunde han koppla av och njuta av sin nya lampa, i lugn och ro fundera ut var den skulle stå.

Nere på gården satt D kvar. Ensam. Han var för trött för att resa sig. Och cigarett, nej, för stunden fick det vara, han hade rökt upp alla sina, och han orkade inte ta sig upp till den gemensamma lägenheten och tigga som en fattiglapp, som om han var från ett uland. Han, Dennis, boende i ett av världens rikaste länder, en fattiglapp, en man som inte hade något att säga till om, inga resurser, inga pengar, eller vänner som stod på hans sida. Fast egentligen sket han i vilket. Han ville mest sova. Och snart slumrade han där på plaststolen, var långt borta en god stund, och när han vaknade av att William kom ut genom trapphusdörren för en cigarett, kändes det som att han varit död en stund. Och det var ingen obehaglig känsla.

Tvärtom.

Vi har just ätit, sa William.

Ok, svarade D.

Är du inte hungrig, du har fortfarande chansen.

D tittade på William med en oförstående blick. Hunger, det var längesedan han kände sig hungrig. Han kunde utan vidare vara utan mat i dagar, det bekom honom inte, han kände varken eller, i så fall torrheten i strupen, vatten och kaffe kunde han leva länge på och cigaretter.

Så dök Greg upp, och Vera, som alltid ställde sig en bit bort, hon tände sin cigarrett, och Greg, han rökte pipa men hade ingen tobak, varför han ställde sig och rota i plåtburken som användes som askfat efter fimpar vars tobaksstrån han kunde smula ner i sin pipa. Vanligtvis hällde personalen vatten i plåtburken men det hade man tydligen glömt bort för fimparna var torra och D undrade varför han inte själv rotat i plåtburken.

D reste sig upp. Jag går upp, sa han. Tar mig en kopp kaffe. Nu kan de inte neka mig en cigg, tänkte han, det är väl flera timmar sedan senast – om man tänker på den döda perioden, en evighet sedan. Så tänkte han på Greg, han, om någon, sa han sig, kunde väl kallas för klandestin.

I trapphuset mötte han M, som trippade fram på sina högklackade skor, med sitt spacklade ansikte, han tyckte inte om det, även om han kunde förstå M:s känsla, hon såg hemsk ut, tyckte han. Hon sa inget, tittade bort när han såg efter henne. Och han sa inget heller, gick istället långsamt uppför trapporna, våning för våning, hissen tog han som vanligt inte, det vågade han inte, han hade fastnat en gång, det fick räcka, boendehissen var inte pålitlig, var mer som en varuhiss, än för folk. Lika sliten och nedgången som allt annat på detta ställe, tänkte D och nådde till slut toppen av byggnaden, lägenheten där mat och cigg fanns, rena paradiset, sa han för sig själv och log skevt. Sådant som andra hade för sig själv fick han tigga ihop, och maten, ja där blev han övervakad så att han inte åt mer än vad missionen kunde undvara.

Inte en enda gång tänkte han på Agneta. Det var som att hon inte fanns. Och när han senare, på natten, då hon trots allt dök upp som en slags svartvit stumfilm på den slitna gulvita väggen i hans sovrum, gjorde det så ont inom honom att han inte bara blev tårögd utan kände det som att ett stort svart hål öppnade sig under honom och sög tag i honom så att han hade svårt att hålla sig kvar i sängen.

14

Likhet vare sig man vill så eller inte.

Som J kunde dagdrömma om det sydländska slättlandskapet. Det var ingen hejd på allt det som dök upp i hans medvetande. En intensiv längtan hos J efter barndomens vidder, oavsett väderlek, som ibland gjorde sig olidligt påmind, trots vetskapen om en förlorad värld.

Raps- och sädesfälten, högarna av betor som på håll påminde om egyptiska pyramider.

Nej, rättade D: stridsvagnar!

De upplöjda åkrarna.

Skyttegravar, sa D.

Svansen av fiskmåsar, stråken av gäss, svartleran och dimman och skuggorna.

Alla lik av dem som inte får plats, sa D, som slukas av svartleran, medan resten knycker på nacken och går vidare.

Trätofflorna på farstutrappan, snödrivorna och blåsten, den nyckfulla kulingen, lusten att flyga, den plötsliga solen: möjligheterna, leken och fantasin som skapar en landskapsbild med helt andra förutsättningar än vad som först framträder.

Ja, inget är som man kanske hoppas, sa D, livet avstannar så fort barnet får syn på en vuxen. Ladugårdsdörrens klagosång i natten, stormvindar över ödsligheten, rädslan att bli bortförd av illasinnade bastarder, osaliga väsen som morbror Axel orerade om, den uråldriga tröskan, med knivarna vända uppåt, som ett fullgott redskap att mörda stygga små barn med, småfåglar och igelkottar, spindelnät och söndriga fönstergluggar, alla dessa slukande skuggor av dem som för länge sedan brukat jorden, skuggor som är något mer än just skuggor, som kunde snärta till i snålblåsten, röda svidande märken där kinden låg bar. Det var som att det fanns ett bultande hjärta djupt därinne i skuggans mitt... skuggan som iklädde sig köttet, pumpande ur svartleran, man kunde tala om hämnd, ilskan över att inte längre finnas, att allt var annorlunda och samtidigt hemtamt.

Gud är Djävulen, sa D och blodet är verkligt, ingen skugga precis. Ljuset slukas alltid av mörkret.

D gick sedan sin väg, nedför trapporna, till gården, satte sig i plaststolen, tände en cigg.

Horisonten skvallrar om ett obönhörligt avsked, muttrade J och såg ut över kontorets ensamhet.

Slätten, novemberslätten, ångesten, utarmningen, inte ens vid kustbandet finns det liv att tala om, mil efter mil av ett ingenting – möjligen surnad tång i drivor, känslan att bli uppslukad – detta ständiga efteråt! Att söka bli någon annan, vara någon annanstans, som granntjejen cykla ner i dammen och nästan drunkna, det var på håret, sa skolfröken. Vad fanns det att återvända till? undrade J och lämnade skolsalen. Ensamma vågor mot en vindpinad strand.

Kanske var flickan instinktivt trött på att mallarna redan var klara, pilvallarna som tvingande leder fram till samma gård, gårdarna avgränsade av spirea, syrenbersåer, blandsaft och farmors tvehågsna leende. Alla dessa träd som J inte kände namnen på, gåtfulla, liksom vaktande gårdarna mot Världen, farfar som fumligt grep tag om livet på barnet – det lekande barnet som snart blev alldeles blå i ansiktet av syrebrist – att hålla faran och ödsligheten stången, stormen och snön, andeväsen och otyg, liebladet som bländade i solskenet, skar itu allt i sin väg, drivor av insekter på rygg med bukarna uppsprättade – men också ombonat och tryggt, nybakta bullar och spenvarm komjölk, och nåden som var där och stänkte, J tänker på knäppta händer varje kväll ovan manglade lakan. »Gud som haver, barnen kär, se till mig som liten är«. Plötsligt staden som grinade en i ansiktet, förorterna, de yttre stadsdelarna som åt upp en hel del av den brukade jorden, lekmarken och slätten – i staden: söder som sällan möter väster annat än på sommaren och då på söders initiativ, horder av människor som kommer med solen till havet, sedan bron, känslan att här börjar äventyret. Rena Bagdad, om man frågar västbon.

Att med böjd rygg tvingas återvända till leran och gränserna, till Gud och hans sekuläre avkomma, för J mest synliggjord i faderns grytlocksnäve, vuxenvärldens strypkoppel som utan minsta tvekan sattes på var och en som kom med åsikter och tendenser av det som föll utanför.

Hur man kan barka de små liven rätt ner i märgelgraven – hur det faktiskt är det som är det eftersträvansvärda, även om man sjunker i evighet på kuppen, har man i alla fall vågat ta steget.

D säger att livet får sökas på annan planet.

Kära barn, som i den stränga snålblåsten piskades till normaliserad minimalism. Trots denna stränghet var det få som önskade leva därefter, men det var som en naturlag och således omöjligt att förändra. Jo då, Gud är där och spökar, det är han alltid, även i eftertiden – få kommer undan. Barnen sade: slätten är ju beviset på alla möjligheter som står till buds – det räckte att höja blicken så kunde var och en se vad man gick miste om. Man fick kura i sig själv, likt gårdarna vända sig inåt, rik på insidan, sträng och återhållsam på utsidan. Sippra barndomens värld brusande som ån om våren. Det fick med tiden bli brännvin för att leva lite grann. Eller drömma, sikten över slätten, ner mot havet, stå där i glipan i smyg och förnimma allt det stora man fantiserat om.

Allt det osynliga som pockade på – det visste varenda kotte.

Anpassning eller piket till platsen för de sinneslöa eller vanartiga. Det kunde så lätt definieras som hallucinationer och vanföreställningar.

Vid den bortdöende synranden, reser sig murar och hotfulla vakttorn, de väldiga skogarna som klättrar uppför bergens sidor är ogenomträngliga för den som är människa.
Ser man efter är det mest frågan om miljonprogrammet.

Gässens stråk över himlen, söderut om hösten, norrut på våren. Som barn tänkte J att gässen flög sig samman och blev till en gigantisk gås som hastigt for fram över himlen likt ett militärflygplan. Det högljudda trumpetandet signalerade attack och J hukade alltid när den väldiga gåsen kom farande. När han längre fram försiktigt sneglade upp mot himlen var militärplanet inte längre där. Hans mor sa att gässen var farliga att gå för nära, ville det sig illa kunde de hacka ögonen ur olydiga små barn. Värst är det när de fått gässlingar, sa modern – då attackerar långhalsarna som en stridsvagn i krigsyra, föreställde sig J. Ändå fascinerade gässen. Flocken som stannat vid hemmet lockade. Där, vid den bottenlösa dammen, med alla cigarrerna som likt soldater vaktade klungvis vid kanten. Gässen med alla sina spelande muskler som pulserade likt ett starkt hjärta innanför fjäderskruden när de kom vaggande över vägen, gässen, inte alls dumma, som folk sa, snarare fanns det en intelligens i deras blickar som J upplevde liksom såg genom varje tanke som uppstod i hans hjärna, det var som att gässen visste vad J tänkte innan han tänkt tanken. Det var som om J och gåsen var detsamma, nåja, gåshanen först, honan därpå, också gässlingarna och J en bit bakefter. J kunde smyga efter gässen i timtal, liksom uppslukad av ett annat medvetande.

Tvekan att följa kommer först när gässen obehindrat dök i den bottenlösa dammen. Det är måhända där det skiljer sig mellan J och D.

Samma var det med råkan. Råkor fanns det gott om på slätten, de bökade i leran och sov i flockar tillsammans med kajorna och kråkorna i trädkronorna när ungarna lämnat boet. Dessa egendomliga fåglar som alla tror sig känna till men som ingen förstår sig på.

På gården, nedanför gruppboende Z, sitter D i tankar, djupt försjunken i sin plaststol ser han hur himlen plötsligt svärtar igen av kajor och kråkor som liksom dyker upp från ingenstans – och känner igen sig.

På hemvägen promenerar J en lång runda. Vädret är i strålande solsken – gör samtidigt inte mycket väsen av sig. J tänker: som en enda lång utdragen ordlös betraktelse. Ett koltrastpar med gapande näbbar, blickstilla i rabatten. En stor yvig hund med tungan gungande på sned utanför käften som lagt sig under ett skuggrikt träd. Människor som hänger lojt över staket, balkongräcken, på uteserveringar. En kaja förstenad på kanten av en papperskorg. Ingen säger något. Allt är lugnt och stilla. Likt en svävande reflektion som glider ut mot havet, horisonten, och blir som en hägring långt där borta i diset. Och sedan skarvarna. Skarvarna som är de enda som visar tecken på aktivitet. De samlas i trupper längs med hamninloppet och flyger snart i vida cirklar över hav och land.

Dröm eller verklighet

Geografin, det var således där, enligt J, som han och D fann beröringspunkter. I geografin: alltså skissen, inte det som var färdigt, utan där det fanns en antydan, uppdragna lösa linjer som antydde konturer, möjliga att sudda ut, anpassade efter det egna. Det var kanske det som var slättlandskapets innersta betydelse, vidsträcktheten, som mer påminde om ett intet än om ett något, en horisontlinje som flyttade sig allteftersom man rörde sig, gårdarna, som på håll såg ut mer som hägringar än som något verkligt, förstärkt av den ständigt återkommande dimman, eller av solgasset som formerade mer av möjligheter än färdiga konstruktioner, optiska synvillor man kunde sätta liv i, odlingslandskapet som uppluckrades av allt regn, leran och sedan av snön som i ett penseldrag upphävde befintliga gränser och skapade nya, vårsådden och sommarens böljande, rasslande sädesfält. Måsar i hundratal efter traktorns plog, avtecknade mot den ändlösa jorden, upplösta mot den vita molnrika himlen. Oavsett årstid fanns det något starkt obestämt över slättlandskapet som påminde om skissen – möjligheterna att som vid ungdomens dagar, drömma sig bort, och skapa något annat än det som presenterades av vuxenvärlden. Och i den meningen kan man säga att D och J bar på samma längtan efter en tillvaro där man oavsett strävan ges möjlighet att formera sitt eget liv efter eget huvud. I slättlandskapet fanns det å ena sidan plats för alla varianter, den som tordes drömma, släppa taget, stå som ett kärt barn, se ut över vidsträcktheten och gå in i dess oändlighet utan fruktan. Å andra sidan, visste J, blev allt övertydligt på slätten, den som avvek kunde sällan komma undan, därför var också slätten stängande till sin natur, skapade konformism också vidare. I den meningen fortsatte det i tillvarons uttryck genom decennium och sekler. Gränserna var skarpa, rädslan för det okända ständigt pågående. Störtande i kultur som stångas mot natur.

Hur hårt blev inte fallet, tänkte J när den unge drömmaren upptäckte motsatsen till alla möjligheter som vibrerat där på slätten – all trängsel och larm på gator människan tvingades gå.

J sa, och vände sig mot D, där D satt i fåtöljen i den gemensamma lägenhetens ateljédel: det borde inte vara så här.

D svarade, oavsett, är allt bara drömmar, fantasier, önsketänkande, natursvärmeri – även om man vågar riskera liv och lem. Om man håller fast vid barnets blick: det enda som kanhända finns att tillgå och samtidigt omöjligheten i det.

Jag tror, sa J, på möjligheter till växande, men det kräver insikter som vi idag väljer att bortse från, kanske mest av bekvämlighetsskäl...

... av tvingande skäl, bröt D av.

Låt oss tala om glasögon, sa J. Färgen.

Låt oss tala om kajan, sa D.

Det finns så många hinder, allt från rädsla, ekonomi, bekvämlighet, kanhända ondska... reducering, sa J.

Optimismen strimlas fort till oigenkännlighet.

Kom bara inte släpande med någon av alla dessa självhjälpsteorier, sa D.

Organisatoriska strukturer, sa J.

Man måste ha kvar dem man kan sparka på, för att kunna leva det liv man har byggt upp, sa D och försvann ifrån J:s blickfält.

Med tiden faller allt i sitt tvingande läge. Det är då utopierna rasar samman, som efter atombomben över Hiroshima, den oändliga slätten visar sin ansiktslöshet i den stund dimman skingras och kören av kråkfåglar kraxar sitt requiem.

*

På kontoret satt samordnaren med stängd dörr. J arbetade ute i verksamheten. Samordnaren hade stängt dörren om sig den senaste tiden. I synnerhet när J arbetade. Att så var fallet var J inte direkt medveten om. Nog för att J märkt en förändring hos samordnaren. Att hon mer agerade chef på det traditionella viset. J menade att det berodde på Bertas uppdykande. Att samordnaren förmodligen var på samma sätt mot övriga anställda. För samordnaren var så inte fallet. J var orsaken. Hans avvikande åsikter gick henne på nerverna. Nu var dessutom Berta på väg. Enhetschefen och samordnaren skulle ha ett informellt möte på kontoret och det krävde en stängd dörr. Samordnaren visste att J påtalat att han önskade sig en mer varaktig befattning än det vikariat på 50 % tre månader åt gången han haft det senaste året. Samordnaren hade lovat att tala med Berta om saken, men uppfattningen J hade, att han skulle bli inkallad när man diskuterade hans anställning, tänkte samordnaren inte tillmötesgå. J hade inte ens brytt sig om att nämna saken, det låg outtalat, vilket samordnaren tänkte dra fördel av. J ansåg det för självklart, arbetade på ute i verksamheten, hörde att Berta kom, och väntade på att man skulle kalla in honom. Men tiden gick. Och när J återkom från ett tillfälligt hembesök hos William, stod dörren till kontoret öppen och Berta var gången. J gick direkt in på kontoret där samordnaren satt och skrev något på datorn. J slog sig ner i den ena fåtöljen, inväntade tills samordnaren blev klar och sa sedan: har hon redan gått? Ja, sa samordnaren, hon hade bråttom. Talade ni om min anställning. Det finns inget annat än att du går kvar på dina 50 %, tre månader i taget, sa samordnaren. Jag trodde jag skulle vara med. Som jag sa, chefen hade bråttom, chefen var tvungen att bege sig till ett brådskande möte om D. Kanske är det äntligen dags för D:s flytt.

Det var i detta sammanhang J reste sig upp, tog sin väska och jacka, och lämnade Z utan att säga ett ord om saken.

Han återkom aldrig.

15

13 juni 2016

Måndagen den trettonde juni. En underbar sommarmorgon möter direktorn när han nyvaken stiger ut på altanen och sträcker på sin gängliga lekamen mot det ljusblå himlavalvet. Direktorn har inte det ringaste lust att åka till kontoret. För en gång skull talar direktorn om missionsverksamheten som sitt arbete. Och som sådant med en viss distans.

Det hade kostat på att få klart verksamhetsberättelsen. Och alla möten med de ensamkommande flyktingbarnen, ytterst pojken från Aleppo, var svårare att hantera än vad direktorn kanske någonsin varit med om. Det hade tagit hårt på krafterna. Och efteråt var det som att all energi lämnat direktorn. Helgen hade ägnats åt rekreation i hemmet, en god middag, TV med hustrun, bibeln, ensam med ett glas rött vin på altanen. En promenad för sig själv bland hällar och vågskvalp. Direktorn som vanligtvis kände skuld över att låta det privata gå före, en självisk blick åt ett annat håll än dit Gud pekade, tog nu sin attityd med ro och en smula lojhet. Gud förlät honom säkert. Insåg vilans betydelse. Direktorn kände sig plötsligt som barnen på deras första dag på sommarlovet, en översvallande glädje över all ledighet som låg framför honom. Nog skulle han hinna med att ta semester, tänkte han. Ackumulera ny energi i den fina villan vid havet. Skolorna stängde fredagen den 10 juni. Det var då han blev klar, lät texten gå till informatören som skrev ut och häftade samman, distribuerade till de olika verksamheterna och publicerade på hemsidan. Direktorn hade noga läst igenom alltsammans före publicering, såväl kompendiet som texten avsedd för hemsidan, noga synat så att allt överensstämde med organisationens intention och riktning – att det skrivna formulerats enkelt, klart och tydligt. Därefter hade han lämnat kontoret, satt sig i sin svarta Volvo v70 och kört hemåt. Ut till villan på klipphöjden ett par mil söder om staden, med dess härliga utsikt över havet, hällarna – hagarna, ljungen och enarna som gjorde direktorn så gott till själ och sinne. Platsen som var noga utvald av Honom. Om Herren gav sitt tecken från himlen var direktorn bland de första att se och följdriktigt agera därefter. Oavsett apokalyps... oavsett vad Gud hade i åtanke. Ja, direktorn var långt ifrån säker att det uteslöt lidande, till det var världen alltför vriden ur sitt läge, planen satt ur spel för länge sedan, tänkte direktorn. Om man såg utifrån mänsklighetens tillkortakommanden, var kampen för det goda och kristliga vad människan ständigt hade att brottas med.

Men nu, tänkte direktorn, där han for fram på landsvägen, måndagen den 13 juni, vek av mot staden, körde in via den södra infarten, och slutligen parkerade ett par hundra meter från det nya kontoret, skulle han gå upp på kontoret, sätta sig i sin kontorsstol, luta sig bakåt, se ut på hamnlivet, gå runt till sina medarbetare på de olika enheterna på Missionen, samtala och verkligen lyssna på deras tankar och känslor, önska dem en glad sommar och så sprida Guds lugn över Missionen.

Direktorn önskade ge sina medarbetare en god start på sommaren.

På kontoret mötte han Berta. Gruppboendechefen stod och hängde vid receptionsdisken, tillsammans med Siv, receptionisten. Synen av den relativt nyanställda fick direktorns humör att sjunka. Hon var som vanligt som en hösäck i kroppen, tänkte direktorn, ansiktet stelt och intetsägande, man kunde knappt se om hon rörde på läpparna, trots att direktorn ansåg att hon var en riktig pratkvarn. En sådan människa, menade direktorn, som mest låter munnen gå, utan att hjärnan är särdeles inkopplad, liksom talande om sådant alla känner till, sådant som det knappast behövs ordas vidare om. Direktorn tyckte egentligen inte alls om Berta. Främst kanske för att hon var ogudaktig i sitt uttryck. En sådan människa som inte trodde på något alls, var hans slutsats. En människa som man i dagens värld kunde finna i stort sett varje gathörn. Som höll sig undan och teg när Gud kom på tal. Som hellre talade om sin nya mobiltelefon eller något annat oviktigt. Det sistnämnda gällde dock knappast Berta, tänkte direktorn, materialist var hon inte. Snarare kommunist, trodde han.

Även om direktorn varit drivande inför att Berta anställdes, hade han gått med på hennes anställning i huvudsak för att det inte fanns något jämbördigt alternativ. Tjänsten som gruppboendechef var svårtillsatt, och de som varit före henne hade inte stannat länge på sin post. Föregående chef hade varit långtidssjukskriven, skör som ett höstlöv, och chefen före henne, tja, hon hade inte heller orkat så värst länge. Nej, man fick ta vad man kunde få, tänkte direktorn, och Berta hade arbetat många år inom kommunen med samma målgrupp, besatt en hel del kompetens, måste han erkänna.

Berta såg på direktorn, med en slags förebrående blick, det var som att hon visste vad han tänkte, sa sig direktorn, och rös av bara tanken. Direktorn var för en gångs skull senare än vanligt. Och nu var han dessutom på ett miserabelt humör, tvärtom vad han tänkt sig när han for iväg från villan. Jag har sökt dig, sa hon stramt. Nu är jag här, svarade direktorn klämkäckt. Kom du ihåg boendet vi flyttade F till, sa Berta. Direktorn nickade. Det är ju ett tag sedan, fortsatte hon. I vilket fall har jag på gång samma boende för D. Direktorn mindes turbulensen kring F:s flytt. Rapporten han fått av samordnaren på gruppboende X, handlade om att det varit stökigt på boendet. F hade skrikit och gjort utfall mot personalen. Och de andra boende på X hade varit oroliga i dagar efteråt. Framförallt R, som varit oregerlig och blivit tvångsinlagd ett par veckor.

Det krävdes att Berta ryckte ut och satte F på plats. Vad hon sagt, visste inte direktorn, men därefter hade mannen snällt följt med. Vad det var för boende F flyttat till, hade direktorn egentligen inte alls koll på. Mer kontroll, sa man. Bättre resurser för dem som var svårhanterliga. Så hade han fått berättat för sig. Svårt sjuka... Hade man verkligen så svårt sjuka på Missionen? undrade han. Nåväl, när det gällde F, var alla berörda övertygade om att F placerats på rätt plats. Och nu D. Direktorn vände sig till Berta, är det verkligen nödvändigt, frågade han. Det vet du, svarade hon. Han är en fara för både sig själv och andra. Dräller med cigaretterna så att man är rädd för att han ska sätta eld på Z. Direktorn suckade. Ja, du vet säkert bäst, sa han. Men tycker om det gör jag inte, tänkte han. Skulle vi inte ha plats för alla på Missionen. Var hamnar vi om vi avviker från den principen, gång på gång, undrade direktorn, och gick in till sig.

Berta stod kvar tillsammans med Siv. Han hörde hur de mumlade, länge och väl, vad de sa, brydde direktorn sig inte om. Direktorn satte sig bekvämt i sin kontorsstol, lutade den bakåt och blickade ut över hamnbassängen, en avkopplande åtgärd som alltid gav honom lugn och återfunnen fokus.

En stund senare lämnade Berta kontoret. Det var en underbar dag, varför hon tänkte kompa ut resten av dagen, åka till Röda Sten besöka konstutställningen och ta sig en kopp kaffe strax under Älvsborgsbron.

16

Hustrun

Nej, hon trodde inte längre på Gud, en högre makt man kunde vända sig till, söka stöd och kraft ifrån. Det hade hennes liv så många gånger visat. Hon var ensam. Gud, i direktorns tappning var dessutom en oförsonligt sträng Gud som krävde allt av sina undersåtar, total underkastelse, familjen inkluderad. På första plats: Gud, därefter Jesus, missionen som ett personligt kall, kyrkan, Missionen som organisation och sist familjen. Trots att maken visste eller borde veta så illa hon farit genom åren, så ensam och utanför hon känt sig. Alla ensamma kvällar, helger, och när hon inte längre orkade arbeta inom organisationen... som vad? mindes hon inte längre. Alla dagar – hon som fått ta hand om barnet, och det hade inte varit lätt. Dottern hade sådan livlig fantasi, därtill mörkrädd, vettskrämd för Djävulen och hans fallna änglar, ondskan som maken av och till orerade vitt och brett om. För dottern var det som om Gud och Djävulen liksom var samma person – och vem vet hur fadern var när han väl kom hem. Ofta dyster och mörk till sinnes... han hade gått där i hemmet som en vålnad, med frånvarande blick, sammanbitna käkar, stelt kroppsspråk och tigit – det hade inte gjort saken bättre. Det var hon som fått ta smällarna. Alla känslor som vällde fram hos dottern när fadern åkt iväg igen. Inte ens hustrun visste alltid vem maken var. Direktorn kunde sitta i mörkret och muttra för sig själv som han vore besatt av ondskans krafter framför godhetens.

Endast när de tillsammans gick på gudstjänst levde maken upp, fick ett stänk av den man hon en gång mött som ung, sprack upp i ett stort leende, och pratade vänligt med alla, och sjöng så vackert som bara han kunde – mannen hon en gång blivit förälskad i och trott att det var så Gud var. Ja, i sådant sammanhang blev också hon som förr. Nu i efterhand kunde hon tänka att det främst handlade om att synas: titta här, vad det som maken ville säga, ett gott exempel på en lycklig familj. En Guds familj. Han hade aldrig varit något annat än direktor. Slav under Gud. Hon tänkte: själv en fallen ängel med så mycket sot på vingarna att han släpade dem i markens smuts.

Hustrun kom ursprungligen från ett arbetarhem. Fadern och modern satte sin lit till Erlander, Palme och Carlsson. Folkhemmet. Sociala reformer och fackföreningskamp för bättre och tryggare arbetsvillkor. Dottern hade blivit religiös i en handvändning. Ett snedsprång under en vilsen tonårsperiod. Ett besök på Missionen en söndagseftermiddag. Förförd av all sång och glädje hon upplevt hos de församlade.

Så fel hon hade haft. Och när hon träffat honom, den unge charmige missionären, var det såhär i efterhand som han förhäxat henne, vänt henne från verkligheten till en saga utan ett uns av gott slut i sig, tvärtom, med onda förtecken, kunde hon tänka.

Hade då flytten till den nya villan gjort henne mer tillfreds, nöjd och harmonisk, som han sa, det visste hon inte, det var nog mer så att hon resignerat, gett upp, hyste inte längre en längtan efter att det skulle bli bättre. Tog en dag i taget. Hjälpligt.

Hon kunde beundra dottern, tyckte dottern var modig att hon vågat sätta sig på tvärs mot fadern, att hon sökt sin egen väg, redan från början av tonåren. Samtidigt visste hon att dottern bar på en stor portion skörhet – en skörhet dottern ärvt av modern. Fick dottern en allvarlig motgång kunde det utlösa starka och destruktiva krafter inom henne. En mörk sida som kunde påverka hennes utveckling i negativ bemärkelse. Att hon sökte upp människor som inte var bra för henne, att hon liksom alltid någonstans stångades mot fadern, var hon än befann sig, vad hon än tog sig för, tänkte. Att hon fastnat i den konflikten på ett oroväckande sätt.

Det var illa, sa modern sig.

Uppväxten fadern gett sin dotter... alla ouppklarade känslor, värderingar utan grund eller tydlighet åt det håll som innebar styrka och god självbild, egenkraft.

Man visste inte var det skulle sluta.

Kanske som henne, hustrun som inte längre hade koll på något.

Hon var ständigt orolig för dottern. Och samtidigt orkade hon inte ta tag i situationen, prata igenom saker och ting, försöka vara dotterns stöd i hennes sökande. Hon hade alltid varit en sådan dålig mamma, aldrig kunnat finnas för dottern som en mamma borde, själv så fokuserad vid maken, all utsatthet hon känt via honom. All kamp hon burit på.

Ensamheten. Vilsenheten.

För att överleva hade hon utvecklat en likgiltighet visavi såväl maken som vad som hände med henne själv, och det hade spillt över på bemötandet gentemot dottern. Känslorna svävade omkring i etern utan möjlighet att fånga, ta till sig, göra till sina.

Om Gud fanns, sa hon sig, var det en Gud som inte involverade sig i världen, en känslokall metafysisk storhet som huvudsakligen pekade ut sin existens och sedan var det upp till var och en att söka reda på honom.

Men varje gång hon tänkte så, gavs hon kväljningar, blev fysiskt illamående: en sådan Gud, okänslig, känslokall, ville hon inte söka. Och dottern, fick klara ut sitt liv själv.

Hon orkade inte längre.

Det mest logiska: Gud fanns inte.

Och i det fanns en värme över hennes föräldrar som hela sitt liv önskat att alla skulle få det bättre, att det var politiska reformer som skulle till, inte en påhittad Gud, som fadern sa: suspekt och ständigt frånvarande. Fast glupsk när det kom till kollekten. Men den tanken var hon samtidigt oförmögen att hålla fast vid, hon var en vilsen själ i en vilsen kropp.

Skönast numera var när ingen mer än hon själv var hemma i det stora huset, när hon kunde strosa kring i sin likgiltiga anonymitet, ljudlöst röra sig genom rummen, ställa sig och se ut över havet, horisonten och tänka på inget mer än en dag i sänder. Liksom vara som intet.

Det bodde en lycka i det – om än kanhända omöjlig på sikt.

Det fanns ögonblick hustrun undrade hur man hade råd att bo såhär, om det egentligen överensstämde med tron, och med den lön direktorn hade. Det var som att maken blivit mer girig med åren, som han gick samma väg som samhället i övrigt: fokuset på det egna kapitalet, boendet, köp hysterin. Hur man på alla möjliga sätt tjänade pengar på de utsatta och svaga. Som det här med alla lotterier och insamlingar på TV, som i slutändan knappast ändrade något i grunden. Välgörenhet likt för hundra år sedan, för att döva de välbärgades samvete. Programledare, TV- folk och kändisar i spetsen, som den nya adeln i sätt och skick. För att inte tala om alla dessa som tjänade en hel del pengar på de olika verksamheterna. Och när det gällde maken var det av och till som om han lämnat Gud bakom sig till förmån för det egna och privata i en egoistisk mening. Ibland kunde hon ha tanken vibrerande på tungan, känslan att berätta sina tankar för honom fanns där men hon vågade aldrig.

Hustrun gick ut i köket, korkade upp en flaska vitt vin hon förberett i kylskåpet. Hon älskade kallt torrt vitt vin.

Den enda njutningen hon hade kvar, tänkte hon.

Plötsligt slog det i dörren. Hustrun ryckte till, kunde han redan vara hemma, det var inte likt honom. Visserligen hade han sett så trött ut den senaste tiden, mumlat något om att det varit för mycket för honom det senaste året. När han dök upp i dörren såg hon på honom att det inte var en vanlig dag, sällan hade hon sett honom så uppjagad som nu. Direktorn såg på sin hustru, och då brast allt, han bröt fullständigt samman, grät och hulkade om vartannat, föll raklång ner i soffan och skrek rakt ut. Skakade i hela kroppen.

Hustrun rörde sig mot honom, trevande, satte sig på kanten av soffan där han låg och hulkade, nere vid makens fötter och underben, ställde ner vinglaset på soffbordets kant, kunde snart inte röra sig, blev som paralyserad av situationen, såhär hade hon aldrig sett maken förr. Hon såg på glaset, halvfullt av vin, men var helt oförmögen att böja sig fram och greppa glaset, svepa resten av innehållet – det var vad hon önskade, jämte att sjunka genom golvet, smita ut bakvägen som om hon inte alls funnits där när maken kommit hem i detta förtvivlade tillstånd. Det var absolut mer än hon orkade med. Varför, kom han så till henne, det gjorde han aldrig annars, ville han ha förlåtelse, i så fall var det försent, förresten fanns det inget att förlåta, var och en är som den är, tänkte hon. Man kan säga att hennes hjärna arbetade på högvarv – spänd som en fiolsträng, var hon. Kanske var det en psykos hon hamnat i, en slutsats som lugnade henne en aning, hon tänkte att det inte fanns något hon i så fall kunde göra, hon fick be honom ringa efter ambulans när han lugnat ner sig, så att man kunde hämta den psykotiske och köra henne till psykakut, skärma av henne från allt, bäst om man tänker efter, sa hon sig.

Plötsligt tystnade direktorn, vred huvudet aningen åt hustruns håll, stirrade med stora vattniga, intetsägande ögon, som han såg igenom henne, och viskade: han brände sig till döds på kontoret.

Vem, sa hon, vem? Vad menar du? Vem brände sig? Var? Är du galen?

Han heter Dennis, bor på ett av gruppboendena för de psy-
kiska... vi har haft en hel del problem med honom.

Hustrun såg på maken, visste inte vad hon skulle tro, men att
han lugnat ner sig och pratade med henne, fick henne trots allt
att böja sig fram, ta tag i det efterlängtade vinglaset och ta först
en klunk, sedan en till, och sedan... tömma glaset.

Han kom upp på kontoret, fortsatte direktorn, ställde sig fram-
för Siv och tände eld på sig själv. Innan någon hann reagera var
det försent. Han dog nog direkt.

Såg du det, undrade hustrun.

Nej, jag var på mitt rum när det hände, det var Siv jag hörde,
hur hon skrek, jag har aldrig hört en människa skrika så, kanske
skrek han också, så var det nog, båda skrek, och jag rusade ut i
receptionen och då låg där... en hög på golvet som brann, och
liksom riste – så hörde jag Siv snyfta bakom disken...

Direktorn började gråta igen – det var försent, han... det fanns
snart inget kvar av honom, det som brann, jag vet inte, fick di-
rektorn fram... det var inte en människa... bara ett par skor, ett
vidbränt skelett, och en förkolnad arm som för ett ögonblick
pekade rakt upp i luften... och doften, den hemska doften av det
brända köttet... håret, kläderna... ondskan!

Hustrun såg förfärat på direktorn.

Båda teg.

Hustrun satt åter som paralyserad, oförmögen att röra sig, fö-
reta sig något – trösta honom, aldrig, det kunde hon inte, ville
hon inte, sådana känslor hade hon inte för honom längre. Kan-
ske var båda två psykotiska, tänkte hon.

Det slutgiltiga raset – luftslottet som sprack och gick upp i rök,
där det från början hört hemma.

Vad annat var att vänta, efter alla dessa år av icke-liv.

Efteråt trodde hon att hon hade suttit så i timmar, att han inte
rört sig heller...

Hon mindes inte vem det var som rest sig upp först, men
plötsligt var hon ensam igen, det var kväll, hon gick ut i köket,

öppnade kylskåpet, tog fram vinflaskan och hällde upp ett nytt glas vin.

När hon tog en klunk av det kalla vinet, blev hon genast varm inombords, avslappnad, det som hade hänt, det var mer som en mardröm, något hon vaknat ur och kunde pusta ut ifrån. Och så kunde hon njuta av vinet igen.

På avstånd hörde hon maken, någonstans, på sitt kontor, trodde hon, men hon brydde sig inte om honom, hon återvände till soffan, tog med sig vinflaskan och fyllde åter på glaset, drack i djupa klunkar, det var som att hon inte fick nog. En stund senare hörde hon makens tunga andhämtning, likt en avlägsen respirator, eller kanske en tjutande vind, tänkte hon. Hon somnade själv i soffan och sov tungt, drömlöst.

Nästa morgon vaknade hon förvånansvärt pigg och fräsch. Utvilad. När hon steg upp, var maken gången, hon tittade in i sovrummet, såg att sängen var orörd, kanske, tänkte hon, har han inte alls sovit hemma inatt, kanske försvann han ut i mörkret utan vare sig mening eller mål.

Hon brydde sig inte alls om vilket.

Känslorna fanns där inte på det sättet längre.

Hon ansåg att det som nu höll på att hända var att livet kom ikapp maken, han hade drivit saker och ting för långt. Hans fanatiska fixering vid Gud, hans självpåtagna roll vid Missionen och den personliga vinningen. Nu kom straffet. Det som hade hänt... det skulle få följdverkningar, det var hon övertygad om, självbrännaren... hon rös när hon tänkte på den olycklige, det var bara början på makens fall. Inte för egen del oroade det henne, hon hade för längesedan slutat bry sig, om hon levde eller dog, hamnade på gatan eller på kyrkogården var hon helt likgiltig inför, menade hon.

Hon tänkte på självbrännaren. I stunden var hon övertygad om att han hade det bättre där han nu var – om det var ingenstans... desto bättre. Men vilket hemskt sätt att ta sitt liv på.

Det gjorde ont i magen på henne när hon tänkte på det. Hon blev orolig och nervös. Fick svårt att sitta still. Rörde sig ljudlöst mellan rummen.

Men där fanns också en trygghet inom henne, hon trots allt bar på, och den tryggheten: när det var dags, tänkte hon göra som honom, inte lika brutalt och våldsamt, det vågade hon inte, och det var inte heller nödvändigt, men lika effektivt. Döden var för henne en befrielse som hon kunde ta till när det fick räcka, menade hon, sjönk ner i soffan igen och somnade om.

17

Direktorn

Hur hade han tagit sig hem. Det visste han inte. Det var som att tiden efter han hört skriket från Siv, och säkert också från Dennis var som bortblåst. Fram tills han nu låg i sängen i gästrummet, var det som om tiden inte existerat, eller möjligt tagit ett skutt och hoppat över ett antal timmar. Och ändå fanns det där, som en ondskans vibrering som vittnade om att något fruktansvärt hade hänt. Han hade stått och sett ut över hamnen, havet, han hade varit trött och sliten om än nöjd och tillfreds med resultatet, föregående års redovisning var klar, och med bokslutet nedskrivet kunde han inte annat än vara tacksam så väl det utfallit. Tacksam mot Gud, att Herren stått vid hans sida, gett honom all kraft att genomföra vad som behövde göras och gett honom en känsla av inre tillfredsställelse som belöning. Herren var nöjd med honom, det tvekade han inte om. Och hans känsla av skuld att han för en gångs skull inte längtade till sitt arbete, ja, att han såg Missionen just som sitt arbete, att det fanns annat för honom här i livet, hade lagt sig, tonat bort inför känslan att han utfört en god mission. Där direktorn stod och såg ut från sitt panoramafönster, kände han att Gud gav honom tillåtelse att ta en paus, ägna sig åt personlig rekreation, ta tid för vila och återhämtning och harmoni i den så vackert belägna villan han och familjen installerat sig i. Även känslan han haft av skuld inför flytten, att han med ekonomichefens taktiska hjälp kunnat unna sig denna plats av gudomlig rekreation gav honom inte längre ett värkande samvete, att det fanns en viss tvivelaktighet i att han på något sätt skulle ha skott sig på alla pengar som strömmat in via verksamheten man fick in från de ensamkommande barnen. Det stämde inte. Direktorn visste att allt fallit väl ut. Genom bokslutet hade han fått svart på vitt att verksamhetens alla delar med de ensamkommande i spetsen fått det bra. Barnen fick det stöd de behövde. Och behövdes det mer fanns där resurser att ta till. Att det fanns andra delar av organisationen som fått försaka, tänkte han inte på i stunden. Överskuggad av tanken att det var såhär det måste vara.

Berta var, i den meningen en god chef som insåg allvaret med vilken riktning fokuset måste läggas. Och de övriga verksamheterna, gruppboendena, insatserna för eu- migranter, de utsatta barnen till missbrukande föräldrar som satt i fängelse eller var på behandling med slutenvårdsresurser, härbärget, caféverksamheten, soppköket, och mycket annat. Sammantaget, de hade det bra, det gick ingen nöd på någon. Så hade direktorn känt och tänkt när han blickade ut över hamnen och havet, den stora passagerarbåten som gled ut från sin kajplats på väg till Danmark. Alla verksamheterna hade det bra!

Skulden kunde han lägga åt sidan.

Direktorn stod också och tänkte på att han borde kunna tidigarelägga sin semester. Plikterna var relativt få för tillfället och, som sagt, det flöt på bra, ... ja, han kanske rentav kunde överraska hustrun... kanske, tänkte han, kunde de göra något tillsammans, det var länge sedan, och kanske, kunde det även inkludera dottern...

Och direktorn stod där, blickade ut över hamnbassängen, havet, och drömde om att han och hans familj blev hel och harmonisk igen denna sommar, att man skulle ha det gott tillsammans. Också hörde han hur Siv skrek. Och det var inget litet skrik. Det var som om varje del av kvinnan skrek så våldsamt och otäckt att han aldrig hört något liknande.

Vad hade han gjort? Minnesfragment blixtrade förbi hans näthinna. Uppstod som hallucinationer på väggen i gästrummet. Han hade öppnat dörren, sett, framförallt känt den stickande röken, den intensiva hettan och branddoften, hur han fått hosta sig fram genom korridoren, till receptionen, det var inte många steg det handlade om... och Sivs skrik som övergick i jämmer... mannens skrik, hans growl, och där framför receptionsdisken, något som brann, först tänkte direktorn... ja, vad tänkte han, inte att det var en människa i alla fall, han tänkte, var är brandsprutan... men i praktiken hade direktorn stått som paralyserad, hade inte rört en fena, med fasa stått och sett när lågorna först steg mot taket för att sedan falna, och då... skelettdelarna, alltså inget sammanhängande, men någonstans hade han kopplat vad det handlade om. Informatören som plötsligt stod sidan om honom och Siv som låg skräckslagen bakom receptionsdisken. De tre var de enda som var inne på kontoret. Och det var hon, informatören, som varit mest handlingskraftig, sprungit efter brandsprutan, och släckt det som var kvar av elden med det vita skummet. Det var informatören som ringt 112, det var informatören som gått bakom receptionsdisken där Siv låg och snyftade, tröstat henne, och sett så att hon inte var skadad fysiskt. Vad hade han gjort? Han hade vänt sig om och gått in på kontoret, stängt dörren om sig och satt sig i kontorsstolen och betett sig som strutsen i sanden, som om han inte var där, som om det inte hade hänt något alls... bara suttit och stirrat rakt framför sig. Känt doften av en bränd människa som spreds över kontoret, in på hans rum, sett alla skarvarna, tusentals skarvar som täckte hela himlen... på väg mot det öppna havet.

På avstånd hade direktorn hört hur receptionsdelen snart fyllts av röster och aktivitet. Kanske sirener. Ambulans, brandkår, polis... och han, hade bara suttit där i sin kontorsstol och stirrat på ingenting.

Inte förrän det knackat på dörren och en man som presenterat sig som polis visat sig i dörröppningen hade han reagerat. Man hade ställt frågor till honom. Frågor som han inte visste vad han svarat på. Om han överhuvudtaget kunnat svara på dessa frågor som väl ingen kunde svara på.

Vad de handlade om mindes han inte.

Ekonomichefen hade kommit inrusande, men han mindes inte vad som sagts dem emellan.

Man hade beslutat att stänga kontoret, låta den tekniska undersökningen göra sitt, och sedan, han trodde åter det var informatören, hade tagit på sig att ringa efter sanerare, som skulle återställa... vädra ut och ta bort det som var bränt och svart... det vita skummet, efter att ambulanspersonalen och brandkåren gjort sitt.

Informatören hade stannat kvar på kontoret, ringt gruppboendet, modern när man väl var säker på vem självbrännaren var, själv mindes han som en dimma att han lämnat kontorsbyggnaden, att han gått på en gata, förmodligen till parkeringshuset som låg intill, ett stenkast bort... där han parkerat sin bil, och sedan... mindes han inte... hur han kommit hem, nej! det visste han inte, han hade kört bilen, det trodde han, eller? Direktorn reste sig upp från sängen, det var natt, allt var tyst, gick till ytterdörren och kikade ut. Jo, bilen stod på uppfarten. Han hade kört hem. Men hur, mindes han inte. Han mindes inget av resan hem.

Direktorn gick ut i köket, drack ett glas kranvatten, hörde hustruns tunga andetag från soffan, och gick åter in i gästrummets säng, där han somnade med ens han lade huvudet mot kudden.

Direktorn drömde de närmsta veckorna varenda natt om D:s skrik, blandat med receptionistens, det hade varit så hemskt att han aldrig skulle glömma det.

I drömmen hade han förstått att det var han som bar skulden till mannens så drastiska beslut att ta sitt liv, genom att bränna sig till oigenkännlighet.

En skuld han bär på än idag, som med säkerhet aldrig lämnar honom.

Del 2

18

M som i Madeleine

Madeleine, en dam, som så att säga, anser att hon står över alla andra utan att för den sakens skull vara en sådan som knycker på huvudet så fort någon korsar hennes väg. Man kan säga en typ av beskrivning hon naturligt väljer om sig själv, när hon är på det humöret. Madeleine ställer sig framför hallspegeln. Ser på sig själv med självsäker blick. Visar tydlig förankring i rummet. Chic lady – utbrister hon och höjer rösten så att gubben i fönstret på andra sidan gatan ska höra henne. I vart fall ana styrkan hon äger. Han som alltid står och glor på henne med tungan vid knävecken, så fort hon visar sig för världen. Nefertiti, Cleopatra, Audrey Hepburn, utbrister Madeleine med ett stort leende – också lägger hon till sitt eget namn och fnissar samtidigt som hon kupar handen över munnen. Andra säger: du ska inte tro du är något.

Själv använder Madeleine uttrycket: förtjust – förtjust, inte så lite över att sminka sig runt ögonen: kajal för sotet, eyeliner för vassheten, tå- och fingernaglarna röda eller svarta, massera och klappa huden med undergörande krämer och salvor, rouge på kinderna, färg och glans på läpparna, och frisyren: klippa, färga, slingra, använda locktång eller plattång, kanhända extension, eller peruk, beroende på hur hon vill se ut, stämning och annat. Och alla dessa klänningar, kjolar, blusar, leggings, tops och koftor... en hel vetenskap, ansåg hon, att det var. Ja! överförtjust var Madeleine, att skapa och omskapa sig själv. Gud, vad förtjust hon var över det! Lika arg och ledsen var Madeleine över hur illa sedd hon varit genom åren av ett oräkneligt antal ur den så kallat allmänna massan: obegåvade, smalspåriga, avundsjuka, oftast kvinnor, ska tillstås och urskiljas, hon av ena eller andra anledningen haft någon form av samröre med, i periferin eller centralt. Gud, tänkte Madeleine, vad man haft åsikter om henne, allt hon företog sig skulle blötas och stötas, göras föremål för spott och spe, sällan hade hon fått höra: så fin du är, Madeleine! – å nej, slampa, horkäring, gatflicka, fnask, en sådan som vill ta karlarna från alla dem ur det svaga könet som såg till att ordning höll kaos på avstånd. Anspelande på helighet, jungfrulighet och annat tjafs, sådant man trodde var kastat på soptippen vid det här laget, sa Madeleine, och stötte sitt finger i bröstkorgen på den som kom i hennes väg. Männen däremot, ja, männen hade visst genom åren gett henne komplimanger, men där hade också funnits en baktanke, doppa skinnspiken i henne, som Ugglan hoade om. Ingen man, färre än två, när det kom till ärlighet, sådär spontant, för hennes skull, ja, tyckte hon var fin och så som människa. Men vad annat kunde man vänta av det manliga släktet. Inte mycket innanför pannbenet, menade hon, och stötte sig själv i pannan med vänster pekfinger för att åskådliggöra. Och på det sättet, fortsatte hon, förhållandevis lätta att lura, locka och manipulera – ett visat ben här, ett snitslat ben där, klipp med en förlängd ögonfrans, sätten var otaliga och männen blev som fromma lamm... flög som käglor runt henne. Värre var det när snörena inte fick salva av, en del lunkade iväg med svansen skrumpet hängande mellan benen, andra: Galningar! Psykopater! Nymfomaner! Det fromma lammet fick horn likt en ursinnig bock som aldrig får till det, sa Madeleine och svor så att det rök om henne. I sådant, var det mer tur än skicklighet att hon fortfarande levde, gränsen till lik var en skör lina hon ofta balanserat tämligen tunt på, så var det, inget mer att orda om, sa Madeleine.

Numera var det över, få män lockades och flockades, hon hörde en och annan kommentar när hon kom trippandes på gatan. Inget mer. Vad hon tyckte om det? Skönt! Halvimpotenta gubbar med dålig självbild, som mannen i fönstret, kunde hon vara förutan. Hon tillfredsställde sig bäst själv, så var det, inget snack om saken, hade både det ena och det andra i nattduksbordets låda, om så skulle pocka på. Och vad gubbsen sa, om det egentligen var komplimanger eller tölpaktiga utrop – vem? bryr sig egentligen, om man ska vara sanningsenlig, sa Madeleine. Var hon på det andra humöret, kunde hon gott vända sig om och sparka dem på smalbenet. Och kvinnorna, numera gav hon blanka den i vad dessa fjällrävsmarodörer och likformiga dussinkopior, tyckte och menade. Hon skapade och omskapade sig själv bäst hon ville. Basta! Gav blanka den i när personalen tog sig ton och sa att hon var en slampa eller något ditåt som hon valde bland kläder: utmanande och passionerade, höga slitsar och djupt kolletage, nätstrumpor, tops som visade naveln, spets ... ja, ni förstår: En gammal käring ska väl inte klä sig så, definitivt inte – navelskådning är, om för någon, knappast för dem över 50-60, och 62 som hon – otänkbart. Den där nya chefen som i appearance var anti-henne, ja, hon hade sett käringen vid ett tillfälle, då Marianne kom stövlande i kort kjol och svarta nätstrumpor, svarta skinnstövlar med snörning hela vägen och gul top där hon just visade naveln. Ja, Madeleine trodde fetknoppen med gällivarehäng och stickad fulgrå yllekofta skulle lappa till henne, man riktigt såg hur tanten kokade, men hon sa inget, var väl för feg i slutändan, tänkte Madeleine, gick förbi som ur adeln och snörpte på munnen. Och tur var det för henne, ett knyst och Madeleine hade lappat till henne. Mitt i trynet.

Hon bestämde väl själv hur hon skulle gå klädd.

Vad det så svårt att fatta! Trots skrynklig hals och celluliter på rumpan och låren... Nej! Madeleine struntade i andra. Bejakade sin förtjusning fullt ut. Och gjorde ingen illa, aldrig! Trångsyntheten fick stå för dem – alltså var det upp till henne. Gud och amen, sa Madeleine, log och stängde resonemanget om sig.

Och nu var det räkfest. I och för sig var det i huvudsak det gamla gardet som skulle komma – boende, personal och volontärer, chef, kanske den högste också, säkert personal som gått i pension... inte mycket att hurra över. Men det var fest, någonting annorlunda som automatiskt stegrade pulsen, spänningen... och gav Madeleine sådan energi att med all förtjusning hon kunde uppbringa, skapa om sig själv.

Madeleine ställde sig framför spegeln, håret var färgat, för dagen kopparrött, plattången använd, hårslingorna låg spikraka ned till axlarna, som utskjutna stilettknivar. Hennes make up, ögonskuggan, eyelinern, läpparna gick i svart, hade ett likartat stilettavslut i ändarna, fingernaglarna svarta som korpfjädrar – tånaglarna däremot var blodröda. Ljus rouge på kinderna. Som kontrast. Skarpa drag: sträng, elegant, oåtkomlig, var hon – chic kvinna. Mindre av sot idag. Som Nefertiti, tänkte hon. Den oberörbara. En inbjudan, endast för behöriga. Hade hon möjlighet skulle hon sätta sig bredvid den nya clownen, liksom mörda henne med sin uppenbarelse. Madeleine hade inte mycket till övers för kvinnor som henne – gråa, utsuddade, knappt synliga och just i det så förbannat kvävande. Det var så många som var som den tanten, normaliserade, som det så vackert heter, och det var bland det värsta Madeleine visste, ingen som vågade sticka ut och vara annorlunda, kvinnlig. Vässad. Horade för att ingen skulle komma på idén att skapa sig själv. Feminismen, där var hon en bättre representant än de flesta andra – blekfisar! sa Madeleine, och gnisslade inte så lite tänder, av sådan påminnelse.

Madeleine var också kristen, i vart fall under perioder, då knäppte hon händerna i bön, med samma innerlighet hon gjort som barn vid aftonbönen, klädde sig heltäckande i fotsid dräkt och schalett, svarta solglasögon, och gick till kyrkan med böjt huvud. I den stämningen var hon nöjd över att hon tillhörde Missionen. Men så bytte hon skepnad. En förvandling som kunde gå på ett andetag eller två. Då hatade hon Gud. Religion, ansåg hon hade skapat så mycket elände på jorden. Religionen: en makaber blandning av saga för den infantile och krig för den maktgalne, sa hon, och menade i samma andetag att hedonismen var mer värd än allt annat. Manipulera med det enda som finns: Ytan – allt i rörelse, *panta rei* – för den som inser faktum kan således personen styra rörelsen så länge cellerna får syre. Och det går lika bra om man är sextiotvå som tjugofem, sa Madeleine och log.

Lasse

Lasse oroade sig alltid för tillställningar. Bara tanken på att möta andra kunde få honom att vägra lämna lägenheten. Och många personer på en liten yta gjorde inte saken bättre. Det spelade egentligen ingen roll att han kände de flesta, svårt var det, oavsett, nästan oöverkomligt. Men Lasse gillade räkor, det kunde han inte förneka, och räkor köptes alltid in i överflöd, det var bara att äta så mycket man orkade. Det var nog skalandet som till slut satte gräns för vidare frosseri, efter timmar av pillande fick han liksom kramp i fingrarna och värk i svanskotan. När det gällde själva mumsandet var det som han aldrig kände ett stopp i magen. Det var också av den anledningen han övervann sin rädsla och deltog i räkfesten. Men orolig innan, av det grymmaste slag, kunde han likväl inte förhindra. Lasse bytte skjorta, vattenkammade håret, men jeansen han trivdes bäst i fick duga fast det inte var nytvättade.

Han såg på sin armbandsklocka att det var drygt en timme kvar till festen började. Och han var klar. Orolig men klar. Han tittade ut genom fönstret, hade lägenheten åt innergården, såg Dennis som satt på sin vanliga plats. Hopsjunken på en plaststol i sin alldeles för stora tygjacka. Och William, honom tyckte han om, kände sig avspänd i hans sällskap. Han stod framför Dennis och rökte. Också var Greg där, engelsmannen som ständigt gick och muttrade för sig själv på sitt hemlands språk. Han kände Lasse inget speciellt för. De pratade aldrig med varandra. Han kunde inte säga att han kände honom, trots att de levt i samma trappuppgång i säkert fem år. Lasse beslöt sig för att gå ner på gården. Kanske kunde William skingra hans oro, bara genom att se honom och höra hans röst, kunde hjälpa, det visste han. I trapphuset mötte han Vera, lika skygg som alltid, hon kom gående med sitt lilla huvud sänkt mot trappstegen, såg alltid ner i golvet, i vart fall när hon mötte honom. Han sa inget till henne, gick bara förbi, som hon inte fanns. Han visste att hon kände det som ett tvång att delta på räkfesten. Varje år kunde man se henne en kort stund, skälvande av oro, sedan försvann hon, tyckte väl att hon gjort sin plikt, att hon kunde lämna räkfesten med fredat samvete. Inte åt hon så mycket räkor heller, när han tänkte efter, kanske inga alls, satt mest och petade på tallriken med glansiga ögon. Egentligen var de nog rätt lika, men samtidigt förstod han sig inte på henne. Och räkor, ja, ju färre hon åt desto fler blev det till honom, tänkte han.

På gården mötte han William. Såg honom så fort han öppnade ytterdörren. William sken som en sol. Skönt att ha honom på boendet, tänkte Lasse.

Lasse, sa William, nu närmar vi oss årets högtid.

Lasse log, och nickade, jo, sa han, räkor kan man inte få för mycket av.

Dennis sa, stackars små djur – har du tänkt på hur man fångar dem och tillagar dem, rena barbariet, om du frågar mig.

Lasse svarade honom inte. Blev mest irriterad, och förvirrad.

William sa, en del måste lida för att andra ska ha det bra. Sånt är livet.

Tror du att räkor lider, sa Lasse och såg förvånat på William. Klart, sa Dennis, de har samma medvetande som oss, problemet är att de inte har sobril att tillgå. A pint of bitter, would be nice. Det var Greg, som plötsligt stannade upp från sitt vankande på gården.

Han såg inte på de övriga, lade som vanligt blicken sidan om, neråt gatstenen, och upprepade: a pint of bitter, would be nice. De andra brast gemensamt ut i ett befriande skratt, likt man kan se hos dem som är på väg till fest och därtill anspända, när något förlösande uppenbarar sig.

Märtha

Märtha satt vid radion i sitt vardagsrum och lyssnade med ett stort leende. Man spelade The Supremes på Vinylkanalen och det gillade hon, skarpt, kunde flera låtar som hon nynnade med i. Kände hur det liksom porlade i kroppen som päroncider och hon rörde sig i fåtöljen fram och tillbaka, hit och dit, fnittrande som en flickunge. Det var en härlig tid, mindes hon, hennes mamma var på gott humör, pappan likaså, och hon och systern ... ja, som när all snön töat bort och det fuktiga gräset steg fram och lapade i sig sol för fulla muggar, doftade så friskt och gott och löftesrikt – tussilago vid vägkanten där hon kom cyklande på sin DBS cykel. Ja, också Tio i topp med Kaj Kindvall och Kvällstoppen med Kersti Adams Ray. Baby Love avlöstes av Stop! In the Name of Love.

Räkfesten – kände Märtha inget speciellt för, man kan säga varken eller. Hon brukade emellertid alltid gå dit. Hade en stående inbjudan. Också ville hon gärna finnas för Madeleine. Som en syster till en syster, tänkte hon. Så hade det alltid varit. Madeleine var så skör och behövde systern stöd, även om systrarna, när de träffades, inte sa så mycket till varandra. Det handlade inte om att ifrågasätta, påpeka eller rätta till. Madeleine fick vara som hon ville. Var och en är sig själv närmast, sa Märtha när systerns leverne kom på tal. Och så var det bra med den saken. Dessutom, från hennes lägenhet var det ett stenkast till Z. Hon gick dit på tio minuter.

Märtha reste sig upp, synade sig i spegeln, och gick mot ytterdörren, i samma stund som The Supremes, avlöstes av Elvis, honom hade hon inget till övers för, han kunde locka fram känslor inom henne som i huvudsak gav olycka. En stämning Märtha kände väl till.

Anette

Anette låg i sängen. Hade mörklagt lägenheten. Tagit av sig byxorna och krupit ned under täcket i t-shirten. Hon sov inte. Men det gick bra att blunda. Stänga ute all ohyra hon upplevde att världen omkring henne i huvudsak bestod av. Hon tänkte inte vara med på räkfesten. Tillställningar av sådant eller andra slag ogillade hon i högsta grad. Alla dessa människor som förställde sig och frågade hur hon mådde och doftade starkt av parfym och tandkräm. Det var inget för henne. Hon hade det bra under täcket. För sig själv. I mörkret. Där kunde hon ligga alldeles stilla, andas ljudlöst, och tänka på ingenting. Vakta som en korp. Förutom nu vill säga, då Anette blundade och sov snart.

19

Nea och räkfesten

Direktorns dotter, Nea, är också bjuden till räkfesten. Och det är i samband med räkfesten Nea möter J. Egentligen är Nea ointresserad av det som rör Missionen. Genom åren har hon medvetet undvikit Missionen, både som arbetsplats och som kyrkobesökare. När Nea var liten följde hon snällt med och lyssnade på vad de vuxna predikade och språkade om. Tron på Gud Fader som en snäll farbror i vitt var en bild hon möjligtvis somnade gott till. Och sången, musiken! fann hon sprudlande och glädjefylld, Nea sjöng gladeligen med vad hennes späda röst mäktade i styrka och omfång. Hon hade ett gott kom ihåg för varenda vers i de sånger man gärna sjöng på varje gudstjänst. En liten ängel, sa man om henne. Men så fort Nea kom in i tonåren, satte hon sig till motvärn. Tvivlet gavs plats i hennes hjärta. Kanske var det också då Nea formulerade inom sig att den gudsbild hon fostrats till var allt annat än ljus och mild. Nea kunde sätta in skräcken för mörkret hon hade burit på så länge hon kunde minnas, i sitt rätta sammanhang. Hon vägrade att gå till kyrkan. Det var inte alltid det lyckades, hennes pappa var sträng och envis, svår att stå emot. Och att längre fram arbeta med lön eller som volontär, lockade henne inte. Varför hon gett med sig, visste hon inte. Fadern hade talat om att han hade så mycket att göra med de ensamkommande, han hade faktiskt bett henne, med en röst han sällan annars använde till henne, ödmjuk, ja bedjande, som han verkligen behövde henne. Nea hade fallit till föga. Och direktorn hade ringt upp samordnaren och bett att man skickade en personlig inbjudan till dottern. För att försvara sitt beslut hade Nea tänkt att hennes antropologiska studier kom väl till pass som färdvisare i den snårdjungel hon upplevde Missionen som. Ett slags studiebesök, tänkte Nea, och log för sig själv. Och så fick det bli.

Madeleine uppmärksammade genast den unga kvinnan som slog sig ned sidan om henne, hon visste vem hon var, direktorns dotter, vacker som en prästkrage, tänkte hon. Men avundsjuk, åh nej, så långt hade Madeleine inte fallit. Det är du som är direktorns dotter sa hon, med myndig och saklig stämma, och såg på den unga kvinnan med, som hon själv tyckte, neutral blick. Det stämmer, svarade Nea, men i första hand är jag mig själv. Jag heter Nea. Vad heter du? Men då var Madeleine inte längre intresserad. Att vara direktorns dotter var knappast märkvärdigt, tänkte hon, tog för sig av räkorna, samtidigt som hon skrattade högljutt åt något samordnaren, som satt en bit bort på motsatta sidan av långbordet, sa. Madeleine sjönk snart in i sitt eget, skalade räka för räka och byggde sig ett berg av räkor på den rostade mackan. Nea gjorde samma sak, tog för sig av räkorna, koncentrerade sig på skalningen, blev bjuden på en skiva rostat bröd av William, bredde smör på, och fyllde på med räkor, majonnäs och några skivor tomat. Nea sa inget på en lång stund. Åt, lyssnade förstrött på spridda samtal runt bordet, höll sig medvetet i bakgrunden. Hon undrade varför hon gått dit. Tänkte på fadern som velat att hon skulle komma i hans ställe, han hade visst lovat men fått förhinder. Bättre hade varit om hon inte alls blivit inblandad, hon gjorde knappast något intryck. Var inte den som kallpratade. Inte för att hon hade något emot de boende, absolut inte, det var i så fall verksamheten hon hade dubier mot. Hade man egentligen kompetens nog att stödja dessa sköra människor som så lätt gick sönder, och liksom slöt sig för omvärlden? Om hon utgick från fadern, trodde hon det inte, vad visste han om psykoser? Och ekonomichefen... knappast. Inte heller den gamla chefen för boendet, som satt i andra änden av bordet och dominerade, trots att hon inte längre var chef. Hon verkade så okänslig. Den nya chefen, lös däremot med sin frånvaro. Varför, visste inte Nea. Då var samordnaren bättre, nästan flickaktig i sitt uttryck fast hon var närmare de femtio. Hon var vacker, tyckte Nea, hade lätt till skratt, långt mellanblont hår, blå, livliga ögon, smal och finlemmad. Lätt för att bli brun. Männen var säkert som galna efter henne, i synnerhet när de fick sig något stärkande innanför pälsen, tänkte Nea. Hon var lätt att tycka om. Och det var säkert bra för de boende. De blev nog glada i hennes närhet... kände sig trygga, bekräftade. Så hade det aldrig varit för Nea. Hon hade fått faderns allvar och moderns ångest. Tur att hon var stark nog att finna sin egen väg. Bryta sig loss från Gud och Jesus och allt annat hon inte längre trodde på. Hon hade aldrig passat att jobba på ett boende, hon hade nog med sig själv. Tillfreds över att hon läste samhällsvetenskapliga och humanistiska ämnen som socialantropologi och filosofi på stadens universitet. Ämnen som gav en behaglig distans till livet, helt enkelt.

Så väcktes Nea ur sina funderingar. En man, med en sydlännings dialekt, satte sig ned sidan om henne, hade tagit över den kvinnliga boendes plats, hon på avstånd hört tilltalas – Madeleine. Hej jag heter J, sa han, och log. Nea tittade med ett halvt öga på honom, och svarade, mest av artighet: Nea, jag heter Nea.

Vill du ha mer räkor Nea, sa J och räckte henne skålen som fyllts på och åter var full med räkor.

Nea tog en näve räkor och besvarade hans leende.

Så stämde man upp i sång. Gitarr och dragspel plockades fram, och man sjöng kristna sånger, mycket Halleluja, som satt som gjutet i henne. Nea kunde fortfarande alla texter, och hon sjöng lågt med, för syns skull, trots att hon rös invärtes. J däremot, sjöng inte alls. Trots att man delat ut ett litet sånghäfte, satt han bara och stirrade på textraderna, från hans läppar kom inte ett ljud. Han försökte inte ens. Det tyckte hon var ganska mesigt, framförallt oartigt. Som han hamnat i katatoni, tänkte hon och log för sig själv. Visst såg han lite galen ut.

Nea tänkte att skillnaden mellan stödjare och den som stöds, ja, mellan människor överlag, ofta var hårfin, om den alls fanns. Asymmetrin uppstod först när den ena personen glidit ur systemet.

Flera av de boende sjöng med, så gott de kunde. Kvinnan hon bytt några ord med, Madeleine, hade en fin ljus stämma, satt på andra sidan bordet med nya räkor upplagda på fatet, och en del av de andra församlade nynnade, kanske använde egna ord här och där, så verkade det på två män som rörde på läpparna på olika sätt. Sådant tyckte Nea om. Hon log. Kände sig plötsligt glad över att hon tackat ja till räkfesten.

*

Efteråt, när man bröt upp, mötte hon J på väg nerför trappan, de slog följe och talade med varandra på ett otvunget sätt. Trots att han säkert var 15-20 år äldre än henne fann hon honom attraktiv. Han hade ett fint leende, babygropar i kinderna, kastanjebrunt hårsvall, blicken lyssnande och milt sökande. Framförallt verkade han intressant och kunnig, vad de än samtalade om. Där fanns en likhet, som om de talade samma språk, tänkte Nea, och så här när de gick på gatan, verkade många av deras åsikter samstämmiga. Det var sådant som kunde väcka Neas intresse till liv. Hon blev glad i hans närhet. Och nyfiken.

Du borde komma och jobba som vikarie, hade han sagt och tillagt, det hade du passat för. Underligt nog hade hon inte sagt emot. Som han beskrev arbetet var det som om det handlade om socialantropologi. Kultur och värdering, idé och bemötande, och hon kunde hålla med om att hans syn gav arbetet på Z en helt annan vinkling än hon vanligtvis tänkt. Vi får väl se, hade hon sagt, strax innan de skilts åt.

Nea promenerade i rask takt genom gatorna, korsade en stadsdel med ofantligt mycket historik i sig. Nu var det väl mest frågan om en gata och något enstaka hus här och där på sidogatorna som påminde om den tid hon önskat hon fått uppleva. Den tid hennes mamma talade med värme om. Kanske det enda i moderns liv som modern uttryckte sympati för. I huvudsak var det mesta nyrenoverat, eller nybyggt, tysta gator, gallergrindar till gårdarna och portkoder. Inte alls så mycket själ som folk ville få det till. Hon korsade torget som låg i anslutning och promenerade därefter in på en gata hon tyckte betydligt mer om. Där fanns mer av den stämning hon eftersökte. Där hade hon sin lägenhet. I samma fastighet som Missionen hade sitt gamla kontor. Inte precis det finaste huset, funktionalism så det skrek om det, men läget var bra, och atmosfären runt omkring var härligt retro, det fick hon vara nöjd med.

*

På räkfesten droppade gästerna av en efter en. Madeleine stannade kvar och hjälpte samordnaren och hennes dotter att städa och diska undan. Samordnaren skojade som vanligt. Men Madeleine var inte på humör. Som vanligt var hon låg efter en fest. Tyckte minsann hon fått för lite av det goda. Hon hade som vanligt förväntat sig mer, trots att hon borde veta bättre. Samordnaren sa: det var väl trevligt. Och dottern höll med – mest för syns skull, ansåg Madeleine. Att vara dotter till en sådan charmknutte och tillika ens chef var nog inte det lättaste, tänkte hon. När mor och dotter arbetade tillsammans var alltid dottern i bakgrunden. Först när dottern arbetade ensam kom hon till sin rätt och blommade ut på egna villkor. Vad tyckte du Madeleine, sa samordnaren. Madeleine släppte disktrasan i vasken, och gick därifrån. Hon hade burit en stapel med tallrikar till diskmaskinen, ett antal glas och muggar, torkat av borden, mer kunde man inte begära av henne – allra minst att hon skulle svara på en sådan korkad fråga.

På gården satt Dennis som vanligt nedsjunken i sin plaststol. Och William och Greg stod framför Dennis och rökte. Ingen sa något. Det var som att luften gått ur dem alla. Lasse syntes inte till, han hade gått direkt ner till sig, stängt dörren och lagt sig att blunda på sängen. Han försökte tänka på ingenting.

Hallucinationerna oroade honom. Han såg en massa konstiga typer omkring sig som steg fram och försvann igen på ett högst svårbemästrat sätt. Så var det ofta för honom, efter för mycket folk på för liten yta, men blundade han och tänkte på färgen svart, så upphörde hallucinationerna efterhand, slukades av det svarta, och det blev som han tänkte på ingenting. Och det gjorde honom med tiden lugn.

Nere på gården slog det i ytterporten och Örjan visade sig. För en gångs skull kom han hem tomhänt. Han gick med stora kliv förbi William, Greg och Dennis, mot dörren till trapphuset. Han såg dem inte. Upprörd och djupt besviken över att han inte kunnat köpa gitarren han sett på Myrorna. Hur mycket han än sökt pruta hade expediten inte gett med sig. Trots att Örjan sagt åt honom att det handlade om liv och död.

*

Spegel, spegel på väggen där, säg mig vem som visas där? Neas far säger: Guds avbild. Modern lutar mer åt Djävulen. Det är så det är. Fast det kan växla som blixten genom mörka skyar, när Nea minst anar det. Och då inte bara från modern.

På natten – en bild: Nea sträcker ut sig på berghällen, i sin nyinköpta bikini, hon är 14 år. Vågorna rullar i behagfulla nedtonande dyningar in mot land, måsarna seglar stilla över den ljusblå himlen, likaså båtarnas alltmer lugna driv – småöar som på avstånd sticker upp ur havet likt fossila lämningar från årmiljoner tillbaka. Snart ligger havsytan spegelblank. Tankarna löper fritt och obehindrat, som den seglande måsen strax ovan henne, som i ögonblicket tycks betrakta henne och liksom le däruppifrån sitt ovanperspektiv.

Sedan växlar bilden: hennes far står över henne och säger att varken lättja eller hennes minimala bikini ingår i Guds plan.

En väldig skugga som skymmer solen och får henne att frysa.

Hon går snart vid hans sida med huvudet sänkt, med ögon som stirrar i backen. Fadern säger att hon borde veta bättre. Att det finns dem som kan se henne, hur illa det ser ut. Han säger också att han hämtat henne för hennes egen skull. Vad han menar med det har hon svårt att begripa. Hon vägrar att se vad han ser. Hon är någon annanstans, i något eget, än så länge otydligt och suddigt, men hennes – bara hennes. För var dag växer avståndet dem emellan. Men också rädslan. Trots det höjer hon blicken en aning, ser hastigt på honom, profilen, den raka näsan, den vassa hakan och tänker att där går han som är hennes far och gör henne illa. En Guds man som kräver mer av henne än hon kan bära. Har han någonsin varit som en far för henne? I stunden kan hon inte påminna sig ett endaste tillfälle. Hon tänker på sin mor. Så illa hon haft det genom åren. Omöjligt att leva upp till alla kraven. Missionens direktor såg inte sin maka. Bara Gud. Han var dessutom aldrig hemma. Och modern som led, uthuggen som en slags pietà ur marmorn, med sin egen sargade själ i famnen. Adam som sa att det var Evas fel. Modern kunde lika gärna lägga sig ner och dö. Det var så modern sagt vid upprepade tillfällen. Kanske inte rätt ut, men i antydningar. Och det var det modern nästan gjort. De enda gångerna modern visat liv av betydelse, var när hon överfört all smärta på dottern, skrikit och ställt orimliga krav, anklagat Nea för sådant som inte ens hon själv kunde tro för sant. Men oftast var modern som levande begravd, gick omkring som en zombie, svarade inte på tilltal, visade inga känslor, och när hon såg på dottern, var det som om döden gick igenom Nea också. Gav Nea kalla kårar som liksom aldrig släppte taget om henne. Nu hade modern resignerat, tänkte Nea, och bilden var plötsligt i nutid. Modern hade byggt in sig i en kokong av likgiltighet. På ett sätt värre än döden. Gick omkring i den nybyggda villan och gjorde ingen glad. Hur kunde faderns tro och gudsfokus gå så fel? Det var mer än Nea kunde begripa.

20

Nadja

Det var Nadja som vidgat vyerna för Nea. Det var Nadja som fått Nea att blomma ut bortom tonårstrotset gentemot fadern. Nadja flyttade till Sverige på sommaren, det året Nea började nian. Nadja kom från Sankt Petersburg. Föräldrarna var författare och lärare. Radikala sådana, och det hade inte varit lätt under Jeltsins era, menade Nadja. Nadja berättade för Nea att barndomshemmet, en lägenhet på två rum och ett litet kök, beläget inte alls långt från universitetet, fyllts av studenter och radikala som sett Jeltsin som en bromskloss, en gubbe utan större känsla för begreppet »ett fritt land«. Värre blev det under Putin. Det var många som försvann, spårlöst, eller så blev man över en natt Putin anhängare – för livhankens skull, sa Nadja. Föräldrarna hade fortsatt kämpa för ett fritt Ryssland. I synnerhet konstnärlig frihet fokuserade man på, frihet att få uttrycka vad som helst, på vilket sätt man än valde. I förlängningen, reflekterade Nadja: frihet för allas skull. Det viktiga var inte den konstnärliga kvalitén i det man skapade, utan att man skapade, att man gavs tillåtelse att vara absolut fri i sitt skapande. Inga kompromisser. Föräldrarna höll föredrag, skrev artiklar, böcker och det resulterade med tiden i att båda två förlorade sitt arbete på universitetet, bokförläggarna refuserade manuskripten, artiklarna hamnade i papperskorgen på tidningsredaktionerna. Gradvis avvecklades familjen från den ryska samhällsstrukturen. Allt färre blev besöken av studenterna till hemmet. Man blev av med sin inkomst, snart lägenheten. Precis innan passen drogs in lyckades man lämna landet, gavs fristad i Sverige, och Nadja började i samma klass som Nea.

Det blev en omvälvning för dem båda. Nadja lärde sig fort det svenska språket. Och då hon var van vid högt i tak i diskussioner, ärvt en brinnande tro och övertygelse på det fria ordets betydelse för växt och utveckling, och på samma sätt ett avståndstagande gentemot absoluta sanningar, påverkade hon Nea mer än Nea kanske någonsin förstått. Nadja öppnade en ny värld för henne. Det embryonala Nea själv funderat på i sin flickkammare, de tilltagande dispyterna med fadern, frigörelsen från barndomens stränga tro, slog ut i full blom. Flickorna blev fort väninnor. Tillbringade all ledig tid tillsammans under de närmsta två åren som följde... ja, innan Nadja omkom i en bilolycka med sina föräldrar – en olycka som i efterhand, det spekulerades, var arrangerad, utförd av illasinnade Putinanhängare, minns Nea.

Nea hamnade i en sits hon aldrig riktigt lämnat bakom sig. Det var så många plan och nivåer inom henne som aktiverades. Där fanns tonåringens vilsenhet. Den unga kvinnans sökande. Faderns dominans. Moderns... ja, vad kunde hon säga om modern? En kvinna utan förankring, nästan osynlig i sitt uttryck. Nea kunde känna rädsla för att bli som henne, än mer påtaglig i stunder då Nea själv balanserade farligt nära moderns avgrund. Stunder då Nea liksom inte var någon. Där fanns minnesbilder av modern som exalterad, klingande vinglas och jazzmusik, men det tystades effektivt ner av omgivningen, av Missionen och framförallt av direktorn. Rädsla kände Nea också för fadern, ju mer Nea sökte frigöra sig från hans dominans, hans absoluta sanningar, desto mer ställdes hennes eget liv på sin spets – en slags avgrunds rädslosfär där hon pendlade mellan föräldrarnas ytterligheter.

Och vem var Nea i allt detta?

Det visste hon inte.

Om inte Gud fanns, vad fanns det då annat än mörker och meningslöshet?

Det branta stup modern ständigt levde intill.

Som om det utmynnade i en historia av Nietzsche, tänkte Nea.

Det svåraste hade kanske varit att förankra allt det nya inom henne. När väl nyhetens behag lagt sig, när affektionerna över att hon kunnat öppna sin dörr och andas friare och allt sprudlande inom henne fått sitt. Framförallt när Nadja så brutalt ryckts ifrån henne, väninnan som varit hennes trygga stöd i allt det nya, hennes bollplank, själssyster, när vardagen smög sig på, och hennes inkörda tankespår från barndomen liksom pockade på upprättelse, det var då den egentliga kampen hade börjat. Hon hade levt så länge i en bubbla formad av faderns gudstro och barndomshemmets svårmodiga atmosfär, att hon knappt vågat glänta på något annat, svår skuld över tankar – känslor som avvek... Hon var liksom mindre fri än hon först trodde. Kanske aldrig riktigt fri, kunde hon tänka. Aldrig någonsin, varken då, nu eller senare.

Åter tänkte hon på modern, den lidande modern som inte kunde leva upp till faderns gudstro. Faderns tro att det handlade om moderns vekhet inför Gud, moderns hedonistiska touch på livet, ögonblickets njutning över ett glas vin, ett restaurangbesök, längtan efter dans – ekivoka uttryck, som fadern fördömde. Sjuttiotals flummet som aldrig gått ur hustrun.

Ju mer Nea tänkte på moderns sprattlande desto mer nyanserad blev hennes bild. En gång var modern allt annat än en zombie.

Det var bara så tragiskt allting.

Kanske också för att moders lidande hade något självpåtaget över sig, en identifikation, tänkte Nea, för att slippa ta tag i livet.

Var stod Nea idag? Trodde hon på Gud? Det var en fråga hon inte kunde svara på med ett enkelt ja eller nej. Men om Gud fanns så var han betydligt mer tillåtande, än vad hon fått inpräntat i sig. Och de olika gudsuttryck som utvecklats på Jorden, vad var väl det annat än samma längtan efter något större än människan själv. Något som gjorde tillvaron meningsfull oavsett vad man gick igenom. Att liksom mildra rädslan. Värja sig mot intet. En högre mening som idag kanske mest landade i en våldsam köphysteri. Att vara troende var på många sätt omodernt, likväl fanns det en gemensam längtan, trodde Nea, att finna något utöver vardagen, och då många inte fann det i det andliga, fick man gräva ner sig i att skapa det bra utifrån det materiella. En guldgruva affärsmännen öste ur. Att leva i nuet, en populär åsikt, du har bara ett liv, beta av bucketlistan, etc. var något Nea kände tillhörighet till. Människan var här på jorden för att ha det bra, och så länge det inte gick ut över andra, var njutning – det som modern längtat efter men aldrig riktigt fått förverkliga, något som Nea kunde förhålla sig avspänd till. Hon njöt av rockkonserter, sena krogbesök, dans och, som hon sa, glada tillrop.

Fadern hade kontrat med att om den ena njuter så lider den andre, att det är just det extrema fokuset på det egna välmåendet som bidrar till allt lidande. Faderns tankegång ställde sig Nea inte helt främmande inför. Här fanns en stor slagsida i västerlandets favör. Det höll hon med om. Inte tu tal om annat. Dessutom, om det mer kom att handla om att beta av framför att uppleva ställde hon inte upp. Då blev det ytligt och kanhända ibland destruktivt. Men även den som inte har det så bra materiellt måste, för att orka, tänkte hon, tillåta sig att njuta av musik och dans, det ena utesluter inte det andra, tvärtom var väl den fattige ofta bättre på att ta till vara på livets glädjeämnen än människor som var från samma kultur som henne.

Helt enkelt rikare i anden.

Det hade hon fått berättat för sig av vänner som rest till andra världsdelar. Reseskildringar hon läst i antropologisk anda.

Det fanns ett läkande i att våga njuta, tänkte Nea.

Nea ansåg att det bland annat var alla måsten, regler och inskränkningar som bidrog till det elände som präglade hennes eget land, att skulden hon själv känt sedan hon var barn, var av ondo och skapade mer lidande. En kollektiv skuld, om än olika uttryckt. Kanske till syvende och sist sprungen ur samma källa.

Miserabla deprimerade rädda människor som i sin tur skapade än mer lidande, som lättare hamnade i den fällan som gav intrycket att en ny mobil vartannat år var ett måste för livskvalité.

Vad Nadja kanske främst lärt Nea, var att sökandet i sig gav livet en mening som aldrig tron på en absolut sanning kunde ge.

Nea lade sig ner i soffan, knäppte på TV: n, zappade mellan kanalerna, tänkte att skulden blev hon inte av med.

Vid mer än ett tillfälle, när hon varit ute och roat sig, hade skulden plötsligt överbemannat henne, och hennes väninnor och manliga vänner hade förvånat tittat på henne när hon sagt att hon fått tillräckligt av det goda, lämnat restaurangen, puben eller nattklubben och skyndat sig hem i den mörka natten.

21

Begravningen

Agneta anlände sist av de sörjande. Slängde i hastigheten en blick på sitt armbandsur, samtidigt som hon drog upp den tunga porten till kapellet, klockan var fem över utsatt tid. Begravningen hade just börjat. Hon fick smyga in i kapellet, sätta sig ett par rader bakom de andra, för att inte störa ceremonin. Prästen stod framför kistan, intill första bänkraden, talade i normal samtalston till det glesa antalet sörjande. Det var ett stort kapell, kunde säkert ta emot flera hundra besökande – men nu... knappt ett tiotal mörkklädda sörjande varav de flesta hon inte alls kände igen. Agneta lät blicken svepa över kapellet, ödsligheten som drabbade henne, tillbaka till de församlade, prästen. Dennis mor var där. Agneta såg delar av den åldrade kvinnans profil som oavvänt såg upp på mannen i prästkappan, och styvfadern, ryggen och nacken, såg hon, huvudets form, trots alla år som förlupit, kände Agneta väl igen dem. Så vände sig mannen om, karlen hon menade var styvfadern, han såg nyfiket på henne, och Agneta... visste med ens att det inte alls var Dennis styvpappa – styvfadern var ju död, sedan många år, tänkte hon bestört, hur hade hon kunnat glömma bort det? Agneta skämdes, kände hur svetten bröt fram i pannan på henne. Överfölls av samma oro hon så ofta behärskades av i vardagen. Det måste vara moderns nya gubbe... visst var det väl modern som satt sidan om? Plötsligt var hon osäker. Hade hon hamnat rätt? Var det Dennis som låg i den vita kistan? Två höga silverljusstakar med vita brinnande ljus, placerade på ett slags podium bakom kistan, upphängd på väggen, en manshög målning av Jesus med utsträckta armar, seende neråt på de församlade med plågad blick, och Agneta som tänkte att det kanske var ett flickebarn som skulle begravas och hon som gått fel.

Kapellets ödslighet liksom slök henne. Agneta kände ett tvång efter att skrika, vråla ut sin sorg och förtvivlan, över osäkerheten vilken begravning hon befann sig på. Panik parat med ett strängt samvete som talade om för henne vad som passade sig. Så var det nästan alltid för henne. Oavsett känsla, affektion var samvetet där och hotade henne med ångest och skräck om hon inte lydde. Det var som om hon var ensam med all sin sorg, tänkte hon. Bara hon och den vita kistan. Ensam som hon varit genom hela livet. Vem var det som låg i kistan? Kunde det verkligen vara Dennis – i en vit kista?

Agneta skakade av vilsenhet.

Men så strömmade det musik ur en CD-spelare. En psalm, »Blott en dag, ett ögonblick i sänder«, ekade ur högtalarna, de sörjande reste sig upp, och då kände hon igen J från boendet, han som var sydlänning, likt Dennis, hörde hur de församlade stämde in i psalmen, ett dovt mummel som spred sig i kapellrummet och liksom i slutändan svaldes av all ödslighet som omslöt de sörjande. Psalmen följdes av Thin Lizzy »Boys are back in town«, riffet skar sönder tomheten, och gav en helt annan känsla. Dennis favoritlåt, tänkte Agneta, utan att tveka. Varför visste hon det? Fast de inte umgicks på den tiden, dök ett minne upp inom henne från slutet av 70-talet. Dennis och Agneta hade mötts på en fest ute på Hönö, en kompis, kompis hade villan för sig själv när föräldrarna åkt bort över helgen. Man hade lyssnat på musik och druckit öl – det spelades en hel del Thin Lizzy. Bad Company. Bachman Turner Overdrive och Slade. Ingen av dem visste om den andre. Båda hade varit fulla och rökt på, likt en hallucination fått syn på varandra i det ögonblick »Boys are back in town«, dunkade ur högtalarna. Dennis hade gått fram till Agneta och kramat henne på ett sådant sätt att hon fått känslan att han aldrig ville släppa taget om henne. De hade sjungit med i refrängen, sett på varandra som de hörde samman, bundna vid själens igenkänning. Dennis hade sagt: du och jag och den här låten, och sedan hade han kysst henne. Stunden senare var han som uppslukad av jorden, hade inte sagt ett ord till henne om att han skulle gå, eller vart han var på väg. Han bara försvann, tänkte hon. Agneta hade letat igenom huset, omgivningarna, utan att finna honom. Frågat efter honom, systematiskt ställt samma fråga till varenda kotte på festen, både en och två gånger, men ingen hade kunnat ge henne ett tillfredsställande svar. Hon mindes att hon nyktrat till med ens. Lämnat festen strax därefter. Känt samma svåra tomhetskänsla, som nu, här i kapellet. Hon hade gått ner till havet och haft känslan att allt var över. Agneta hade inte sett Dennis förrän i april månad innevarande år, då hon av en tillfällighet mött honom på gatan. Hon hade funderat mycket över vad som hänt. Alla dessa känslor som forsat från henne och som hon tolkat även funnits hos honom. Efter ett tag trodde hon att hon drömt, eller kanhända övertolkat, att kramen till »Boys are back in town«, varit hastig och mer av ett hej, orden mer som en dröm, en fantasi, än verklighetsanknutna. Agneta tänkte att det var hon som känt mest av de båda... att hon egentligen alltid saknat honom, aldrig funnit sig tillrätta med någon annan.

Hon hade tänkt att ett försvinnande kunde innebära så mycket. Flera plan som kanske motverkade varandra när det brände till som mest. Det fanns dem som inte stod ut med kärleken. Att det kanske var så det var för Dennis.

Nu mindes hon händelsen som det var igår. Och det fick hennes ögon att tåras. Nu visste hon att det var Dennis som låg i kistan. Prästen talade om honom, sa hans namn, sa att han var en vilsen själ, att han var godhjärtad och ville alla i sin omgivning det bästa, men att det hade varit svårt för honom att passa in, få utlopp för vem han innerst inne var. Prästen sa att Dennis nu var hemma hos Gud, slapp vara vilsen, att Dennis hade det bra däruppe i himlen.

Hon hade sett kransen och blombuketterna framför kistan och återigen skämts över sin glömska – hon hade glömt rosen hon beställt i blomsteraffären, med en ängel på kortet – en sista hälsning, där hon skulle skriva under. Hon tänkte att hon måste hämta rosen och gå tillbaka och lämna den efteråt. Hon tänkte att Dennis annars blev besviken på henne. Hon tänkte att han betytt så mycket mer för henne än hon förstått.

Hon tänkte att de fått så lite tid tillsammans, inte ens tre månader, och det fick henne att gråta, ja, nästan skrika, utan att vara rädd för ekot, eller vad de andra skulle tycka.

Plötsligt stod Dennis mamma framför henne. Hon sa: Agneta, att du är här, det hade Dennis tyckt om, du betydde så mycket för honom, han pratade då och då om dig, berättade att ni träffats på stan för inte så länge sedan. På ett sätt var du hans stora kärlek. Fast ni var barn. Och det var så kort tid. Han brukade säga att du var den enda som lyssnat på honom, som tagit honom på allvar, som tyckte om honom för den han var. Det var en gåva, sa hon, att han fick tid med dig på slutet. Också grät hon. Och Agneta, grät hon med.

Hon visste att hon fått svar på sin undran – en slags bekräftelse över vad som skett den korta tid de haft tillsammans – att de hörde ihop från första stund.

En bekräftelse att det var rädslan för den närhet de båda känt den där gången på 70-talet som fått honom att ge sig av.

Mannen som mamman hade i sällskap, stod en bit ifrån och knäppte på sin mobil.

*

J kände sig alltid lika besvärad inför begravningar. Var det möjligt, undvek han dem, som skarven människan, tänkte han. Det var i så fall mer av ett tvång än av fri vilja som J dök upp. Sällan blandade J in känslor vid en begravning. Även om flera begravningar J bevistat var arbetsrelaterade och hade såväl en tvingande som en personlig dimension. J menade att en begravning både hade en konkret och en symbolisk betydelse. Det gällde alla begravningar, men kanske i synnerhet personer som haft ett liv som D. En sista hälsning. Stöd för de närmast anhöriga. Att visa omgivningen betydelsen av den som lämnat jorden. I D:s fall med tillägget: de övriga på Z. Den så kallat psykiskt funktionsnedsatte, som än idag, tänkte J, stigmatiseras, ställs utanför, reduceras och förbises när det kommer till mänskliga rättigheter.

Men att gråta vid en psalm, ett högtidstal över den dödes liv och förtjänster, synen av kistan, blommorna, de tända ljusen, lämnade J i stort sett oberörd. J ansåg att man kunde minnas den som lämnat jorden på andra sätt. Att sorgen och gråten tog sig andra uttryck, i andra rum, vid andra tillfällen som inte hade med kyrklighet att göra. Att kyrkan var mer som en fantom, ett luftslott, menade J, än något som kan sägas vara substantiellt till värde och funktion. En institution få trodde på numera, påklistrat och konstlat, ofta medföljande en erbarmlig hyllningskör efter det att personen dött. Man hyllade och lyfte fram personen som man väl aldrig gjort under dess levnad. Höll minnestal man kunde kräkas över, tänkte J. Samtidigt, när det kom till D, var J inte i stånd att upprätthålla sitt vanligtvis kritiska sinnelag. D hade en speciell plats i J:s hjärta. Så hade det varit sedan första dagen. En känsla av samhörighet, som visserligen främst utgått från J, det kunde J inte förneka – likväl en samhörighet som var befäst och förankrad dem emellan, tänkte J. Hos D mötte J en värld, svårt att sätta ord på, som berörde J djupt. Det handlade självklart om D:s utsatthet, om gemensamma geografiska referenser, men också att J tyckt väldigt bra om Dennis som person. Kanske också en starkare igenkänning än J velat tillstå. Personalen hade sällan något gott att säga om D, man lyfte fram, vad man uttryckte för D:s tilltagande funktionsnedsättning – en symtommässig demens, som liksom verkade jämsides med D:s psykosdiagnos, och hans kognitiva funktionsnedsättning. Utan att egentligen ha vidare koll på läget, tänkte J. Som vanligt slank den så kallat stipulerade undan. Att fastställa en diagnos av sådant slag, gav personalen en auktoritet att luta sig mot, energi att fokusera utifrån. D som obönhörligen måste flytta till ett boende med kompetens, resurser och inriktning för en sådan svårartad (obotlig) problematik han uppvisade och bar på, ungefär som en narr att tycka synd om. Eller varför inte en psykopat att vara skräckslagen inför. Den tilltagande inåtvändheten, det reducerade språket, opålitligheten, att D utgjorde en brandfara med sitt, vad man ansåg (och enligt J, förstorade upp)drällande med glöden från sina cigaretter, kissandet i trappan, att D stal kakor och annat från köket, svårigheten att få D att äta mat på bestämda tider, och när D åt, att D stoppade alldeles för mycket mat i munnen, för stora bitar och riskerade krävas, för att inte tala om hans evinnerliga tjat om cigaretter – och här tillade gärna personalen att man inte hade resurser att stödja D, att de andra på boendet blev lidande – enligt J ledningens vägran att ta in fler personal... trots att det fanns goda ekonomiska resurser. Etc. Ja, ni har hört det förr.

Upprepning till leda över D:s tillkortakommanden. Upprepning till leda över vad som måste till för att stödja D.

Upprepning till leda, för döva öron, som utgjorde en starkt bidragande orsak till att J lämnade Z.

Sett ur Dennis liv hade omgivningen alltid hyst åsikten att D var ett obotligt fall. Och symboliskt, att bränna sig till döds, vad annat kunde ske med den som dräller med cigarettglöden.

När J tänkte tillbaka på situationen på Z, vällde ilskan och bitterheten upp inom honom. Vem var orsaken till D:s självmord? Svaret var naturligtvis komplext men givet på ett avgörande plan. Hur enkelt som helst. En röd tråd i D:s anamnes.

Skarvarna som vanligt blickstilla, likt förkolnade kors på förtöjningsstockar vända mot evigheten.

Man kunde, menade J, vända på problemet. Från den dag J började arbeta på Z, uttryckte D för J »meningslösheten med att gå och skrota här på jorden«, att D inte hade ett annat liv än att gå ned till gården, sjunka ner i sin plaststol och tända en cigarett, hasa sig upp till den gemensamma våningen, be om en ny cigarett, ta sig en kopp kaffe, vänta på nästa måltid och dos medicin.

Känslan var inte ny hos D. Känslan av meningslöshet hade funnits länge hos D. Kanske alltid, tänkte J.

Vem hade någonsin stöttat honom till en möjlig utväg?

Var fanns resurserna samhället sa sig erbjuda?

Resurser där alla fick plats, utrymme, tillgång oavsett nivå, tempo, uttrycksförmåga. Vem hade sett att D var fången i det som benämns sekundär vinst.

J tänkte att det var samma som på mentalsjukhusens tid. De nya boendena – LSS-märkta – var som isolerade celler, vägg i vägg med samhället i övrigt. Avgränsning och uteslutning skilde sig inte på annat vis än att mentalsjukhusen var egna samhällen, avsett att ombesörja allt i den sjukes liv, ofta i utkanten av städerna. Men isoleringen var densamma. Den boende lever i sin lilla cell på gruppboendet insprängt i staden, kanske i samma hus som de så kallat normala lever sina liv. Var finns möjligheterna för medmänniskor som D i staden? Om någon, tänkte J, törs sticka ut näsan, antingen tillsammans med personal, eller själv, blir det till en plats för sysselsättning, kurser, träffpunkter etc. det vill säga till andra isolerade enheter med olika former av verksamheter för enbart psykiskt funktionsnedsatta. Några är starka nog att åka spårvagn, en del vandrar planlöst omkring på stadens gator, pratar för sig själva, kanske gestikulerar (varpå allmänheten och myndigheterna slår sig för bröstet och utbrister: se hur vi tillåter alla typer av människor i vårt land, i vår stad, integreringen är ett lyckat projekt, friheten är till för alla o s v), eller är tysta, tigande, med sänkt blick, framåtlutad gång, för att klara vardagen, livet. Bruset som aldrig kan bli deras.

Regressionen personalen talade om, handlade enligt J om den meningslöshet D upplevde. D var livstrött, uppgiven, såg ingen ände på det ekorrhjul som skapats åt honom, kunde inte på egen hand formulera/söka alternativ, och ju sämre D mådde, desto mindre motivation fann han att leva. Alla symtom kunde tolkas som en man i kris. Hur stödjer vi en människa i kris? Generellt sett finns det en tämligen stor kunskapsbank om människor i kris, tänkte J, vad det innebär och hur vi stödjer, men när det kom till D, handlade det på slutet enbart om hans förmodade demens, kopplat till hans riskbeteende, och den enda lösningen personalen såg var att placera honom på ett boende som förminskade honom än mer som människa. Som fördjupade hans kris.

Så grät till slut även J, tårarna strömmade nerför hans kinder under begravningsceremonin, prästen som talade om att D var för god för världen, J tänkte på idioten hos Dostojevskij, personalen från Z som uteblev – och Nea som satt sidan om honom och strök honom över kinden och lät hans huvud falla mot hennes axel.

Sorgen J kände, var ofantlig, och skulden: hade han kunnat göra mer fram till den dag han slutade på Z – svaret var självklart: Ja – det var han som tillhörde makten.
Han hade misslyckats å det grövsta.

*

Nea lämnade lägenheten tidigt begravningsdagen. Hon hade ingen som helst ro att hålla sig hemma till det var dags att ta spårvagnen till kyrkogården. Klockan tretton prick var begravningen satt till, och dit var det över fem timmar. Knappt sovit på hela natten, hade Nea vankat oroligt fram och tillbaka mellan kök och sitt kombinerade vardags- och sovrum. Omöjligt att sätta sig ned och företa sig något vettigt. Eller lägga sig till ro. Möjligt att hon slumrat till i fåtöljen vid ett par tillfällen. Men lika fort hade hon vaknat med ett ryck och åter slukats av den våldsamma oro som jagat genom henne som en galen hund ända sedan den dagen Dennis bränt sig själv till döds. Inte ens frukost hade hon fått i sig. Det var sådant här hon var rädd för: upplösning, kaos. Vanligtvis planerade Nea sina steg noga, avsikten var att aldrig bli överraskad, naturligtvis en absurd tanke, men ändå, ja, det var som ett slags tvång – en motvikt gentemot den rädsla hon burit på så länge hon kunde minnas. Det var inte döden i sig hon var rädd för, trodde hon, snarare upplösningen, oförmågan att vända saker och ting rätt, omöjligheten att ta sig ur mörkret, känslan hur allt rann av henne i en oåterkallelig takt. Det hade med föräldrarna att göra, det hade hon insett för länge sedan, men längre än så ville inte Nea gå. Dessutom hade hennes antropologiska studier fått henne att inse att själva tankegången som hänvisade till det förflutna, som orsak (helt eller delvis) till ett uttryckt beteende, svårbemästrade känslor och tankar personen i fråga bar på, kanske trauman, inte var annat än en tolkning av verkligheten som betydde en hel del inom en given kulturkrets, upphöjdes av densamme och ansågs som sann och betydelsefull för möjlig läkning, men vars kärna samtidigt kunde ses, tänkte Nea, på helt andra sätt, lika sanna, riktiga, intressanta, möjliga att följa och tolka sig själv som omvärlden genom.

Eller för all del osanna, oriktiga, helt uppåt väggarna, om man så funderade, tillade hon.

Tankar som i sig gjorde henne mer sårbar och vilsen, det insåg hon utan att kunna göra något åt det.

Nea promenerade hastigt gata upp och gata ner, avvek inte det minsta från övriga gående hon mötte, alla hade lika bråttom, kanske bara inte den jagade blicken hon hade.

Att Dennis valt ett sådant brutalt sätt att ända sitt liv på, satte henne verkligen i gungning. Och att det på något sätt hade med fadern att göra, ja, hon kunde egentligen inte tro det, det måste vara slumpen, sa hon sig. Fadern, i egenskap av direktor på Missionen, hade så många sköra att ta hand om, så många vilsna, sårade, ensamma själar att man nästan fick räkna med att någon skulle begå självmord. D var inget undantag, varken den första eller den sista, hur mycket man än försökte kunde man inte skydda dem alla från samhällets hårda klimat. Kanske hårdare än någonsin, tänkte Nea uppgivet.

Men på det sätt D tog livet av sig, gjorde inte precis det hela lättare. Hur vågade han? Att det var en protest var hon övertygad om, men mot vad? Handlade det om Samhället? Om Psykiatrin? Säkert var det så. Men om Missionen? Och hennes far? Hur skulle hon tänka där? Att fadern kunde vara dryg i sin övertygelse, enkelspårig i sitt sätt att tänka och handla, så var det, hon hade dragit sig undan honom, rädd för att hans sätt att se på livet skulle slamra igen kanaler inom henne hon inte själv valt att stänga. I dylikt hade han stört tillräckligt genom åren. Hon ville skapa sig sitt eget liv. Sina egna värderingar och val. Så hade det varit länge nu. Och fadern var alldeles för dominant att ha för nära. Man fick hålla honom kort, tänkte Nea, och suckade.

Samtidigt, trots all inskränkthet och stränghet hon kunde tänka om fadern, hade han en känsla för att hjälpa och stödja dem som hade det svårt. Det kunde man inte ta ifrån honom.

Däremot Missionen som organisation, i den mån man kunde särskilja fadern från den, var svaret givet – där fanns säkert en hel del att fundera igenom.

Och modern... nej, om henne ville hon inte tänka, hon var så vilsen att det gjorde ont att se henne. Båda föräldrarna hade präglat Nea, självklart, sa hon sig, och föll sig kanske omedvetande ner i den kulturordning hon sa sig vilja distansera sig från, samtidigt som hon vek in i en park, där ljuden blev mjukare, tempot långsammare. Som vuxen kunde hon dock rätta till en del, men då krävdes det distans och fundering över vad för liv hon ville ha. Vilka aspekter hon behövde andra strategier inför. I psykologiskt hänseende kunde hon kanske tänka i termer av KBT framför psykoanalys. Möjligen med avsikt att medvetandegöra och avslöja den kulturordning hon växt upp i och som hon antropologiskt sökte ta av sig glasögonen från. Nea tänkte, medan hon automatiskt slog av på takten, som ett sätt att distansera sig från bundna tankar, känslor och handlingar.

Fadern tyckte det gick för trögt. Han sa att hon var lika vilsen nu som när hon var femton år. Hon var ju trots allt 25 år, han ville helst att hon skulle ingå i organisationen, det var vad han såg framför sig. Nea trodde att fadern mest skyllde på sin hustru, Neas mamma, att det var hon som satt griller i huvudet på Nea.

Och J talade som om Missionen var som Kafkas romaner, han talade om att resurserna inte fördelats på rätt sätt, att det fanns en underlig maktordning inom organisationen.

J talade om att D behandlats som en kronisk mentalpatient, upplysningar Nea hade svårt för att hantera. Att Missionen saknade erforderlig kunskap om hur det var att vara psykiskt sjuk, och vad för stödfunktioner som krävdes, kunde hon nog hålla med om. Men det utmynnade liksom i att fadern på ett sätt var medskyldig till D:s självmord. Var det inte så J menade? Och det visste hon inte hur hon skulle förhålla sig till.

Och kontakten med J, visste hon inte heller vad hon skulle tycka, han var intressant, hade mycket att komma med, många tänkvärda tankar och en humanistisk grund i sig utan att fläckas ned av en religion och det tilltalade henne.

Men han var också betydligt äldre än henne. Inte för att han på något sätt visat intresse för henne på det sättet, det var snarare hon... han gjorde henne förvirrad.

Nea tänkte att det handlade om att han förmodligen var mer färdig än henne och att det kunde påverka henne på ett negativt sätt. (Det var först vid ett senare tillfälle Nea kunde sätta ord på att det förmodligen handlade om samma kamp hon förde mot fadern – rädslan för att hamna i en situation där hon tvingades kämpa mot ännu en auktoritet).

Men hon ville samtidigt inte släppa taget om honom. Om man nu kunde uttrycka sig så? Hon intalade sig själv att hon måste umgås med honom ett tag framöver för att de tillsammans skulle ta reda på vad som egentligen hänt. Vad Missionen var för organisation, det hade hon aldrig funderat över på det sättet, det hade ju alltid varit självklart i och med faderns arbete, tänkte Nea, där hon promenerade den sista biten till kapellet för att ta farväl av D.

I fem timmar hade Nea rört sig genom stan. Men det var ingenting hon tänkte på. Hon kände inte av kroppen på det sättet, allt handlade om begravningen, om D:s död. Missionen och fadern – i förlängningen henne själv.

Snart såg hon kapellet, och där stod J, den gamle chefen som tydligen påtagit sig rollen att representera Missionen, och en äldre kvinna som hon med rätta tänkte var Dennis moder. När Nea kom fram till det lilla sällskapet såg hon också en äldre man som stod en bit bort, knäppte på sin mobil och rökte en cigarett. Nea hälsade. Men sa ingenting mer. Det var det ingen som gjorde. Hon tänkte, samtidigt som sällskapet rörde sig i sakta mak mot kapellets ingång, att använda KBT som ett sätt att distansera sig från det egna var ganska makabert. Snarare gjorde det henne mer insyltad. Hon tänkte att hon var mer rädd för upplösningen än hon först trott.

Den kvinna Nea inte lade märke till var Vera, som stod skymd bakom ett gammalt oxelträd med tjock och bred stam, där man lätt kunde göra sig osynlig. Vera stod inte bakom oxelträdet för att hon kommit Dennis nära, eller för att hon avsåg delta på begravningen. Till det var hon och D alldeles för olika, dessutom skulle det mycket till för att komma nära Vera. Hon var noga med urvalet. Egentligen hade det mest varit hennes mamma, och en pojkvän hon haft för länge sedan, Nej! tänkte Vera, pojkvännen kom henne aldrig nära. Men ändå, det här med döden, och att Dennis tagit sitt liv var så sorgligt, att hon så fort hon fått veta begravningsdatum och tid, dragits som en magnet mot kapellet. Hon tänkte mycket på honom. Att hans självmord var så brutalt, fick henne att gråta, men samtidigt kunde hon väl förstå hans handling. Hon tänkte att det var som ryska revolutionen, där var det många som gick åt, som gav sina liv för det man höll för sant och riktigt. Även om många blev torterade, arkebuserade, hade man inte vikt från sin uppfattning, det var så hon minns att hon läst, kanske också sett på TV, och så trodde hon det var för Dennis. Han trodde så hårt på sin sak, och ville visa, som en riktig revolutionär, att inget kunde stoppa honom från att framföra sin protest. Även om det innebar slutet på ett så brutalt sätt. Vera var övertygad om att det fanns något revolutionärt över hans självbränning. Bara det att D valt elden, D som hade rykte om sig att vara en brandfara, talade sitt tydliga språk, menade hon. Han hade inte haft det lätt, resonerade hon, och sista tiden, blivit behandlad som en som det inte fanns något hopp om. I och för sig gällde det henne också, och de andra på boendet – hon trodde: alla som led av psykisk ohälsa – men det hade liksom varit extra mycket för Dennis. Därför ville hon gå dit när han hade sin begravning, inte gå in, nej så långt ville hon inte gå, men stå utanför, kretsa runt omkring kapellet som en osynlig god ande som vakade över honom. Tanken gjorde henne glad och en smula stolt, kände det som att hon stod på hans sida. Men att gå in, nej! det hade blivit för mycket för henne, också förtagit effekten, ja, själva handlingen, bättre att stanna utanför, se det på håll – att Dennis skulle veta att det fanns någon utanför begravningen som stod på hans sida. Som så att säga höll fast vid revolutionen.

Vera stod kvar en god stund innan hon lämnade sitt gömställe bakom det gamla oxelträdet, såg bort mot kapellets port, såg hur de andra gick in i kapellet, hur en kvinna kom småspringande en stund efter de andra, därefter hade Vera cirklat kring kapellet varv efter varv medan hon tänkt intensivt på Dennis. Muttrat för sig själv att hon fanns vid hans sida, att hon alltid skulle finnas vid hans sida och om han fick problem eller svårigheter av något slag där på andra sidan kanske hon kunde hjälpa honom. Hur visste hon inte. Men ju längre tid Vera cirklade runt kapellet, och i hastigheten läste namnen på gravarna hon passerade, desto mer övertygad blev hon att hon bar på en styrka, en sällsam styrka att ta hjälp av när det behövdes, i synnerhet om den behövande, likt D, var en död människa. Efteråt sa hon sig att hon trivdes bland de döda, en sådan känsla hade hon aldrig förr upplevt, och sedan det tillfället gick hon ganska ofta till den stora kyrkogården där kapellet låg. Det var värst att gå dit, inte så mycket hem, då var hon lugn, men dit kunde det vara kämpigt med alla intryck för henne. Så mycket som pockade på uppmärksamhet, som störde henne, att hon ibland inte visste vart hon skulle ta vägen. Vera kunde slinka in på en bakgata för att hämta andan. Det var inte alltid det bästa alternativet då hon mer än en gång tappat bort sig, och sådant krävde mer energi av henne innan hon hittade rätt igen. Men väl inne på kyrkogården blev hon lugn och harmonisk och fick tillbaka styrkan, känslan att hon fanns där för Dennis.

22

J tänker på Nea och talar om sig själv

Hon är vacker, tänker J. Klar och intelligent blick. Sensitiv. Finlemmad. Eftertänksam. J väger orden noga. Tycker det är svårt att beskriva hur han upplever Nea. Det var ett bra tag sedan J känt en sådan dragning till en kvinna.

År har tillryggalagts: dagböcker, dikter, romanutkast, en del undan- eller nedstoppade i lådor, andra fullt synliga lite varstans i hans lägenhet.

Påminner om spillning ur ett liv fram till medelåldern.

Böcker i hans bokhylla berättar om olika epoker han genomgått. Reproduktioner på väggarna, följer samma mönster. När

J funderar igenom saken inser han att han kopierat alla sina föregående lägenheters mönster, i reducerad form den lägenhet han hade tillsammans med sitt ex, som en slags förlängning av hans inre historia. Ett mönster, givet honom. Få fotografier. Kanske främst för att han känner sig obekväm när kameran kommer fram. Hans mobil – minneskortet är fyllt med blommotiv, växter, träd, berg, hav, hus, kyrkor, torg, fyllt med en estetik som tilltalar honom. Men människor? Han fotograferar aldrig människor. Har svårt att urskilja något av intresse. Alla ser likadana ut, klär sig och beter sig likartat. Han själv som följer samma mönster. Dessutom gör han sig inte på bild. Det var enbart i J:s arbete som J fann människor intressanta, men där tog sekretessen över. J fotograferade i sitt minne, skapade album för sig själv, byggde in albumen i sitt inre. Det var stort nog. Överväldigande.

J kände sig priviligierad på ett sätt få kanske förstod. Tjugo, trettio, medelålders. Var det kanske hennes ungdom som lockade? Något ofullbordat som gavs möjlighet till växt. Han visste inte. Känslan av samhörighet borrade sig djupare in i honom än allt annat. Och kanske var analys det han minst av allt borde ägna sig åt. Tvärtom. Bejaka känslan, följa den i dess hela längd, vad den än bar på. Även om känslan utmynnade i ett mindre attraktivt slut. Han hade alltid varit så rädd för att komma för nära. Känt oro över att ge sig hän. Hoppa in i den ovisshet det innebar. Men även oförmågan över att veta hur man ska frigöra sig, skapade rädsla.

Lämna/bli lämnad.

För så var det med kärleken: kärleken tog alltid slut, förr eller senare, tänkte J.

Skilsmässan, det måste vara fyra år sedan, fanns inom honom som det vore igår.

Det var i sådana sammanhang dubbelheten inom honom kom

tydligast fram. Rädslan att bli bunden parat med rädslan att förlora den han öppnat sig för.

I sitt arbete var det annorlunda, där kunde J öppna upp dörrar inför den han mötte, det var liksom en inneboende självklarhet för honom. I sitt privatliv slöt han sig som en mussla, slog igen dörren och skvalpade kring på ytan.

Promenaderna gav vissa ut- och inblickar. Det fanns stunder i promenerandet som viss djupdykning var möjlig. Men i stort kunde man säga att beskrivningen stämde när det kom till hans privatliv. Relationer var inte hans starka sida. Med hans ex, hade de huvudsakligen levt i separata världar, varsitt sovrum, skilda intressen och känslor. Fast inte nu. Så fick det inte bli. Nea väckte liv inom honom. Och det gav honom... något stort: hängivandet. Man kunde få gåshud för mindre, tänkte han.

Liv – det var väl det han egentligen saknade.

Redan vid första tillfället han såg henne, fanns där en samhörighet han upplevde som speciell. Man hade träffats ett antal gånger efter räkfesten. Men det hade varit långt mellan gångerna. Men nu, efter Dennis död, hade Nea och han träffats ungefär en gång i veckan. Det hade hunnit bli fyra gånger. Stegringen gav bränsle till hans känslor. J hade blivit beroende av deras möten. De hade så mycket att säga varandra. Tankar som drog åt samma håll. Värderingar: ett kluster av idéer som fogade dem samman – sådant J väl aldrig trodde han skulle värdesätta i den utsträckning han gjort, eller för all del ges förmånen att uppleva på det sättet.

Var J bekväm med situationen?

Självklart inte. Det hade gått för snabbt. Men lockad – absolut.

Han tänkte han behövde prata av sig. Det fanns mycket sorg inom honom, kanske gråt, och ilska. Sådant som hindrade liv.

Känslan av otillräcklighet, skuld – att han inte sett varthän det barkade för Dennis, plågade honom. Han, om någon, borde ha förstått hur illa det var. Bara själva tanken att han kunnat förhindra Dennis självmord, drev honom till känsloutbrott man vanligtvis inte såg hos honom.

Det var kanske det, sa han sig, efter ett sådant utbrott som fått honom att gråta, att han var en tillknäppt typ, stängd för sig själv, stängd för sin omgivning. Den där falskheten att han gärna bröstade upp sig och ansåg att han var empatisk och lyhörd på ett sätt få andra uppvisade bland kollegerna. Han visste varken ut eller in längre. Den omedelbara vilsenheten han känt i anslutning till händelsen, hade inte försvunnit, han var inte lika våldsamt desorienterad längre, men vilsenheten, den existentiella vilsenheten, som han väl egentligen alltid burit på, hade växt som en raket i situationen, och fortsatt hålla sig på en stegrad nivå. En känsla av meningslöshet för livet överhuvudtaget som ständigt fanns där vad han än företog sig. En känsla av otillräcklighet inom sitt yrkesval som inte längre gick att blunda för.

Att han fått känslor för Nea var både bra och dåligt. Längre än så kunde han inte sträcka sig i funderingarna. Känslorna, skrek både efter det ena och det andra. Någonstans väckte det också till liv allt det svåra han levt med vid skilsmässan. Uppbrottet hade varit besvärligare än han erkänt för sig själv. Strukturen i relationen som blivit smärtsamt uppmärksammad för honom, svårhanterligare än själva uppbrottet som ju var oundvikligt.

Kanske drevs han till Nea av skäl som hade med hans mående överlag att göra.

Eller hennes ungdom. Känslan att börja om.

I stunden kunde J tänka att han blandade ihop attraktionen till Nea, skilsmässan, Dennis död, sina egna tillkortakommanden på ett högst kaotiskt sätt, kanske var det istället en terapeut han behövde.

Måhända ett vässat sinne för att pussla.

Han tänkte att han blandade ihop sig själv med henne. Som han blev hon på något underligt vis.

*

Efter begravningen gick de hem till honom. De köpte fikabröd på vägen och han stod för kaffet. Hon tyckte att han hade det stökigt. Det sa hon till honom. Han tyckte att det handlade om ett levande hem. Men det sa han inte. Han ägnade sig åt kaffet, tog fram koppar, assietter, lade upp bullarna på ett fat. Tog fram servetter. Fullt koncentrerad på att hålla styr på alla känslor som välte fram och tillbaka inom honom. Det var inte många ord som sas. Följde i huvudsak samma praktiska tema. Vill du ha mjölk? socker? här sätter vi oss, kan jag öppna fönstret? det är så varmt härinne. Kanske vill du ha vatten?

De hade suttit i hans kök och druckit kaffe och tuggat i sig fikabrödet och båda hade varit långt borta i sina egna tankar.

Liksom separerade från varandra på ett sätt J aldrig förr upplevt med Nea. Och för ett ögonblick tänkte han att det var som hans ex gick igen i hans nya relation. Som en skugga omöjlig att frigöra sig från.

Efter en evighet sa hon: hur kunde det bli såhär? Och det hade liksom varit triggern som startat ett samtal som varat till långt in på småtimmarna.

De hade samtalat om sig själva, hon om uppväxten, han om sin känsla att i huvudsak vara levande när han arbetade. De hade samtalat om Dennis, vem han var, orsakerna till hans självdöd. De hade talat om begravningen. Om döden. Tankar kring hur man bemöter dem som har det svårt. Och därefter hade de talat om relationer. Berört egna erfarenheter och känslor. Och Nea talade åter om sin uppväxt. Det var första gången det blev personligt dem emellan. Innan hade de träffats på café, en gång hade han bjudit henne på middag på en restaurang han gärna besökte. Att de nu satt hemma hos honom, gjorde J glad till sinnes. Det var ett sätt att komma varandra närmare. Och det var det han ville med Nea.

För var gång de sågs kom de att beröra varandras inre på ett alltmer påtagligt sätt. I förlängningen, tänkte J, var det vägen till det fysiska. Den själsliga attraktionen kom alltid först, växte den fram, kom det kroppsliga på köpet, menade han. Aldrig att J känt att tvärtom gav detsamma. Nog för att han under främst åren mellan tjugo och trettio gått hem med sin date första kvällen och hamnat i sängen. Det hade inte alltid varit misslyckat, kåtheten kunde ta överhand på ett överväldigande sätt, men det var det själsliga som förstakänsla han föredrog och med åren ansåg som det enda möjliga till en bra relation.

J hade sammantaget levt många år ensam. Han var inte den som gifte sig och bildade familj. Det var kanske främst det som orsakade att skilsmässan blev ett faktum. Som gjorde att separationen växte fram år innan dess fullbordan. Långa tider hade han trivts bra i sin ensamhet, men ensamheten hade två sidor, den negativa, som när han promenerade i staden på söndagarna, och tyckte att det främst var par som gick och höll om varandra, sådant kunde göra ont, fick honom att känna sig vilsen, utanför och ensam på ett ångestfyllt sätt. Och då kunde han sakna någon att hålla i handen. Även resor, ja inte när han flanerade kring i städer eller gick på museum, då var han tvärtom nöjd med att vara ensam, det var när det kom till att äta, sällan besökte han en restaurang ensam, att sätta sig ensam vid ett bord och beställa en måltid var som att skylta med: här ser du en misslyckad individ, som ingen vill kännas vid, nej, usch, J nöjde sig oftast med att stanna vid ett gatukök, för att ta sig en bit mat i flykten. Att ha någon att samtala med tyckte J samtidigt var övervärderat, själars samvaro, samstämmighet i åsikter, sitta med tända ljus, ett glas vin och samtala om allt möjligt hela natten, det låg egentligen inte för honom. Då var det bättre att läsa en bok, kanske skriva en diktrad eller två – promenera, tänka och samtidigt vara i rörelse, det gillade J skarpt. Alltså, konstaterade J, var den där söndagssmärtan kanske främst en inlärd smärta, som handlade om hur saker och ting borde vara, framför att ta hänsyn till individuella skillnader, och som sådan, J lätt borde kunna göra sig av med. Egentligen var det väl inte mycket han trivdes att göra tillsammans med en annan människa.

Men med Nea var det plötsligt annorlunda, med henne ville han tala hela tiden – se på henne, möta ljuset i hennes vackra ögon, blågrå till färgen, ett helt universum fanns där i hennes blick. Nu satt de hemma hos honom och tillvaron var helt fantastisk. Trots begravningen kom han på sig själv med att sitta och njuta som han väl sällan gjort under sitt 45-åriga liv.

Nea berättade för J att hon hade svårt att hantera det här med döden. Inte bara upplösningen i en allmän mening som hon tidigare tänkt. Döden i sig skrämmer mig, sa hon. Så fort jag tänker på att vi en dag ska försvinna, att ingen vet vart, och att detta kan ske när som helst – ena stunden närvarande och nästa stund borta. Usch, sa hon, jag ryser och blir illamående av bara tanken. J undrade om Nea varit med om något med döden inblandad som gjorde henne extra känslig, men det hade hon inte, sa hon. Och inte hjälper mig pappas tro heller, den var stark när jag var barn, även om jag ofta kanske mest var rädd för motsatsen – fallna änglar med brutna vingar, kolsvarta av synd, som pappa brukade berätta om i sin iver att uppfostra mig enligt hans stränga syn på Gud och världen, och som gav mig skuld och en svår känsla att jag ständigt handlade fel. Så fort jag betett mig på ett sätt som jag strax efteråt identifierade som felaktigt eller i vart fall tveksamt, släppte jag vad jag hade för händer och antingen sprang jag så fort jag kunde in på mitt rum eller till toaletten, om vi var borta, där jag genast föll ner på knä, knäppte händerna och bad Gud om förlåtelse.

Minnena gav tårarna utrymme hos Nea. I kombination med begravningen blev det för mycket för henne och hon reste sig upp på J:s uppmaning så att han kunde hålla om henne. J blev själv tårögd, det som hänt var så oerhört sorgligt, han tänkte på Dennis, vilket bedrövligt slut han fått. Hans liv, vem skulle vilja byta med honom. Utsatt sedan födseln, och det handlade, ansåg J, i huvudsak om att folk runt omkring honom, alla vuxna, allt från hemmet till skolan, till myndighetspersoner och sjukhus- och behandlingspersonal, i slutändan Missionens sätt att hantera och bemöta honom, utgjorde den huvudsakliga orsaken, skälet till hans tunga livshistoria och dess smärtsamma slut. Åter en skör människa som blivit extremt illa behandlad. För att han inte passade in i mönstret.

Nea grät och lutade sitt huvud mot J:s axel, snart mot hans kind, och de stod där ett bra tag och tröstade varandra. J undrade om han någonsin känt sådan värme och samhörighet. Han kunde inte påminna sig något liknande. Det var som att allt med Nea var nytt, som för första gången. I all bedrövelsen, uppdagade J hur mycket han saknat den närhet han nu kände. Och det fick honom att gråta, stora krokodiltårar som rann i en strid ström nedför hans kinder.

Och Nea sa att Gud aldrig förlät henne. Inte hennes far heller, för den delen.

Efteråt satt de i hans soffa och hörde måsarna skria utanför hans fönster. Min tro, jag hade som barn, sa Nea, den revolterade jag emot under tonåren, jag blev vän med en tjej, Nadja från Ryssland och hon öppnade mina ögon för att det fanns andra saker man kunde sätta tillit till.

Som vad, undrade J.

Sig själv, sa hon, tveklöst.

Nea menade, uppfattade J, att det fanns så många goda tänkare och intressanta teorier som satte människan i centrum, som gav livet en härlig mening. Nadja trodde blint på människans egen förmåga att välja liv och riktning. Och det hade berört henne djupt.

Det är väl så de flesta av oss tänker idag, sa J.

Jo, så är det nog, i vart fall på ytan, men om man som jag växt upp i ett starkt religiöst hem, var hon en dörröppnare.

Är din mamma på samma sätt som din far – med religionen och annat?

Nej, det är hon inte, hon tror egentligen inte alls på Gud, tänker jag, men hon har haft så många problem med att finna ro i sig själv, mamma har alltid varit så vilsen.

J sa, att han trodde att Nea bar på en hel del från barndomen som belastade henne, att det var det som gav henne så starka känslor när döden gjorde sig påmind.

Det kanske var en dörröppnare för dig när Nadja kom in i bilden, sa han, men det förflutna slipper man inte ifrån, man måste lära sig att hantera...

Jo, avbröt Nea, och såg eftertänksamt ut genom fönstret, på de lövade trädkronorna... måsarna som störtdök, steg igen, likt flygplan under attack.

Nu är det inte så enkelt, sa hon, och såg skarpt på J. Jag menar, frigöra sig, hantera... fri vilja, det är så komplext...

Som livet är, svarade J.

Som livet... man kan också tro på en högre makt och ändå förespråka en fri vilja.

Jaså, svarade J en aning ironiskt.

Vi är så snabba att tänka i termer av svart och vitt, sa Nea, antingen det ena eller det andra, men så enkelt är det inte.

Samma är det med barndomens påverkan.

De satt tysta ett tag. Julinatten var plötsligt ovanligt mörk. Tunga regnmoln drog in från havet. Skarvarna kurade på förtöjningsstockarna, måsarna flög oroligt av och an i luften. Tystnade tvärt.

Gemensamt reste sig Nea och J upp, gick fram till fönstret och såg hur regnet drog in i väldiga byar över staden, det smattrade mot rutan, ett riktigt kraftfullt sommarregn som gjorde sikten genom fönstret omöjlig.

Nea sa: det är som med oss, vi tror att vi är klara över hur det förhåller sig och strax därefter grumlar det igen.

Det var i vart fall sol under begravningen, sa J, samtidigt som han tänkte på så ensam den moderna människan var, alltid liksom hänvisad till sig själv.

Och nu regn, sa Nea. Som naturen gråter över hur illa det blev för Dennis. Ännu ett liv som gått till spillo på grund av omgivningens tillkortakommanden, sa hon och gick tillbaka till soffan och satte sig med en duns.

Tystnad.

Är du hungrig? frågade J, efter en stund.

Nej, sa Nea, jag ska snart gå hem, så fort det blir någorlunda uppehåll, jag behöver vara ensam känner jag. Också har pappa ringt, jag får tala med honom. Skulle vilja fråga honom varför det blev så här för Dennis. Jag tycker han borde känna skuld. Och samtidigt ger det mig skuld att känna så.

Han kanske inte kände till hur Dennis hade det, sa J.

Det är hans uppgift, svarade Nea bestämt. Vad har man annars en chef till om han inte har koll på läget, sa hon, plötsligt mäkta irriterad.

Vi borde träffas och tala mer om detta, sa J. Jag har också behov av att förstå på djupet.

Ring mig imorgon, sa Nea, och reste sig hastigt upp.

Ska du gå nu, sa J utan att egentligen kunna dölja sin besvikelse. Det regnar fortfarande, tillade han.

Jag måste gå, sa Nea, och flackade med blicken. Lite regn är väl inte hela världen...

De gick ut i hallen, kramade varandra, mest för syns skull, tänkte J i efterhand.

J kände att Nea var någon annanstans, och den känslan gjorde ont, men han svalde och sa, jag ringer dig imorgon, på eftermiddagen.

Gör så, svarade Nea, tog sin kappa och slank ut genom dörren.

J gick ut i köket, såg ut genom köksfönstret, det regnade ihärdigt, han kunde inte alls se henne, och öppna fönstret, ville han inte. J trodde att hans ansiktsuttryck även på håll avslöjade vad han kände – hur hans starka känslor skulle lysa igenom de ihärdiga regndropparna. Och där var varken han eller hon än.

23

Vera

Dagen efter begravningen var Vera åter på kyrkogården. Hon promenerade allén fram mot kapellet, beslutsamt mitt på grusgången, som det var det självklaraste i världen. Det var en sällsam styrka som fyllde hennes bröst och gjorde att hon kände sig viljestark och fokuserad. Hon var inte det minsta rädd. Redan när Vera vaknade visste hon vad hon ville göra, oavsett hur mycket folk hon mötte. Målet var att besöka kapellet, dra upp den tunga järndörren och insupa atmosfären, liksom bredda gårdagens upplevelser, som en slags fördjupning till allt det som Dennis väckt till liv inom henne. Hon mötte inte en människa. Det verkade som hon var den enda på kyrkogården. Vera och alla de döda. Det var som hon var den enda levande människan på jorden, tänkte hon. Några kajor i trädkronorna, kvittrande gråsparvar i häcken som avgränsade en sidogång från minneslunden, en svag vind, som susade omkring henne på ett tryggt, avslappnande sätt, i övrigt tomt och på något sätt vilsamt.

Hon fortsatte sin promenad i denna för henne ovanligt starka känsla av trygghet och säkerhet.

241

Men när Vera kom fram till kapellets huvudingång, tvekade hon, kände sig plötsligt orolig och nervös, kanske för att den väldiga porten till kapellet såg ut att vara omöjlig att öppna för en sådan som henne, porten hade dessutom ett stort skrämmande kors mitt på, som avhöll henne från att ens försöka dra upp porten och stiga in i kapellet. Vera följde sin instinkt och rundade istället byggnaden och slank in på baksidan av kapellet. Ett ovisst antal blombuketter, lösa blommor och flera kransar, mötte henne. Det gjorde henne förvånad, så känd var väl inte Dennis, tänkte hon, eller omtyckt, man ville väl mest bli av med honom. Vera gick fram och läste på en krans, där stod en sista hälsning på ett sidenband fäst längs med kransen, och sidan om, en stor bukett sommarblommor, Vera böjde sig ner, såg på kortet som var fäst i ett rött sidensnöre runt buketten, där stod: vila i frid lilla mormor. Vera svepte med blicken över blomsterhavet, såg namnen mormor, mamma, syster, hustru dansa framför hennes blick på kort efter kort runt buketterna och kransarna. Det kändes genast obehagligt att liksom kika på någon hon inte hade med att göra. Som om den där okända avlidna kvinnan såg ilsket på henne från sin himmel och hötte med fingret över Veras oförskämdhet. Hon borde ha vetat bättre, sa hon sig, förstått att det inte var Dennis som fått så många och vackra blombuketter och kransar. Hon såg sig om, uppmärksammade några mindre buketter och en krans som låg på marken i bortre hörnet av kapellets bakgård. Gick dit, och trots att hon tvekade, orolig över om hon skulle göra om samma misstag igen, böjde hon sig ned och läste igenom de få kort som fanns. Redan på första kortet stod namnet, Dennis: Vila i frid Dennis, jag kommer sakna dig, J. Vera förstod att det var den manlige personalen från boendet som slutat enligt henne under mystiska omständigheter: en dag var han bara borta, och det fanns ingen av personalen som ville säga vad som hänt, om han fått annat jobb eller kanske tröttnat på gruppboendet. Hon hade blivit besviken, tyckt att han svek henne, men så hade hon erinrat sig att han inte var den förste personal som slutat abrupt och hastigt, utan vidare förklaring. Konstigt var det i alla fall, då han varit så omtyckt av de boende. Kransen som låg där, stod det också vila i frid på, också stod det: från Mor. Och då kom tårarna, tänk att förlora sitt barn, det måste vara hemskt, tänkte Vera. Att tvingas vara den som är kvar i livet fast man är mycket äldre. Vera hade själv inga barn, men hon ansåg sig ha god inlevelseförmåga, och kunde mycket väl förstå hur smärtsamt det måste vara för en mor att mista sitt barn, hur bakvänt det måste kännas.

Sekunden efteråt vände hon på klacken och gick med stora kliv ut från kapellets bakgård, till kyrkogården som bredde ut sig i alla väderstreck, och började promenera. Nu var hon tacksam att hon inte mötte någon, tårarna rann nedför hennes kinder, en efter en i en strid ström, några tårar stannade kvar i ögonvrån och gjorde omgivningen suddig, varför hon förde vänster kappärm upp över ansiktet, gned och torkade ögonen och kinderna. Vera tänkte på alla som for illa, och då mest på alla barn som var sjuka och inte hade mat eller mediciner, kanske inte ens föräldrar, som dog i rännstenen. Så mycket orättvisa det fanns i världen. Gud hade hon aldrig trott på. Om det funnits en Gud hade världen varit en rättvis plats, där alla hade det bra, tänkte hon. Och så var det inte. Långt ifrån. Och den tanken gjorde henne än mer ledsen.

Hon gick och gick, följde planlöst gravgång efter gravgång, benen gick av sig själva, och gravarna var liksom i periferin, hon såg dem knappt, men stämningen, att vara bland de döda var stark och sänkte henne i ett hav av overklighet, en egendomlig stämning att inget egentligen fanns annat än som en dröm, eller en mardröm, eller som om hon var berövad sina sinnens kraft, bara det grovhuggna som stannade kvar och sänkte världen i ett grått trist mörker – skuggor... Inte alls angenämt. Men angenämt var väl det sista man kunde kalla livet, tänkte Vera, såg upp, och stannade till vid en grav där det stod. Evelina. Född 1885 – död

1889. Vad var det man sa: en liten ängel kom, log och vände om –
nej, tänkte Vera, snarare: en liten ängel kom, grät och dog i armod.

Många gånger hade Vera funderat över vad det var för mening
med att gå som hon sa och skrota på denna sjuka jord. Man ta-
lade om kärlek, men det hade hon inte märkt så mycket av, kär-
lek, ansåg hon, var mer en föreställning, som smarta affärsmän
tjänade pengar på. Som hon såg på saken fanns egentligen inte
kärleken i någon större mening, annat än som en ouppnåelig
dröm, kanske en moder och ett barn i både djur och människori-
ket nådde dit under korta stunder, men mest var det strunt, om
hon fick säga sitt. Men sitt liv hade hon ännu inte tagit. Inte för att hon hade
hopp om något bättre, mer för att hon stannat kvar av vana.
Självmordet såg Vera som en utväg, hennes frihet att ta till när
hon inte orkade längre. Kanske den enda frihet hon hade, om
hon nu inte blev förlamad och inte kunde göra annat än att
ligga och vänta. Frihet, hon smakade på ordet, var det så Den-
nis tänkt, undrade hon, promenerade ut från kyrkogården och
gick hem till gruppboendet.

*

Vera saknade J. Första känslan hon haft att hon sett honom förut,
att han var en del av hennes kaotiska förflutna, överensstämde
inte med verkligheten. Inte heller att han påminde om någon
hon känt. I så fall någon hon sett på TV. Hon tvekade. Han var
främst sig själv, konstaterade Vera.

Han väckte en hel del känslor till liv hos henne, känslor som
slumrat inom henne länge. Känslor hon inte var helt bekväm
med. När hon var tonåring. Så mycket känslosvall inom henne.
Det hade varit jobbigt. Men ändå så fantastiskt, det kunde hon
kosta på sig när hon såg bakåt. Till och med ångesten, sveken,
utanförskapet höljdes för ett ögonblick i ett rosa skimmer. Hon
hade varit levande. En människa som hade allt framför sig. Liv

och framtid var en strålande kombination som gav den unga Vera, trots allt, kraft och energi – trådar från förr som än idag kittlade henne när hon tänkte på det. Och där hade J funnits, i det scenariot, återuppväckt henne från de döda och gjort henne manisk på ett gott sätt. I den meningen hade det funnits en länk mellan honom och hennes förflutna. Första tiden han var på boendet, efter att han personligen knackat på hennes dörr och bjudit upp henne till kvällsmat, var liksom startskottet på en era som nästan gjort om henne, för det var inte bara så att hon återvänt till ungdomen, det gick naturligtvis inte, men kombinationen av det liv som återuppväckts inom henne och alla de erfarenheter hon besatt hade formerat henne stark och livsbejakande. Hon var plötsligt inte alls lika skygg som hon brukade vara, hon gick ut på stan, in i klädesaffärer, provade kläder och njöt av situationen. Inte för att hon köpte så mycket, knappt något alls om hon skulle vara ärlig, hon hade inga pengar att tala om, men det spelade ingen roll, det var känslan, kraften, allt liv i sig hon kände som plötsligt betydde allt för henne. Det var väl som i alla förhållanden, en förälskelse av oanade mått, och sedan hur man skulle få in den känslan i sitt liv som något bestående, var självfallet det knepiga, tänkte hon. Men det gällde samtidigt inte henne. Så långt kunde det inte gå. Absolut inte. Vad det handlade om, var en känsla, inget närmande, eller på annat sätt vad ett par kunde tänkas göra. Det räckte gott att ha honom på håll. Det var vad hon mäktade med. Hur länge varade känslan? Länge. Avtog först efter en dröm hon haft, där hon såg hur han gick hand i hand med en annan kvinna, betydligt yngre än henne, sötare och friskare. Hon hade sett dem när hon gick i allén strax utanför boendet, hur de kom gående mot henne, gått förbi och han hade inte alls lagt märke till henne. Han hade bara haft ögon för den unga kvinnan, och i hans ögon såg Vera var han hörde hemma. Det gjorde inte ont i drömmen, det var bara ett kallt konstaterande, att så var det. Och när hon vaknade kände hon ingenting, absolut ingenting, hon var likgiltig för honom. Allt hade ändrats i ett huj som om det handlade om verklighet framför en dröm. Och när hon steg in i den gemensamma lägenheten, hälsade hon som vanligt på honom, åt sin mat, och slank sedan ner till sig igen. På ett sätt var hon tillbaka på ruta ett. Och just då kändes det bra. Det fick räcka med den korta tid ungdomens storm åter tjutit inom henne, hon var en mogen kvinna nu, sa hon sig, som valt bort kärlek av sådant slag, som mest var en sjuk dröm hon inte ville delta i, en illusion, som plötsligt kunde gå till våld, och därmed väcka allt annat än naiva illusioner till liv. Hon ville gå sin egen väg, vara i sitt eget, och där finna platsen hon kände sig som mest trygg.

Vera lämnade inte lägenheten på över en vecka, kanske mer, trots att vädret inbjöd till promenader. Hon stannade i sin lägenhet, lyssnade på musik, bläddrade i reklambladen, en veckotidning hon hade liggande på nattduksbordet. Sov en hel del. Endast ett och annat besök till det gemensamma, för att äta och ta sig en kopp kaffe. Det fick räcka. Det var lite som att börja om från början. Hon blev mer inåtvänd och skygg igen, tyckte att det var obehagligt med andra människor runt omkring sig. Personalen, däribland J, märkte självklart att hon dragit sig tillbaka. Utan undantag tolkades det negativt. Men för henne var det inte alls negativt. När personalen frågade, svarade hon: jag har det bra, har bara inget behov av andra. Om det var något som var jobbigt under denna tid, var det personalens reaktion, de kunde inte släppa tanken på att hon for illa, hur mycket hon än förnekade det, visst, det hade varit så innan för henne, hon hade farit illa av sin skygghet, och till kanske stor del var det därför hon bodde på Missionens gruppboende, men vad personalen hade så svårt för att förstå, var att hon, Vera, utvecklats, att hon förändrats. En förändring, tänkte Vera, behöver inte nödvändigtvis vara något som liknar hur det har varit innan, utan kan vara en förändring till något bättre. Varje tillstånd, stämning, kan vara destruktivt, tänkte Vera, mörkt och eländigt, men det kan också vara ljust och betydelsefullt – en förändring som ger styrka och livskvalité. Och det var där som personalen inte hängde med.

Visst hon balanserade ibland på en skör lina, och ett stöd hade då kanske varit bra, men i och med att personalen såg på hennes tillstånd som huvudsakligen negativt, fick hon ordna upp saken själv. Och det var det som Vera gjorde. Hon förbannade de så kallat friskas uppdelning i kategorier, i svart eller vitt, förkärleken att se den sköre utifrån det smärtsamt sköra framför det stärkande sköra. Alla har väl behov av att hämta andan då och då. Den som inte fattar det, tänkte Vera är den som förlorar i längden. Och inte var det så länge hon isolerat sig.

Kanske förstod D henne. D förstod henne. De båda sa inget till varandra, men båda två visste vad det handlade om, utsatta som de varit sedan barnsben. Man kunde fråga sig, tänkte Vera, vem som egentligen är sjuk.

Vera tog snart åter bättre hand om sin smärta, eller snarare pendlade hon mellan olika stämningar och tillstånd fram och tillbaka, ibland med en väldig hastighet, ibland var hon kvar i samma känsla ett bra tag. Som livet är.

Hon gick vidare. Och då såg hon också annorlunda på J. Mer sansat, tänkte hon. Hon tyckte rätt bra om honom, sa hon sig, i den mån man kan säga så om en personal. Hon tänkte på en väninna hon haft, eller snarare rumskompis på sjukhuset när hon låg inlagd en längre tid. Väninnan idoliserade personalen. Höjde dessa till skyarna, som om dessa gav de rätta måtten hur man skulle leva och tänka. I synnerhet en manlig skötare som väninnan svärmade för så att Vera mådde illa. Så var det absolut inte för Vera. Trots att hon halkat när det gällde J, det insåg hon. Även om hon haft en dominerande morfar, som haft stort inflytande på henne under uppväxten, ägnade hon inte sig åt sådan underkastelse, eller Gudsdyrkan som vuxen. Där gick gränsen. Hon var gott nog åt sig själv. Skörheten, ängslan och skyggheten handlade inte om det, om hon fick bestämma, tvärtom handlade det om att värna sitt eget.

Och det var det, när hon tänkte efter, hon inte alltid lyckats med. Psykiatrin var en dominant struktur med mycket av gubbarnas makt i sig. En svårslagen fiende, tänkte hon. Där självklart hennes morfar också kunde inräknas.

Och nu: hon saknade både J och D. Kunde ta till sig varför D lämnat livet på eget bevåg. Det var inte så svårt. Kanske inte heller varför J så plötsligt slutat. Missionen, det var något märkligt över den organisationen – Gudfruktiga, eller Djävulsdyrkare, det var frågan, sa hon sig. I vart fall var dessa missionärer mer slavar under ondskan än under godheten, trodde hon. Eller kanske handlade det om okunnigheten, vilket för en människa i hennes sits utan svårighet kunde vara detsamma. Hon förstod sig inte på personalen. Om samordnaren log kunde hon tänka att samordnaren hade något vasst i bakfickan.

Sedan hade Vera alltså vänt sig utåt igen. Inåt och utåt på samma gång. Och det hade varit D:s självbränning som liksom dragit igång henne, ut i världen, utan minsta rädsla, eller: en rädsla som hon hade mer kontroll över – och vad man kunde kalla för livsbejakelsen tog över. Märkligt nog, det Dennis gjort, blev hon djärv av, hans död gjorde henne på ett konstigt vis stark.

Stolt över sig själv som människa.

Hans protest skulle inte vara förgäves, tänkte hon.

Myndigheterna fanns kvar, men hon var inte längre deras gisslan, menade hon.

När hon funderade vidare var D och J de bästa män hon haft i sitt liv. De hade på sitt sätt omedvetet hjälpt henne att balansera bättre. Vera kände sig starkare än hon någonsin gjort. Om man räknade bort ungdomen, vill säga, där allt var möjligt, eller kanske omöjligt när hon tänkte efter.

Bra på att tänka, hade Vera alltid varit – värna sitt eget, var hon bra på nu. Ett samspel som kunde få henne att flytta berg, eller något ditåt.

24

J.

J såg hur Madeleine trippade fram på sina högklackade skor på andra sidan gatan. Det fanns en styrka i hennes sätt att gå och röra sig som tveklöst förstärktes i högklackat. Det var som om marken vibrerade runt henne där hon tog sig fram. När Madeleine var på det humöret ägde hon verkligen det offentliga rummet, tänkte J, oavsett skor. För dagen var hon iklädd svarta nylonstrumpor, en knälång svart kjol, en mörkgrå jumper med hög krage och en midjekort svart nappajacka. Det var få som kunde påverka Madeleine i ena eller andra riktningen. Sett ur ögonblicket hade hon stenkoll på vad hon själv tänkte och tyckte och tog in vad andra sa enbart om det passade den hon för stunden ville vara. Problemet för henne var att hon inte kunde påverka själva grundstämningen, dess varaktighet, tänkte J, växlingen mellan den ena personen inom henne och den andra kom blixtsnabbt. Kunde överfalla Madeleine med full styrka, omöjligt för henne att stå emot.

På ett sätt skiljer hon sig knappast från människan överlag, tänkte J, få om ens någon kan stå emot ett inre känslosvall av det starkare slaget, även om man kanske inte visar något utåt. Det gjorde Madeleine, hon både talade, rörde sig och klädde sig efter grundstämning – att man kunde undra om det var samma människa.

I det kunde man resonera som personalen på Z, att hennes

ombytlighet satte käppar i hjulet för henne. Att ombytligheten pekade på hennes skörhet, hennes (här tog psykologen från handledningen över) jaglöshet, att Madeleine använde sig av, medvetet/omedvetet, ombytligheten som ett skydd, en strategi mot hotande upplösning baserad på hennes vilsenhet inför vem hon var, ville vara, orkade vara, tvingades vara. Man kunde också se Madeleine ur en annan synvinkel, där hon likt en konstnär skapade sig själv med samma känsla för skapandets energi som den store Picasso, tänkte J.

Madeleine ansåg att hon inte hade ett fixt och färdigt jag. I stunder av reflektion kunde hon mena att det gällde alla människor. Att det var en illusion att tro att jaget fanns där som ett slags objektivt fenomen att lägga under lupp och syna för verkligt och beskrivbart – och dessutom över tid.

Jaget var splittrat tänkte hon, bestod av en mängd deljag, vilka i olika omfattning dök upp i situationer man ibland hade koll på, ibland inte.

Och dessa deljag, som i någon mening konkurrerade med varandra, växlade med avseende på ledarrollen. Livet var som ett långlopp, menade Madeleine, där än det ena än det andra deljaget tog täten, dominerade, trängdes tillbaka, och så höll det på fram till den punkt hjärtat stannade.

Man kunde hamna i ett resonemang, menade J, där hinder, sjukdom, onormal- rentav abnormalitet härskade och förminskade Madeleine, hur hon viljelöst for mellan sina grundstämningar, och i varje grundstämnings intensitet, varaktighet etc. var som en slav, omöjligt för henne att bryta sig ur, påverka – eller så kunde man se henne utifrån begrepp som styrka, kraft, möjligheter, friskhet, att omgivningen hade något att lära av henne. Att Madeleine till syvende och sist utgick från det personliga valet, alltid med förändring och ett möjlighetsperspektiv i fokus. Att hon inte alltid lyckades styra var på ett avgörande sätt oväsentligt.

Genom att fokusera på Madeleines möjligheter, styrkan hon

besatt, och stödja henne i det, kunde man kanske, tänkte J, få på köpet en mer insiktsfull hantering av växlingarna, en utökad styrförmåga inom respektive grundstämning och de abrupta övergångarna – och där höll J med Madeleine, detta var något vi alla behöver växa i.

I samma stund J funderade i dessa tankebanor – slank Madeleine in i en tobaksaffär, och J:s inre blick förlorade sig lika hastigt i något helt annat. J stannade vid ett övergångsställe för rödljuset. Han tänkte på Nea. Tänkte på hur hon rörde om i hans inre. Han tänkte på henne ständigt. Även när han sov fanns hon där. Och bilden av henne stod upp för honom så fort han vaknade. Den unga kvinnan hade fort tagit kommando över hans liv. Det var egentligen inget han ville, eller strävade efter. Det fanns en störning i hennes uppenbarelse. Som hon på ett sätt var som ett gift, med avsikt att på sikt utplåna honom. Och mer än en gång hade han funderat över om det inte var bäst att han hastigt bröt upp från staden. Vad hade han att förlora? Vad höll honom kvar? nu när han lämnat Missionen. Han visste inte vad han skulle ägna sig åt. J kände sig så ofantligt trött på alla dessa tillkortakommanden han mött inom LSS. Man fick vara glad över om man stampade på samma ställe, tänkte han, och kände sig alltmer upprörd. Förändring innebar oftast tillbakagång, till förhållanden som enligt J:s förmenande i värsta fall påminde om trettiotalet – avskiljningens era som Sverige deltog i och på sitt sätt bejakades även av den som kallade sig för humanist. Människovän. Pyttsan. Vad hade egentligen förändrats? Om inte annat kunde man skylla på den skrala ekonomin. Sådan orsak upphävde liksom allt av människovärde. Få opponerade sig. Det fanns så mycket att arbeta med när det gällde värdering, förståelse, empati, bemötande, självinsikt, människovärde... och efter Dennis, var J ytterst tveksam om han var kapabel att fortsätta inom samma gebit som han gjort de senaste femton åren. Som han sagt, han trivdes utomordentligt väl med de boende, sällan med personalen. Nästan aldrig med organisationen. Och det gällde självklart Missionen som inte hade mycket koll på vad de sysslade med när det kom till de psykiskt funktionsnedsatta. De levde på sitt goda rykte, utgjorde en viktig faktor i stadens sociala arbete på ett generellt plan. Och i det sammanhanget var översynen av hur Missionen efterlevde lagar och intentioner bristfällig. Enligt J var det få organisationer, gruppboende etc. som levde upp till vad LSS i grunden uttryckte och skapats för. Man släpade efter i såväl tanke- som handlingsmönster.

J gick in på ett café, beställde en stor cappucino, gick ut på uteserveringen och sjönk ned på en stol vid ett bord närmast trottoaren. Så mycket människor... 7 miljarder, hur kunde alla få plats? Vem var han i allt detta? En gubbsjuk jävel som snart borde snegla åt boende 55plus. Tio år dit.

Det gick fort. En fluga surrade kring hans cappucino, J höjde handflatan, men lät den sjunka igen, så lätt att utplåna det som irriterar, tänkte J, och tog en klunk av cappucinon.

Vart han än lade blicken såg han Nea. Hennes leende. Hennes ögon. Fräknarna på kinderna intill den nätta näsan, en näsa som i profil knappt syntes, så liten var den. Neas händer, långsmala fingrar, finputsade långa naglar utan nagellack, hennes sätt att föra kaffekoppen till munnen, läpparna... pussvänliga. Längtan efter att beröra henne och bli berörd tillbaka var intensiv och starkt ihållande för J och gav honom känslor som gjorde honom blyg och återhållsam, men också ett driv mot ett särdeles kraftfullt initiativ från hans sida, rörelser som inte höll tillbaka något. I vart fall inte i teorin. J drack den sista klunken cappucino, reste sig upp, en smula häftigt, slog vänster knä i bordet så att skeden i cappucinoglaset klingade och fick glaset att vibrera mot bordsytan. Han gick därifrån. Stora steg, planlöst, gata för gata. Promenerandet, var som vanligt hans ventil.

J passerade Z, det bara blev så, det var inget medvetet, men kanske ändå på sitt sätt riktat från hans inre. Dennis dök självklart upp i hans medvetande, och det gjorde honom blixtsnabbt sorgsen men också förbannad, en mängd känslor välte oregerligt fram och tillbaka inom honom. I slutändan var det som han upplöstes, som om all bekant struktur rann av honom, han hade svårt att se något sammanhang där han gick, tappade orienteringen. Gatorna – det var som om han gått där för första gången, han kände inte igen något, allt var plötsligt nytt, obekant, som han hamnat i en annan stad, först gjorde det honom orolig, efter ett tag lugnade det sig för honom, även om han inte kände igen sig, var det ganska naturligt, han kände knappast till hela staden, sa han sig. Värre var det att han liksom tappat greppet om sig själv. Vem var han egentligen? Vad var hans plats? Syfte. Ändamål. Alls mening. Som han bytt existens utan bekant innehåll. Kunde uppleva sig som en sten i sitt uttryck – förutom all oro som drabbade honom. Och gjorde honom mänsklig. Och i slutändan kanske förankrad vid något som han vanligtvis rynkade på näsan åt. Mänsklig svaghet, det enda igenkännbara. Få möjligheter till frigörelse.

Hur J kom ur sin desorientering, visste han lika lite som på vilket sätt han hamnat i den, han styrde inte. Det gjorde han kanske aldrig, tänkte han. ... plötsligt var han åter på en känd gata, faktiskt inte alls så långt hemifrån som han trott, och med bestämda steg stod han snart utanför porten till det hus han hade sin lägenhet i.

J steg in genom porten, grävde efter nycklarna i fickan, gick hastigt uppför trapporna, öppnade dörren till sin lägenhet och låg snart utsträckt på sängen och grät. Han hade inte ens fått av sig skorna. Vad fanns det egentligen att glädja sig över, tänkte J och kände tårarna rinna nedför kinderna.

Och livet, varför skulle han alls fortsätta?

Han hade funnit vägen till sin lägenhet, men det var också allt. Han somnade.

Några timmar senare vaknade han. Samma känsla av främlingskap hängde i och vägrade lämna honom. Osäker på allt omkring honom.

Han tänkte på kvinnan han skilt sig från. Var fanns hon nu? Vad var det som gjort att det blivit som det blivit? Han visste inte. Hade han någonsin vetat? Förstått? Kanske var det inte heller intressant. Man måste gå vidare, tänkte han. Vidare. Eller inte, det är frågan...

Så tänkte han på Missionen. Vad hade hänt? Varför arbetade han inte där längre? Nea hade frågat honom, och han hade stått svarslös. Det var så mycket och samtidigt såhär i efterhand lika ointressant som varför han skilt sig. Han hade förträngt det. Om han tänkte efter var det kanske så han alltid gjorde när det handlade om det personliga – det jobbigt personliga. Gav skiten en spark där bak och promenerade vidare. En strategi som således obemärkt spillt över på hans yrkesval och uppdagat för honom en uppluckring av de gränser han innan trott var där.

Kanske var det så att han var helt förlorad. Det var ungefär som upplevelsen av Nea, alla dessa känslor som handlade om att han aldrig känt så förr, aldrig befunnit sig i den stämningen, etc. allting så förbannat nytt! för första gången, som om han inte hade någon historia att falla tillbaka på. Som om han aldrig lärde sig av det som han trots allt upplevt, och någonstans förmodligen lagrade – i vart fall inte det som gav möjligheter, bara det i så fall som var rädsla och hopplöshet, meningslöshet. Mest rädsla. Och då bortom orden. Skräck.

Nea

Nea visste egentligen inte om hon ville besöka fadern. Hon hade svårt för att bestämma sig. Och i så fall om hon skulle fara ut till villan, eller söka upp honom på kontoret? Samtidigt hade hon behov av att prata med honom. Alla frågor hon bar på – eller kanske som J sa: du måste göra det för Dennis skull. Att försöka förstå vad som hade hänt, få ett sammanhang, vad som låg bakom hans ödesdigra beslut, var viktigt för Nea. I slutändan dock mer för hennes egen skull, måste hon tillstå. Men tanken på ett möte med fadern skrämde henne, fadern och hon hade kommit så långt ifrån varandra. Och Gud vet vad som skulle komma fram ur ett sådant möte.

Även om de varje gång de träffats visat glädje över att se varandra, avslutades deras möten ofta uppslitande, det kunde sällan hålla sams speciellt länge. Nea visste att det var hon som växt ifrån honom, han som stannat kvar på samma plats, och det kunde ingen av dem fördra. Skuld, sorg, ilska, frustration, känslorna var många, intensiva och starka. Att möta fadern, Nea skälvde, senast de träffades hade hon skrikit åt honom att nu fick det vara nog, bättre att inte ha en pappa alls, sa hon till honom, än en sådan som inte förstod någonting, som vägrade förstå att hon sökte något annat än han och hans kyrka kunde erbjuda. Hon, för sin del, hade lämnat barnatron bakom sig, han levde kvar i sin, sa hon till honom på ett så där spydigt sätt, där fadern inte kunde undgå att ta till sig att hon fann honom naiv och rent av dum, trots sina 45 år. Det kanske mest tragiska i sammanhanget var att hon och fadern inte kommit någonstans under alla dessa år, samma konflikt sedan tonåren, samma argument, utgångspunkt, det var som om deras relation frusit fast sedan tiden med Nadja. Och det var inte bara tragiskt, tänkte Nea, utan sjukt, ibland kunde hon få för sig att hon höll på att bli galen, att det enda som fanns kvar, som återstod, var det mörker hennes moder levde under. Om Nea såg på sig själv, vad hade egentligen hänt med henne under alla dessa år, inte heller hon hade utvecklats på det sätt hon menade inför fadern att hon gjort – tanken däråt var skrämmande. Hon slets fortfarande mellan en Gudstro, ett fritt sökande på egna villkor och ett fall ner i tomhet. Som en slags smygande upplösning, hon rös av bara tanken – utan chans till återvändo.

Nea tänkte på sin mor. Ville hon träffa henne? Helst inte. Hennes vilsna mamma som inte hade det minsta aning om vad hon gjorde här i världen. Så fort de sågs drogs Nea liksom ned till moderns nivå och allt blev kaos och ångest även för henne, och efteråt var Nea så energitömd, att det tog flera dagar att bli sig själv igen. Man kunde nästan tala om ett fritt fall.

Varför var hon ur stånd att på allvar gå vidare?

Mötena med föräldrarna fick henne att tänka att hon aldrig skulle växa upp, riktigt känna sig vuxen, mogen och säker i sina livsval och uttryck. Att hon var som Sisyfos, samma sten som hon med möda rullade upp på höjden för att snart se hur stenen obarmhärtigt rullade ner till bergets fot igen. Samma visa, år ut och år in.

Men samtala med fadern behövde likväl Nea. Hon måste försöka få ur honom vad han tänkte om Dennis död, vad Missionen som organisation och på individnivå kunde göra för att det inte skulle upprepas. En slags förebyggande handlingsplan för att minska risken för ytterligare självmord.

Hon måste också ta reda på varför ingen representant från Missionen, förutom den gamle Z chefen, närvarat vid begravningen. Nea funderade fram och tillbaka, beslöt sig för att ringa fadern, och föreslå att man träffades på kontoret.

Men så ville inte alls direktorn ha det. Han sa att han var glad att Nea hörde av sig, att han saknade henne, men att han tyckte det var fel att man skulle träffas på kontoret. Sedan D:s död var det inte sig likt där, sa han, det fanns sot kvar i taket, många som bar på ouppklarade känslor, speciellt Siv, som trots allt jobbade på så gott hon kunde. Det ville han bespara henne. Så därför, sa han, hoppades han att Nea ville komma ut till villan nästkommande lördag. Först i sista hand nämnde direktorn hustrun. Han sa, att han var övertygad om att hon också längtade efter Nea, att man kunde försöka ha det lika trivsamt som förr om åren (vad han nu menade med det, tänkte Nea), äta en god middag och samtala i vanlig samtalston, att det var så han önskade. Att Nea skulle veta att villan fanns för henne också. Att hennes rum hon hade därute inväntade hennes hemkomst. Nea lyssnade, sa inte så mycket, hummade mest med, men lovade fadern att hon skulle komma ut till villan på lördagen. Också ringde man av.

Nea sa inget till fadern om allt hon bar på, alla frågor hon behövde ställa, det ville hon inte konfrontera fadern med över mobilen, som ett sätt att förbereda honom på hennes funderingar, nej, han skulle få frågorna rakt över bordet, just så kunde hon se om han verkligen tänkt över situationen, om han hade en plan i bakfickan. Eller om han lunkade på som alltid, hänvisade till Gud och sedan liksom, var det bra med den saken.

Det var väl kanske inte riktigt rättvist, visst hade hennes pappa varit ett bra stöd för många vilsna själar genom åren, men nu gällde det Dennis självmord, och det var annorlunda, tänkte hon, kanske framförallt då det borde innefatta en stor dos självkritik, funderingar över vad man kunde göra bättre, och det, sa Nea sig, var en direktors uppgift. Och säkert Guds åsikt också, om han nu fanns någonstans i det perifera.

Som J sagt: D:s sätt att ta livet av sig var som en revolutionär handling vars orsak man behövde fundera igenom noga.

Det tog Nea till sig. Även om hon i sitt inre tillade: desperat.

Lördag

Medvetet undvek Nea J under veckan. Man hade talat med varandra i telefon vid ett tillfälle, J hade föreslagit en träff, men Nea hade velat skjuta på det och därför kört en vit lögn att hon var upptagen med både jobb och en resttenta. Nea bar på ett ständigt tvivel vad hon skulle ha J till. Om han alls passade in i hennes liv – annat än till hennes behov att förstå vad som hänt. Hon sa, att hon skulle besöka föräldrarna över helgen och lovade att ringa honom nästkommande vecka. Hon ville inte inveckla sig i något som hon sedan fick problem med att tråckla sig ur. Hon var inte där att hon önskade en relation som gick på djupet och som innebar uppoffringar. Det trodde hon att J ville. Vad hon förstod hade han levt ensam under en längre tid, och, sa hon sig, var han säkert mogen att inleda något nytt. Osäkerheten handlade också om att J väckte en hel del känslor till liv inom henne, och om hon träffade honom mer frekvent, i synnerhet så skör hon var nu, var hon rädd för att hon skulle hamna i en sits där hon valde att fördjupa deras relation utan att hon var säker på att det var det hon ville. Det var så lätt att ge efter för känslor, lätt att liksom förlora sig själv, tänkte hon, och det var varken bra för henne eller relationer i allmänhet för den delen – därför var det viktigt med distans, perspektiv med möjlig god sikt, sa hon sig. Bra att upprepa dessa tankegångar flera gånger, som ett slags mantra mot all rädsla hon bar på. Skräck. Osäkerhet. Skörhet.

Nea såg ut genom bussfönstret och möttes av det typiska bohuslänska landskapet som bredde ut sig framför hennes blick, snart var det allt längre mellan husen – synen av hagarna, ljungen enarna, klipphällarna och sedan havet. Färden till föräldrarnas villa kunde ses som en reducering, tänkte Nea, det allt ödsligare landskapet i kombination med att hon lämnade den del av sig själv bakom sig som paradoxalt nog handlade om relationen till föräldrarna. En vacker om än lite sorgsen tanke att mötet med föräldrarna skulle bli som att ses för första gången. Fritt från allt det svåra. Men när bussen stannade vid ändhållplatsen, Nea klev ur och gick den sista biten fram till villan, hann relationen med föräldrarna, hur den varit genom åren, ikapp henne, och när hon öppnade grinden, drabbades hon av plötslig panik och kände en stark dragning att vända om, springa från platsen, och åka in till staden igen. Nea fick verkligen stålsätta sig mot den känslan, en stark känsla som när dörren öppnades och moderns välbekanta ansikte framträdde, försvann med ens.

*

Hemma i sin lägenhet vankade J oroligt av och an. Han visste inte hur han på bästa sätt skulle hantera sina känslor. Koppla av kunde han inte. Och gå ut på promenad kändes meningslöst. Nea var hos föräldrarna denna helg. Han hoppades att hon fick möjlighet till ett bra samtal med fadern. Likt henne ville han söka förklaring till varför. Att Dennis tagit livet av sig hade kommit som en chock. Han anklagade sig själv för att han så markant missat hans mående. J som gärna slog sig för bröstet och ansåg att han både såg och visste vad som skulle till när det kom till förändring, ja till stöd, som gagnade den boende. J ansåg att han hade ett gott sinne att läsa av och identifiera stämningar, lyssna av rätt nivå, och, vilket var det viktigaste, finna öppnande lösningar i samspel med den person han gav sitt stöd till.

Ibland, eller ofta tvärsemot sina kollegors syn – ja, han fick stödja på sitt eget sätt, många gånger som en parallell process, när det fanns möjlighet till ensamarbete. Ensam i sitt arbete gjorde honom lyrisk i tanken, och ensam var han ofta, icke minst genom alla besparingar som ständigt var på tapeten inom socialt arbete – ensamarbetet hade den fördelen att J kunde skapa ett gott möte utan alltför mycket asymmetri, menade han. Ett möte i samspel, interaktion, syfte: empowerment. Att som stödjare ha som mål att bli arbetslös i slutändan.

Även upplevelsen av den utfrysning från personalens sida han känt så starkt sista tiden på Z, hade den fördelen: ensamarbetet: det personliga stödet, via det personliga mötet. På så jämlika villkor som möjligt.

Att personalgruppen hade ett gemensamt förhållningssätt var av betydelse om all personal syftade till egenliv för den boende. Som J många gånger varit med om, brast det ofta, personalen hamnade i sina egna värderingar som måttstock för ett gott liv – normaliseringsfacket där individen så lätt drunknade om han/hon avvek från det gängse, såsom det varit för D.

Det fanns andra synsätt som exempelvis handlade om manipulationsstrategi, där ett gemensamt förhållningssätt, trots brister, möjligt kunde användas i ett kortare scenario, för att så att säga lyfta individen utanför den manipulativa sfär som självklart kunde vara destruktiv och självförgörande för den som använde dylik strategi – om än ett gott försvar för stunden.

Men då var det något som användes i ett bestämt syfte, men som samtidigt innebar, tänkte J, likt överlag inom det sociala arbetet, att man som personal vid varje tillfälle måste ställa sig frågan, bör jag hålla fast vid förhållningssättet eller tänka annorlunda. Det centrala, menade J, var alltid empowerment. När det kom till D hade alla fallerat. Den enda lösningen man haft att erbjuda honom var att D skulle skickas till ett boende där han reducerades som människa i högre grad än vad gruppboende Z åsyftade – lösning: kontroll. Låst avdelning. Kontroll. Fokus på det sjuka, hinder, funktionsnedsättning. Kontroll. J kände en oerhörd skuld över att han inte stått upp bättre för D, han visste varthän det barkade, han hade talat på möten: arbetsplatsträffar, handledning, utan resultat. J ansåg att han kunde ha gjort mer. Och det gjorde honom förtvivlad.

Det var som att han levt i en bedrövlig självöverskattning, en illusion över sin egen förträffliga förmåga. Han hade inget mer att ge inom socialt arbete. Som människa, det visste han inte. Nea, J kände äckel i stunden, han sög sig liksom fast vid henne som en blodigel, föll han av, eller blev bortpetad, hamnade han snart i rännstenen, i leran där han easily kunde trampas ihjäl. Självbevarelsedrift? Ingalunda! Han var en loser. Rakt igenom.

*

Det var inte ofta Nea besökte föräldrarna. Flytten till den nya villan hade inte varit hennes, och så skulle det naturligtvis vara, hon var 25 år, i augusti 26, hon levde sitt eget liv. Men det var ändå tragiskt, hon hade aldrig stått så långt ifrån föräldrarna, det var nästan som de var främlingar för varandra, någonstans en gemensam historia, men i huvudsak formerat som en mängd minnen utan någon som helst ordning eller substans, mest kaos var det, det var hjärnans strävan efter helhet som fyllde i och gav hennes bakgrund viss begriplighet. Visst bodde föräldrarna fint, ett hus vid havet som hennes pappa alltid önskat sig, men villan var för stor, rummen för många, gav ett ödsligt intryck, och gjorde att hennes mamma blev än mer vilsen. För sitt inre såg Nea hur mamman irrade kring i rummen utan att egentligen hitta rätt, modern var dessutom för det mesta ensam i villan, pappan, direktor för Missionen, hade som vanligt oerhört mycket att göra, tog också på sig alldeles för mycket, som han alltid gjort – som om allt vilade på hans axlar, avhängigt hans finger i varje insats. Direktorn var urdålig på att delegera, tänkte Nea. Som barn mindes hon att han sällan varit närvarande, och när han kom hem såg han alltid så trött ut, bräcklig, på något konstigt vis. Nea mindes att hon haft mardrömmar om att han låg död i sängen på morgonen när hon steg upp. Skräcken för

261

att han skulle dö gjorde att hon höll sig på avstånd när han väl kom hem, hon ville inte störa honom, tänkte att bara hon gick fram till honom skulle han gå sönder, som den glasskulptur hon en gång tappade i golvet, omöjlig att lappa samman. Förstärkt av vad mamman sa: du måste låta pappa vila – höll hon sig på avstånd. Ibland, på lördagen, fanns han där, tog Nea i sitt knä och berättade historier, han menade var fullständigt sanna, berättelser om Gud och Jesus. Om allt det mörka som följde av de avtryck människan satte på sin väg genom livet. Berättelser som avsåg fostra, vara uppbyggliga, dana en god, troende människa. Hon fick lova att läsa aftonbönen varje kväll, fadern betonade att det var lika viktigt som att äta och dricka – att Nea annars skulle bli straffad och få ett kort, olyckligt liv om hon valde bort sin bön på kvällen och, som han sa, på sitt typiskt högtravande sätt, när det kom till Gud: inte åkallade Herrens välsignelse.

Gud var fruktan och lydnad, knappast ett kramdjur för glädje och kärlek.

Det var ett fint område föräldrarna slagit sig ner i. Ett antal fristående villor, glest belägna, den vackra naturen som tog över, desto närmre havet man kom, ungefär som att lägga av sig plagg för plagg och bli det Noas barn alla innerst inne kanske var – det kunde inte vara billigt, hur hade man egentligen råd med det? Det begrep hon inte. Nea visste, när det gällde hennes egen lägenhet, att fadern haft ett finger med i spelet, att hyresvärden, fastighetsägaren var densamma som ägde och gav reducerad hyra till flera av de hus Missionen huserade i. Hon hade blundat för det. Men visst måste det ha varit den kontakten som gav henne lägenheten. Bostadsbristen var alarmerande hög i staden. Många i hennes egen ålder flyttade omkring via korta andrahandskontrakt, inneboende i någons källare, om man alls kunde flytta hemifrån.

Det var hennes mamma som öppnade, det visste hon, familjen hade sitt givna mönster. Först stirrade modern på Nea, för ett ögonblick som om modern inte riktigt kände igen sin dotter. Nea sa: Hej mamma, nu är jag här. Mamman drog en aning på munnen, men sa inget, höll avståndet, som hon brukade göra. Mamman hade alltid haft svårt för att visa känslor, svårt att ta dottern i sin famn, även när Nea var liten, höll modern distansen. Nea minns att hon kunde sakna beröringen, längtade ibland så att det gjorde ont inom henne att få krypa upp i moderns knä. Bara sitta där och andas tillsammans och känna moderns hjärta intill sin kropp, sitt öra. Men det fick hon sällan. Inte heller av pappan, som alltid var så trött. Han gav mest en klapp på kinden. Hennes mormor var däremot kramgo. När mormodern kom på besök, tog hon genast Nea i sin famn, och var morfar med svingade han henne högt upp i skyn. Det var härligt men också skrämmande. Det sistnämnda kanske mest för att hon såg hur obekväm hennes föräldrar blev av situationen.

Men sedan dog hennes morfar, och hennes mormor sjönk in i något som hon idag visste var demens, och det blev aldrig sig likt igen.

Varken hennes farmor eller farfar hade hon fått uppleva, de var båda döda när Nea föddes. Inga berättelser om hennes farmor hade nått Neas öron. Inte ens en enkel beskrivning. Hennes farfar däremot, sa fadern, var dominant och väldigt sträng. En Guds man av den gamla skolan. Det var väl i stort sett allt hon visste.

Du hittade hit sa modern. Bitter som alltid. Kanske ironisk, tänkte Nea.

Och det irriterade dottern, varpå hon svarade: snälla mamma, inte ska vi väl hålla den tonen från första stund, då kan jag lika gärna gå igen.

Förlåt, mumlade modern, jag är inte mig själv...

Det är du aldrig, tänkte Nea, men hon sa, du går härute för mycket mamma, du borde ha något att göra, kanske en kurs inne i stan där du kunde träffa andra – skingra tankarna.

I samma stund kom hennes pappa gående mot henne från

den del av huset där han hade sitt eget rum, kontoret, han följde också sitt givna mönster.

Han log, gick fram till Nea och sa, välkommen, vad glad jag är att du kom, också klappade han Nea tafatt på axeln, bak ryggen. Nea log.

Kom, sa han, innan Nea han säga något, vi går ut på altanen. Mamma kommer med kall dricka, tillade han och vinkade åt hustruns håll, utan att se på henne.

Var det lätt att ta sig hit, sa fadern på vägen mot altanen, det brukar inte vara några problem, även om jag själv kör bil har jag förstått att kollektivtrafiken i allmänhet sköter sig.

Det är lätt, pappa, svarade Nea, som följde fadern tätt i hälarna, och tillade, det är ju inte precis första gången jag är här.

Självklart inte, men på sommaren drar man in en del turer, har jag hört, för semestrarnas skull.

Man gick ut på altanen. Utsikten var verkligen storslagen. Underbart, sa Nea och satte sig ned på en plaststol, klädd med ett blåvitt blommigt mönster, i form av en kudde som täckte såväl sits som den långa ryggen på stolen. Här har ni det bra, sa hon.

Och i samma stund kom modern med en bringare fylld med äppeljuice, en dryck föräldrarna visste att Nea tyckte om.

Modern hällde upp dricka till dem alla, och pappan sa, ja, vi trivs verkligen här ute, villan är en oas från allt det hektiska.

Det är väl egentligen bara du som fattas, sa han.

Nea ignorerade det sista fadern sa, det där hade hon hört till leda, och sådan kommentar gjorde henne alltid lika frustrerad, att han inte kunde släppa taget om henne. Hon sa: det är väl mest du pappa som har det hektiskt, jag sa just till mamma att hon borde ha något att göra – för att något ska vara bra, behöver man omväxling.

Har ni redan hunnit prata på djupet, sa direktorn, och såg på Nea med såväl undran i blicken som med ett spår av överlägsenhet, tyckte Nea.

Vi är aldrig ytliga svarade Nea.

Nej, aldrig, sa mamman, kanhända glad över att kunna välja sida.

Fadern såg ut över havet. Jag tänker att det här är den bästa platsen för Herrens tecken, sa han.

Har han något på gång, sa Nea.

Ja, har han något på gång, upprepade modern.

Nea visste inte om modern var sarkastisk eller inte.

Gud har alltid något på gång, sa direktorn. Alltid.

Är du klar med dina tentor, sa han efter en stund och såg på Nea.

Ja, och det är skönt, nu har jag paus.

Ska du jobba i sommar något.

Jag jobbar ju på Z, visste du inte det.

Jo, kanske, sa han, efter allt, är jag väl aningen disträ och glömsk.

Trivs du, inflikade plötsligt modern.

Både ja och nej, svarade Nea. Med de boende går det bra, men med personalen, jag vet inte, efter det här med Dennis, det är något tungt som lagt sig över boendet.

Jag förstår, sa direktorn. Det är svårt för oss alla. Men nu är det ju semestertid och det behöver vi alla.

Jag vet inte, sa Nea, om det är semester som behövs, snarare uppgörelse, hur, kunde detta ske!

Pappa har gått på semester, sa modern.

Ja, jag är på Missionen ibland, det finns en del att fundera över, som du säger, men jag är mer hemma nu än jag brukar.

Ja, sa modern. Nu är du mer hemma, än du brukar.

Modern reste sig upp. Nu går jag och sätter på potatisen, du är väl hungrig, sa hon och vände sig till dottern.

Ja, det ska bli gott med mat mamma, din goa mat, den kan jag sakna.

Modern log.

Du får komma hem oftare, sa pappan. Vi ser dig så lite.

Ja, vi ser dig så lite, sa modern, vände sig om och gick iväg.

*

J tänker på Nea. J muttrar att han inte tror på kärleken. Det är fortplantningen som styr attraktionen. Njutningen är dörröppnaren, jämte bästa kapet. J tänker på Nea. Och vad styr fortplantningen: överlevnadsinstinkten. Så vad ska han då med Nea till? Det vet han inte. Är han en njutningsmänniska? Knappast. Fortplantning? Absolut inte. Så vad... det vet han inte, kärleken... det går inte att förklara, det är allt det andra som går att förklara, det som surrar runt omkring och distraherar, koketterar, aldrig kärnan – vad Dennis gjorde var att känna sin överflödighet. Låsta rum. Han vankande upp och ned i en trappa utan att en enda dörr öppnade sig för honom. Det som driver J till Nea, är en dörr på glänt. Kugghjul som hakar i varandra för ett ögonblick. J tror alltså inte på kärleken, men när väl Nea visar sig dras han till hennes energi, viljelöst som en marionettdocka – stängs dörren, säger han: vad var det jag sa, och en dag gör J kanske som D, om än inte så brutalt. Eller så är J för feg och väntar tills olyckan, sjukdomen, långvården är framme och hugger honom, som fisken, masken, dold i kroken.

D trodde inte heller på kärleken, men väl på rätten att få vara den man är, tänker J, eller den man ständigt bliver, och bli respekterad för det. Det blev han aldrig. Tvärtom, det blev värre med tiden.

D sa att i den mening kärlek eventuellt dök upp var det känslan som kom till honom när han satt och slumrade i plaststolen på gården med en cigg i mungipan och himlen fritt svävande ovan honom.

Samhörighet – struntprat, som översten sa och putsade sitt vapen. Man får bli hedonist, tillfredsställa sig med ny mobil, en fylla då och då. Ett nytt kök. Även läsningen, för njutningens skull. Runka som besatt.

Kärlek: respekt, empati, se varandra – det är omöjligt, tänker J. I långa loppet alldeles omöjligt, den institutionella egoismen tar över och utplånar sig själv som allt annat.

Alltså, tänker J, är det kört från första stund, och ändå får man handla som om det inte alls är så. Och det är i det som Nea, för ett ögonblick har öppningen i sin hand att göra det lättare för honom – som längtan liksom blir omöjlig att distansera sig från. J tänker på Nea.

*

Nea sa: det måste till en uppgörelse, en rannsakan av det egna förhållningssättet, men också organisationens.

Du menar Missionen, sa fadern och såg skarpt på dottern.

Missionen, vad annars, ska det vara på den nivån kan vi lika gärna tiga, och låta maten tysta mun – som du sa när jag var liten.

Direktorn öppnade sin mun för att säga något, men Nea förekom honom. Då, när jag var liten, skulle jag helst vara som en docka, söt och leende, eller allvarlig, allt efter vad du gav för signaler, eller anvisningar, säga tack så mycket för maten, niga, och inte gå från bordet förrän alla ätit klart. Efter middagen, var du på språng igen, till kyrkan, något boende för hemlösa, möte med kommunen, myndigheter och företag för att tigga mer pengar... eller vad du nu sysslade med, och mamma och jag, vi satt hemma alla ensamma kvällar, och jag gick och la mig tidigt, mamma drack vin och ... ja vet pappa, så illa du for, Nea tittade på modern som tittade bort.

Jag tyckte du sa, sa direktorn, att det var organisationen som behövde en uppgörelse, här låter det mer som oss...

Det är väl en dörröppnare... jag menar, tänker man i de termer som jag gör är det lätt att halka in på oss. Där finns det mycket att rota i. Och det kanske behövs, eller så är det försent, jag ville bara säga att jag alltid haft så få tillfällen att tala fritt ur mitt inre. Som liten blev det aldrig, inte heller som tonåring, och nu, din sarkasm pappa – man kunde tro att du helst inte vill att jag ska prata alls. Man åt under tystnad. Kotlett, potatis, brunsås, sallad och svartvinbärsgelé. Modern drack vin, fadern mjölk och Nea vatten. Var och en i sin värld, tänkte Nea, hur väl valet av dryck symboliserar det.

Det var fadern som tog till orda.

Missionen, sa han, det finns självklart en hel del att tänka igenom. Samtidigt ska man vara medveten om att vi gör så gott vi kan, det är sköra människor vi har att hantera, och ibland kallar Herren hem någon av oss, på ett sätt som vi har svårt att förlika oss med. D var inte den förste som tog sitt liv, om än inte lika brutalt, har det funnits fler, jag tänker på flyktingpojken som jag satt och höll i handen, pojken från Aleppo, med all världens lidande i sin blick, senare hoppade han ut genom fönstret, nog så brutalt, när man tänker efter. Det han bar på, var för svårt för honom att bära, kanske för vem som helst i samma situation, han fann ingen annan utväg, och där kan vi bli bättre, jag menar på att stödja, läsa av och finnas, skapa smidigare regler för den som kommer hit, förstå traumat flyktingen befinner sig i, men det kan aldrig bli något säkert, inte på det sättet, som du tänker.

För Dennis var det en protest, sa Nea, vårt sätt att stödja honom var inte det bästa. Det finns personal på boendet som antyder att de gjorde för lite, eller snarare, handlade på fel sätt, du vet, han var på god väg att flytta till ett boende för dementa, mer psykotiska än honom, äldre, gamlingar, hopplösa fall, som man säger, sådana man anser att man inte kan göra annat för än att hålla koll på dygnet om.

Lösningar som borde vara förpassade till historiens bakgård.

Jag vet inte om... direktorn vände sig mot sin hustru, om vi kan tala så här öppet om detta – det intresserar kanske inte heller alla kring bordet.

Varför pappa, kan du inte bli personlig för en gångs skull, nämn mamma vid namn, inte som någon du hänvisar till som hon vore utanför familjen, sa Nea.

Jag är van, sa Neas mamma med en plötslig syrlig underton.

Jag har varit luft så länge jag kan minnas, en passopp, en tjänarinna, svårt att veta vad man ska ha till, förutom när det gäller hemmets skötsel och någon gång arm i arm till kyrkan – om jag var presentabel nog, vill säga.

Du överdriver, svarade direktorn, och det har du gjort så länge jag kan minnas.

Att inte ni båda skilt er, för länge sedan, det är för mig en gåta, sa Nea.

Båda två, var för sig, hade ni säkert mått mycket bättre, i alla fall haft en chans därtill, nu är det mest ett ... ja, inte vet jag, så speciellt förnuftigt är det inte, och kärleksfullt... knappast.

Varför gifte ni er?

Vi var kära? sa direktorn.

Inte i varandra i alla fall, sa Nea, mer elakt än hon avsett.

Nej, sa mamman, det har du nog rätt i.

Nu är ni inte rättvisa, sa direktorn

Jag tror ni var kära i situationen, möjligheten att bilda familj, bli respektabla, som andra. Men inte i varandra. Var det så svårt att finna någon ni kunde vara sanna med?

Jag var förblindad, det erkänner jag, sa modern, men jag tyckte han var stilig på den tiden. Och han, sa hon och tittade hastigt på maken, nä, där har du nog rätt, det var nog hans pappa, han var så auktoritär, krävde att han rättade in sig i ledet, sa, att sonen sprang omkring som en vilsen skata. Modern vände blicken mot dottern, drack en klunk av vinet, fortsatte, det var så den gamle prästen sa, det hörde jag, fast ingen av dem visste om att jag stod i andra rummet och lyssnade på deras samtal. Jag ljuger inte. Ta dig samman, det kräver Herren, sa fadern. Och sonen löd, det enda rebelliska han gjorde, var att gå till Missionen, när det gällde val av kvinna, rättade han in sig i ledet, lade huvudet under armen, lovade mig guld och gröna skogar... Ja, och sedan dröjde det inte länge förrän du kom.

Hustrun såg åter hastigt på maken, vek sedan av med blicken, lade den ingenstans.

Direktorn sa. Kanske jag med tiden fått drag av pappa, jag inte önskar mig. Du får se själv Nea, när du blir äldre hur du blir. Han suckade. Jag minns dock, hur vi gick hand i hand i Slottsskogen, du och jag, sa han och såg på hustrun. Var på bio. Restaurang. En och annan kyss i mörka gränder. Så var det, sa modern. Men...

Tystnad.

Pappa tyckte om dig, sa maken, efter en stund.

Det undrar jag, sa hustrun. Det var väl snarare bristen på alternativ. Du var ganska egen av dig, om jag minns rätt.

Dessutom dog han ju strax efter vi gift oss, så vad har du för rätt att kritisera honom? fortsatte direktorn, trummade med fingrarna på köksbordet och gjorde en ansats att resa sig upp.

Och så slog vi igen den boken, sa hustrun, som vi alltid gjort, såg bort mot det stora fönstret som vette mot altanen, havet.

Alla teg.

Det här var gott, mamma, sa Nea och vände sig mot modern. Förlåt mig, tillade hon, att det skulle bli sådant här prat, det var inte min tanke, bara det om Missionen, där finns det mycket att tänka över – fundera vad man kan göra bättre, menar jag.

Man reste sig från matbordet.

Modern sa, det gjorde inget, det hänger samman på något vis. Vi är gifta, för att en direktor vid Missionen omöjligt kan skilja sig. Han måste visa upp en snygg, välordnad och lyckad fasad...

Direktorn såg på sin hustru, endast hans blick visade vad han tänkte, han sa: du kan gå idag om du trivs så illa.

Hustrun såg åter bort.

Vi tar glass och kaffe på altanen, sa han och lämnade därefter köket med bister uppsyn.

Jag hjälper dig mamma med disken, sa Nea.

Man började plocka av. Efter en stund frågade Nea: Hur har du det egentligen mamma? Jag tänker på dig ofta ska du veta. Kanske kunde du åka med pappa in till stan så kunde vi ta en fika, shoppa, eller gå på konsthallen? Det vore väl trevligt. Det var längesedan, bara du och jag, mamma. Nea sökte mammans blick. Mamman som plötsligt började gråta. Hon satte sig ner på en stol vid matbordet och grät, det forsade ur henne, och Nea, blev bestört hon med, kunde så väl känna moderns smärta och vilsenhet, den hade hon upplevt så många gånger förr, som liten hade hon skuldbelagt sig, nu visste hon att det inte handlade om henne utan om mammans eget liv. Nea tänkte att modern visste att det Nea sagt var dagens sanning, hon borde, och det för längesedan, men hon hade aldrig riktigt vågat ta steget, varken i det lilla eller det stora, inte vetat vart hon skulle ta vägen, hur hon skulle gå tillväga, rädd för att kasta sig ut i det okända, och det smärtade säkert ofantligt inom modern, trodde Nea. Moderns liv, ja, som nu i villan, bara hon själv i alla dessa rum, och det mörka, hotfulla havet i bakgrunden som modern kunde berätta om när hon var på det humöret.

Det är inte försent mamma, sa Nea. Du har inte fyllt fyrtiosju än. Du har många år framför dig. Om du vill kan jag hjälpa dig. Vi kan gå och fika varje dag, sa Nea, böjde sig ner över modern och kramade henne. Modern torkade sina tårar, besvarade tafatt kramen, plötsligt tänkte hon på sin dotter som en ängel, en ängel som öppnade en dörr för henne och för ett ögonblick såg hon framför sig ett helt annat liv än det hon levde.

Så reste hon sig. Log hastigt mot dottern. Vi får diska klart, sa hon, pappa väntar på glassen.

*

Samordnaren satt redan från dag ett framför J och sa till honom att man var som en stor familj, att det fanns en ömsesidig respekt som på boendet överskred den osynliga linje som trots allt måste finnas, och som utgjorde själva grunden för Z. J hade svarat samordnaren att så länge den osynliga linje hon talade om höll sig i bakgrunden och endast drogs fram när medvetandegörandet av förlegade idéer var av vikt, eller om man möjligtvis måste gränsa i stunden, kunde man hålla fast vid respekten, samordnaren sa, att det fanns tillfällen då personalen måste vara personal, J replikerade, att det var färre tillfällen än man kunde tro som hade den egenskapen. När J drog sig till minnes konversationen, kom han ihåg att det under samtalets gång uppstått en liten men tydlig skiftning i samordnarens ansikte. Då verkade det inte betydelsefullt, men nu, insåg J, att han i det ögonblicket fått en varning om vad som komma skulle. Det fanns en maktordning och ett synsätt som verkade i det fördolda. Som kanske gavs sitt tydligaste uttryck i hanteringen av D. Varför anmälde han inte boendet för de missförhållanden han upplevde med D? Det fanns ju lagar att tillgå. Han var som en blind utan käpp, tänkte han och det var värre än man kunde tro.

*

Nea och fadern. Där satt man tillsammans på altanen och såg ut över havet och tystnaden. En ensam gråtrut iakttog dem från en intilliggande berghäll. Lyfte plötsligt och seglade ut över landskapet. Direktorn följde dess bana över himlen.

Modern hade dragit sig tillbaka. Nea hade kramat henne, men inte fått så mycket tillbaka. Påmint modern om att de måste träffas kommande vecka i staden, gå på café och äta princessbakelse. Modern hade nickat, sett på Nea med sina sorgsna, vilsna ögon, och sagt godnatt.

Det var kanske först nu Nea hade styrka nog att tänka på sin familj som dysfunktionell. Fadern hade gömt sig bakom sin Gud, och modern, för modern fanns det ingen strategi, hon var bara vilsen, helt igenom vilsen. Överlevnad, dag för dag.

Vem var då Nea i allt detta?

Att hon var präglad var självklart en truism hon trots allt inte kunde förneka – på vad sätt, intressantare, men också svårt att svara på. Det fanns så många nivåer, dessutom, vem var hon att analysera sig själv? träda ur sig själv och se på sig själv utifrån. Vilka har en sådan förmåga, tänkte hon, förutom möjligtvis buddhisterna. Allt var färgat av det man upplevt, och utan upplevelser, var hon ett ingenting, svävande i ett hav av möjligheter som det aldrig blir något av, stört omöjliga att fånga.

Och när hon väl blivit någon kunde hon då bli någon annan, ens i tanken? Möjligt ett slags backspegeltänkande, tendens till analys av barndomen, nja, om det verkligen var möjligt, kunde man fråga sig, annat än som ett barns önskan om ett annat liv, med andra föräldrar, som satsade allt på kärleken.

Visste hon ens vem hon var som barn?

Vad hon önskade? Tänkte? Kände?

Hur hon upplevde världen och sig själv?

Kunde hon verkligen få en slags rätsida på: det var såhär det var, det ledde fram till det och det, såhär kan jag hantera det – om det nu verkligen är det som är önskvärt.

J hade nämnt promenaden som ett gott sätt att få distans, kanske var det så, eller så var det en illusion?

Vem var hon? Kanhända bar hon i första hand på samma vilsenhet som modern – en hel del ångest över oförmågan att finna en väg som kändes bra. Gud. Nej. Metafysik. Ja, kanske. Universell sanning. Nej, knappast. Var och en sin lyckas smed. Inte enbart. Det går inte att lägga allt på individen, där kunde hon hålla med fadern. Man måste lyfta fram mellanmänskliga strukturer, samhällsstrukturer, vad som inom forskningen beskrevs för meso nivå – man måste tala om bemötandets roll, var utgångspunkten tar sats ifrån, grundvärderingar, diskutera och lyfta fram klass, miljö, subkultur etc. förutsättningar och möjligheter för alla att forma ett gott liv. Det där är problematiskt, kunde hon tänka, det är lätt att halka fel, men ändå, om människor som D ska ges möjligheter att leva ett bra liv, måste man vidga vad som är ok, och samtidigt skapa strukturer som ser till att oavsett härkomst, stadsdel, livsval etc, måste vägen vara lika möjligt framkomlig. Man måste arbeta på flera plan, tänkte Nea, för att kunna befästa ett gott medborgarskap för alla. Men var fanns hon i allt detta, det visste hon inte. Hur kunde hon infoga sig själv i det som var förhållandevis lätt att se när det gällde andra? Var låg hennes möjligheter, vilka strukturer var tillräckligt gynnsamma för en sådan som henne? Var hon själv i stånd att ändra det som egentligen var av mindre vikt men som samtidigt tog så mycket plats? Som fick henne att liksom släpa efter sig själv. Ständigt förvirrad. Var hon ens i stånd att identifiera något av värde? Det som möjligtvis kunde passa henne. Det kunde hon inte svara på, allt var så svårt.

Och kaotiskt. Hon tänkte på J. Han verkade så stark i åsikterna kring sitt arbete, men i övrigt, en spillra. Skillnaden mellan hennes pappa och J, var att J kunde erkänna gungflyet, men i slutändan, var de lika vilsna. J sökte också modeller som var baserade på »man måste finna en väg« – kanske var det där felet låg, lika bra att erkänna att gungflyet följer en hela livet, att det är ok, rentav, att det är så det ska vara, att det är så livet är: rörelse, växande, reträtt, växande igen (kanhända på ett annat håll än innan) – att ges stöd i att vara en sökande utan färdiga svar, att kunna ta in en annan människas sätt att värdera, andras tankar även om dessa radikalt skiljer sig från dem man är van vid. Att kunna utveckla förmågan att bolla med modeller – där den egna kulturen endast är en av många modeller att möjligt ta bitar från.

Att leva som om livet inte behöver vara förklarat, och det som trots allt är förklarat (för hälsans skull) varken är absolut, en naturlag, eller för evigt fastställt.

Just så borde man stödja de boende på Z.

Felet är kanske att så få vågar leva i gungflyet.

Knappast hon. Nea visste hur hon påminde om sin far. Sökte principer som något livsavgörande för liv och hälsa. Återigen tänkte hon att Gud inte var något för henne – en tanke som i stunden gjorde henne bedrövad.

Var det ens möjligt att leva i ett gungfly? Nea tänkte på tolkning, socialisering, kulturella glasögon, som om det skulle vara möjligt att lämna det som gjorde henne till människa? Byta glasögon, hur var det möjligt? Vara i ett tillstånd av inga glasögon? Eller i vart fall satta på nästippen. Alla dessa tankar som gjorde henne bedrövad. Vilsen. Som att hon varken hade en utgång eller ingång.

Nea tänkte att det är först när människor som D stigmatiseras att fastna i ett gungfly som det blir riktigt illa. Det är först när empowerment lyfts fram som gungflyet kan bli en möjligheternas kraft att räkna med.

Att ställa sig utanför – inte tolka. Det gick kanske an med kroppen, och samspelet med medvetandet, själen, hur det mentala manifesterade sig i det fysiska – observation, låta tankarna passera, låta förnimmelserna uppstå och glida bort. Att inte värdera. Men så fort det blev en aktivitet som handlade om att göra ett val, tänka igenom vilken tolkning – som vaddå? tänkte Nea, passade? vägen man skulle gå – och i den meningen hamna i något annat än det som var inlärt? Det lät omöjligt. Glasögonen fanns där oavsett.

Nea tänkte att det fanns en likhet mellan de boende och henne. Uppväxta i ett utanförskap, i en värld med andra villkor – frikyrklighet, just en avgränsning mot allt annat, och för den som söker sig utanför, så lätt hamnar i vilsenhet, svårt att nå förankring bortom det utmejslade.

För de boende, mentalsjukhus, institutionsvistelse, gruppboende, expertis med andra lagar och villkor än de själva söker. För den som vill utanför ramarna, erbjuds få alternativ. »Gör du inte som oss, bjuds det inte på förankring överhuvudtaget«.

Man kan visst ha ett så kaotiskt inre att man kan behöva en dos normalisering, tänkte Nea, men helt och hållet infogas: Nej, och åter nej.

Också hennes pappa, plötsligt där framför henne (trots att han väl aldrig lämnat altanen) som frågar Nea om hon vill ha något att dricka.

Dottern som svarar: ett glas rött vin, vore gott.

Fadern som ser på dottern, tänker: vad hon har vuxit, och går efter en flaska rött vin och två glas som glittrar i det röda solnedgångsljuset, likaså hans ansikte.

Dottern som sitter ned, lutar sig bekvämt bakåt på den blåvitblommiga stolen med kudden som gör det bekvämt längs hela ryggen och rumpan och betraktar scenariot. Guld och brons.

Dottern som tänker att hon inte borde tänka så mycket på de begränsningar hon upplevt uppväxten givit henne. Istället fundera över hur hon kunde gå vidare.

Nea som tänker att psykoanalysen är en metafysik man borde distansera sig från.

Bra idé. Vin och sommarkväll. Passar utmärkt, sa Nea och ser upp på fadern. Hör du så härligt tyst det är, svarar fadern, fyller på vin i glaset som han sedan överräcker till dottern.

Dottern som lyssnar, ler och bekräftar, säger: ja pappa, tystnaden från naturen och havet, det gör gott.

Fadern och dottern som sitter på altanen, smuttar på varsitt glas vin och insuper tystnaden.

Det här är Gud, säger han.

Eller bara livet – stort nog i sig, svarar hon.

Han kommer snart att visa sig, säger fadern och tar en djup klunk av vinet, sveper med blicken över landskapet.

Till vilken nytta säger dottern och sträcker sig efter glaset.

All nytta säger han och ler skevt, samtidigt som han betraktar horisonten.

Man sitter tysta, var och en i sin begrundan, så säger Nea: Du och mamma.

Jag och mamma, vi har det så bra vi kan, svarar han.

Ingen är perfekt.

Mamma, hon glider iväg pappa, blir mer en skugga än en människa... ser du inte det. Har du aldrig sett... undrar hon och ser bort mot den röda och orangea horisonten, måsar på himlen i samma magiska kolorit. Jag är orolig för henne. Hon isolerar sig för mycket, sedan ni flyttade ut hit, är hon någonsin härifrån? Hon följer med till kyrkan...

Kyrkan? Kanhända kroppsligen, men hon, pappa, är någon annanstans. Ingenstans. Jag tycker du ska tala med henne, påpeka vad jag har sagt, att hon ska ringa mig, att vi ska bestämma något, göra något som hon vill. Mor och dotter.

Hon är svår, svarar han, trivs bäst hemma.

Nej pappa, så är det inte. Vi håller på att förlora henne, hon försvinner pappa, ser inte du det?

Nu överdriver du. Mamma har alltid varit lite egen...

Egen? Kanske. Men vad betyder det? Vilsen, skulle jag säga. Och obekväm. Jag vet inte vad som fanns mellan er från början, egentligen vet jag väl ingenting, när ni befinner er i samma rum, är det frågan om det överhuvudtaget finns något av sanning i vad ni säger och beskriver... någonstans måste det ha varit annorlunda när ni träffades, mamma måste ha velat något, strävat, önskat, hyst förhoppning om – ni, du och mamma, pappa, ni måste ha haft planer på ett liv där båda gavs plats. Liv för båda. Hade ni inte det? Eller var det enbart dina visioner redan då?

Nu är du inte rättvis. Mamma är svår...

Från början?

Kanske inte. Vi var kära. Så vill jag sammanfatta saken. Ville vara samman. Det var inte farfar som tryckte på. Vi älskade varandra. Så kom du året senare. I backspegeln, kanske för tidigt. Vi hann inte med. Eller mamma hann nog inte med. Det var så stort för henne att bli mamma. Hon tog det så allvarligt, för allvarligt tog hon det – rädd för att göra fel, skuldtyngd för det mesta, grubblade över varje steg.

Och du, var fanns du pappa?

Jag fanns vid hennes sida, förstår du väl.

Inte tillräckligt, du var på Missionen, pappa, det var sällan man såg dig, och när, var du inte direkt närvarande.

Missionen – Gud, sa fadern och såg ut mot evigheten.

Pappa, lova att du talar med mamma. Vi måste få henne tillbaka. Få henne intresserad, och då, ja, vad passar bättre än att hon och jag kan göra lite saker tillsammans – passa på nu när det är sommar.

Du jobbar väl heltid på Z?

Hon såg på honom, kände hur ilskan steg upp inom henne och visade det med en grimas.

Han sa: jag ska tala med henne.

Ibland undrar jag om det inte vore bättre om ni gick skilda vägar, att det är det som skulle rädda mamma.

Han såg på henne förskräckt.

Men vi älskar varandra, sa han och försökte le.

Tala med henne, pappa, lova det.

Han nickade.

Skål, sa han, efter ett tag och höjde glaset.

Skål pappa, svarade Nea och mötte hans blick.

Tystnad.

Båda såg ut över havet, horisonten som nu släppt sin röda och orangea kolorit och övergått i en blåmelerad spräcklig färgton, mörkast där stjärnorna tändes. Faderns och dotterns ansikten som föll i skugga.

Hur ska ni rannsaka er själva? undrade hon efter en stund. Bad om påfyllning av vinet.

Jag förstår du tänker på Dennis. Ja, det är komplext det där, det är inte alltid det går att förebygga, hur mycket man än försöker, svarade han och fyllde på bådas glas.

Nea avbröt honom. Har ni ens försökt. Vad jag förstår var det tänkt att han skulle flytta till någon sluten institution. Vem vill det? Han var ju bara lite över femtio år...

Femtiofem, bröt han av. Det är inte riktigt mitt bord, det där. Berta är ansvarig. Vad jag förstått, var han både en brandfara, och for själv illa, det fanns visst en undersökning av en psykolog som visade på att han var dement, eller något ditåt, att det inte fanns något annat att göra, ja, att han själv skulle må bättre av tydligare struktur.

Jag för min del, svarade Nea, tror det mest handlade om att han var obekväm. Dennis mådde dåligt, och som vanligt när det gäller hans grupp, fanns det ingen som kunde ta tag i det i tid.

Nej just det, sa direktorn, vi snappade inte upp det i tid.

Jag har hört att Berta sagt att hon skulle jobba på att kringgå kvarboendeprincipen.

Jaså, ja, som sagt Nea, det är inte mitt bord.

Det var bara en av faktorerna för att få bort honom. Och så hade det varit för honom under hela hans liv. Ingen som orkade stödja honom. Inga resurser...

Trots att han var dålig satte ni inte in extra resurser, pappa.

Han var sjuk, Nea. Alltför sjuk.

Han var tilldömd LSS. Och det är en rättighetslag som ska tillförsäkra personer som honom rätten att få leva ett bra liv.

Det är kanske den springande punkten. Vad är ett gott liv för en människa som honom? sa han och tog åter en klunk av vinet.

Ja, inte var det ett gott liv att låta honom förfalla som han gjorde, att inte göra annat än att erbjuda honom plats på en avdelning, där man för länge sedan gett upp hoppet om honom. Medicin och förvaring. Och planering för sluten avdelning till döden gör sitt. Han var i en kris, pappa, och där hade han rätt att få ett gott stöd, som han aldrig fick.

Nea vägde orden och fortsatte: Alla som hamnar i en kris har rätt till ett gott stöd, tycker du inte?

Direktorn svarade inte, såg bara bort mot den alltmer mörka horisonten, spanande efter sin Gud, tänkte Nea, och kände sig plötsligt beklämd.

Du om någon, pappa, borde veta vad ett gott liv är. Om nu Jesus levt, hade han knappast behandlat D som ni på Missionen gjorde.

Tystnad.

Nea fortsatte: Z hade en gång i världen möjlighet att sätta in extra personal vid behov. Och på helgen, där man idag jobbar helt ensam, hade man fram till för några år sedan schemalagt extra personal som jobbade åtta timmar på dagen, mellan 10-18. Det tog man bort. Båda varianterna tog man bort. Och sedan när Dennis blev sämre och extra personal kom på tal var ett av huvudargumenten att det inte fanns pengar. Samtidigt som Missionen blomstrar som aldrig förr. Ensamkommande flyktingbarn är självklart behjärtansvärt och viktigt, så ser varje normal människa på saken, men det genererar också en hel del inkomster, som borde, tycker jag fördelas på hela organisationen.

Du har själv pappa sagt vid något tillfälle att du är stolt över att organisationens alla delar förstått innebörden var fokus måste läggas, prioriteringen, solidariteten, men man får inte vara så dumdristig att man glömmer bort personer som Dennis, som far illa och behöver stöd, det får man inte glömma. Istället har man från personalens sida skyllt på att han är för dålig för att vara kvar, i kombination med den enkelriktade prioritering som Missionen ägnat sig ... och Dennis, fortsatte Nea, kommen från psykiatrin, har som vanligt fått stå tillbaka, som denna grupp av människor i alla tider gjort, åtminstone sedan man byggde mentalsjukhusen – det är en svag grupp, lätta att kollra bort. Samma visa under alla år.

Han, Dennis borde ha haft samma resurser som alla andra, flyktingar eller vad det än är frågan om.

Alla som far illa är lika viktiga, pappa! Dessutom var det ingen från Missionen som dök upp på begravningen förutom en före detta chef. Det är bedrövligt.

Fadern sa: Förstår du vad illa ställt det är för de ensamkommande, vad de har gått igenom? Dessutom är pengarna öronmärkta.

Jag nekar inte dem alla resurser som tänkas kan, jag vill bara inte att man ska glömma bort människor som Dennis. Det har vi inte gjort, generellt sett. Men Dennis, där bedömde man att han var en fara för hela boendet.

Han var en fara för att det var lättast att se det så. Det finns många med beslut om LSS eller för all del SoL som sitter på gruppboenden, och vill ha samma förutsättningar som alla andra, personer som kanske haft LSS sedan starten, och som nu kommer upp i åren, kanske är svängiga i sitt mående, där de av landstinget ändå anses medicinskt färdigbehandlade, dessa borde ha rätten att få bo kvar, det är deras hem vi talar om, pappa – rätten att få bo kvar och ges mer resurser när så krävs. Och det oavsett psykisk status eller fysisk. Det är så man skriver under ett gott medborgarskap. Så borde det vara, pappa, men så är det inte, och det måste vi göra något åt. Missionen måste göra något åt detta, för att minska risken för att det händer igen.

Du får inte glömma, svarade pappan, att vi inte är en behandlande enhet, det står sjukvården för, vår roll är att stödja, inte behandla, och anser vi oss inte kunna stödja med de resurser kontra faror som finns... ja, som när det gällde D, och sjukvården inte heller ansåg att de kunde göra något, återstår ett hem med tydligare struktur.

Behandla, stödja, det där är så svävande pappa, lätt att ta till när man ska försvara sin åtgärd, jag blir mest ledsen när jag hör dig.

Nea suckade och fortsatte.

Dessvärre är det lätt för dig att få gehör för sådana tankar, för att det här med att stödja och finnas för den som har en psykiatrisk diagnos, är som sagt lätt att kollra bort, det finns så många idéer som verkar bortom ytan och som lutar sig mot helt andra värderingar än dem vi slår oss för bröstet för – detta så kallade upplysningens år 2016, eller tidevarv, där vi utropar: sådana är vi inte längre! Idéer som funnits så länge att det är ett helvete att slutgiltigt begrava dem! Omöjligt, om man tänker på hur det ser ut.

Vill du ha mer vin, frågade han.

Nej pappa, jag tror det räcker för idag. Jag ska gå och lägga mig, sa Nea och reste sig upp. Hon fortsatte: jag vill att du att ska veta en sak, pappa, jag kommer inte att stanna vid detta. Det är så mycket som klingar falskt i mina öron när jag hör vad du säger.

Men Nea, jag säger inte att allt jag säger är rätt, som jag sa, i slutändan är det Berta som har besluten och ansvaret.

Nej pappa, i slutändan är det du. Vad är det annars för mening med att ha en direktor. Du och din kompis, vad han nu heter, ekonomichefen.

Han är dessutom skum, tillade Nea. Han har en hel del fuffens för sig, känner jag. Har alltid varit girig av sig. Sådant som borde stå långt ifrån Missionens grundvärderingar.

Nu vet jag inte alls vad du pratar om.

Vi får ta det en annan gång pappa. Jag går och lägger mig, sa hon, gjorde en ansats att gå men vände sig åter mot fadern. Hon såg honom knappt, anade bara konturerna av honom, ansiktet, ögonen, som en del av natten.

Hon sa: En sak till, pappa, varför närvarade inte du på begravningen?

Fadern slog ut med händerna i en uppgiven gest. Jag trodde, sa han, men orden dog bort.

Fadern som satt kvar och såg ut över havet: natten som aldrig riktigt infann sig. Ljuset som aldrig riktigt lämnade. Den blåvitmelerade randen borta i öster. En sådan tanke, gjorde honom gott att begrunda, slog liksom bort den rädsla dottern ansåg att han bar på.

När direktorn senare kröp ner i sängen, sidan om hustrun, kom bilden av den förkolnade armen som för ett ögonblick sträckts mot skyn, och sedan föll samman och förvandlades till aska, för honom. Han klarade inte ens av att be till Gud.

*

J kände sig rastlös och orolig. Hade lust att åka till havet. Ta spårvagnen till Saltholmen och sedan färjan till närmsta ö. Men i samma stund tanken uppstått, blev det genast för besvärligt för honom, det var för långt, sa han sig, skumpa kring på en spårvagn i sommarhettan, bland en mängd andra söndagsresenärer, vilka hade samma mål i sikte – skrikiga barn och tjatiga föräldrar, nej, det var inget för honom, men ut måste han, och snart stod J på gatan och styrde stegen mot Slottsskogen. Där var det säkert också en mängd människor, barn och vuxna, som tog mer plats än de behövde, men det fick duga, tänkte J. Helst hade han velat vara själv, gå i sina egna tankar utan att bli avbruten hela tiden av alla dessa människor som kunde störa honom till förbannelse när han var på det humöret. J tänkte att han borde vara glad över att han inte bodde i Indien, över en miljard i myrstacksträngsel, och han såg framför sig Delhis hektiska gatuliv. Ansikten som hela tiden undrade vem han var, eller var fullständigt likgiltiga. Som gick så nära att man kunde känna vad de ätit eller om de inte ätit alls. Idag var en sådan dag J liksom var folkond. Det räckte med en ung kvinnas nervösa trippande bakom honom på höga klackar eller smackande gummisulor från en överviktig joggare som andades tungt och forcerat när han (oftast han) sprang förbi, för att J skulle gå i taket, så mycket ilska inom sig, som bara ville komma ut ur hans system, han kunde slå någon på käften om det så var, så irriterad var han

denna sjuka dag, söndag. Den sjukaste dagen av alla, tänkte J.
Därför var det bra att han promenerade, i rask takt, promenerade i en stad där det mest var familjer som strosade kring i små klaner och tog all plats på trottoarerna, där varje ensamvandrare kände sig som den mest misslyckade individ man kan tänka sig. Oavsett om det var en större stad vid havet eller en liten ynklig lantlig småstad, utslängd på en åker, eller inklämd mellan två skogspartier – var det samma söndagsmönster, tänkte J. Det var bara att öka stegen. Promenera för promenerandets skull. Släppa allt annat. Ja, ni har hört det förut.

Så J promenerade och promenerade och även om irritationen vibrerade i magtrakten och i bakhuvudet och poppade upp när någon varelse var i hans närhet som väckte hans olust, det kunde räcka med en flämtande hund, ett fågelkvitter, förde promenerandet honom till slut in i en slags känsla av att han befann sig i ett inre rum, som i sin tur gav J ett slags ovanperspektiv, där tankarna och känslorna handlade om sådant som var betydelsefullt för honom, och gatorna, husen, caféerna människorna, djuren, blev mer som en gigantisk teaterfond, kulisser, en film han inte deltog i, allt flöt bara förbi, och han kände sig oberörd och utanför på ett bra sätt. För ett tag upplevde J detsamma som i sin ungdom, när han besteg berget, såg ut över landskapet och såg sig själv där han gick och betedde sig i sin vardag nere i dalen, eller via faderns mantra, ett gott verktyg för distans. Nu var inte distansen lika stark, nästan religiöst stark som den varit på den tiden, men det fanns ett tillräckligt stort korn av samhörighet med den typ av ungdomens dagar, en möjligheternas hågkomst, som gav J harmoni och en positiv form av utanförskap, där han i lugn och ro inte bara kunde tänka och känna det som var viktigt för honom, utan i nya banor, eller i alla fall utvidgade banor, rentav infallsvinklar han aldrig förr lagt märke till. Och det gjorde att J i lugn och ro (nåja, det fanns också en viss affektion i det hela), kunde flanera genom Slottsskogen och vara i sitt eget och samtidigt njuta av den varma sommardagen. Han gick helt enkelt av sig all folkondska.

Det var inte förrän han flera timmar senare beslöt sig för att gå hem igen, och för första gången tänkte på Nea, som det folkonda gjorde sig påmint igen. Hela vägen hem tänkte J att han skulle ge fan i Nea. Vad skulle han med henne till, och vad var det för mening att rota i vad för krafter som påverkat Dennis till hans självmord. Det där visste han redan, vad mer fanns det att tänka, förutom ett ältande ingen hade nytta av. Ett petande i ett sår som aldrig fick läka. Kulturen han växt upp i var en sjuk plats, att tro att man kunde förändra var naivt och dumt, sa han sig. Inget är nytt under solen. Och Nea, var en flicksnärta han kunde vara förutan. Han var inte skapt att ha någon, så hade han tänkt fler gånger än han kunde räkna, och nu tänkte han det igen, samtidigt som han någonstans visste, hur fel en sådan tankegång egentligen var, även eremiten i grottan är beroende av att någon kommer dit och ställer en skål ris – vi är beroende av varandra tänkte J, fast han helst kunde vara utan den insikten.

Att han överhuvudtaget ältade sådana tankar om och om igen gjorde honom beklämd och lika folkond som när han först gick ut. Så när J kom hem, stängt dörren om sig, var han helt utpumpad, sjönk ner i soffan, slog på TV:n och såg på... vad, mindes han inte, han somnade. Drömde om, vad, hade han ingen aning om. Behagligt var det inte. Lika jävligt som livet överlag.

*

Det var först när Nea kom hem till sig som tanken slog henne att hon vågat stå upp mot fadern, det hade egentligen aldrig förr hänt, inte på det sättet, hon hade blivit äldre, och Dennis död hade på kort tid fått henne i en helt annan stämning än den hon brukade vara i – bestämd och fokuserad.

Att D gått upp på kontoret och tänt eld på sig själv – för första gången kunde Nea få det bekräftat för sig, som om det vore nedtecknat på papper med underskrift och stämpel. Missionen med alla dess ambitioner och Gud i centrum, stödet att finnas för den som var svag och utsatt, uppdagade en hel del brister hon inte innan sett på det sätt hon nu gjorde. Såväl Missionen som hennes far hade tappat greppet, ett grepp som de dessutom kanske aldrig haft, paradoxalt nog blev Nea starkare av den insikten, så stark att hon inte bara kunde se faderns brister utan också utmana honom – klart och tydligt, uttrycka sin åsikt, kritisera den linje som han, ekonomichefen, Berta, samordnaren och gruppboendet, ja, hela Missionen, valt. För ögonblicket vacklade hon inte det minsta, hon kände sig stark i sin övertygelse.

Det som delvis grämde Nea var att hon ljugit för föräldrarna om sitt arbete på Z. Det var tänkt så. Efter dagar av grubbel kom hon fram till slutsatsen att hon hade en hel del att lära sig ur antropologisk synvinkel. J var den som påverkat henne och som fått henne att definitivt besluta sig för att vikariera under sommaren. Men så slutade J och när D bränt sig själv till döds, klarade Nea inte av att gå dit. Två dagar innan hon skulle påbörja sitt vikariat, beslöt hon sig för att hoppa av, fega ur, och smsade sitt beslut. Att hon i det sammanhanget satt Z i svårigheter bekom henne inte. D:s död – hon kunde spy på hela Missionen. Samtidigt hade hans självmord gjort henne som sagt bestämd och fokuserad, och det var där hon befann sig nu.

En annan sak som slog henne var att när föräldrarna flyttat, tagit med sig många av hennes saker från hennes uppväxt, och på så sätt sökt återskapa hennes flickrum i den nya villan, som det sett ut åren innan hon flyttade hemifrån, hade det, när hon trädde in i rummet efter samtalet med fadern, aldrig riktigt gripit tag i henne. Då, innan föräldrarnas flytt, om hon nu ens var djärv nog att säga vad hon tyckte, hade åsynen av hennes rum fått henne att åka ner i underkastelse igen, ja, något ditåt, som om hon åter blev den där lilla flickan, mörkrädd och skuldtyngd, vilsen – dottern som höll med fadern i det mesta han sa, all den rädsla hon kunde känna för honom. Nea hade liksom regredierat, oavsett vad hon sagt eller inte sagt, eller tänkt säga – när hon trädde in i familjehemmet och än djupare när hon återsett sitt flickrum mådde hon aldrig bra. Men i den nya villan, var inte ens hennes saker längre hennes, allt var anonymt, utan historia, lösgjort från det förflutna, lösgjort från henne och det gjorde henne, insåg hon, så mycket starkare.

Kanske korn av tillbakagång, när hon låg i sängen, innan hon somnade och såg skuggorna från skrivbordet, bokhyllan, ett och annat kramdjur som väckte känslosamma hågkomster till liv, kanske ett ögonblick av sådan skörhet hon inte ville kännas vid, men som när hon vaknade morgonen därefter var som bortblåst för henne, tingen, en gång hennes, var åter som främlingar och när hon steg upp, tog en dusch och gick ut i köket där hennes mamma kokade kaffe och hennes pappa stod på altanen och såg ut över havet, var hon i sitt nya frigjorda jag, helt och fullt.

Tillsammans med mamman lagade hon till frukosten, och kallade på pappan när det var dags att äta. Gemensamt intog de måltiden under tystnad, samma känsla av främlingskap präglade Nea under frukosten, hon svarade på vad fadern frågade om, utan rädsla, konkret på ytan, men distanserad i sitt inre.

Hon sa att frukosten var god, att moderns kaffe var det bästa hon druckit på länge, hon sa att hon lärt sig att uppskatta det som fadern brukade säga: låta maten tysta mun. Och hon berättade om antropologin, att det gav henne en skarp blick, och föräldrarna log och ställde inga följdfrågor.

Det var inte förrän efter frukosten som hennes pappa tog till orda och sa att hon skulle vara klar över en sak: Missionen befann sig i en svår tid, man gjorde det bästa man kunde, att det inte fanns några baktankar eller avsiktliga uteslutningar, att man hela tiden hade Herren i fokus.

Nea svarade honom inte. Istället vände hon sig till mamman och sa än en gång att hon så gärna ville att modern skulle komma in till staden så att de kunde umgås och ha det trevligt tillsammans. Nea sa, att hon var ledig på torsdagen, om det kunde passa modern. Modern svarade att hon skulle ringa Nea, förslagsvis på onsdagen, hon tillade att hon inte kunde ge besked just denna dag om torsdagen passade henne eller inte.

Nea log, visade på alla sätt och vis att hon var glad över moderns gensvar. Så trevligt vi ska ha det mamma, sa hon och log mot modern.

Därefter kramade hon både sin mamma och sin pappa, tackade för en trevlig helg, sa att hon snart skulle komma tillbaka.

Hon avböjde pappans erbjudande om att köra henne hem, sa att hon ville vara själv, åka buss, se staden närma sig från bussfönstret, tänkte att det var ett bra sätt att frigöra tankar och tänka långt. Vid grinden vände hon sig om, men då hade föräldrarna redan stängt dörren och hon gick snabbt därifrån.

Tillfreds över att hon hade ett eget hem. Trots pappans kontakter, hade även hon fått känna av bostadsbristen, eller så var det bara så att hon varit ofärdig så länge. Det var hon inte längre, och den tanken gav henne en härlig känsla av mod – ett eget liv som hon själv bestämde över.

25

Agneta

Hon såg honom på avstånd, det kan ha varit ett hundratal meter. Det var han, det måste det vara, fast det samtidigt var ganska otroligt. Också kom det ut en dam med en vit mellanpudel från en port, för ett ögonblick skymde hon sikten med sin stora kroppshydda och sedan var han som uppslukad. Men det var han, hon hade aldrig varit säkrare, samma gångstil, slitna brunfärg och storlek på jacka, samma känsla som den där dagen i april de sågs efter alla år, insikten att det måste vara Dennis hon hade framför sig. Dennis som betydde så mycket för henne. Hon hade ofta tänkt på honom, både före och efter. Det var som att hon framkallat honom ur mörkret, som om universums krafter för en gång skull stått på hennes sida – också var han där igen, för ett ögonblick, och sedan åter försvunnen, uppslukad av samma mörker.

Agneta såg sig om, villrådig varthän hon skulle gå, hade alldeles glömt bort om hon enbart var ute på promenad eller om hon hade något ärende att uträtta. Hon gick fram till den plats där hon sett honom, betedde sig som hon vore en hund, genomsökte varje millimeter av trottoaren med blicken och näsan. Nerböjt huvud, uppspärrade ögon, vidgade näsborrar, som om han möjligt lämnat spår efter sig – en Marlboro fimp, doften av en cigarett. Doften av honom. Ett hårstrå. När så inte var fallet höjde hon blicken och gick vidare i den riktning hon trodde han gått. Hon kände sig ensam och vemodig, det var ganska mycket folk där hon promenerade men ingen som såg åt hennes håll, uppmärksammade henne som hon var en människa att bry sig om. Alla verkade så upptagna, pratade i mobil, stirrade på mobilens skärm, avlägsnade med hörlurar, eller bara rusade på. Tankarna hamnade åter hos Dennis. Självklart, tänkte hon, var det omöjligt att det var honom hon sett, det förstod hon, dum var hon inte, samtidigt kunde hon inte förneka att det inte var första gången hon sett någon som lämnat jordelivet, hon såg sin farmor på samma sätt, och sin mamma, såg dem livs levande flera år efter att de bevisligen gått bort. Agneta hade själv sett hur de låg liksom oigenkännliga på bårhuset i det slutna rummets lit de parade, anpassat till tidsandan.

Dennis såg hon inte på det sättet, det var naturligtvis en omöjlighet, kroppen kan inte överleva en självbränning av sådant slag, inte heller möjligt att identifiera liket efteråt, i så fall kanske tänderna, kremerad från första stund, tänkte hon och rös till. Samtidigt: hon hade sett honom, på samma sätt som hon hade sett sin mamma och sin farmor. Det hade vid flera tillfällen fått henne att spekulera över om hon kanske besatt förmågan att se det andra inte såg, förmågan för fler dimensioner helt enkelt. Det var med andra ord möjligt ett tecken på att han fortfarande fanns, att han hade en oavslutad uppgift han måste ta itu med, att döden inte hindrade honom. Det kunde i och för sig vara frågan om en annan person hon sett, någon som liknade honom på håll, det var ju uppskattningsvis frågan om hundra meter mellan dem, och hennes syn var kanske inte den bästa. I vilket fall gjorde händelsen ont i henne. Skakade om hennes inre. Hon saknade honom. Kände sig mer vilsen än på länge. När hon väl mött honom på gatan, den där dagen i april, var det som att komma hem, ja, hem var kanske för mycket sagt, hon hade ju varit gift, fått två barn, numera vuxna och utflugna, och mannen, lämnade henne för en yngre kvinna. Men det hade någonstans varit Dennis som var mannen hon alltid sökt efter. Det var som att han legat och vibrerat i bakhuvudet sedan fjärde klass, tidpunkten han försvann från henne. Hon mindes att hon vågat sig fram till dörren där det stod hans efternamn, ringt på, en man, hon inte kände igen hade öppnat, och då hon frågat efter Dennis, hade gubben blivit ursinnig och slängt igen dörren mitt framför näsan på henne. Hon vågade inte gå dit igen, men ändå, kanske ett halvår efter att Dennis försvunnit hade hon åter stått utanför hans dörr och då stod det ett annat namn på dörrskylten. Hon hade gått sin väg, mer ledsen än hon trodde hon skulle bli, det liksom bara vällde fram inom henne, hon grät så våldsamt att hon till slut blev stoppad av en polis som haft allt schå i världen att lugna henne, också hade konstapeln följt henne hem. Modern som öppnat dörren, hade blivit mäkta förvånad, undrat vad hennes lilla flicka gjort för dumheter och i samma stund slagit ihop sina händer med en smäll och kramat dem som i kramp. Vad polisen sagt, mindes hon inte, men efteråt, hade hon och modern suttit i köket och modern förklarade för henne att Dennis flyttat till något annat hem då hans mamma inte kunde ta hand om honom på bästa sätt. Hon hade inte ställt följdfrågor, och modern sa inget mer heller. Åren förlöpte, ett efter ett, men Dennis släppte inte taget om henne, och nu, då han inte längre fanns, alltså i fysisk form, förstod hon hur mycket han betytt för henne. Hon var hans och han var hennes och ändå var det bara omöjligt hela vägen i en sådan tanke.

I stunden kom hon inte alls att tänka på mötet i tonåren, det var barndomsmötet och sedan nuet, som stod i fokus för henne. Men det fanns såklart där i periferin. Mötet under tonåren fördjupade den inre känslan att de hörde samman, att det var Dennis hon genom livet längtat efter att ha vid sin sida.

Det som i stunden gjorde henne bedrövad var att hon just sett honom på gatan men inte haft förmågan att springa ifatt honom och tala med honom.

Han kanske inte alls var död, sa hon sig, omöjligheten att identifiera liket, det kanske varit någon annan som bränt sig så illa. Vad visste hon egentligen?

Med ett drygt halvsekel i bagaget föll det sig naturligt att ägna sig åt en viss form av reflektion, men en fördjupad återblick, visste hon samtidigt inte om hon var så värst intresserad av, snarare ett kallt konstaterande att hon alltid sökt honom eller åtminstone hans like, utan att lyckas... I vart fall, sa hon sig, var hon ointresserad i en rent nostalgisk betydelse, inte heller var hon intresserad av ett psykologiserande – å nej! ångest över felaktiga val som dessutom varit avgörande, man får inte så många möjligheter, och så vidare, vad nyttjade sådant till? tänkte Agneta.

I allmänna ordalag, sa hon sig, kunde man tänka att det vore bra med en uppövad blick, se konsekvenser, vad som utesluts, vad som väljs, eller följs, men enligt Agnetas sätt att se på den typen av tankespår var det egentligen en meningslös aktivitet, i vart fall i efterhand, tanken: du kan alltid lära dig – köpte hon egentligen inte alls, livet var för kort för den typen av skolbänkslärdom, menade hon, det var i så fall en vässad blick innan valet fattades, som att slipa en slö kniv, man kunde ha nytta av vid kirurgiska aktiviteter (här log hon), hon tänkte på, »tänk efter före«, som man ofta sa när hon var barn, och det var såklart kärnan eller en del av kärnan, men det räckte inte, bevisligen, annars hade nog världen varit ett snäpp medmänskligare, trodde hon, eller så var det så att folk hade svårt för att lära sig vad som var bäst för dem. Världen var dessutom nyckfull, människor betedde sig på ett sätt man omöjligt kunde sia om.

Hon resonerade att man behövde övningar i skolan, precis som matte, svenska, och alla andra ämne, en slags livskunskap bra att ha med sig genom livet. Det man lär sig i skolan, sa hon sig, som multiplikationstabellen, sitter som gjutet inom var och en, år ut och år in. Och det kunde vara bra att också ha i ryggmärgen, när man så tänkte: en vässad blick.

Vid ett tillfälle hade hon nämnt saken för Dennis, han hade då sagt och vridit det dithän att när det kom till livskunskap skulle det också handla om vilken färg på de glasögon man hade på sig och uppfostrats till, att andra inte nödvändigtvis hade samma färg, och att det måste vara ok, oavsett färg.

Hon hade svarat honom att det lät svårt, kanske lite väl ödmjukt när hon tänkte på det i efterhand, varpå han menade att lär man sig från barnsben är det ingen konst – att det var ett sätt att öka toleransen för olikheter, att man fick vara som man var, som man ville bli. En given plats för alla, oavsett land, intresse, inriktning, att det hade räddat en sådan som honom, om världen varit beskaffad på ett sådant sätt. Självklart ska man ha en grundläggande regel att inte skada andra, men annars var det fritt fram, menade han.

Hon hade bekräftat hans tankar med en nick men samtidigt påpekat att det inte alltid var lätt att veta vad som skadar en annan människa, att även det byggde på föreställningar. Han sa då, att det visst var så, men att invändningen handlade om att det helst skulle vara lätt att leva, som att köpa liv och utveckling på rea, fynda gräddfiler, och det tyckte inte Dennis att det handlade om. Att det är svårt ibland, sa han, tillhör livet, och det är inget att söka fly från, det vore naivt att ha en sådan tanke, och inte speciellt kul eller spännande heller. Men om man har ett öppet sinne, kanske man kunde lösa mer än man tror, sa han. Han sa att föreställningen om att inget fick vara svårt, förorsakat mycket skada och förvirring.

Dennis hade så mycket inom sig som alltför sällan kom fram och sågs av andra, det man såg var ytan, hans slitna kläder, för stora tygjacka, rufsiga hår, diagnosen, och hans ständiga rökande, tänkte Agneta.

Hans klokhet missade man å det grövsta.

Hon tänkte högt, som att hon talade direkt med honom, där hon promenerade trottoaren fram. Det var som att han gick vid hennes sida. Hon sa: om det är något jag är glad över så är det att jag fick träffa dig innan du gick bort, se dig och möta dig som en vuxen människa. Du bar på så mycket sorg, sår och tråkigheter från ditt liv, hur man ville att du skulle ha det i framtiden – styrd, påpassad, instängd – och det gråter jag över, men Gud, Dennis, vilken fin människa du var, och att jag fick träffa dig, återigen, som vuxen, jag hade så många gånger undrat hur det var med dig, vart du tagit vägen – dina spår av dig i mig som aldrig kommer att gå ur, att jag inte försökte ta reda på dig innan, är väl typiskt vårt sätt att vara, folkhemsberoende, det där lämnar vi åt myndigheterna, vi, som med tiden utvecklats till sådana egoister, vi som alltjämt håller koll på grannen och kritiserar minsta övertramp.

Vi som gärna slår oss på bröstet, sms: ar en hundring till ett insamlingsprogram på TV som i slutändan kanske främst gynnar dem som har det bra. Fredar samvetet och främjar det goda ryktet hos den välbärgade medelklassen, eller som hos TV4 folket, den nya överklassen.

Jag föll i samma mönster, tänkte Agneta, samtidigt, åter: det där sättet att tänka är meningslöst. Det viktiga är att vi träffades, en gynnsam tillfällighet som livet gav, en form av gåva kanske man kan säga, det bär jag med mig den tid jag har kvar.

Agneta tänkte att Dennis påverkat henne i tanken också, hur begreppet vässad blick som hon talade om kom från honom. Samspelet med insikten om de färgade glasögonen. Eller så kom det kanske från det inre gemensamma de bar på, som inte ens döden kunde rubba.

Agneta tänkte vidare, kanske mer i förbifarten, att hon också hade en hel del att förmedla, och i den stunden tänkte hon inte på Dennis. En vässad blick var liksom meningen för dagen. Och då fanns liksom Dennis hela tiden vid hennes sida.

26

Vera

Samordnaren sa något i stil med: Värst var du är ute och springer Vera, lämnar boendet utan att säga något, så brukar du inte göra. Hur mår du egentligen?

Bra, sa Vera. Men det blåser, sticker man ut tungan smakar det salt från havet, och det prasslar och sjunger från de lövtäckta trädkronorna, inte ens måsarna kan flyga rakt, dit de vill, menar jag, och jag... jag mår bättre.

Du mår bra alltså, ja, sommaren är din tid, så brukar det vara. Men vart tar du vägen?

Brukar å brukar, men nu är det annorlunda, det här är för första gången, för första gången.

Vart tar du vägen Vera?

Mina steg styr mig till dem som förstår mig.

Äter du som du ska?

Första gången som när knoppen skälvande spricker, vecklar ut sig och sträcker sig mot ljuset, för första gången!

Du Vera, du kan väl komma upp och äta kvällsmat idag, det var så länge sedan du var hos oss, som förr, du kom ju alltid upp.

Första gången, där är jag hela tiden och sida vid sida går vi kring för första gången. Jag och Dennis.

Jag måste gå, men kom upp, lova det, kan du lova det, sa samordnaren, det är inte bra för dig att gå såhär – och Dennis, tänk inte på honom. Det gör bara ont... Ont.

Det som gör ont är allt det andra, sa Vera.

Men då är samordnaren redan gången, fast besluten att kontakta den psykiatriska öppenvården.

Och Vera är på väg ut igen, upp till den gemensamma lägenheten, ska hon inte, tänker hon, där finns inget för första gången, bara en tråkigt inredd vindsvåning, med skänkt mat som ingen annan vill äta, en massa kaffeblask och ljud som inte alls är för första gången, tvärtom som det är på sjukhuset, bland de vitklädda, lysrören, kantinmat, spjälsäng och nedpissade lakan.

Ljudet är inget annat än ett sjukt brus med sömnmedel eller lugnande eller båda två som sprids från ventilationsrören ut över avdelningen, det gemensamma, så att man går där som en zombie, så ville inte Dennis ha det, så vill inte Vera ha det. Nej.

Vera vill ha det som för första gången, hela tiden, alltid, och det får Vera om Vera går ut från boendet, lämnar detta nedslitna hus som aldrig renoveras, med så mycket damm, arsenik, mögel, tvång och sömnpulver, vad som helst som avser ta kål på alla som bor där, mest Vera, hon som inget annat vill ha, än det som är för första gången, och för första gången är något man inte får om de andra bestämmer, tänker hon.

Om man låter andra bestämma, ska man sitta still, gå på tå mellan sin lägenhet och den gemensamma lägenheten, le på beställning, tala på beställning, torka av efter sig på sin matplats och om munnen, sätta kopp och tallrik i diskmaskinen, och stanna kvar efteråt och vara trevlig på ett sådant sätt som alla tycker om. Behöver man gå på toaletten måste man gå ner till sig, då man annars kan smitta ner toaletten för de besökande med sina psykotiska bakterier, så att ingen annan (besökare, som anses särdeles känsliga) kan gå på samma toalett, då denne andre, besökaren, kungen eller presidenten, kan bli sjuk, nedsmittad av just dessa små psykotiska djävlar som sätter sig lite varstans, på toalettstol, handfat, dörrhandtag... och förökar sig snabbare än råttor, nej, så kan vi inte ha det, gå ner till er själva, gör det ni ska, kom sedan upp igen – glöm inte att tvätta händerna, det förstår ni väl. Och le som man gör när man följer etiketten.

Folk kan bli sjuka, sinnessjuka, det förstår ni väl – ni själva med om ni inte sover på natten, följer rytmen som alla som arbetar på dagen gör. Hel enkelt, beter er som folk. Det mår man bäst av.

Vera säger att hon inte vill något annat än att gå genom alla dessa alléer, gator och gränder, utan vare sig slut eller början, det kan regna: små nätta droppar, eller vräka ner som i tropikerna, det kan regna: sol eller skugga genom lövverket, fåglar kan störtdyka eller lyfta som svarta siluetter mot en gråsvart himmel, alternativt ljusblå molnfri, lärkdrill och annat, måsarna segla likt overkliga vita pappersfigurer... det kan byggas broar som regnbågen till evigheten, bortom bergen eller havet, skogen, sådant får Vera att skratta högt, folk ser att hon skrattar högt, vissa går omvägar när Vera skrattar högt, kanske tar Vera några danssteg, uppfattas som snedsteg, men vem bryr sig, inte Vera, varken om snedsteg eller att folk tittar, ryggar, brännmärker, inte förrän mannen på bänken reser sig upp och försöker ta tag i henne, viker hon undan i skräck, låser in sig i sig själv och går stelt framåt tills hon åter kommer till sin lägenhet, då andas hon ut, men beger sig snart åter iväg, sveper genom gatorna så fort att ingen hinner se henne, når snart kyrkogården och känner sig hemma, som hon kanske aldrig förr gjort – samhörighet är ordet för stunden – hemma med alla gravarna och gravblommorna, även de levande som går till gravarna eller bara passerar igenom kyrkogården, tigande, inåtvända, inger henne lugn och förankring, det finns dem som joggar på kyrkogården, eller rastar sina hundar, och det får Vera att känna lusten att mörda eller i vart fall sätta fälben på kräken, kyrkogården är en helig plats, hon tänker: det borde var och en förstå. När solen går ner bakom höghusen kan man se hur det rör sig i gravarna, bland stenarna och blommorna. Hjärtan som pumpar för livet ur myllan. Även träden som rör sig på sina egna sätt, tvärsemot vindens riktning om de är så de vill. Rör sig så vackert till sin egen musik. Vera tänker inte säga vad det är för något som det blir av det hela, om det är verklighet eller inbillning, det är inte hennes uppgift, det får var och en själv bedöma, utröna, men skrämmande är det inte, åh nej, i så fall, tvärtom, inger trygghet, kan man säga.

Vera tänker medan hon går gravgång för gravgång att man aldrig kan vara säker på något och den känslan är särdeles stark på kyrkogården.

Man kan säga att Vera trivs i de dödas närhet.

Döden inger både en fast punkt och gestaltar osäkerheten.

Och den kombinationen har Vera fallit för.

Som den gången hon vågade lyssna på Mozarts Requiem.

Kören som sjöng så hypnotiskt vackert att hon ville dö medsamma.

På natten går hon tillbaka till boendet. Inte med en känsla att hon är på väg hem, så är det inte, det är inte Vera som valt att bo på Z, därför är det inte hennes hem, inte heller sakerna är egentligen hennes, de är köpta för att fylla ut, är inte valda av henne. Men Vera är samtidigt nöjd, det finns ingen annan möjlighet, annat än gatan i så fall, och där har Vera bott i omgångar, och det var inte trevligt, hur skulle det kunna vara trevligt? Dennis kunde prata om att han alltid ville vara ute, att det var under moln och stjärnor han mådde bäst, men det var inte hela sanningen, tänker Vera, han tvärsomnade i sin säng och sov gott fast han förnekade sängens betydelse. Dennis som ofta lämnade ytterdörren öppen och när Vera gick förbi kunde hon höra hur han snarkade på det där välmående sättet.

Nu är Vera snart på boendet, går strax in på gatan med de lutande stenhusen från gamla tider ingen längre bryr sig om att glädjas åt, in genom porten, över gården, innerporten, smyger uppför den gamla trappan i det slitna nedgångna trapphuset med en hiss som ingen vågar använda, smyger så att ingen ska höra henne, låser upp lägenheten och låser om sig, klär av sig, bäddar ner sig, somnar nästan med ens. Jo, Vera borstade tänderna, varför, ska hon alltid behöva förklara sådant.

Innan hon somnar tänker hon att hon inte sett ett enda bi eller en enda humla denna sommar. Knappt en fjäril. Utan att tveka förstår hon att det kan innebära att jordens undergång är nära. Än tydligare blir det för Vera när öppenvården på morgonen ropar i brevinkastet att de önskar tala med henne.

27

Nea

Nea ringde modern redan under måndagen. Nea hade tänkt intensivt på modern under söndagskvällen, drömt om henne på natten, och nu på morgonen fanns modern i hennes tankar från den stund Nea slog upp ögonen. Nea var bekymrad, orolig. Det var som att helgen med familjen kastat ett särdeles starkt ljus över modern, fadern likaså, men mest modern. Förstärkt av alla de känslor och funderingar Nea bar om Dennis död, var det som att hon var mer sensitiv och mottaglig för stämningar än hon brukade vara. Det modern förmedlade bådade inte gott. Så vilsen och skör hade Nea kanske aldrig sett henne. Vilsen hade modern som sagt alltid varit, men med en slags integritet som av och till gav sig till känna, blossade upp och förmedlade till omgivningen att såhär tänker jag och agerar i min vardag utifrån de förutsättningar som är mig givet. Men nu var det som att modern var på väg in i sig själv på ett sätt som skrämde Nea, som hon var på väg att helt tappa fotfästet – sådant som kunde sluta med döden om hon inte fick hjälp i tid. Eller i psykos. Nea rös av oro, fick tårar i ögonen när hon erinrade sig hur helgen varit. Och fadern var som vanligt blind för det som rörde familjen, hustrun, i hans huvud var det Missionen, i huvudsak de ensamkommande flyktingbarnen som stod i fokus, i hans huvud var det hans syn på Gud som stod i fokus.

Kanske överdrev hon, kanske hade modern alltid varit på ett likartat skört och vilset sätt. Små variationer. Eller så var det så att Nea såg modern i ett klarare ljus än tidigare. Hon reste sig upp, gick obeslutsamt och nervöst fram och tillbaka i lägenheten, kände sig på något underligt vis instängd. Alla dessa känslor som stöttes fram och tillbaka inom henne utan möjlighet att förlösas – hjärtats ångestfyllda slag bakom revbenskorgen. Det var som om Nea övertog moderns känslor – moderns känslosvall överfört till henne.

Nea tänkte på Dennis död, Missionens reaktion, hennes far, direktorn, att ingen deltagit på begravningen. Fokuset som huvudsakligen handlade om att komma tillbaka till det normala inom organisationen, köra på i samma gamla invanda hjulspår, framför reflektion och rannsakning – så arg och besviken hon blev över det. Så känslokallt det kändes. Hon kunde förstå fokuset på de ensamkommande, hon delade synen på deras stora behov av stöd, att landet hon växt upp i borde kunna hjälpa dessa till ett tryggt och stabilt liv. Barn och ungdomar och vuxna som kom från krig, svält och förtidig död för sina anhöriga.

Hon tänkte att det tog alldeles för lång tid att få uppehållstillstånd, och när beskedet kom, så många som gavs ett nekande svar, som tvingades lämna landet trots att de kanske rotat sig här, det var fruktansvärt, svårt att begripa hur myndigheterna tänkte, och i spåren av det: självmorden, eller försöken därtill som liksom blivit vardagsnyheter, eller pojkar som rymde och levde på gatan, med allt vad det innebar. Nea tänkte på faderns berättelse om den ångestfyllde pojken från Aleppo som under ett obevakat ögonblick hoppat ut genom fönstret från tredje våningen, hon visste hur illa pappan tagit sig av den händelsen, fadern hade ett stort hjärta, det kunde hon inte förneka... men inför hustrun, var han blind, och inför människor som Dennis, sjönk tyvärr hans medmänsklighet betydligt – eller kanske snarare förmågan att förstå vilka behov som fanns – ansvaret det innebar att stödja dem som bodde på Z och X.

Vad LSS innebar – empowerment, mänskliga rättigheter.

Hur fadern likt många andra låg kvar i otidsenliga, mossiga tankestrukturer, måhända omedvetet agerade exkluderande och förminskande för denna grupp av människor som man gjort i århundranden. Det satt som gjutet i befintliga tanke- och språkstrukturer. Krävde en hel del att göra något åt.

Nea tänkte att medvetandegörandet var ett steg, en ständigt pågående diskussion och reflektion ett annat steg.

En djupare förståelse för SoL och LSS, som alltför få tog på allvar – insåg vidden av.

Nea tänkte att alla anställda, direktorn inkluderat, volontärer borde sättas på skolbänken och lära sig vad demokrati djupast innebar. Hon tänkte att Missionen var en alltför mossig organisation som behövde renoveras och förnyas.

Nea beslöt sig för att ringa modern efter det att hon ätit frukost, redan idag, måndag, komma överens om en tid att träffas. Modern måste komma iväg ifrån villan, om än enbart för en eftermiddag. Hon måste få modern på andra tankar, väcka känslor till liv som säkert fanns där djupt inne i modern, och vem var bättre skickad än hon att ta tag i den biten. Det var som en mission, tänkte Nea. Det handlade om livet. På sin spets, liv och död.

*

J tänkte på Nea hela söndagskvällen men han vågade inte ringa henne. Egentligen ville han ge henne tid till onsdagen, han ansåg att han inte ville visa sig alltför angelägen, en känsla som han i samma stund han formulerade den, fann naiv och rent av löjlig, men ändå, han ringde inte, paralyserad satt han framför TV: n hela kvällen och såg på meningslösa program han efteråt inte kom ihåg vad de handlat om. J sov oroligt hela natten, men på måndagsmorgonen kände han sig ändå stark och distanserad till sina känslor för Nea, varför han beslöt sig för att onsdagen lät bra, hon kunde väl kanhända undra, och förhoppningsvis på eget initiativ söka honom, tänkte han och log en smula. J kokade sitt kaffe, stod i köksfönstret och såg ut mot gatan, spårvagnarna som plingade förbi, människorna – som pappersdockor, tänkte han. Eller marionetter styrda av värderingar de inte rådde på, sådant som var automatiserat, som att andas med snörpt luftstrupe.

*

Nea ringde modern efter frukosten. Många signaler gick fram innan hon svarade, sömndrucket, tänkte Nea, eller snarare vilsen som alltid.

Hej mamma, sa Nea så glatt hon kunde, ännu en underbar sommardag vi har framför oss.

Mmm, sa modern.

Det var så roligt att träffa dig i helgen mamma.

Detsamma, svarade modern.

Jag har tittat över mitt veckoschema och torsdag är en passande dag, har du möjlighet att träffas då, mamma, på torsdag alltså?

Det tror jag nog, vad jag kommer ihåg har jag inget inbokat.

Nej, lilla mamma, tänkte Nea, något inbokat har du säkert inte, men hon gav ingen kommentar, sa istället, kan vi bestämma torsdag, mamma?! Det vore så trevligt!

Ja, det tror jag nog, du kan väl ringa mig på onsdag kväll, så vet jag säkert att inget har kommit emellan, sa modern och gäspade.

Jag behöver nog sova ett tag till, fortsatte hon, du vet så svårt jag har för att komma till ro, och inatt var inget undantag, jag vet inte hur många gånger jag var uppe och gick omkring, utan varken mening eller mål.

Sov du, mamma, så ringer jag dig på onsdag kväll, sa Nea. Det ska bli så kul, upprepade hon.

Mmm, sa modern, hej då så länge Nea.

Hej då mamma, sa Nea – och samtalet avslutades.

Nea kände tårarna i ögonvrån, det var så tragiskt, tänkte hon, mamma, så ung, och så uppgiven, likgiltig, och Nea som nästan antog rollen att vara mamma till sin mamma... det kändes inget vidare, tänkte Nea, reste sig upp, gick ut i köket, tog fram ett glas ur skåpet, vred på kranen och lät vattnet rinna en god stund innan hon fyllde det till brädden och drack vattnet i djupa klunkar. Men nu skulle det bli ändring på det, vad hade man annars en familj till om man inte stöttade varandra när det behövdes? frågade hon sig. Dessutom var det ett givande och tagande, modern kunde säkert återgälda när hon blev starkare. Det var det man missat med Dennis, han hade ingen familj som riktigt kunde stötta upp utan var hänvisad till personal och en organisations väl- och/eller motvilja. En organisation som inte hade tid med honom och definitivt inte ansåg att det var lönt att lägga ner mer resurser på honom än vad som redan gjorts. Sjukt, tänkte Nea. Men med hennes mamma var det annorlunda, Nea fanns och hon kunde stötta modern att liksom komma på rätt köl, hon skulle göra allt som stod i hennes makt att hjälpa modern tillbaka till livet, glädjen, livsbejakelsen. Starkare än modern någonsin varit, skulle hon bli. Den stegrande tanken gav Nea en härlig känsla som spred sig som porlande champagne inom henne.

Därefter ringde telefonen, det var J som ringde. Nea suckade, men svarade: Hej, är det du som ringer.

Hur har du det? undrade han, hur var det i nästet...

Nästet, jag vet inte om det precis är den rätta beskrivningen, sa hon och kände sig plötsligt irriterad. Vem var han att komma och ha synpunkter innan hon sagt något?

Ja förlåt, sa J, som kände på sig att han gått för långt, det var inte meningen att såra dig, det är dina föräldrar, och helgen har kanske varit bra på flera sätt.

Ja, det har den, svarade hon mer trotsigt än hon avsett, men jag förstår dig, jag har ju...

Du har ju berättat att det inte alltid är så lätt, avbröt han.

Det har varit blandat, bäst var det att jag ska träffa mamma på torsdag.

Jaså, sa J, men det är väl din enda lediga dag den här veckan, du jobbar väl helgen?

Nea tänkte att detta var ett bra läge att klippa av och, ja, vad skulle hon egentligen med J till, tänkte hon, istället sa hon, jag är ledig lördag kväll. Vill du träffas då?

Frågan är om du vill träffas?

Åter kände Nea irritationen välla upp inom sig, men istället sa hon, klart jag vill, men fram till dess vill jag vara ensam, och fundera över allt som hänt, jag menar det här med Dennis och pappa och Missionen.

Ja, vad sa han?

Inte mycket, det var mest jag som pratade, jag som var arg över att man inte brytt sig om Dennis tillräckligt.

Vad sa han om organisationen? Vad tänker man göra? För-
ändra? Finns det inte något du kan berätta?

Vi kan väl ta det på lördag, sa hon och blev för en stund tyst i
mobilen. Han sa inte så mycket om det, sa Nea därefter, för att
ha något att säga, jag fick inget grepp om vad han ville. Eller,
snarare sa han en hel del mellan raderna som jag vill fundera
igenom, innan jag säger något om det.

Ok, sa J, jag förstår – vågar jag säga att jag längtar efter dig.
Nea skrattade till. Klart du får. Och jag längtar efter dig också,
sa hon, fast hon egentligen inte visste om det var sant.

Gör du?

Ja, svarade hon. Det ska verkligen bli trevligt att träffas på lör-
dag, vi kan väl höras på fredag, då har jag träffat mamma, så
bestämmer vi något.

Mmm det låter bra, sa J, aningen dröjande, kunde knappast
dölja att han inte var helt nöjd med att behöva vänta ända till
lördagen.

Inte heller J visste om att Nea aldrig påbörjat sitt sommarvika-
riat på Z. Det hade inte blivit av. Skönt var det, menade Nea.
Det hade säkert blivit diskussion om varför, hon som tvingats
förklara sig och diskutera mer än hon orkade med. Känslor och
åsikter. Hon var inte färdig med något. Behövde tid för sig själv
att reda ut. Släppa in J och andra i en takt som passade henne.
Det hade dessutom blivit så stort. Handlade lika mycket om
henne själv som Dennis, hennes far och nu hennes mor. Men
visst kostade det på att ljuga, det kunde hon inte förneka.

Idag skulle hon hålla sig hemma, slappa, läsa lite, laga sig en
god middag och kanske slötitta på TV. Imorgon tänkte hon åka
till havet, promenera längs med hällarna, ta med sig anteck-
ningsbok och penna, kanske skriva några rader om vad hon
kände, kanske bada, om vädret tillät. Vara för sig själv och söka
ha det bra på egen hand. En känsla Nea förstått att hon var mer

i behov av än kanske någonsin förr. En känsla hon ville ha rent samvete inför.

28

Varken hustru eller moder

Hon vill inte alls kallas för hustru eller moder. Det är i så fall inte henne man talar om, begreppen som sådana tillhör en allmän sfär som inte rör henne, hon vill överhuvudtaget inte kallas för något, hon är ingen och så vill hon att det ska vara. Om hon händelsevis finner eller rent av drar fram ett ögonblick där hon står rak som någon, är det utifrån hennes premisser och inget annat. Och där är hon knappast. Varför hon fortfarande stampar kring som en galning eller slöfock på Moder Jord, omsluten av ett nedslipat kargt och intetsägande klipplandskap, egendomliga anor från senaste istiden, strax utanför en stad som knappast besitter en själ att orda om, staden som varit hennes sedan barnsben, staden som tömt, dränerat henne på allt innehåll av intresse (och därför egentligen aldrig varit hennes), varför hon går här med grå ögon och bister min och ser med suddig blick ut mot det energislukande havet, den löftestunna horisonten, liksom genom en immad glasskiva (här finns ingen Gud att skåda), solen som bränner hennes kinder och panna och tatuerar hennes ansiktshud med bruna solfläckar, håret som grånar, orden som tryter, kroppen som sackar efter, handlar om feghet, eller möjligtvis sådan vana vid smärta att om det någon gång, vid något tillfälle, finns det man möjligt kan identifiera som liv inom henne, är det i högsta grad frågan om ett särdeles frosseri i smärta, som samtidigt, eller sekunden därefter, lyfts eller kanske sänks till en smärta som inte längre tillhör henne, som ligger där på klippan med knäckt nacke – hon kan se det från köksfönstret. Hon: konkret och abstrakt på en och samma gång. Bilden av sig själv hon bär på, som på något sätt blandas samman med bilden av den man som valde att bränna sig till döds på Missionens kontor, går eller snarare passerar genom henne utan att få fäste annat än i just en universell mening, likt räkosten som glider av mackan och upphör i samma ögonblick, alltså till sin funktion, utmynnande i ett ingenting, som vanligt i ett ingenting, därför kan hon utan minsta darr på rösten konstatera att hon inte vill träffa dottern, hon är bara för feg att säga det rakt ut, fegheten som även den lätt hamnar i den universella smärtans sfär, som Gud, Herren, det samma som den fallne, den svarte ondgöraren hon drömmer illa om på nätterna. Allt det där hon nu är på väg att lämna bakom sig. När hon tänker efter, således lämnat efter sig för länge sedan. Hon som varken är hustru eller moder. Vad rör henne smärta. Vad rör henne livet. Vad rör henne självbrännaren?

Hon som rör sig så hastigt mellan rummen att hon inte lämnar fotavtryck efter sig.

Hon minns dagen mormodern låg på sitt yttersta, nerbäddad i sin väldiga järnsäng, med mässingsknoppar som stack upp från varje hörn – likt utomjordingar bäst att undvika för en liten människa som henne. Hon, som kröp upp och höll så hårt om den gamla – mormodern som sov sin besynnerliga sömn, okontaktbar, rosslandet från lungorna, det var som att den gamla sjönk ner i ett landskap av sump- och träskmark, underliga figurer och skuggor, avlövade träd, fiskskelett, rovdjurskäftar. Flickebarnet som höll så hårt om sin mormor att hon nästan miste andan, drevs med av bara farten, barnet som desperat sökte hålla kvar livet i sin mormor, visa utomjordingarna hur livskraftig hon var – att det var hon som representerade livet. Låg där och höll om sin mormor vars liv rann iväg, eller blev bestulet, och flickan som kunde känna avlägsnandet i sina fingertoppar, det var som snö i tö, som fick en ansiktshy lika vit som sin mormor, och de vuxna kring dödsbädden, kämpande av alla sina krafter innan de kunde frigöra barnet från den nyss avlidna. Det var som att hon och mormodern växt samman, som lavan vid stenen, just som de varit oskiljaktiga i livet. Och mer sant och riktigt kunde det inte ha varit. Hon var lika död som sin mormor. År efter år. Samma känsla av frånvaro.

För ett antal år sedan, när hon ännu bodde i de centrala delarna av staden, i en rymlig lägenhet med maken och dottern, hade hon för vana (när ork i all sin omöjlighet infann sig) att gå på promenad i staden. Hon minns vid ett tillfälle, ett stort skyltfönster som väckt hennes uppmärksamhet, när hon gick närmare såg hon att det var ett café, varför hon ställde sig tätt intill det gigantiska fönstret, kupade händerna om ansiktet och tryckte sig mot rutan, och då, när bilden av caféets interiör framträdde, såg hon plötsligt alla sina väninnor hon haft innan hon gifte sig och blev med barn, där var Frida, Eva, Gunnel, Lena, Lotta och Annika – alla från hennes barndom och tonår var där, liksom placerade kring bord utifrån olika år från hennes uppväxt, hon kunde inte tro sina ögon, det var ofattbart det hon upplevde, som en drömsyn, och ändå så verkligt. Det var med kött och blod hon såg sina barndomsvänner röra sig därinne på caféet, samtala och lyfta koppar och glas till sina törstande munnar. Så gick Frida, hennes bästis från åren sju till nio fram till det gigantiska fönstret och kikade ut, just som ett barn gör med en särdeles nyfiken blick, ett barn som i samma stund fått syn på något av högsta intresse, och då, hur hon knackade på rutan för att Frida skulle se henne, knackade allt hårdare, så hårt att det snart kom ut en man från caféet och frågade vad i hela fridens namn hon sysslade med, hon minns att hon sett förvånat på honom, och när hon sedan vände blicken tillbaka mot fönstret och åter kikade in, var ingen av flickorna kvar på caféet, inte ens

Frida som stått så livs levande framför henne på andra sidan fönstret, några spridda gäster vars ansikte hon inte alls kände igen, var allt hon såg och det var då hon insåg att hon gjort sitt – det fanns självklart ingen väg tillbaka, men inte heller framåt, hennes liv var slut.

Cirkeln som slutligen öppnas upp

Det fanns också en annan utväg, som växt fram efterhand och som kändes bra ju mer tid hon ägnade tankegången, det gällde emellertid att vänja sig vid vad som vecklade ut sig, fundera igenom och söka distans från rädslan som pyrde i bakgrunden, bli familjär med vad det innebar att följa tankegången till den punkt handling krävdes för att gå vidare. Tanken handlade om att ge sig iväg, försvinna från hemmet, mannen och dottern, från staden, kanske lämna landet och börja om någon annanstans, jo, jo, tänkte hon, och log faktiskt en smula, det skulle allt resultera i en riktig fullträff, att gå upp i rök och aldrig mer ge sig till känna. Känslan var självfallet inte helt igenom friktionsfri, dottern skulle hon sakna, säkert såra, och såhär några år efter att hon tänkt tanken första gången, skyllde hon på dottern som främsta orsak till att hon inte gjort slag i saken. Att hon valt att stanna. Men nu, tänkte hon med stegrad entusiasm, dottern var ju så stor, självsäker och klar i sitt tankesätt, kanske inte över vad hon skulle göra och ägna sig åt i livet, där var dottern fortfarande vilsen, lite barnslig, tänkte hon, men dottern hade trots allt byggt upp en viss stadga i sina värderingar, klarade sig förhållandevis bra. Med tanke på sin bakgrund: utmärkt. Kunde till och med stå rak i ryggen mot fadern. Och det var stort.

Mötet under helgen hade ställt det på sin spets. Så rätt Nea hade haft, dottern hade klart för sig hur det var för henne att gå där som ett spöke mellan rummen. Det var liksom nu eller aldrig. Det var verkligen dags att göra slag i saken, tänkte hon som varken vill bli kallad för moder eller hustru. Dags att lämna allt, även om hon skulle dö på kuppen.

I samma ögonblick tänkte hon att hon måste skriva ett kort till dottern när det fanns tillfälle, vid en tidpunkt då ingen kunde spåra upp henne, hon skulle skriva och berätta att hon hade det bra, att hon levde, och inte hade någon annan avsikt än att börja om på en plats hon inte kände till, en plats där ingen kände henne, att livet var så kort, hon lidit så länge, hon var säker på att dottern förstod en sådan tankegång. Att hon skulle förlåta henne. Att den smärta hon skulle förorsaka dottern på så sätt mildrades.

I början, efter händelsen vid caféfönstret, när det värsta svårmodet lagt sig, hade den alternativa tanken gjort henne stark, det var som att hon redan var på väg och det stärkte henne kolossalt, hade liksom frikopplat henne från maken, men så hade hon sjunkit in i oföretagsamhet, sitt invanda sätt att tackla sitt liv, just känt att allt var över, försent, omöjligt att göra något åt. Rädsla och mörker. Månaderna gick, blev till år och styrkan omvandlades således till sin motsats, hon anfölls av negativa tankar, alltifrån att hon var en feg stackare, till att hennes tanke att börja om på en annan plats, var en önskan från en som inte klarade av att fullfölja sina planer, för vek och ointelligent för sådant äventyr – ja, att hon skulle förbli den förtryckta hustrun som år ut och år in tassade i mannens fotspår tills döden grep tag i henne och svalde henne med hull och hår.

Hon tänkte att valet att stanna kvar för dotterns skull bara var ett svepskäl för att hon inte vågade.

Så brände mannen hon inte kände sig till döds på Missionens kontor och det var då hennes tankar att ta sitt liv återuppväcktes, och samtidigt, otroligt nog, som ett parallellt spår vaknade hennes längtan efter att bryta upp, till liv igen. Det var som att självdöd gick hand i hand med sin motsats, som om självdöd egentligen representerade två sidor med lika definitiva om än olika slut. Och nu, efter att Nea varit på besök, hon således sett hur väl förankrad och stark dottern var, smittade det av sig på henne, överfördes från ena sekunden till nästa, och hon kände hur hon växte, det handlade om oanade krafter, hon blev beslutsam, målinriktad, kände alla goda krafter på en och samma gång vibrerande inom sig.

Tillståndet hon ryckts in i gjorde henne rastlös och manisk, rädd för att den plötsliga kraften skulle sina lika fort som den uppstått – om hon inte handlade kvickt. Det kunde röra sig om dagar, eller som allra högst ett par veckor, det var den tid hon hade på sig, sa hon sig. Vart hon skulle resa, visste hon inte, men hon hade en bra slant på banken, tillgång också till ett gemensamt konto med maken som hon kunde överföra en del pengar från, till i första hand sitt eget konto. Kanske borde hon öppna ett konto i en mindre privatbank som höll på sekretessen och inte skvallrade i första taget vare sig för maken eller polisen, hon kände till en bank hon kunde höra sig för hos. Redan samma eftermiddag hon tänkt dessa tankar, två dagar efter att hon talat med dottern, och halvt om halvt bestämt att de skulle träffas på torsdagen, överförde hon en stor summa från det gemensamma kontot hon hade med maken och tömde sitt eget konto, satte alla pengar på privatbankens konto, efter ett bra samtal med dess chef. Att maken skulle gå in just den dagen eller nästa dag och upptäcka överföringen såg hon som en omöjlighet. Därefter packade hon några ombyten kläder, personliga ägodelar och passet, placerade väskan på ett säkert ställe där ingen annan än hon själv kunde finna den, ringde själv upp dottern och bestämde med henne att hon skulle komma hem till henne klockan två på eftermiddagen följande dag. När sedan direktorn kom hem på kvällen, sa hon till honom att hon skulle träffa Nea nästkommande dag, att hon skulle ta bussen, att resan och träffen med dottern skulle göra henne gott. Direktorn svarade att han tyckte det lät bra, att han själv hade ett viktigt möte på torsdagen och skulle komma hem sent, varför han förmodligen inte kunde hämta upp henne. Hon svarade, att det gick bra att ta bussen hem också, det var ju så ljust ute, sa hon och gav maken ett leende. På torsdag morgon vinkade hon av maken utan minsta känsla av förlust eller tvekan och gick sedan för att hämta sin väska. Hon tänkte på Nea, och kände ett hugg i hjärtat. Hon skulle sakna dottern, hon skulle såra henne med sin flykt, att hon ljugit för henne, med det fanns inget annat sätt för henne, hon var inte färdig med livet än, sa hon sig. Och så fort hon fick möjlighet skulle hon skriva ett kort. Därefter låste hon dörren efter sig, lade nyckeln under stenen vid den nu utblommade, men gott lövade syrenbersån, under en tom kruka, som även maken kände till, och gick den korta promenaden till busshållplatsen, där bussen stod och väntade, steg upp, betalade, och när bussen for iväg vände hon sig inte om en enda gång.

Märkligt nog kände hon mannen som bränt sig till döds vid sin sida. Det fanns en särdeles styrka i hans beslut som hon girigt sög åt sig, som i all sin tragik fick henne att växa som hon väl aldrig förr gjort. Att ta sitt eget liv fanns inte på kartan.

29

Det uteblivna mötet

Det var modern som ringde Nea på onsdagen. Modern verkade nöjd och positiv, inte alls frånvarande och reducerad som Nea uppfattat henne under helgen, eller vid måndagens samtal. Där fanns en entusiasm, modern väl sällan visat, och Nea sa till modern att hon såg fram emot deras träff på torsdagen. Samtalet var över på en minut. Klockan två följande dag lovade modern vara hos Nea.

Nea sträckte ut sig på soffan. Tänkte att moderns optimism var för bra för att vara sann. Hon fick lust att ringa och prata med J. Han kunde ge henne det perspektiv hon kanske saknade. I samma stund kom oron. Hur kunde modern plötsligt vara så positiv och livsbejakande? undrade Nea och kände tvivlet växa. Sekunden efteråt reste Nea sig upp från soffan, gick ut i köket och satte på tevatten. J hade hon glömt. Nea slog bort oron så gott det gick, och försökte koncentrera sig på vad roligt det skulle bli att träffa modern. Hon hade redan tänkt ut vilket café de skulle gå på, beläget i de kvarter modern gärna beskrev med värme och nostalgi – därefter tog Nea sin kopp te, slog sig ner vid datorn och surfade på Facebook och Instagram.

Vidare till GP, fastnade hon för en artikel som handlade om holländska miljonärer som bakom kulisserna tycktes äga Postkodlotteriet. Man tjänade otroliga summor på lotteriverksamheten, ökade sina vinster betydande för vart år som gick, genom att designa berättelsen om Postkodlotteriet som godhetens apostel. Miljontals kronor som slank ner i privata fickor. Nea suckade uppgivet. Att man så gjorde vinstgivande affärer på människors olycka, och att människor i allmänhet inte sa ifrån utan drevs av en personlig girighet, trots att många hade det mer än bra, hade hon svårt för att förstå. Hon tänkte: att hon inte köpte dessa lotter var egentligen inte en tillräcklig handling. Varje individ borde ta sitt ansvar, säga ifrån. Kräva strukturella förändringar. En tankegång som gav henne en känsla av personlig skuld, varför hon knäppte på TV:n och sjönk in i en tårdrypande film om en hund som varje arbetsdags slut väntade på sin husses hemkomst vid en tågstation även efter det att hundens ägare gått bort.

På torsdagen vaknade Nea tidigt. Hon hade sovit oroligt under natten. Underliga drömsekvenser for förbi hennes näthinna om modern som satt sig på fel buss och trots att hon och Nea hade telefonkontakt kom modern aldrig fram. Hon bytte från den ena bussen till den andra, men för varje byte kom modern längre och längre bort från staden. Nea sa till modern att hon skulle gå fram till busschauffören och fråga honom var hon befann sig, be honom släppa av henne vid nästa hållplats, uppge hållplatsens namn för Nea som skulle ta taxi och hämta henne. Då bröts samtalet. Och när Nea försökte ringa upp modern kom hon inte fram. Linjen var död. Snart dog även Neas mobil. Hon sökte efter sin laddare men fann den inte. Sprang över till grannen, som inte öppnade. Rusade upp och ner för trapporna, möttes överallt av stängda dörrar. Hur hårt hon än knackade på varje dörr hon passerade var det ingen som öppnade. Ingen som kunde hjälpa henne att ringa modern.

Känslan att hon aldrig mer skulle lyckas få tag på modern levde kvar inom henne en god stund av förmiddagen. När så klockan blev ett beslöt sig Nea för att ringa modern, för att försäkra sig om att hon var på väg, men av någon anledning svarade inte modern. Klockan passerade halv två, två, halv tre, tre, men modern syntes varken till eller svarade i mobilen. För varje sekund blev Nea mer och mer övertygad om att drömmen varit en slags sanndröm, ett varsel vilket gjorde att hon blev alltmer desperat och förtvivlad. Hon ringde modern var femte minut. Till slut gick det inga signaler fram. Det var som om moderns mobil hade varit på och sedan antingen medvetet stängts av eller på grund av batteriet självdött.

Då det inte heller gick att nå fadern via mobilen, lämnade Nea lägenheten i hast, sprang den kilometerlånga vägen till det nya kontoret, rusade upp för trapporna där Siv satt och bet på naglarna bakom receptionsdisken. Nea frågade efter fadern och fick till svar att han satt på en restaurang tillsammans med några kolleger inte alls långt från kontoret. Nea visste omedelbart vilken restaurang det var frågan om, vände på klacken, sa hej till

Siv och rusade nedför trapporna, bort mot restaurangen som endast låg några hundra meter från Missionens kontor.

I bakgrunden syntes måsar och trutar observera en springande ung kvinna tigande från hustaken. Och i utloppet simmade en ensam skarv tätt intill havsytan, dök plötsligt och försvann i djupet.

*

Man sitter vid ett runt bord i en avskild del av restaurangen. Direktorn, ekonomichefen, en känd före detta riksdagspolitiker, ursprungligen dokusåpavinnare, numera vårdbolagsdirektör, och två andra män och en kvinna som Nea senare får veta är en manlig stadsdelschef från samma del av staden där Missionen i huvudsak är verksam, en kvinnlig chef från ett privat vårdbolag väletablerat i staden inom främst personlig assistans och en utländsk man som direktorn i efterhand aldrig lyckas förklara vem han är.

Nea skyndade hastigt fram till fadern, ignorerade de övriga vid bordet, ryckte i faderns kavajärm och sa åt honom att hon måste prata med honom enskilt. Direktorn som gav dottern en inte helt uppskattande blick, ursäktade sig gentemot sällskapet, reste sig upp och följde dottern ut till vestibulen, där han drog med dottern utanför restaurangens dörr. Nea berättade. Hon ligger säkert och sover, svarade han, det är inte första gången Nea, hon gjort oss besvikna. Man kan inte lita på henne, det borde du veta vid det här laget, fortsatte han och sökte samtidigt dölja irritationen som av någon anledning var på väg att växa honom över huvudet.

Fadern sa till dottern att han inte tänkte lämna mötet, att det var ett viktigt möte han satt i – också bad fadern dottern att avvakta.

Nea frågade vad han hade för fuffens ihop med den före detta riksdagspolitikern som bevisligen tjänat 100-tals miljoner på ungdomar som for illa? Direktorn svarade med att åter påpeka för dottern att hon inte skulle oroa sig för modern, att han lovade att ringa Nea så fort han kom ut till villan, att det kunde bli rätt sent, sa han. Att modern säkert fanns därute. Därefter såg direktorn hastigt på klockan, sa till Nea att han måste återvända till mötet. Som inte alls är skumt på något vis, tillade han, tvärtom ett möte som avsåg gynna Missionen. Nea undrade på vilket sätt, men då var direktorn redan gången. Nea såg in i restaurangen genom att kupa händerna mot restaurangfönstret, såg hur fadern åter slog sig ner vid bordet och strax återupptog det avbrutna samtalet. Den före detta riksdagspolitikern kastade ett öga mot restaurangens fönster vid ytterdörren där Nea stod, såg på Nea på ett sätt som om han inte gillade vad han såg. Nea drog sig genast tillbaka och gick därifrån. Tänkte med en djup suck att fadern förmodligen hade rätt. Att det var hennes dröm som oroat henne mer än fakta. Tanken både lugnade och gjorde henne irriterad. Hon tänkte med stegrad irritation att då får modern ligga där i sin egen misär. Att hon inte kan tvinga henne, att det är moderns eget val. Att det inte ska få förstöra hennes kväll. På så sätt kan man säga att dottern övertog faderns reaktion.

30

Vera

Vera har vänt på dygnet. Det är verkligen något som är nytt för henne. Vera har alltid varit en utpräglad morgonmänniska, uppe med tuppen, som hennes mormor brukade säga. Det är

Vera i ett nötskal. Eller det var Vera i ett nötskal. Förändringen kom snabbt. Det började i våras, eller kanske tidigare. Kanske förra hösten? Tiden går så snabbt, tänker Vera. J arbetade i huvudsak kvällar, och kontakten mellan Vera och J hade växt och blivit riktigt god.

J var snäll, ansåg Vera, hade en finstämd blick för stämningar, flexibel i sitt tankesätt, kunde erkänna när han gjort fel, eller varit för stressad. Det märktes att han ibland inte räckte till, att det kunde vara för mycket att göra. J ville finnas för alla, strävade efter att alla skulle ha det bra, och då räckte det inte med en personal, det visste varenda kotte på Z, i synnerhet när någon mådde extra dåligt, då måste den ensamme personalen göra ett val, prioritera som det så förnämligt och en smula kyligt heter. Oftast kommer det praktiska i första hand. Som det här med måltiderna. Maten ska lagas, porslinet ska fram, kaffet ska kokas, disken ska diskas. Samordnaren säger att maten måste fördelas, eller i vart fall hållas koll på, samordnaren säger att flera av de boende bara tänker på sig själva och tar så det inte räcker till övriga. Om J lagar mat finns det alltid så det räcker och blir över, men om maten kommer från cateringen kan det vara snålt tilltaget och då får det hållas koll. Det är en hel del som ska till för att det ska flyta på. Och det är noga med tiden, ja, där har personalen sig själva att skylla, menar Vera, de boende har vant sig vid exakta tider, och en del står på kö och väntar eller kretsar oroligt kring grytorna, likt utsvultna katter, när klockslaget närmar sig för mat. Kanske, tänker Vera, beror, »hålla koll på«, den praktiska belastning personalen gärna talar om och förvisso utsätts för, att man byggt upp en mini institution utifrån gamla mönster, och där står både personalen och de boende med skägget i brevlådan, menar Vera.

På kvällarna är det i allmänhet lugnare, efter kvällsmaten. Förr gick Vera alltid ner till sig, direkt efter maten, nu stannar hon kvar eller återvänder senare på kvällen, helst när J arbetar, och det har han gjort ett bra tag nu. Tiden går så fort, månader blir år, och snart vet man inte när saker och ting började, slutade, hur länge det har pågått, tänker Vera. Ibland hoppar Vera över kvällsmaten, och lagar eget, det kan bli så sent att klockan närmar sig midnatt. Vera känner sig då som att hon gör något förbjudet men egenvalt – vilket påminner henne om när hon vaknade på natten när hon var liten och smög iväg till kylskåpet för att ta sig ett glas mjölk och en skorpa, försiktigt för att inte väcka sin morfar, som var så lättväckt – en typ av beslut personalen absolut inte uppskattar, trots att den sena måltiden tillreds hemma hos henne och ingen annan vet om det. Inte heller har personalen med det att göra, tänker Vera, men så är det, överallt auktoriteter som vet bäst, som talar om vad som är normalt, sunt för liv och hälsa. Ja, på tal om auktoriteter, och uppväxt hos morföräldrarna: mormor var väl någorlunda mild men morfar, visste hur man satte folk på plats, minns Vera.

Alltså var det J som arbetade, kunde Vera stanna till lite efter nio på kvällen, i det höll hon noga koll på klockan. Hon ville inte att nattpersonalen skulle se henne, och veta om hennes ändrade vanor. Naturligtvis var det naivt att tro att nattpersonalen inte visste om det, dagpersonalen rapporterade minsta avvikelse, säkert även J, men det var just känslan. Känslan av egenliv. Egenval. Integritet.

Nå, det började med J, men snart var Vera i det gemensamma även när övrig personal jobbade, kanske stannade hon inte lika länge, men ändå.

Således under många års tid hade Vera lagt sig vid sju-åtta tiden på kvällen. TV var inget hon fann nöje i. Tyckte det var svårt att hänga med i vad som sas och utspelade sig på skärmen. Ibland var det dessutom skrämmande program som gav henne mardrömmar. Eller så grät hon. Som när hon fick se barn som for illa, arabiska magra små barn med svullna magar, håliga kinder och synliga revben – hon klarade inte av det. Och humorn, nej! den delade hon inte. Det här med ironi som man gärna an-

317

vände sig av som ett sätt att skämta, upplevde Vera mer som personangrepp, som ökade ondskan i världen. Gränsade farligt nära mobbing, kunde hon tycka. Även om hon samtidigt kunde förstå att humorn ibland avsåg peka på orättvisor, absurditeter. Och att det då kunde behövas hårda tag. Redan vid fem var hon uppe – oavsett årstid, var det ungefär det samma. Men nu uppskattade som sagt Vera kvällarna, gärna senkvällarna, ja, var hon uppe hos J fram till strax efter nio, var det riktigt skönt att gå ner till sitt eget och sätta sig i soffan, tända ett ljus, kanske koka sig en kopp the, eller som sagt laga till en enkel måltid och bara mysa för sig själv. Det hade hon aldrig gjort förr, trodde hon.

Men att titta på TV gjorde hon fortfarande inte. Var TV: n på i det gemensamma och hon var ensam med J, bad hon honom att stänga av TV: n, annars satte hon sig med ryggen mot.

Vera kunde gå fram till ett av fönstren i sitt kombinerade sov- och vardagsrum, öppna fönstret på vid gavel, stå i draget, luta sig ut, spana efter liv och rörelse och njuta av kvällen. Hon kunde stå där länge (tappade som vanligt greppet om tiden) och se hur fler och fler ljus släcktes i fönstren på andra sidan gatan, hur det blev allt tystare och lugnare, glesnade av med spårvagnar och bilar, människor. Snart endast några måsar som seglade högt på himlen, måsarnas vita vingar utsträckta mot en nattblå himmel, ett antal ljusstarka stjärnor som lyckades bryta sig genom alla ljusen från staden. Stadens ljus, som Vera hade läst, lade sig som ett bakvänt lock över rymden och gav natthimlen en ljusare färg än ute på landsbygden och som kunde hindra henne från att se stjärnorna och planeterna. På helgerna var det mycket ungdomar som strosade kring, uppsökte krogar i närheten och förde ett fasligt liv, sjöng och skrålade, men vardagskvällarna och i synnerhet söndagarna var det så tyst och lugnt att Vera inte ville släppa känslan och stänga fönstret.

Enligt grannen, Lasse, var det aldrig så tyst och lugnt som Vera beskrev. Lasse hävdade att det kunde bero på att han hade en hunds hörsel, få ljud undkom hans uppmärksamhet. På det sättet kunde man säga att han var en hund fångad i en människas kropp. Ljud gjorde honom sjuk och oändligt trött utan att kunna sova, eller koppla av. Överlag saknade han selektionsförmåga, sa han.

Vera svarade att bra hörsel och brist på selektion inte nödvändigtvis var detsamma.

Det höll inte Lasse med om.

Att Vera så uppskattade det nattliga lugnet, gjorde att hon riktigt längtade efter de sena kvällarna, även om de var kylslagna och livfulla. Om hon mått sämre på dagen, blev det alltid bättre på kvällen. Det var som att ju längre hon stannade uppe desto bättre mådde hon, varför Vera snabbt, hamnade i en situation där hon sällan kom i säng före klockan två- tre på natten. Och vid det hade det stannat. När J slutat hade känslan för natten fortsatt. Och när D tog sitt liv, hade den känslan tagit över helt. Dagen försköts, suddades nästan ut, men det spelade mindre roll, ansåg Vera.

Det fanns dagar då hon låg till elva, halv tolv, hoppade över frukosten och gick upp till den gemensamma lägenheten och startade dagen med lunch. Var det mörkt och dystert, regnigt och disigt, kunde hon vänta med att gå upp till kvällen. Eller inte alls.

Vera hade egentligen aldrig varit glad i mackor och fil, sådant som en frukost innehöll. Och lunchen, där hände det allt oftare att hon inte var hungrig.

Veras monolog

Nu är det så att J inte arbetar längre på Z, och jag är inte så mycket i den gemensamma lägenheten. Där finns också en dysterhet efter D. Ingen säger något. Men alla bär på starka känslor. Personalen tänker på sitt sätt och vi boende tänker på vårt sätt. Det har blivit ett gap oss emellan, större än det var innan. Möts man, vid måltiderna, i trappan eller på gården är alla tysta, slutna, håller på sitt. Inte ens William är på plats och muntrar upp. Jag ser honom sällan nuförtiden. Han ligger mest och sover. Madeleine, går klädd i svart. Mumlar och har för sig att världen ska brinna upp. Greg har hamnat i ett skov och är inlagd, får visst 220 volt genom kroppen.

På nätterna trivs jag bäst, så pass bra att jag egentligen inte trivs alls på dagarna, ja det skulle vara eftermiddagarna, då kan det vara skönt med en promenad till kyrkogården – en promenadsträcka som följer ett givet mönster jag gjort till mitt. Kyrkogårdsvandring passar mig alltid bra. Där finns mer liv än någon annanstans. Det förstår också fåglarna som försynt pickar i jorden framför gravstenarna och på så sätt får i sig vad näring de behöver.

Men även i det har jag förändrats, eller rättare sagt jag är inne i en slags process, som jag möjligt påtalat i ett annat sammanhang, där jag vågar mig på att gå till kyrkogården på natten, egentligen är det stängt, men det finns en sidogrind, som är halvtrasig och som man inte brytt sig om att laga, och den är alltid öppen, så häromnatten, kan också ha varit för flera veckor sedan, alltid så svårt att hålla reda på tiden, var det första gången jag var på kyrkogården vid två tiden på natten och det gav mersmak, det var som att man kom närmare dem som är begravda, stämningen på kyrkogården låg tät i luften, och mer än en gång upplevde jag det som att jag inte gick ensam, inte som att det var en verklig människa av kött och blod som fanns där vid min sida, då hade jag blivit rädd. Nej, det var de döda jag kände vid min sida, komna från en annan dimension som ibland bryter igenom till vår, och liksom visar sig för den som har gåvan. Det var ett par stycken som avlöste varandra och följde strax bakom mig under min nattliga promenad. Stämningen gjorde mig trygg och säker. Vi gick där tillsammans, jag fäst vid min kropp, de som genomskinliga andeväsen, vars skuggor synliggjordes naturligt där mån- eller stjärnljusen kom åt. Och jag gnolade på en barndomsvisa som varit försvunnen för mig under alla vuxna år. Jag minns inte texten, men melodin, vemodig, sorgsen, fylld av kärlek, om än mest ouppnåelig kärlek, och i det någonstans en styrka som gjorde att vi fick en god kontakt där i natten.

Det hjälper att det är sommar. Det är inte så kallt, varför jag kan slappna av, och avslappning i kroppen och själen gör mig mer mottaglig för det andliga.

Men det handlar också om trygghet, en sådan bas jag aldrig förr känt. Först trodde jag att det var D som var den ena av dem som gick strax bakom mig, men snart förstod jag att båda två var kvinnliga väsen vars öde jag anade påminde om mitt. Även om det tycktes vara längesedan de var iklädda kropp, fanns där en gemensam historia. D är mer som dörröppnaren. Vi känner inte varandra. Och jag tror att han har annat för sig. Agneta heter hon. Hos henne är han med säkerhet. Försöker göra sig levande eller i vart fall ge tecken att han finns sidan om henne, och så.

Jag trivs alltså oerhört bra på natten. Och det är något som jag erkänt för personalen, ja, inte att jag vandrar på kyrkogården (det gör jag numera varje natt), det kommer jag aldrig att säga, då låser de säkert in mig, talar om skov och annat, typiskt för personal, men att jag uppskattar det lugn natten ger, att det liksom frigör mig, att mina tankar blir djupare, klarare och far än hit än dit utan att jag mår dåligt av det, och kroppen, andningen, benens rörelser känns lätta och svävande, en underbar känsla, alla känslor i en slags ro för mig, avspänning, och det som visar tendens till något annat, låter jag passera förbi, utan minsta darr på handen, hjärtat, eller rösten. Jag, som varit så skygg, tillbakadragen och rädd för allt omkring mig, är nu hur lugn som helst, det som väckts till liv inom mig är en befrielse, det är som att jag äntligen hamnat rätt, funnit ut vem jag är, min bestämning här på jorden, och det gör livet så mycket lättare att leva, jag har inga tankar längre på att sluta mitt liv för egen hand, som Dennis, sådana tankar finns inte alls, det vill säga, jag har skjutit dem på framtiden, som en slags trygghet att ta till när och om jag inte vill längre. Men nu är det livsbejakelse – eller nattbejakelse, ska man väl kalla det – och det för fulla muggar.

Tänker jag på Dennis? Dennis tänker jag på. Vem tänker jag på om inte Dennis. Jag såg Agneta idag. Hon gick förbi mig med sänkt huvud, såg mig inte, och jag påkallade inte hennes uppmärksamhet. Dennis talade om Agneta. Han sa, att hon var den enda som tyckte om honom. Det var på gården. Dennis satt och rökte, gungande oroväckande energiskt på den ena av de två plaststolar som jämte bord och askfat står ute året om. Jag blev nervös av hans gungande. Tänkte, nu faller han baklänges, trots att det fanns en vägg bakom honom. Då såg han på mig på det där intensiva sättet som han gjorde ibland, och sa, du ska inte vara orolig Vera, jag har full koll på det mesta. Just då kom Agneta utifrån, vi hörde hur det slog i porten och så stod hon framför oss, jag såg att Dennis blev förvånad, han hade nog inte räknat med att hon skulle dyka upp sådär plötsligt oplanerat, hon sa, hej på er båda, pendlade med blicken mellan mig och Dennis. Jag gick förbi och tänkte se om du fanns i närheten, sa hon, inte gå in, det vet jag att du inte vill, men se efter om du satt på gården och det gör du ju, tillade hon och log mot honom. Det hör till saken att jag visste att Dennis inte ville ha besök av någon. Och vem vill det? Det är så slitet överallt, rena slummen.

Trapphuset som är mörkt och syrefattigt, smutsigt och sjukt, och färgen som ramlar av väggarna, hissen som aldrig fungerar, och lägenheterna som är i bedrövligt skick. Framförallt hans, som väl ingen har gjort något åt på evigheter. Man kunde i alla fall måla om väggarna, gå på secondhand och handla andra möbler, gardiner och mattor till honom, sådant som är lika fräscht och fint som om de vore nytt. Usch, nej, jag förstår honom mycket väl, och Agneta, inte skulle hon väl behöva se den misär som Missionen tillät att han bodde i.

Dennis reste sig genast upp från plaststolen och sa, vi går härifrån, också gick han förbi Agneta mot gårdsporten, Agneta log och sa hej till mig och vände sig om och följde efter Dennis. Jag sa hej till henne, tyckte hon verkade trevlig, kanske lite ledsna ögon, men annars hade hon fina och rena drag som vittnade om att hon haft eget tak över huvudet i större delen av sitt liv.

Tänker jag på Dennis? Jag tänker ofta på Dennis. Dennis var speciell. Jag tyckte om honom. Han kunde vara svår och tvär, men också glad och skrattande. Jag saknar honom. Dennis visste vad det handlade om. Han hade sina stunder när han beskrev sin sits med stor insikt. Och jag stannade upp och lyssnade på honom som han vore en vis man, en sådan man som det inte går att låta bli att lyssna till, kanske som en uppenbarelse, nej, uppenbarelse var det nog inte, gudomligt var det inte heller, men det han sa gick rakt in i hjärtat, berörde min själ och min tankeförmåga på djupet, och det var en fantastisk känsla, jag upplevde det som att Dennis kunde beskriva samma känslor som jag kände, pricken över i:et så att säga. En känsla av igenkänning och djupare förståelse som gav mitt liv, när jag spann vidare på vad han sagt, samhörighet och tillhörighet, det jag sällan annars har eller känner. Det var han bra på. Men inte alltid. Han kunde vara tvärtom också. Frånvarande, ja, man riktigt kände avståndet till honom när man gick förbi honom, eller var i samma rum som honom. Det kunde också vara aggressivitet han spred omkring sig, stunder han svor och fäktade med armarna – inte att undra på. Men svårt i stunden att hantera för mig som utomstående. När han var på det humöret blev jag alltid illa till mods. För mig handlade det inte i första hand om ilskan han förmedlade, det är ett symtom som jag ser på saken, han hade all rätt att vara arg och ska inte lastas för det, tvärtom, inte var det heller själva grunden hos honom, jag tänker, inte alls jämförbart med vad som låg bakom hur morfar var. Till skillnad från Dennis var morfar aggressiv på ett opålitligt sätt, man visste aldrig var man hade morfar, vad som var fel, vad jag gjort som inte stämde, och så vidare. Morfar kunde visst skratta, skämta och flirta med mormor, nypa henne därbak, men hans grundstämning var för det mesta om ni tänker er ett outtalat hot, som sände kalla kårar utefter min rygg. I morfars hus – mor som var inlagd på stadens mentalsjukhus långa tider och inte kunde ta hand om mig, och far som satt på bänken nere i parken och söp skallen av sig – fanns det ett rum som kallades herrummet, där höll morfar till för det mesta, när han inte jobbade som ingenjör på ett av de större varven nere i hamnen. Han var välutbildad morfar, hade ett arbete där han hade mycket att säga till om, och tjänade bra, men han var ingen snäll människa, redan som barn undrade jag hur mormor kunde vara gift med en sådan arg gubbe. De var verkligen varandras motsats, mormor lika glad och mild, som morfar var tvär och kylig, alltså, när jag stötte på morfar i huset, eller enstaka gånger blev kallad till herrummet, alltid för att få en verbal åthutning, eller när han satt vid matbordet, eller tillsammans med mormor framför TV: n, ja, ni kan tänka er stämningen som avsöndrades från honom, den var så sjuk och bakteriefylld att det blev svårt för mig att andas, han utstrålade så mycket hat och jag var alltid så rädd för honom. Rädd var också mormor, som satt tigande i fåtöljen sidan om honom, sa inte ett ljud, stirrade med lika bister uppsyn som honom på TV skärmen, likaså när vi åt på kvällen tillsammans, var stämningen förtätad av små demoner som inget annat ville än att ta kål på mig, eller i vart fall: flicka lilla, vet din plats. Om mormor och jag var själva, var det tvärtom, då sprack mormors ansikte upp och blev godmodigt och vackert och snällt av sig självt. Detta utvecklade en sensibilitet inom mig, varav en del kanske är medfött. Det finns folk som säger: har man lätt för att läsa av stämningar, har man det i blodet, och det gör livet svårare att hantera, främst när man lever under komplicerade och rent av traumatiska förhållanden. Däremot, är det tvärtom, att man lever i goda stämningar, trygga uppväxtförhållanden, är det den kotte som är extra mottaglig, som sprider godast energi kring sig och utvecklas till en högre varelse än annars, sensibiliteten hamnar på rätt plats, så att säga – medan det jag upplevde med morfar var så oerhört tröttande och energitömmande, inte underligt i backspegeln att jag brakade samman en dag.

Och när jag märkte av Dennis kyla, när den var som värst, lämnade jag den gemensamma lägenheten så fort jag kunde, låste in mig i lägenheten och låg och skakade på sängen. Sådan stämning klarar jag än idag inte av – men så har jag varit med om den efter morfar också. En lärare jag hade i mellanstadiet, lustigt nog, den man, jag i unga år var förlovad med ett tag, han bodde på samma gata och plötsligt var jag tillräckligt vuxen och vi var ett par. Han var som morfar visade det sig, märkligt att jag inte på direkten kände av hans negativa energi som snart for ut mot mig med full illasinnad kraft.

Jag drogs till honom på något sjukt sätt, efteråt har jag tänkt att jag i min ungdom, lockades till det jag mest avskydde, att det orimligt nog låg en attraktion i det, en spänning i luften som både lockade och skrämde, som fick mig att fullständigt tappa huvudet. Dessutom gillade morfar honom. Kanske även mormor. Hon sa att hans leende var både bedårande och snällt.

Han hette Lars, var lång och senig, hade stålgrå ögon, mörkbrunt tjockt hår, rak spetsig näsa och stora händer som var täckta med mörka hårstrån på handryggen som satt så tätt att man kunde undra om han var en människa eller något annat. Nu kan jag skratta åt det – jag kommer och tänka på Mr Hyde och Dr Jekyll, och sådan beskrivning kan man tro är en fantasi eller en vanföreställning, men var faktiskt verklig, satt i kropp och hjärna hos min fästman. Lars höll på att ta livet av mig en gång under ett av sina raseriutbrott, men det orkar jag inte prata om, jag tänker istället på Dennis, när han mådde som bäst, hans insikt, eller när jag vandrar om natten, det har blivit mig mer kärt än vad man kan föreställa sig när man läser allt som är nedtecknat om mig: den skygga, tillbakadragna, lilla varelsen, rädd av sig, håller sig mest i bakgrunden, är för sig själv, tigande och förtegen, lågbegåvad, social kompetens: noll – på sitt sätt tvärtom den jag är idag. Man kan säga: sensibiliteten som hamnat rätt. Och det har Dennis stor del i.

När jag tänker på vad jag gått igenom, och den förvandling jag genomgått, just nu sedd som plötslig – men om man analyserar, säkert en process som pågått länge och som till slut brister likt en knopp som är dold i snåren, som efter mycket om och men till slut slår ut i full blom. Där är jag nu. Och det gör mig tårögd, ska ni veta.

Det känns bra, fantastiskt, i tänkande stund kan jag dock fundera i banor, ja, just nu kan jag fundera över om det är något som går förlorat, som jag inte riktigt vet vad det är, som ändrar något inom mig som på sikt inte är helt gynnsamt. Som människa är man som en civilisation, varken man vill så eller inte, och när man till slut går under, är det säkert under svåra plågor.

31

Nea

Nea slog av på farten och promenerade i sakta mak hem till sig. Egentligen visste hon inte vart hon skulle ta vägen, hon hade inte lust till något, men benen gick liksom av sig självt. Fanns väl inget annat att göra än att gå hem, tänkte Nea, och på något sätt söka skingra tankarna. Nea kände sig totalt tömd på energi. Att modern kunde med att strunta i henne på det sättet, hon måste vara sjuk och djupt olycklig. Nea försökte föreställa sig hur det var att leva ett liv där ingenting är som man vill, att vara medveten och samtidigt känna sig oförmögen att göra något åt det. Hon fick börja med att åka ut oftare till villan och på den vägen kanske få med modern till staden, söka väcka liv inom henne sett ur ett längre perspektiv. Men nu var hon besviken, och det hade hon all rätt att få vara. Som vanligt sökte Nea rättfärdiga sitt tänk, hantera skulden som alltid låg nära tillhands. Sin vana trogen överförde hon händelsen till sig själv, i bakhuvudet låg alltid att hon kunde ha agerat annorlunda, påverkat vad som blev i en annan riktning, som hon ofta gjort som barn. Nea steg in genom porten, gick trapporna upp till lägenheten och ringde J.

Hon ville träffa honom. Skingra tankarna, och samtidigt försöka förstå djupare vad allt handlade om. Där var J trots allt en god samtalspartner. Kanske den enda hon hade på det sättet.

J svarade omedelbart. Han lät glad på rösten och det skingrade svårmodet en aning för henne. Man beslutade att hon skulle komma hem till honom på kvällen vid sju-tiden. Han lovade att bjuda på något ätbart.

Inte för mycket för min skull, hade hon sagt. Varpå han svarat att hon skulle lämna den biten till honom. Man ringde av och Nea sträckte ut sig i soffan och somnade.

J.

Det gjorde ont i honom att känna så starka känslor. Han trodde
aldrig det skulle ske igen. Trots att han ofta sagt till andra under
sitt yrkesverksamma liv att det aldrig var försent, så länge man
levde fanns känslorna som en del av människan och kunde
blossa upp oavsett ålder eller situation. Men den insikten hade
knappast gällt honom själv. I grunden handlade det om att
personal hade lätt för att ha negativa åsikter om någon med
diagnos blev kär, antingen skulle vederbörande bli psykotisk,
eller rentav ta livet av sig, kärlek var allvarligt, väckte så mycket
känslor till liv och det kunde sällan ens normala människor
klara ut, kunde de påpeka. Samma visa gällde i all typ av in-
stitutionell vård/stöd – den som levde sina sista år på ett äld-
reboende, blev utsatt för samma form av diskriminering och
vanföreställning. Sällan var det frågan om att kärleken innebar
positiva och livsbejakande energier, möjliga att växa in i och ha
det bra igenom. J var av den åsikten att även om det inte gick så
bra, var det gott när det hände, och om vederbörande behövde
stöd efteråt, eller för all del under tiden, fine, då fanns han där
för att stödja. Man har så lätt, tänkte J, i synnerhet när det hand-
lade om den målgrupp han arbetade med, att se mörkt på sa-
ken, bygga oöverstigliga problem och hinder innan de uppstått.
Så hade det varit för D. Ingen hade sett möjligheterna att han
träffat Agneta. Samordnarens dotter hade funderat i dess banor
men i slutändan hade hon böjt sig för mammans auktoritet. Det
kanske främst handlade om personalens ovilja mot merarbete,
tänkte J och grimaserade.

Men nu gällde det honom själv. Och det var en helt annan sak.
Mer komplicerat, ville han mena. Och ändå var det omöjligt att
stå emot. Han klarade inte ens av att hålla sig på en balanserad
nivå. Och det spädde på hans känsla av oro, plus alla andra käns-
lor som liksom kastade sig över honom och tenderade sluka ho-

nom på ett sätt som knappast kunde vara av godo. Att fly svepte med honom för ett ögonblick utan att få varaktigt fäste.

Vid lunchtid hade J varit på promenad. J hade då sett den manlige samordnaren L från gruppboende X, och om han fortsatt rakt fram, hade de mötts. Det ville han inte. J bytte sida och gick över på trottoaren på andra sidan gatan, samordnaren gick med samma sävliga gång som på boendet. J gillade honom inte. Enligt J var L ett skolexempel hur man inte skulle vara och bete sig utifrån den nya psykiatrin.

En personifiering av den gamla stammen. Hur man aldrig skulle bemöta en medmänniska.

Saknade helt enkelt empati i en djupare mening.

Förståelse för det arbete han hade.

Till viss del kanske själv omedveten om sitt eget beteende.

Inbyggt i själva strukturen på Missionen, som J så många gånger tänkt.

Och det fick J att må illa.

J kom att tänka på F.

J undrade hur F hade det. Undrade om F visste att D varit på väg till samma boende som honom men att D bränt upp sig själv på Missionens nya kontor som en protest över hur man behandlade honom. Det trodde han inte.

Frans hade säkert fullt upp med att överleva vardagen och få tillgång till sina cigaretter. Säkert var det svårare för honom att få det lilla han önskade att gå i uppfyllelse på den institution han nu vistades på.

J lovade sig själv att han skulle åka och hälsa på honom en dag, när det hade lugnat ner sig.

J tänkte bjuda Nea på räkor och vitt vin – det var så långt hans fantasi sträckte sig.

Vid 17:30-tiden lämnade J lägenheten och gick ut för att handla.

*

Nea sov någon timme. Men kände sig inte alls utsövd. Det var som att hon befunnit sig i ett tillstånd som dränerat henne på all energi hon hade att tillgå. Hon hade all möda i världen att stiga ur soffan. Var sålunda mer slut efter sömn än då hon lagt sig för att vila. Där hade funnits en dröm. Dess atmosfär hade haft en form av laglöshet över sig – inte ens polisen var att lita på. Alla i drömmen var ute efter att tillfredsställa sina egna begär på ett sådant sätt hon aldrig förr varit med om. Man var liksom beredd att gå över lik för att nå sina mål, mindes hon, och såg plötsligt drömmen tydligt framför sig. Stämningen var dessutom hotfull och rovgirigt njutningslysten på ett individuellt plan. Som när ett gäng hyenor sliter i samma djurkropp utan att ha en given ledare. Nea befann sig på en gågata där barerna avlöste varandra. Husen var förfallna. Fönstrena sönderslagna. Massvis med människor. I alla åldrar. Som rörde sig hastigt fram och tillbaka. Det verkade inte finnas några gränser för vad som var tillåtet. Var och en gjorde som den ville. Man satt i rännstenen, hängde utanför barerna, småsprang som var och en vore eftersökt, smet in på barerna, sprang vidare till nästa: oavsett ålder rökte man gräs och drack öl, injicerade heroin och amfetamin, grovhånglade och knullade, allt helt öppet – i ett oerhört forcerat tempo. En del drogs in i portar, andra följde bara med, de flesta var dominanta, andra svårt kuvade – stämningen var otäck, en känsla av tvång, missnöje, hot, en ständig jakt efter mer präglade atmosfären. Den som spjärnade mot, riskerade livet. Den som tillfälligt hade makten, möttes snart av sin överman. Gågatan tycktes oändligt lång. Som den utgjorde ett universum i sig. Nea visste inte alls hur hon skulle ta sig därifrån. Hon promenerade länge, småsprang, lyckades undvika de värsta farorna, utskjutna kanyler, stilettknivar, händer som sökte gripa tag i henne. Timmarna passerade, blev dagar, veckor, hon tänkte att om hon slog av på takten skulle hon dö, bli indragen i något hon aldrig mer kunde ta sig ur, varpå hon fortsatte att röra sig så fort hon kunde. Till slut tog tröttheten överhand. Människa, som hon var, fanns det ett slut på resurserna, hon sackade efter, tvingades till slut sätta sig ner i rännstenen för att vila. Det var då hon såg modern. Tärd och avmagrad, med en blick, som likt alla andra på denna gågata, uppvisade ett outsläckligt tvångsbegär efter allt som tillfälligtvis kunde tillfredsställa var och ens omedelbara njutning. Ett val som sålunda inte längre var ett val utan ett tvång, modern hade överlämnats åt krafter hon inte rådde på, kanhända med döden i slutändan som enda utväg, som en slags hägring i fjärran, men också som det yttersta hotet. I samma stund insåg Nea att gågatan var en spegelbild av det samhälle hon själv levde i. Må vara i en större eller kanske mindre skala, men behoven var desamma, jakten likadan, tvånget, hoten, de personliga begärens tillfredställelse.

Gågatan kunde lika gärna vara stadens gågata, ett par hållplatser från hennes hem. Det var då Nea vaknade, slog upp ögonen och kände en enorm matthet.

Snart kom bilden av hennes far för henne. Missionens direktor, med sitt gubbgäng, allt annat än riddare vid det runda bordet. Gubbarna hon sett på restaurangen, med utsikt mot havet. Hamnen. Och där fanns också en slags likhet, tänkte hon, med drömmen hon haft. Nea rös så att hon skakade. Trots den ljumna sommarkvällen, som strömmade in från det öppna fönstret i hennes kombinerade vardags- och sovrum, var hon tvungen att vira filten åter om sig, sjunka ner i soffan igen. Och bara göra ingenting.

*

J grubblade en hel del över vad som hänt. Nea hade inte velat säga något under mobilsamtalet men J hade förstått att mötet med modern inte blivit av. Vad J förstod fanns där en djup konflikt inom Nea, uttryckt mellan henne och hennes föräldrar som sträckte sig långt bak i tiden. Hon var inte den som ville prata

331

om det, delvis, då Nea, som hon sa, inte ville hamna i något psykoanalytiskt, men också för att hon var privat av sig, och inte gärna öppnade upp sitt inre, tänkte J. Kanske skulle det ändras denna kväll? Från bådas håll fanns det en upplevelse av samstämmighet, att det flöt på och var relativt friktionsfritt att tala om djupare ting dem emellan. De hade en gemensam grundsyn och värdegrund, när det kom till bemötande, allas lika värde etc. och antropologins såväl som filosofins roll inom socialt arbete – till livet överhuvudtaget, menade J. Trots att resonemanget hade sina uppenbara brister, kunde de båda kanske på något sätt länka samman det allmänna med det privata.

Vad som försvårade situationen var att det privata innehöll en mängd känslor, outsagda, svårhanterbara, som även innefattade deras relation. Nåja, tänkte J, där han gick med sin kasse med räkor och sökte vara loj, det får bli som det blir. J tänkte på Madeleine, och tillade för sig själv medan han log: förtjust – förtjusande var det som omedelbart låg framför honom – steg in genom porten, upp till sin lägenhet, gnolande på en melodislinga, som om han fått frågan, knappast kunnat identifiera. På ett sätt var det som han skulle träffa Nea för första gången.

*

Nea kokade sig en kopp kaffe, såg ut över gatan, folklivet, tänkte på mamman och hennes sjuttiotal. Så avlägset det måste kännas. Det är, tänkte Nea, varje generations dilemma: från den ena dagen till den andra blir man en främling i det som en gång var ens egen gata. Eller så är man aldrig hemmastadd. Hur många människor är det som aldrig finner en plats på jorden. På ett plan kan man tänka sig den tanken som ett välfärdsproblem. Existentiella och mentala aspekter som trängs undan om man inte har mat på bordet, god sjukvård, tillgång till mediciner och utbildning, befinner sig i krig och förtryck. Men utanförskapet utgör, tänkte Nea, en mix av en mängd olika tillstånd – med fokus på personer som D en alldeles för snäv syn på vad som anses normalt. Den som faller utanför blir lätt utsatt för repressiva åtgärder, även från dem som talar om demokrati.

Och den som saknar mat på bordet, är fattig och kanske hemlös, känner säkert både ett existentiellt och ett mentalt utanförskap som river i hjärtat. Allt annat är en myt.

Hur många så kallat psykiskt funktionsnedsatta som samtidigt har hepatit C får genomgå den behandling som kostar mellan 300 000 – 500 000 tusen kronor? Oavsett leverns skick. En behandling som de har rätt till.

Inom somatiken är personer som D ofta utestängda, man får knappast undersökning och behandling utifrån samma villkor och förutsättningar som varje människa har demokratiska rättigheter till, däremot ges ett överflöd av psykiatriska mediciner, ibland som tvång, med hot om bältesläggning, inläggning på slutenvårdsklinik eller andra tvångsåtgärder på dagordningen om den utsatte händelsevis vägrar.

Främlingskap kan också tänkas som ett grundläggande tillstånd hos mänskligheten oavsett tro på det metafysiska eller varandet i det sekulära. Men för den som verkligen far illa, och dessutom är marginaliserade av det samhälle som de lever i, dyker en hel del övergrepp upp, som normaliteten har ett automatiskt oreflekterande överseende med, tänkte Nea och försökte så fördjupa sin tankegång, där hon gjorde sig i ordning för kvällen. Hon såg fram emot att träffa J. Där fanns en samhörighet som kunde skingra hennes dystra tankar. Om än enbart för stunden, visste hon att det gjorde henne gott.

Hon tänkte, att det var just där som motsatsen fanns, som den som befinner sig i krig, eller besöker en träffpunkt, där den eventuella tillhörigheten med den egna gruppen är allt annat än främlingsskapande.

Nea lämnade sin lägenhet utan en tanke på den oroväckande dröm hon haft när hon låg bortdomnad på soffan. Det skulle bli så skönt att bara få vara, kanske glömma sig själv en liten stund, tänkte hon och slöt sig så om den känslan.

*

J stod länge och såg sig i spegeln. Studerade för en gång skull sitt ansikte noga. Hårfästet som strävade bakåt. Linjerna i pannan. Bekymmersrynkan. Svärtan under ögonen. Solfläckar lite varstans. Strecken på näsans båda sidor, allt djupare ner mot mungiporna. De grå stänken i hans tre dagar gamla skäggstubb. Ett slags begynnande förfall, tänkte J, grimaserade och möttes av ett lika groteskt ansiktsuttryck från sin spegelbild. J tänkte på Madeleine, bilden av henne fick honom att le, förvandla det groteska till ett mildare ansiktsuttryck. Här en man som trivs med sig själv, som vet vad han vill, sa han högt och skrattade till, medan han lät rakhyveln ta bort de sista grå hårstråna från hakan. J gick ut ur badrummet och hörde i samma ögonblick hur det klang till från dörrklockan. Som om det vore domens dag framför den älskades framkomst, tänkte J och rös till.

J öppnade dörren. Dolde vant de känslor som nyss ansatt honom. Som alltid med kvinnor i sin närhet sökte han bete sig som en gentleman. Artig. Varje rörelse noga avvägd. En puss på kinden. Sträckte sina händer efter den unga kvinnans kappa. Visade henne med en belevad gest in i vardagsrummet, där två glas med vitt vin stod och skälvde i det tidiga kvällsljuset. Han såg på henne. Hon såg på honom. Vad glad jag är att du är här, sa han.

Man satte sig ner, läppjade på vinet.

Hon sa, har du städat för min skull?

Hon log.

Han svarade att det var såhär han oftast hade det, oavsett vad han tidigare sagt – det var när kaoset satte in, som det här med Dennis, som han inte orkade.

Hon fortsatte le. Han log tillbaka.

Hon sa att hon mest skojat, att hon inte var så ordningsam som hon gav intryck av. Att man hamnat i roller hon helst ville lämna därhän.

Han sa, att han dukat i köket, att det var ett sätt att gå vidare. Hon log. Han log. Man reste sig upp. Gick ut i köket. Hon sa att hon var orolig för sin mamma. Att hon inte visste hur det skulle sluta. Att efter det hon flyttat hemifrån och i synnerhet när föräldrarna flyttat ut till villan, hade hon sett att moderns vilsenhet djupnat. Nästan så att modern inte gick att känna igen. Han svarade att det som ligger under ytan gärna lyfts fram när det sker förändringar. På gott och ont.

Han sa, medan han drog ut stolen åt henne, att det bästa man kunde göra var att under måltiden bara tala om sådant som kunde anses småtrevligt. Njuta. Hon log. Han log. Och det leendet fanns hos dem båda under hela måltiden.

*

Vad var det som hänt efter måltiden? Redan dagen efter hade J svårt att minnas några detaljer av betydelse. Man förflyttade sig från köket till vardagsrummet, slog sig ner sidan om varandra i soffan. J korkade upp ytterligare en flaska vin. En flaska rött. Nea sa till J att hon helst drack rött vin. J svarade att han höll med om vad hon sa. Men att till räkorna man just ätit passade det bäst med vitt vin. Hon svarade honom att han inte behövde behandla henne som ett barn. På det svarade han förlåt, därefter hade han fyllt hennes glas till brädden. De hade skålat, försonats.

Det var nog i det sammanhanget som Nea börjat sin berättelse, först med en hel del pauser där varje ord och mening formulerats med noga eftertanke. Nea sa att endast så kunde hon beskriva sina tankar och känslor, stunden därefter sa hon att det egentligen var ett omöjligt företag, när det kom till djupa känslor, var språket fattigt, men att hon i alla fall ville försöka. Att det var något hon behövde göra, för att gå vidare. J hade nickat till svar, samtidigt påpekat att det ibland kan vara nödvändigt att skilja på tankar och känslor, fortsatt lyssna på Nea och till en början inte märkt hur eftertanken hos henne slog över i sin motsats. Han mindes att han sett ut genom fönstret, förlorat sig för ett ögonblick i en gråtrut som skar genom luften på ett högst egendomligt sätt, försvann ur synhåll, liksom störtdök okontrollerat, och det med en våldsam energi, återvände och steg som en raket mot skyn, himlen som skiftade i alla regnbågens färger i bakgrunden. Han såg hur trutens vingar flammade till i orange och rött. Det var som om fågeln hade eld i vingarna – som om det fanns död och liv i samma vingslag. Och när han vände sig åter mot Nea, när han avsåg säga henne att man borde resa sig upp, ta tillfället i akt och betrakta det vackra kvällsljuset, solen som var på väg ner i all sin eld flammande prakt, som spred sitt trolska sken genom hela lägenheten, när han i det ögonblicket såg på Nea, insåg han att kommunikation inte längre var möjlig, orden och meningarna forsade ur hennes mun, vällde fram lika okontrollerat och våldsamt som gråtrutens märkliga färd över himlen, hon var så uppe i varv, sprutade saliv omkring sig och ögonen glödde – just kvällssolen i hennes blick. Han visste inte alls vad hon talade om, hörde spridda ord: fadern, modern, skuld och brist, men sammanhanget lyckades han inte begripa. Det var som att det inte längre var Nea som satt sidan om honom, snarare en naturkraft, en gestalt i dionysisk extas, ett liv i upplösning, ett liv som bar på hela universums lidande och gåtor – hennes själ besatt av krafter som inget annat än naturen själv kunde stoppa. Det var som om gråtrutens explosiva kraft var som ett varsel om onda tider överfört i ögonblicket på Nea.

J fick för sig att Nea skulle dö framför honom, att det enda sättet att få stopp på henne, var att försöka störa hennes besatthet, hur nu det skulle vara möjligt? J: s oro och måhända stegrande fantasi, övergick från rädsla till panik och efter ytterligare en stund av hennes liksom överjordiska maniskhet, blev det plötsligt svårt för honom att andas.

Det var som att hon drog ner honom i ett tillstånd av förlorad kontroll – döden för honom också.

J hade till slut kastat sig över Nea, greppat om henne och omfamnat henne så hårt han orkade med. Känt hur kvinnan i hans famn skakade som den som drabbats av epilepsi, hur orden blev till ett growl.

J höll Nea i ett fast grepp. Hur länge, visste han inte. Men till slut kände han hur hennes kropp såväl som hans egen kropp långsamt slappnade av och mjuknade, stillnade och hur de liksom föll samman i varandras famn, hur hennes growl upphörde, andningen gick ner – hördes snart inte alls.

Hon och han i en gemensam ohörd andning.

Som en kropp låg J och Nea på hans soffa alldeles tysta och stilla. Han lika lugn som henne.

Det var som han räddat livet på dem båda.

En mobil vibrerade på avstånd (på displayen, syntes ordet: Pappa), och Nea, hon sov i hans famn. Som en liten fågelunge, som alldeles för tidigt fallit ur sitt bo.

J somnade, och när han vaknade, låg både hon och han nakna, tätt omslingrade. Av sig självt rörde han sig in i henne, och hon som klamrade sig fast vid honom, rörde sig i hans takt allt intensivare tills det inte längre fanns någon återvändo.

Vad var det J inte kom ihåg i efterhand?

Att de varit varandra så nära, som en kropp, oskiljaktiga i slutet: det var, tänkte J, en omöjlighet.

Inte en enda detalj av betydelse kunde han väl egentligen minnas efteråt, det som fanns där var i så fall fabricerat – hjärnans ständiga lurendrejeri som avsåg skapa världen hel och igenkännbar. Förverkligad på ett sätt som mer talade om att uthärda framför vad som var sant och riktigt.

32

Reaktioner på gruppboende Z efter D:s död

Ingen av de boende på Z gick på D:s begravning. Man hade inte styrka nog till det. Det var inte bara så att det brutala sätt D valt att sluta sitt liv på, framkallade ångest som ingen av de boende kunde hantera. För var och en gav det också en påminnelse om deras egen situation – såsom deras eget liv sett ut i varierande grad sedan den dagen de insjuknade. Känslan att myndigheter, sjukhusfolk och personalen på Z tagit över deras liv och styrde dem i allt vad de företog sig.

Alla boende på Z hade tänkt tanken att ta sitt liv. Framväxta begrepp som empowerment som sas vara en rättighet för var och en, tankar om demokrati, medborgarskap, lagar som SoL och LSS, psykiatrireformen flöt i huvudsak kring likt gäckande hägringar för var och en på Z, omöjliga att greppa tag i, omvandla till sitt eget, hur mycket man än försökte.

Om man nu ens försökte, annat än att vara den man var.

Frihet för dessa medborgare är en omöjlighet, ansåg J. För den som insjuknar, ges en psykiatrisk diagnos, döms till en kronisk funktionsnedsättning, är domen på livstid, tänkte han, fångdräkten färdigsydd, murarna befästa vare sig man väljer att stångas mot dem eller inte.

Vare sig man är på ett mentalsjukhus, eller ett gruppboende insprängt i ett höghus bland övriga medborgare.

Friheten att ta sitt eget liv är kanske i slutändan det enda som finns kvar – även om J skulle tillägga att självdöden ofta bygger på tvång, i grunden finns det sällan goda alternativ att ta till sig och växa genom. Dennis död framkallade en smärta och i förlängningen en osäkerhet som om det handlade om en själv, menade Lasse. Man kunde inte ens tala om det. Det fanns en rädsla för att nästa gång var det kanske man själv som tvingades flytta från Z, sa Lasse.

Inte ens William, som vanligtvis var den i boendegruppen som kunde vända de mörkaste, svåraste händelserna och situationerna till ett förlösande skratt, till en möjlig utväg, utan att för den sakens skull trivialisera allvaret, var synlig på boendet. Han kom sällan upp till måltiderna, och om, kom han med sänkt blick, bister min och inåtvänt kroppsspråk. Han åt hastigt, och gick ner till sig igen. My sökte skämta. Klura ut historier som avsåg lätta upp stämningen. Samordnarens dotter köpte in extra kaffebröd, Madeleine talade om mode och rätten att skapa sig själv, Greg blev tvångsomhändertagen efter att ha slängt en kaffekopp i väggen och skrikit att allt var personalens fel. Och Vera, Anette, Örjan höll sig borta från den gemensamma lägenheten mer än vanligt. På kvällarna var det tomt och ödsligt, ingen satt heller på gården.

Samordnaren låste in sig på kontoret, hade flera möten med Berta. Samordnaren var den enda från missionen som hade för avsikt att gå på D:s begravning, men tre dagar innan sjukskrev hon sig. Istället erbjöd sig den gamle chefen, som var chef när J anställdes, att rycka in och representera Missionen. Hon ringde för att beklaga händelsen. När hon fick veta hur det låg till, tvekade hon inte en sekund. Jag kände D minst lika bra som alla ni andra, sa hon, och så fick det bli. Ett önskescenario, tänkte Berta, och skänkte en tacksam tanke till den Gud Missionen talade sig varm om. Själv tänkte hon inte gå och det var ingen på Missionen som krävde det av henne heller. Således var det ingen som fick veta hur det varit på begravningen. Den före detta chefen åkte direkt efteråt hem till sig och locket lades på. Inte ett ord sades om Dennis. Det var som att han aldrig existerat. Det fanns ingen samlande kraft på Missionen som sa några tröstande ord. Allt som rörde D sopades under mattan. Lasse tänkte att det var typiskt för Missionen. Det som var obekvämt tystades ner och behandlades som det aldrig hänt. Kanske hade de boende på Z kunnat hantera situationen bättre om man inte lagt locket på, tänkte Lasse. Det var också utifrån det mönstret som J hade slutat. En dag var han bara borta. Och det fanns ingen av personalen som ville berätta varför. Man skruvade på sig och bytte samtalsämne. Lasse vågade inte prata om det. Han var som de flesta, fylld av undringar och frågor som inte riktigt kunde formuleras, men som väl kändes och skapade en osäkerhet och otrygghet inom var och en. Det var som med D, D skulle bort från boendet, punkt, och även om alla visste att han kunde vara vårdslös med cigarettglöden, var beslutet att han måste flytta, värre att hantera. Lasse tänkte att man inte fick vara kvar om man gjorde fel, om man handlade på ett sätt som personalen inte tyckte om. En rädsla som alla boende innerst inne delade.

Man blev så lätt, menade Lasse, ett nummer, en abstraktion som man kunde behandla hur man ville. Lite som död hela tiden, sa han.

William sa en gång, mindes Lasse, att man kunde hoppas att det var slut med sådan otrygghet, att den nya psykiatrin borde veta bättre, att det fanns lagar som reglerade sådant. Men Missionen hanterade inte dylikt, ansåg William, man körde på i spår som var föråldrade, ibland kanske då man inte visste vad man kunde göra åt saken.

Hur liksom hela Missionen som organisation var föråldrad, och levde kvar i ett gammaldags synsätt, inte alls anpassat till det nya. Eller så fanns det rentav en medveten strategi, menade William. Ett maktspel bakom kulisserna.

Personalen

My gick alltid till sitt arbete med en rädsla inombords. Så hade det varit sedan den dagen hon fick sin fasta tjänst på Z. Egendomligt nog kände My inte samma rädsla på den tiden hon vikarierade, då sa hon ifrån om hon ansåg att hon blev åsidosatt, eller om hon tyckte att något var fel på arbetsplatsen. Som vid det tillfället hon upplevde att samordnaren tog för mycket plats och lade sig i hennes arbetsuppgifter och i den stunden faktiskt kritiserade samordnaren. Samordnaren ansåg att det var hennes roll. Hon skulle vara med i alla sammanhang där det krävdes kunskap och auktoritet. Och det lät hon My få veta flera gånger därefter. Men det hade inte alltid varit så. När samordnaren började på Z var personalgruppen väl förankrade i sina roller, och även om samordnaren allrahelst ville förändra arbetsfördelningen fick hon böja sig för inarbetade rutiner. Men personalgruppen var till åren kommen och under de två första åren av samordnarens tjänstgöring slutade två av dem, och året därpå ytterligare två. Och när ny personal anställdes såg samordnaren till att hon fick möjlighet att styra efter egna ambitioner. På den tiden hade samordnarens chef hand om den medicinska biten hos de boende, personal och administration, verksamheten i sig, den boendes sociala situation, att betydelsefulla lagar efterföljdes. En arbetssituation ingen av cheferna som varit anställda genom åren orkat med i längden. Och när den dåvarande chefen sjukskrev sig sköt samordnarens makt fart och nådde en omfattning ingen riktigt kunde begripa hur stor den var.

341

I kombination med boendechefens allmänna arbetsbörda, sköttes ofta samtalen om verksamheten mellan chefen och samordnaren bakom lyckta dörrar. Det var där viktiga beslut fattades. En policy som togs över av Berta, kanske främst av skäl som hade med Bertas syn på sitt arbete att göra, trots att chefsrollen förändrades i samband med hennes tillträde. Och Missionens ledning anställde en sjuksköterska på halvtid för att avlasta Berta.

Samordnaren gavs sålunda en exklusiv roll på Z. En allmänt underförstådd vetskap hos de anställda som begränsade deras arbetsinnehåll, beslutsutrymme och initiativförmåga. Och för My gav det tunghäfta. Och rädsla.

En som uppmärksammat förändringen var den äldre manlige nattpersonalen på Z, som vid ett djupare samtal med J berättade att han lagt märke till att samordnaren gav sig alltmer makt på boendet. Samordnaren tog över viktiga bitar av verksamheten, liksom i det tysta, sa han, och i flera fall tog hon över kontaktmännens arbetsuppgifter. Att det inte fördes någon diskussion om det var givet då personalgruppen var svag och helt i samordnarens händer, och chefen för boendet ofta var frånvarande, menade han.

Varför My kände rädsla kunde hon inte förklara ens för sig själv. Men bland övrig personal talade man om att hon hade svårt för att ta ansvar. Hon var så osäker av sig var den allmänna bedömningen, och enligt J saknade My blick för sitt arbete, gick mer på omedelbar känsla än förankrad kunskap. Madeleine mötte My i trappan strax efter D tagit sitt liv. Madeleine som var på sitt mest kritiska humör, anklagade My för att vara den som hade velat få bort D från Z. My slog ifrån sig och menade att det inte alls var sant, men när hon skulle förklara sig mer ingående för Madeleine, var Madeleine redan gången. Skulden lade sig som ett mörkt moln över My. Var gång hon mötte Madeleine påmindes hon om sin påstådda roll, och ärligt talat grodde tankarna inom henne att hon varit alldeles för hård mot

D. My kunde till och med tänka att J: s prat om kris innehöll en viss sanning, att man utifrån krishantering borde ha gjort mer för D. Tankegången slog rot inom My och gjorde att hon snart mådde riktigt dåligt. Inte fick hon något stöd av sina kolleger. My försökte så gott hon kunde lägga locket på liksom alla andra, stack huvudet i sanden och låtsades som ingenting hade hänt. Samordnaren drog sig undan, talade främst med Berta och dottern, ibland med Magda. Med My talade hon inte alls. Kanske för att samordnaren kände väl till Mys vekhet, hennes rädsla för att göra fel, och hennes tendens att skuldbelägga sig. Enligt samordnaren var My alltid rädd, de små utflykter av visad självständighet hon visat under sitt vikarierande rörde sig om petitesser. Man kan säga att det var Mys rädsla för att göra fel, och hennes brist på erfarenhet och kunskap inom yrket som gjorde att samordnaren anställde henne. Det var så samordnaren befäste sin maktposition.

Och i det krävdes av samordnaren att hon fortsatte hålla My på avstånd. Det gick per automatik.

My orkade inte ens arbeta till semestern som för henne inföll andra halvan av juli och fyra veckor framåt, hon sjukskrev sig sista veckan i juni. Enligt samordnaren var det tveksamt om hon överhuvudtaget skulle komma tillbaka.

Berta sa att man fick ta tag i den biten när det i så fall uppstod, nu var det sommar och sommaren var en utmärkt tid att gå vidare – uppbära perspektiv och distans.

Magda var så tacksam att hon hade fått en fast anställning. Det trodde hon aldrig skulle hända. I vart fall inte efter händelsen där hon blev uppsagd från sitt vikariat och sedan anställd igen. År hade gått. Till slut hade Missionen gett Magda det hon kanske mest eftertraktade i livet, en fast anställning. Och det var mycket samordnarens förtjänst. Magda var henne evigt tacksam. Så tacksam att det ibland kunde gå överstyr, och gjorde samordnaren irriterad. Utåt var Magda alltid samordnaren till lags. Men i det tysta ansåg Magda att man gått för långt med D. Man borde ha kunnat stötta honom betydligt mer än vad som gjorts, tänkte hon för sig själv.

En gång hade Magda stått på samma sida som J i en av dessa otaliga diskussioner man hade om D, och efteråt fått sig en rejäl avhyvling av samordnaren, som tydligt visat Magdas plats i hierarkin. Samordnaren hade erinrat Magda om att det var samordnarens förtjänst att Magda hade en fast anställning. Efter det vågade Magda inte säga något som avvek från samordnarens åsikt. Mellan raderna hade hon förstått att trots hennes fasta anställning skulle hon inte känna sig säker.

Samordnarens dotter var djupt tagen över D:s död. Hon anklagade sig själv, ansåg att hon kunde ha gjort mer, att hon borde ha följt sin känsla att tala med D om Agneta. Hon trodde att hans relation med henne hade blivit för mycket för honom. Inte att det var hela sanningen, men att det bidragit, och att hon hade haft det på känn att han behövde stöd i det. Det var svårt att ta upp det med modern utan att få det att låta som en anklagelse mot moderns sätt att sköta sitt arbete. Hon försökte, sa att det inte handlade om att skylla på någon men att det vore bra att tänka igenom vad personalen hade kunnat göra bättre, inför framtiden. Som vanligt lyssnade modern endast med ett halvt öra på kritik som rörde arbetet på Missionen. Dottern tog upp det en kväll när man satt hemma i soffan i moderns lägenhet. Modern sa att hon egentligen inte ville prata arbete i det privata, men att det handlade om att hon som samordnare måste se till helhetsbilden. Sammanfattningsvis sa hon att D alltför länge varit en säkerhetsrisk för boendet, att det inte fanns något mer man kunde göra än vad som redan gjorts, dessutom att hon hade informerat personalen på det nya boendet om situationen, att de lovat att stödja D i den relation som kanske i slutändan var mer destruktiv för D än positiv.

Alla dessa aspekter som ingen förutom hon som samordnare kunde förstå sig på.

Dottern svarade, i ett tonläge hon sällan använde till modern, att kärlek handlade om livet, att man inte skulle lägga sådana värderingar som modern gjorde om det uppstod kärlek mellan boende, eller hos boende. Att hon för sin del ansåg att man som personal borde stödja så gott man kunde, inte som modern, liksom försvåra. Att det var personalens uppgift att finnas tillhands för det som uppstod i den boendes liv och kanske behövde stödjas. Det var då som modern klippte av med att nu räcker det, vilket fick dottern att resa sig upp och starkt upprörd lämna modern och lägenheten. Dottern slängde igen dörren och gick hem till sig. Efter det talade de aldrig mer om saken, men inom dottern grodde tankegången att det kanhända var dags för henne att lämna Missionen. Situationen lade sig som ett mörkt moln över deras mor- dotterrelation, och som flera hade påpekat var det inte bra att blanda ihop arbete med familj, och det tog dottern i stunden till sig, öppnade platsbanken på datorn, ögnade igenom platsannonserna för att se om det fanns något annat jobb hon kunde söka. Övertygelsen att man borde ha agerat annorlunda när det gällde D och hans mående, växte hos henne för var dag som gick.

En dag kom Greg tillbaka. Han hade skrivits ut från avdelningen utan att man meddelat samordnaren. Personalen visste att platserna på avdelningen var ytterst begränsade och när en ny patient krävde akut inläggning kunde utskrivning ske omgående av den som (i hast och ofta en smula slarvigt) bedömdes färdigbehandlad – även om så inte var fallet. Samordnaren suckade, såg att Greg behövt mer tid på sjukhuset, att han inte var i ett gott skick, men beslöt sig för att inte ringa till avdelningen utan acceptera faktum. Hur många gånger hade man inte diskuterat en bättre samverkan sinsemellan, tänkte samordnaren, och från sjukvårdens sida hade man lovat att i vart fall förvarna, men gång på gång hände det att den som var inlagd plötsligt stod i dörren till Z. Så hade det varit genom alla år.

Förutom D var det emellertid sällan någon av de andra som var inlagd, som statistiken visade gjorde man ett gott arbete på Z och nu när D var borta, tänkte samordnaren, talade allt för att statistiken skulle bli än bättre.

Greg i sin tur var glad att bli utskriven. Han tyckte inte han behövt inläggning överhuvudtaget, en kaffemugg i väggen och några svordomar, så pass borde man tåla, ansåg han. Man var helt enkelt för mesiga, tänkte han. Rädda för starka känslor. Trots att det borde vara tillåtet, i vart fall när någon dör. Inte hade han något våldsamt i sin bakgrund heller. Om han slagit någon på käften, var det sig själv. Supit som ett svin, i huvudsak för att döva alla röster, eller kanske mer för att känna sig normal. Och normal kände han sig till en viss gräns i drickandet, sedan gick det såklart överstyr och det var då han pucklade på sig själv och nästan talade i tungor av all trängsel omkring honom. Röster utan kropp. Figurer utan hjärta och så vidare.

Greg hade inte känt D och brydde sig egentligen inte om vad som hänt honom. Men att D tagit livet av sig på ett så makabert sätt visade enligt Greg att det var något skumt som pyrt i bakgrunden. Och då låg det nära tillhands, tänkte han, att det hade med Z att göra. Och visst var det något skumt med personalen, bara det att man ringt polisen när han fick sitt utbrott, gav tydliga signaler. Eller att man betedde sig som att det regnade när D dog och tiden därefter. Aldrig att han tyckt om personal, de var så annorlunda, naiva och korkade, menade Greg, och levde i en värld som var som på en annan planet om man jämförde med hans. Fast samordnaren var snygg. Hon hade ett sug i blicken som gjorde honom knäsvag och gav honom tunghäfta. Men det var det nog ingen som märkte, överlag var Greg inte den som talade om han inte måste. En man av få ord och ringa åtbörder.

Som hans far brukade säga, har man inget vettigt att säga, ska man hålla käften. Och har man något vettigt att säga kan man lika gärna hålla käften då också, det finns ändå ingen som orkar lyssna – speciellt inte på Greg, som enligt fadern inte hade mycket innanför pannbenet, det räckte att han visade sig för fadern så fick han på käften av honom.

Nu var det lugnt, han befann sig i ett annat land, och fadern var död sedan länge, men ändå det här med att hålla käften, hängde i, han höll sig tyst, rökte sin pipa, tänkte på a pint of bitter då och då. Öl som gav hemlängtan, öl som inte fanns i hans nya hemland. A pint of bitter gav goda minnen från förr. Greg tänkte: a pint of bitter, den enda typ av medicin, om man så säger, som kunde göra honom fullt normal. Tanken fick honom att le med hela ansiktet.

33

Nea söker efter modern

Tidigt på morgonen tog Nea taxi ut till villan. Fadern satt i köket med händerna knäppta som i bön. Nea hade sett att han sökt henne under gårdagskvällen. Varför hon inte svarat, mindes hon inte. Hon hade ringt tillbaka strax efter att hon lämnat J men då hade inte han svarat. Och moderns mobil var fortfarande avstängd.

Så du kommer, sa han och såg på henne med frånvarande blick.

Hon sa: är mamma inte hemma?

Han slog ut med händerna i en uppgiven gest.

Hon slog sig ned framför honom, reste sig omedelbart igen, tog fram ett dricksglas ur ett av köksskåpen, öppnade kranen, fyllde glaset med vatten och drack det i stora klunkar.

Hon vände sig mot fadern.

Såhär har hon väl aldrig gjort förr, sa hon, bara stuckit sin väg.

Han svarade henne inte.

Har du inte den blekaste aning om var hon kan vara? frågade hon och slog sig ned framför honom igen.

Du har nog inte känt till hela biten, svarade han och suckade, detta är inte första gången...

Som hon varit borta över natten?

Kanske inte över natten, men hela dagen till sent på kvällen, till en bit in på natten.

Där ser du, och du sitter bara här som om ingenting har hänt, sa Nea med stegrad irritation.

Vad vill du jag ska göra? Hon kommer säkert dyka upp vilken minut som helst som allt var fullständigt normalt – det vore allt likt din mor, att njuta av vad hon ställt till med.

Det där tror jag inte på, sa hon. Vi borde efterlysa henne.

Jag har faktiskt ringt...

Till polisen.

Ja.

Vad sa dom?

Att man skulle efterlysa henne, men att enligt deras erfarenhet, kom de flesta tillrätta inom ett dygn eller två.

Hur menar du?

Ja, av sig själva.

Har du kollat garderoben?

Nej.

Nea reste sig upp, gick in i föräldrarnas sovrum och gick igenom klädskåpen, kommer du, ropade hon efter fadern.

Strax därefter stod han i dörren.

Kan du se efter om det ser annorlunda ut – här tillexempel, Nea pekade på ett tomt utrymme i en av garderoberna, där ett tiotal galgar hängde tomma. Ska det se ut såhär?

Jag vet inte, svarade han, och gick fram till henne. Jag har inte så bra koll på mammas kläder.

Nej, svarade Nea, du har väl inte koll på något som rör mamma.

Nea gick förbi fadern.

Hon sa: jag ska kolla i tvättkorgen, kan du se om någon väska saknas, eller har du inte koll på det heller.

Nea gick till i tvättstugan, korgen var full med kläder, och när hon hällde ut innehållet på golvet fanns där flera plagg som tillhörde modern som, när de var tvättade, kunde vara dem som hängde på de tomma galgarna. Nea suckade, och gick tillbaka till föräldrarnas sovrum.

Fadern var inte där, men stunden därefter stod han åter i dörren. En resväska, kunde vara försvunnen, trodde han.

Är det något annat som saknas, undrade Nea. Passet till exempel.

Man gick tillsammans till hans arbetsrum, fadern drog ut en låda i en av de byråer som stod därinne. Hennes pass saknades.

Hon har säkert stuckit utomlands, sa Nea, mamma har tröttnat på allt och gett sig iväg, så är det, och det är kanske inte så underligt. Kan du kolla hennes konto?

Nej, svarade fadern, det är privat, men vårt gemensamma, där har vi en del stående... Direktorn öppnade sin svarta Lap top, knappade in sig på internetbanken och ögnade igenom kontot, jo, sa han, efter ett tag, här saknas allt en del, jag kan inte säga exakt, men åtminstone 150 000, är det i alla fall.

När var senaste uttaget? undrade hon och tänkte att fadern var mer handfallen än hon någonsin sett honom.

Det dröjde en stund, så sa han: igår – 150000.

Där ser du. Mamma har stuckit. Hon har lämnat oss.

Nea sjönk ned i en av de fåtöljer som fanns i arbetsrummet, stirrade sorgset framför sig och suckade uppgivet. Modern hade alltså bara gett sig iväg, tänkte hon, det var ju egentligen fruktansvärt, men samtidigt fanns där en beundran som stegrades inom henne. Hon gjorde helt rätt, sa hon till fadern, detta är chansen för henne att få ett liv där hon kan må bra.

Fadern svarade henne inte.

Nea försökte ringa moderns mobil igen, men den var fortfarande avstängd, inte ens svararen kunde hon nå. Konstigt vore annars, tänkte hon.

Nea reste sig upp. Såg intensivt på fadern som oföretagsam satt och stirrade på datorskärmen. Allt tyder på att hon gett sig av på egen hand, sa hon åter för att se hur det landade hos fadern. Lämnat dig pappa, lämnat mig, lämnat Sverige.

Fadern tittade upp från skärmen. Jag ska ringa polisen och berätta. Jag vill ha kvar efterlysningen, sa han.

Det låter bra, sa hon, men känner jag mamma, vilket jag kanske egentligen inte gör, tror jag att hon hör av sig och berättar om sitt beslut.

Hon kommer aldrig säga var hon är, sa han plötsligt uppgivet.

Nea svarade: kanske inte direkt var hon är, men att hon är okey, det kommer hon att berätta för oss.

Någonstans pappa, om vi båda tänker efter, kunde det gå på annat sätt?

Jag har försökt...

Inte tillräckligt. Mamma har känt sig bortglömd länge. Det är bara att konstatera och för dig att inse.

Så du anklagar mig, sa han och höjde rösten.

Var inte dum nu pappa, du är som du är, man kan väl inte tala om fel eller rätt i så enkla termer, det är alldeles för komplext för det, det borde du kunna inse... men tragiskt är det.

Jag har gjort vad jag har kunnat. Gud...

Finns det ens en Gud pappa, eller är det en illusion du jagat och stött dig mot under alla år.

Nu är det du som är dum.

Ring nu polisen, pappa, och hör vad de har att säga.

Han gjorde så. Och Nea lämnade arbetsrummet under tiden, satte på kaffe, tog fram frukost, hon hade inte ätit sedan dagen innan och först nu kände hon att hon behövde äta och sedan sova. Gud vad trött hon var, tänkte hon.

Efter en stund kom fadern ut i köket och sa att polisen sagt att hon förmodligen rest iväg på egen hand, att det nog inte förelåg något brott bakom hennes försvinnande, att det verkade planerat, men att efterlysningen fick stå kvar, tills man säkert visste vad som hade hänt, att man skulle ringas vid om något nytt dök upp. Fadern tillade: när något nytt dök upp.

Man åt en gemensam frukost. Under tystnad.

Tänk om mamma utsatts för ett brott? sa Nea efter en stund.

Det får vi verkligen inte hoppas, svarade fadern. Men nu vet polisen, jag menar de håller kvar efterlysningen, och vi kan vara trygga med att de gör vad som krävs.

Vi får hoppas det, sa Nea och tillade: Jag behöver sova pappa, jag går in och lägger mig och försöker...

Gör du det, avbröt han, Det finns ändå inget mer vi kan göra för tillfället. Vem vet, kanske dyker hon upp snart, som inget har hänt.

Nea såg irriterat på fadern, men sa inget och fadern fortsatte, jag måste dessutom åka in till Missionen ett tag, men jag kommer hem tidigare idag, om du vill kan vi äta middag ihop, jag kan köpa med mig något.

Nej pappa, när jag har sovit klart åker jag in till stan igen, jag behöver vara för mig själv. Och det behöver väl du också vara.

Fadern svarade henne inte. Reste sig upp och gick in på sitt arbetsrum. Nea tyckte han såg gammal ut. Trött och uppgiven.

När fadern åkt lade Nea sig på sängen och drog en filt över sig. Men hur hon än försökte och trots den enorma trötthet hon kände, kunde hon inte somna. Tankarna välte fram och tillbaka inom henne. På ett sätt var hon orolig, på ett sätt inte.

Hon steg upp och gick planlöst kring i villan, på samma sätt som modern gjort alldeles för länge. Kanske fanns det något spår modern lämnat efter sig, som kunde peka på var hon tagit vägen, men hur Nea än letade fann hon inget. Hon googlade på försvunna, funderade över om hon skulle kontakta Missing People, men förstod snart att det inte var så hon borde gå tillväga. Modern hade planerat detta själv, fört över pengar, tagit passet och rest utomlands.

Hon läste att det var väldigt många som bara försvann, fler än hon trott, de flesta kom till rätta efter ett par dygn, eller allra längst efter någon vecka men det fanns en del som aldrig kom till rätta. År gick och anhöriga fick inget besked. Hon läste om en kvinna i moderns ålder som försvunnit, setts på en övervakningskamera på båten mellan Helsingborg och Helsingör. Ett stort uttag från en bankomat i Köpenhamn och sedan som uppslukad av jorden. Kanske, tänkte Nea, fanns där en likartad historia som med modern. Det som smärtade inom henne var när hon läste att familjen aldrig fått veta vad som hade hänt. Nu hade det gått fem år och inte det minsta livstecken. Artikeln fick Nea att rysa av obehag. Hon tänkte på modern och hoppades att hon skulle höra av sig och berätta att hon hade det bra. Det hade lugnat Nea avsevärt. Och hennes känsla av beundran hade tilltagit.

Ögonblicket efteråt tänkte Nea åter på att modern kanske utsatts för ett brott, klart var att modern befann sig i en livssituation där riskerna var större än annars. Nea tänkte att modern som levt ett skyddat liv under så många år knappast hade en god förmåga att läsa av människor, situationer och stämningar på ett tryggt och säkert sätt. Och polisen, vad kunde de göra, inte mycket, trodde hon.

Det var i det sammanhanget det plingade till i Neas mobil. Sekunden senare såg hon att sms:et kom från modern: Nea, som du säkert vet vid det här laget har jag lämnat er. Jag är inte kvar i Sverige. Förlåt mig för att jag lurade dig, det var egentligen inte min avsikt, det bara blev så. Lova att du inte söker mig. Jag måste få vara ifred, jag har så mycket att reda ut för att kunna gå vidare. Jag lovar att höra av mig igen. Mamma.

Så stod det.

Nea läste sms:et, om och om igen.

Försökte ringa modern, men hennes mobil var åter avstängd.

Nea kände det som att hon befann sig i en mardröm som hon hoppades att hon skulle vakna från i samma stund.

Hon skrev ett kort sms till modern med en förhoppning att modern skulle slå på mobilen igen: Mamma, jag förstår dig. Men lova att du hör av dig igen. Snart. Nea.

Hon ringde fadern och berättade. Ingen av dem sa något på en lång stund. Hon kunde höra hans tunga andetag i luren. Vi låter efterlysningen vara kvar, sa han till slut och lade på. Nea bestämde sig för att ta bussen in till stan. Tusen tankar for genom henne, detta var vad hon tänkt från första stund, modern hade äntligen gjort slag i saken, tagit sitt liv på allvar, och det var naturligtvis så modern måste göra, det kändes bra att hon smsat, tänkte Nea, men samtidigt, oron blev hon inte av med, kunde verkligen modern klara sig på egen hand efter alla dessa år, det var en fråga som det inte fanns något givet svar på.

Hon lämnade huset, gick upp till busshållplatsen där bussen stod med motorn påslagen. Steg på bussen, tog upp sin mobil, ringde J, men han svarade inte. Det gjorde henne irriterad. När hon väl behövde honom. Så fanns han inte där. Låg säkert och sov, som ett barn – eller som en gubbe, tänkte hon och grimaserade bittert.

En timme senare stack hon nyckeln i låset till sin lägenhet, öppnade och kände tröttheten övermanna sig. Hon sparkade av sig skorna, lät jackan falla på golvet, lade sig raklång på sin säng och somnade.

J.

J vaknade av att solen sken honom i ansiktet. Utan att se på klockan visste han att tiden måste vara en bra bit efter lunch. Hur hade han kunnat sova så länge? Han begrep det inte. Även om J varit vaken hela natten sov han sällan länge på dagen. Han reste sig upp och gick ut i köket, satte på kaffe. Nea hade varit länge hos honom igår. Hon gick hem först när gryningen visade sig. Den ljusa sommarnatten som plötsligt färgades av penseldrag i guld och brons vilket man kunde skönja från hans fönster i vardagsrummet och som gav den del av himlen man kunde se mellan höghusen en skör orangeröd nyans. Han ville att hon skulle stanna. Ville inte att den stund de hade tillsammans skulle försvinna. Och visst fanns det en tvekan i hennes blick, en fördröjning i svaret som han först kände som en lätt bris mellan honom och henne. Senare som ett yxhugg. Hon sa: det har varit en lång dag, en lång natt, mycket känslor, också hade hon rest sig upp och lämnat honom där han satt i soffan. Han hade hört hur dörren gått igen, det välbekanta klicket och sedan tystnaden, den kompakta tystnaden, en slags mättnad i atmosfären som innehöll så mycket att han hastigt rest sig upp, gått fram till köksfönstret, och först då sett hur regnet vräkte ner, hur det smattrade hårt mot rutan – i den stund mindes J att det regnat ett bra tag, att han sagt till Nea att hon inte fick gå när det regnade så, och hon, som svarat, lojt, kanske rentav arrogant, att lite regn spelade väl ingen roll. Han tänkte att det var typiskt henne, så fort känslor blev intensiva, stegrande, måste hon dra sig tillbaka och smälta vad hon upplevt, sådant irriterade honom, hon var så omständlig ibland, att det kunde göra honom galen.

Han hade borstat sina tänder, klätt av sig och somnat så fort han lade huvudet mot kudden. Det hade varit enda sättet att hantera vad som låg kvar i lägenheten och liksom stötte sig fram och tillbaka, oroligt, som ett instängt vilddjur. Sova. Och som tur var hade han varit oändligt trött. J satte sig ner vid köksbordet. Bredde sig några smörgåsar, drack sitt kaffe, diskade och plockade undan från igår. Han funderade åter över om det egentligen varit sol eller regnoväder, men hur han än sökte inom sig kunde han inte riktigt minnas vilket. Oavsett, sa han sig, efter en stund, gryning hade det varit. Och känslan att vara ensam och utlämnad, stark. Resten kunde kvitta. Nu var det dock soligt. Himlen ljusblå och solskivan stod som högst och värmde upp staden och dess invånare.

Ända sedan hon väl stigit in genom dörren, satt sig ner, smuttat på det första glaset vitt vin, snart suttit med honom i köket och käkat räkor, hade känslorna varit intensiva, från båda håll, menade J. Det handlade inte bara om dem, utan om Missionen och hennes far, direktorn, om D. Det var inte förrän längre fram vid solens nedgång ungefär som allt fokus föll på dem. Samtidigt, tänkte J, för honom hade det handlat om henne hela tiden.

Åter tänkte han på alla känslor hon väckte till liv hos honom. Känslor han egentligen inte ville kännas vid. För honom var kärleken av det slaget, identiskt med smärta. Det var så han såg på det. Kärleken var det som rubbade existensen, och förr eller senare tenderade att kväva honom, förpassa honom i kaos och förvirring. Ett helvete att överleva, helt enkelt.

En förförelse som inte förde något gott med sig.

Han försökte alltid hålla emot.

Var aldrig den som tappade kontrollen från första stund.

Det gick ett tag.

Och när det sedan brast, fanns det inget vettigt att hålla fast vid, det var bara att åka med, släppa taget, varken han ville så eller inte.

Det kunde kännas bra ett ögonblick.

Hade gjort så flera gånger.

Men aldrig länge.

Krackeleringen började i periferin, snart rasade allt.

Han hade beslutat sig för att uppbrottet, som inte var alldeles avlägset, som gjort att han flyttat till staden han nu bodde i, och sökt anställning på Missionen, aldrig mer skulle ske. Ett tillstånd han aldrig mer skulle hamna i. Så dumt. Idiotiskt. Att tro att man kunde upphöra att vara människa. Hur många gånger hade han inte haft samma naiva tanke. Och nu stod han här i köket och glodde som ett fån ut genom köksfönstret – hon var som ett gift han inte kunde värja sig mot och när han var med henne var det så starkt att han kände att han inte skulle överleva så länge till. Det var så starkt att han kunde dö. Förstod hon det. Det visste han inte. Han kände att det någonstans var detsamma för henne, eller likartat, att hon skulle dö om hon var med honom, hon var rädd för att utplånas, så var det, behövde sin ensamhet, och samtidigt drogs hon nog till honom, hon sa, att hon måste våga, det hade hon aldrig gjort förr, aldrig vågat ta steget in i en relation, alltid lämnat när det började brännas – varför det var så visste hon inte, sa hon, han undrade vad fadern hade för roll i detta, varpå hon svarade, att det var för freudianskt att tro på sådant, han sa, att det kanske ändå var så det var, hon sa, att det då lika gärna kunde vara modern, han sa, ja, vad sa han mer, det mindes han inte. Han hade svårt för att förstå att det var förknippat med en sådan upprördhet för henne att länka sig med föräldrarna. För honom var den tanken mer en insikt som vid reflektion kunde växa utifrån frågeställningen: vem är jag? – J menade att det fanns en hel del automatiserat beteende inom var och en som var svårt att lyfta fram, särskilja sig från, eller i alla fall begripa sig på varför man reagerade som man gjorde. Där kom föräldrarna in. Och där tog det också stopp för Nea. Hon höjde rösten och sa att hon inte ville prata mer om det.

Han ville krama henne. Förstod hon hur lika de var innerst inne? Han försökte att krama henne men ansatsen därtill gjorde

Nea än mer upprörd. Hon menade att det var som ett scenario där han visste mer än henne, att hon skulle inse det, vika sig, söka sig till honom och att det skulle övergå i kåthet, att de skulle hamna i sängen, ligga med varandra, och det ville hon inte, i vart fall inte av det skälet. Också återvände hon till Freud och sa att man kunde se det på ett helt annat sätt, utan att tala om på vilket sätt, att det var sådan liksom kultursnäv tolkning som gjorde henne upprörd. Att det var som en diagnos, sådan man satte på D, och se hur det gick för honom, sa hon. Man har väl aldrig vetat vem han var, sa hon och därefter... han mindes inte. Nea hade pratat på. Och det hade växt över deras huvuden. Han mindes svagt den våldsamma energi hon besuttit. Att det nog blivit för mycket för dem båda.

Kanske hade de legat med varandra, trots allt, tänkte han och kom plötsligt på att han borde kolla mobilen. Och i samma stund ringde det. Han lyfte mobilen, såg att det var Nea och svarade Hej, Nea, hur går det? Jag tänkte just på dig. Har du pratat med din mamma?

Från andra sidan luren hörde han hur Nea suckade.

Och det var i det sammanhanget J åter kom ihåg Neas forcerande och osammanhängande monolog som resulterade i att det till slut brast för henne, ja, för honom också, och det med sådan styrka som om det handlade om liv och död. Men att han trots allt haft så mycket stabilitet inom sig att han flyttat sig närmare henne och hållit om henne länge.

Det var mest bilder framför ord, han mindes.

Hon har gett sig av, sa Nea.

Din mamma, svarade han förvånat – som om det här med att hon skulle ge sig av var uteslutet.

Ja, vem annars. Hon har äntligen tagit beslut att ändra sitt liv.

Och det är väl inte så svårt att förstå.

Så du menar, att det känns bra?

Nej, bra känns det inte, sa Nea, men nödvändigt. Mamma har länge varit under ytan, och sedan flytten till villan, ja, att se henne vandra omkring som ett levande lik därute, det var allt annat än kul. Men jag hade glatt mig över att hon skulle komma in till stan, möjligheten för oss att komma varandra närmare, att jag kunde bli ett stöd för henne att bli starkare, liksom bli en del av processen.

Nea hämtade andan, tänkte efter och sa: Det gör hon kanske också, finner ett bra liv, menar jag, det får vi hoppas, kanske är det så att det handlar om att jag är utesluten från hennes förändring, som gör mest ont.

Så hon har hört av sig?

Hon smsade mig och skrev att hon åkt utomlands, vart ville hon inte säga – och när pappa gick in på deras gemensamma konto såg han att hon överfört en stor summa pengar.

J visste inte vad han skulle säga, han sa: vill du att jag ska komma hem till dig?

Jag vet inte, svarade hon, inte nu, senare idag i så fall.

Vad säger direktorn då? undrade han.

Inte mycket, som vanligt. Han tror innerst inne att hon snart kommer hem igen, att detta bara är en av hennes nycker.

Men det tror inte du?

Nej, sa hon.

Det är inte det lättaste att etablera sig i ett annat land, sa han.

Så är det, sa hon, i synnerhet för henne, hon har levt förminskad så länge, att man kan undra om hon vet hur man gör, jag menar att leva ensam, hitta en inkomst, boende – jag vet inte, det känns fruktansvärt oroligt tycker jag, så många faror för henne, och ändå kan jag tycka att hon gjorde rätt, att hon är vuxen att ta sina egna beslut, att hon säkert klarar av det hon satt sig för, ja, att hon säkert kommer att gå på nitar, men att hon trots allt fixar det. Att hon är eller kan bli stark någonstans.

Bara det att hon gjorde slag i saken och stack, vittnar om styrka.

Kanske impulsivitet, sa han. Är hon efterlyst?

Ja, det har pappa tillsammans med polisen kommit överens om att det ska vara kvar. Tills vi vet mer.

Så vad tänker du?

Att vi får avvakta...

Har du försökt att smsa henne?

Jag har försökt att ringa henne, men hennes telefon är avstängd. Och smsat henne, ja.

Telefonsvararen?

Den är också avstängd.

Hon fortsatte: jag hoppas hon hör av sig snart igen.

Det förstår jag, sa J, blir du för orolig kan du kanske be polisen att de undersöker var hon gjort sina bankomatuttag.

Eller var hon ringt ifrån...

Nea suckade igen. Jag får väl ge mamma lite tid, det är ju det hon trots allt vill.

Det kan ju också vara ogenomtänkt, och inte alls ha med styrka att göra, sa J.

Tystnad.

När vill du jag ska komma? undrade han efter en stund.

Jag vet inte, svarade hon, vi kan väl höras senare.

Jag ska ringa pappa igen.

Kanske vid klockan sju ikväll?

Ja, klockan sju, okey, klockan sju ikväll, sa hon och lade på.

Samtal 2

Varför ringde han tillbaka till henne? Han visste inte. De hade ju bestämt tid för att träffas. Var det så viktigt att det inte kunde vänta? Han kunde inte svara på frågan. Varken då eller senare.

Efter samtalet hade han liksom flutit omkring som i en eka på havet utan åror, lyckligt omedvetandes om något annat än att de snart åter skulle träffas, gnolandes på en melodi som förstärkte hans tillstånd. Han hade stått framför badrumsspegeln och rakat sig, när tvivlet ansatt honom. Kanske var det hennes tonfall, sättet hon talade med honom på, ett illavarslande tonfall som ju mer han tänkte på saken dominerade konversationen de haft. Där låg en distans hos henne, tyckte han, som om hon egentligen inte alls ville träffa honom. Det var som att hon ljög för honom, för att hon inte visste vad hon istället skulle säga. Det vanliga gamla taskspelet. Han släppte rakhyveln ner i vasken och gick hastigt fram till sin mobil och ringde upp henne.

Hon svarade genast. Ringer du nu, sa hon förvånat. Han frågade, har du talat med din pappa igen? Hur skulle jag hinna med det, svarade hon. Och då märkte han att distansen han upplevt hos henne fanns där som en mur mellan dem. Starkare och mer befäst än han trott. Hur hon dessutom var irriterad på honom.

Han sa, jag bara måste få höra din röst.

Hon skrattade till, okey, sa hon.

Inget, mer än okey, även om han upplevde att där fanns mer än så.

Han tog sats, tänkte kommentera känslan han hade, men i stället sa han, varför tror du att din far satt vid samma bord som den där före detta politikern?

Jag vet inte, sa hon och suckade, jag har inte tänkt så mycket på den saken. Jag har mest tänkt på mamma.

Han sa, när man ser på hans historia, jag menar från när han var med i dokusåpan parallellt med att han blev, eller kanske redan var politiker inom det parti som har till grund att finnas för de svaga, till den dag han lämnade politiken och ägnade sig åt ungdomar på glid, startade HVB hem och tjänade hundratals miljoner på det, kan man lätt få för sig att det hela var en medveten strategi att tjäna pengar på de utsatta. Att han visste vad han gjorde hela tiden. Att han då sitter vid samma bord som direktorn för Missionen är illavarslande.

Han tystnade.

Hon sa, jag vet inte vad jag ska tycka, kanske är Missionen liksom alla andra påverkade av tidsandan, jag menar hur man blandar ihop välgörenhet med lotterier, sociala företag som introduceras på börsen, vinsten som går till aktieägarna medan de behövande drabbas av åtstramningar. Jag tror inte pappa är i den branschen, möjligtvis ekonomidirektorn, men inte pappa...

Han avbröt henne. Jag är inte ute efter att hänga din pappa, Nea, jag försöker bara peka på farorna.

Hon sa, det som borgar för att farorna är mindre än du tror är att där satt en kommunchef med.

Jag undrar det, sa han.

Där finns ett avtal skrivet mellan Missionen och kommunen och jag vet att man gör stickprov för att se att man följer lagen.

Han sa, Missionen är så kända för att vara en god aktör att man nog per automatik förbiser ett och annat. Det vet jag av erfarenhet. Frågan är om Missionen har kompetens nog för att stödja psykiskt funktionsnedsatta. Enligt min erfarenhet är boendena bedrövliga, X mer än Z, det menar jag, men samtidigt, på Z är bristerna på ett subtilare plan.

Det kan jag hålla med om, sa hon. Men att för den sakens skull tro att ex politikern som skott sig på barn och ungdomar i kris har något med Missionens arbete att göra, är det inte att gå för långt?

Varför träffades de då? avbröt J. Han har säkert ett finger med i spelet lite varstans, det är som med skivbolagsdirektören varför tror du han ger sig in i flyktingboendebranschen?

Det var efter den meningen som Nea tryckte bort J.

I samma stund ringde fadern.

Hur mår du? undrade han. Jag vet inte, svarade hon.

Jag tror hon kommer återvända, sa han.

Det tror inte jag, svarade hon, och skrapade sina korta omålade naglar mot jeanstyget. Jag hoppas det inte heller. I vart fall inte på länge. Hon behöver vara ensam – även om inte du kan se det, pappa, så är det så det är. Hon har varit under isen länge. Och nu äntligen försöker hon göra något åt det. Jag förstår inte, sa han. Vad är det du inte förstår, pappa. Du måste ju ha sett att flytten till villan inte hade en god inverkan på henne. Det var det här vi drömde om, svarade han. Hon avbröt honom. Det var det du drömde om. Så var det inte, sa han. Länge hade vi pratat om att vi ville flytta från stan, bo vid havet, det var något som fanns där som en dröm redan när du var liten, men då gick det inte, vi hade inte råd. Men nu hade ni råd, sa hon. Ja Nea, nu hade vi råd. Vi hade sparat... Sparat, var det inte så att Missionen fått in så mycket pengar att du och din kompanjon höjde era löner? Nej, vet du vad Nea, det där var elakt sagt... har jag någonsin, tror du att jag skulle gå emot mina principer så? Att jag skulle ta pengar från verksamheten och stoppa i egen ficka, för egen vinning? Inte vet jag, något skumt är det. Och Hans, ekonomichefen, kan man lita på honom? Han svarade henne inte. Det blev tyst i telefonen. Hon sa, och den där ex politikern. Ingår han också i dina heliga principer? Han suckade tungt. Är du kvar, pappa? Han sa, ja, jag är kvar. Vi träffades över en bit mat, som du vet. Det var kommunen som insisterade, det var något samspel med de ensamkommande, de som har drogproblem. Men jag sa att vi från Missionens sida inte var intresserade av ett samarbete av sådant slag. Vad sa kommunchefen då? undrade Nea. Är det inte han som håller i taktpinnen? Inte i det här fallet, svarade fadern, och försökte lägga kraft bakom orden. Väl medveten om att han höll med Nea i detta fall. Det hade varit tveksamt från början. Han visste mycket väl vem ex politikern var. Att han verkade i ett gränsland han själv inte hade mycket till övers för. Samma gränsland som vårdföretaget för personlig assistans som också deltog på mötet befann sig i. Han sa, är det därför du har fått för dig att villan är köpt för pengar jag inte har rätt till. Nu var det hon som blev svarslös. Han sa, för där har du fel. Det finns saker jag gjort som jag ångrar, men det du anklagar mig för, eller insinuerar, är så fel det kan vara, det har jag inte på mitt samvete. Herren vet, sa han.

Aldrig att jag skulle bryta mot Missionens och ytterst Herrens bud och lagar, tillade han med ett tonläge som det inte längre var dottern han kommunicerade med.

Hon sa, jag vet inte vad jag ska tro om något, pappa. I mitt huvud är allt en enda röra. Jag tror att jag också behöver komma bort. Göra och se något annat. Ta en paus från studierna...

Han kom inte med några förmaningar... han sa, jag tror jag förstår dig. Det var som han talade till en vuxen, tänkte hon, från en vuxen till en annan vuxen, som förstår eller i vart fall respekterar varandra, och det fick henne nästan att börja gråta.

Han sa, vad tänker du?

Jag vet inte pappa, vi får se, jag måste fundera, känna... jag ringer dig snart igen.

Ja, lova det, sa han. Jag har lite att sköta här på kontoret, sedan åker jag hem.

Och en sak till Nea, jag tror fortfarande att mamma kommer tillbaka. Snart är hon hemma ska du se.

34

Örjan.

Var inte den som umgicks med andra. Från barnsben trivdes han bäst i eget sällskap. Skapade och formade sin egen värld efter egna val.

Det var inte så att han mådde dåligt av att hålla sig för sig själv. Det var inte därför han insjuknat och sedan aldrig återhämtat sig. Föräldrarna var sällan ett problem. De lät honom hållas. Var på sitt sätt stolta över den han var. Såg en extraordinär intelligens hos honom. För båda föräldrarna var det som att Örjan var en skänk från ovan. Det var nästan så att man kunde tala om att det var den helige anden som ingjutit gossen i modern. Och rent konkret låg det en hel del i den slutsatsen. Modern och fadern delade inte sovrum. Var och en levde sitt eget separata liv, hade sina egna rum i radhuset, trivdes sällan i varandras sällskap.

Utåt sett representerade man ett respektabelt par, och om man någon gång gjorde något gemensamt var det i huvudsak för att det krävdes så – för att folk inte skulle prata. Nu var det inte så ofta det hände, i så fall släktrelaterat. Och en gång per år, strax innan jultid, bjöd mannens chef på jullunch med respektive. Då gick man arm i arm och spelade rollen av ett lyckligt par.

Man levde således i huvudsak separata liv. Sågs sällan varken före eller efter kvällskaffet. Endast på söndagen åt man middag tillsammans. Inte för att den ena eller den andra särdeles ofta var utanför hemmet på egna aktiviteter. Så var det inte. Man spenderade största delen av sin fritid hemma. Modern läste böcker och stickade. Var den som stod för hemmets sysslor. Fadern byggde modellbåtar, eller klurade på enorma pussel, aldrig under tiotusen bitar. Klippte den lilla gräsplätten och vattnade rabatterna. Ibland satt man tillsammans i vardagsrummet, såg på TV, men oftast var man på sitt eget rum. Var och en för sig. I tystnad och i ro. När så Örjan kom till världen ändrade man inte något större på sina rutiner. Man gav sonen gästrummet och där lät man honom växa efter eget huvud.

Det passade Örjan bra. Det var så han tänkte. Han visste inget annat, drömde inte om något annat, inte ens när hans skolkamrater talade med entusiasm om gemensamma utflykter eller resor med familjen, verkade Örjan bry sig.

Örjan trivdes bäst i sitt eget sällskap. Gick undan på rasterna och skyndade sig fort hem efter skolan, slank in på sitt rum och stängde dörren om sig.

Och föräldrarna visste inget annat som gav bättre och rikare livsbetingelser, varken för sig själva eller för sonen, varför man lät familjestrukturen vara intakt under alla år. Det var fadern som arbetade. Han hade en bra lön, eget kontor, där han utförde sina arbetsuppgifter på egen hand. Modern gick hemma under Örjans uppväxt.

Sålunda var det ingen som upptäckte Örjans sätt att leva de första sju åren. Han fick utvecklas inifrån sina egna principer, enligt föräldrarna huvudsakligen under ledning av sin egen intelligens. Ensam och stark, som man sa, likt en kung från gamla tider.

Det var först i skolan som Örjans sätt att leva uppdagades. Det var först i skolan som det beskrevs som ett problem. I individuellt hänseende beredde de olika ämnena Örjan inga som helst svårigheter. Örjan var alltid bland de första att lära in vad fröken undervisade och läxorna gjorde han utan minsta svårighet, det räckte ofta att läraren berörde ämnet så kunde Örjan det mesta som årskursen krävde av eleven och ofta mer därtill. Oavsett ämne, hade Örjan lika lätt för att lära.

Det var den andra biten, att umgås med andra, få kompisar, delta i grupparbete, eller ingå i ett lag på gymnastiken, samarbeta och bygga relationer, som först hans lärare, sedan skolpsykologen beskrev som ett tämligen svårlöst problem för Örjan. Fort drog man slutsatsen att Örjan, om inte saknade förmågan att umgås med andra, i vart fall inte hade mycket av den varan inom sig. Och med tiden såg man efter upprepade samtal med föräldrarna, att Örjans oförmåga förstärkts av hemförhållandena. Hans skolfröken menade att det klart och tydligt lös igenom hur föräldrarna tänkte och kände, vad man premierade respektive inte. Och skolpsykologen kontaktade barn- och ungdomspsykiatrin för utredning. Man funderade i termer av blygsel, neuropsykiatrisk problematik, hemförhållandenas betydelse, utan att riktigt få kläm på vad som var den egentliga orsaken. För Örjan, handlade det inte om huruvida han saknade förmågan eller inte, om blygsel, eller föräldrarna sätt att vara och bete sig, snarare om bristen på lust. Han hade helt enkelt ingen lust att umgås med andra. Att detta innebar problem för honom kunde han väl med tiden möjligtvis se och erfara i en reflekterande mening, samhällskroppen, som hans far uttryckte saken, var uppbyggd kring att man skulle umgås, göra saker tillsammans, allt från studier till jobb, till partner och familjeliv, och sådant krävde interaktion på ett sätt han, likt föräldrarna, inte hade lust med.

Den enda interaktion som enligt fadern hade betydelse var det som ledde till egen fördel – att få rå sig själv, värderade fadern högst. Örjan trivdes alltså bäst med sig själv, ja, när han fick gå in i sin egen värld, blev han till sin absoluta fördel. Inte för att han gjorde så mycket när han var ensam, det var lite ditt och datt, som han själv sa. Inget att yvas över, eller ha intresse av att beskriva närmare eller utförligare. Enligt Örjan var det de vuxna och samhället som gjort att han insjuknat då han med tiden tvingades till ett alltmer krympt livsutrymme, och det tillsammans med en mängd andra, han i huvudsak mådde illa av att vara nära. Under tonåren fick han helt enkelt aldrig tillräckligt med tid att vara med sig själv. Han hade snart genomgått så många undersökningar och gruppterapier, till och med fått medicin för att han skulle öppna upp sin dokumenterade låsning, och leva som alla andra. Helt enkelt förstå värdet i det som andra beskrev som rikt och gott för välbefinnandet. Inget hade hjälpt. Man hade skannat hans hjärna och sett att det var viktiga bitar som inte tycktes ha värst mycket aktivitet, liksom saknade kontaktställen, vad psykiatrikern och neurologen klurade fram. Det i kombination med hans, vad man tillade, i stort sett totala oförmåga att kunna lära sig att umgås med andra, gjorde att man snart placerade honom på institutioner av allehanda slag. Den ena neuropsykiatriska diagnosen efter den andra avlöste varandra, utan att man kunde peka på vad för sorts hjälp han kunde tänkas behöva, för att så att säga dyrka upp hans inre inför allt vad omvärlden erbjöd i form av kontakter och relationer. Sådant hans omvärld inte bara såg för viktigt utan nödvändigt för hälsan.

Ju äldre Örjan blev desto mer uppgiven blev den professionella omgivningen och de boende han placerades på hade en tendens att se honom som oförbätterlig – snart en kroniker, var slutsatsen.

Man sa att det inte gick för sig att enbart leva för och med sig själv, att sådant blev ytterst illa med tiden. Örjan en samhällsfara, sa man, och klubbade igenom tvångsvård.

Vid ett tillfälle, ja, det var faktiskt innan han placerades på Z, hade Örjan haft en egen lägenhet på prov, vad man kallade ett satellitboende. Socialen stod för kontraktet och gjorde hembesök hos honom då och då.

Det var en lustig period, menade Örjan, plötsligt lämnade man honom i stort sett utan tillsyn efter alla år på institution, man hade liksom gett upp och tänkte att nu räcker det: nu får du klara dig själv, som du så ofta sagt att du kan. Visa nu, så bra det blir, sa man och skakade på sina kloka huvuden.

Det hade inte gått så bra. Själv trodde Örjan att han var för skadad, att man väntat för länge med att ge honom något eget. Barndomen var ett minne blott. En dröm som i slutändan förvandlats till en mardröm.

Det var inte så att han inte klarade ut det vardagliga, han lagade mat, tvättade och städade, allt sådant som tillhörde livet för att det ska flyta på utförde Örjan galant.

Enligt honom själv handlade det hela om den hjärntvätt han genomgått sedan första klass: alla behöver vi någon, du kan inte leva själv – hade man tjatat om till förbannelse.

Det var då han började samla på saker, som ersättning för människor, för att liksom på sitt eget sätt leva upp till omgivningens förväntningar och krav. Han handlade saker, till en början oavsett vad de kostade, som enligt honom själv besatt själ och inre liv. Fyllde sin lägenhet från golv till tak, varenda kvadratmeter var till slut upptaget. Som alla dessa golvlampor, hans absoluta favorit bland de saker han blev glad över och kände samhörighet med. Golvlampor tyckte han besatt personlighet på ett ytterst levande sätt, och det gick snart så långt att han till slut inte hade råd att äta. Han hade säkert över 100 golvlampor i sin lägenhet. Socialtjänsten gjorde tätare besök, försökte få Örjan att inse att hans samlande var ohållbart. Men för Örjan blev det tvärtom, samlandet eskalerade, och då han snabbt fick ont om pengar, gick han på loppisar, eller rotade i containrar. Det var inte klokt var folk slängde vackra saker, menade han, som verkligen besatt själ.

Snart var det så mycket saker i hans lägenhet, till den grad att eventuella besökare som socialtjänsten knappast kom längre än till ytterdörren. Och för att göra en lång historia kort, tvångsförflyttades Örjan efter ett tag till en slutenvårdsavdelning, och där fick han vara, fram till den dag en plats på gruppboende Z blev ledig.

Örjan trivdes inte på Z, han tyckte att lokalerna, trapphuset, gården och inte minst hans lägenhet var rena slummen. En samlare hade han blivit, men skitig av sig var han inte.

Under personalens överseende slutade han praktisk taget samla, en lampa då och då som utstrålade själ kunde han emellertid inte motstå att inhandla. Däremot lyckades inte personalen få Örjan att delta i gemensamma aktiviteter, han var nästan aldrig uppe i den gemensamma lägenheten, han höll sig för sig själv, umgicks med ingen av de andra boendena, och då han inte heller rökte var han aldrig nere på gården. Nog för att han registrerade de andra, men det räckte, han höll sig på sin kant. Resultatet blev att man sällan pratade om honom, sökte sällan upp honom för att höra hur han mådde, det var som att Örjan inte fanns, och om han någon gång själv dök upp, ryckte man till av både oro och förvåning, kände hans plötsliga närvaro som det vore ett hot, som om Örjan knappast var en levande varelse, mer av en gengångare, en fantom eller något annat hemskt och overkligt, som Lasse brukade säga. Känslan gällde såväl de boende som personal. Inte ens på personalmötena kom han särdeles ofta på tal, man glömde bort honom, och enligt Örjans sätt att se på saken, var det scenariot, det bästa som kunde hända.

Örjan hörde talas om Dennis död, men berördes varken åt det ena eller andra hållet. Han hade nog med sitt eget, brydde sig sällan om vad andra tog sig för. Så länge det inte inkräktade på hans eget.

Det fanns stunder då personalen enligt Örjan trakasserade honom med diverse förslag på aktiviteter och så kom det säkert fortsättningsvis att förlöpa. Det var ingen som förstod sig på honom. Och som det var, kanske bäst så.

Han tänkte att han heller aldrig skulle lyckas med sådant trams.

Det är också så vi lämnar Örjan med en önskan om att han ska få leva så gott han kan utifrån de förutsättningar som är honom givna och valda – så bra som möjligt. På egna villkor.

35

Frans.

Frans möter vi på avdelning Noa, beläget en bra bit från de centrala delarna av staden. Frans har bott på Noa en längre tid nu. Han vet inte hur länge. Dagarna rör sig in i varandra, omöjliga att skilja åt. Egentligen vet han inte var han befinner sig. Han har inte varit härifrån sedan han kom hit. Instigen genom ytterdörren, låset som gick igen bakom honom, ett trapphus, men ingen hiss, en promenad uppför en halv trappa, han hade räknat till åtta trappsteg, någon hade öppnat ytterligare en dörr som strax slog igen bakom honom. Han visades in i en korridor, kunde visst påminna om en plats han varit på förr, korridorens längd var nog densamma, trodde F, men väggarna var kala, inga tavlor, bara en vit färg som fick honom att frysa. Hur många rum visste han inte, men det var två flanker, och i mittsektionen fanns ett vardagsrum, en matsal, kök, personalkontor, och i den bortre korridoren, en skölj, gästtoalett, tvättstuga och ett rökrum. Åter tänkte F att det påminde om en plats han varit på förr. Men han mindes inte mer om det. Tänkte han bakåt var det mest tomt. Hade bara en obestämd känsla att något inte gått rätt till. Fast i den känslan hamnade han så långt tillbaka han kunde komma, till barnhemmet långt ute i granskogen. Storväxta granar som tjöt i vinden. Mörkret som bredde ut sig överallt omkring honom. Där fanns ett minne, som kunde beröra, bilder som steg fram ur dunklet. Mossa på marken som han ville lägga sig ner på och sedan drömma sig långt bort. Kanske stiga in i något annat och sedan aldrig mer återkomma. Eller bara sova och aldrig mer vakna.

När det är dags för måltid är det många i matsalen, ett antal bord med sex personer vid varje, där sitter man och trängs och slevar i sig maten så snabbt som möjligt. Det är mycket färger i matsalen, starka färger. I korridoren är det vitt, som om det vita vore drabbat av en svår sjukdom med få möjligheter att tillfriskna från, påminner om ett gammalt mentalsjukhus han var på en gång – men snart såg F att dörrarna till rummen, också var i starka färger, olika färger. Var dörr har sin färg, hans var grön. För F var det som att han befann sig i en regnbåge när han åt, rött, gult, blått... fast liksom mer hopblandat, trodde han, än den som fanns i verkligheten. Liksom påtänd på något konstigt vis, färger som inte förde något gott med sig, målade väggar som stack en i ögonen. En del sa att färgen på dörrarna handlade om orienteringen, att det var lättare att hitta rätt om man hade en bild av en färg på näthinnan, det visste han inte om han kunde hålla med om. Andra sa att det var för att man skulle bli glad. Att färger gav glädje. F tänkte att det var tvärtom. Glad var han inte, men kanske inte heller ledsen. Om färgerna gav någon känsla var det som i matsalen, känslan som kunde komma över honom att spy upp maten han just ätit. Men man vande sig. Trodde han. Fast smärtan kunde vara ovanligt stark. Jo, det fanns en smärta också, tänkte F, men den handlade mer om hela situationen. Han ville helst vara i rökrummet som låg längst ner i bortre korridoren, på samma sida som han själv hade sitt rum, en skrikig röd färg på rökrummets väggar, som kanske egentligen hade till avsikt att skrämma, man kunde lätt få för sig att det var en plats man kunde brinna upp på om man gick för nära väggarna, eller var därinne för länge. Han försökte tänka bort det röda, det gick väl sisådär. Då var det färgmässigt lugnare på hans rum, vitt på väggarna och taket, golvet grått och möblerna, en säng, ett bord, en stol i fur, och en fåtölj i fur med grön sitt- och ryggkudde för bekvämlighet. Gardiner och överkast gick också i vitt. Gardinerna också med svartgrå blommor på. Tanken var, hade han hört, att man skulle bli lugn, kunna koppla av och sova bra, men så kändes det inte för F. Även om det inte drog igång något starkt inom honom, var rummet mer som ett ingenting, och om det visste han inte vad han tyckte. Kanske som att befinna sig i en isbjörnsmage, tänkte han och log för första gången en smula. Man kan också säga att man kände sig lurad, tänkte F, först den gröna dörren som om man var på väg till skogen och sedan detta ingenting.

Cigaretter var lätt att längta efter. Det gick inte ur honom, hur personalen än försökte. Han var lika röksugen som alltid. Men här på Noa hade man fått för sig att han bara skulle få en cigarett efter varje måltid och inget mer. Det kunde han inte alls förstå.

Som vanligt tjatade han, utan annat resultat än att man drog in kommande cigarett om man tyckte han tjatade för mycket. Det gick ett rykte att man skulle lägga ner rökrummet, att det inte passade 2000-talets människa att röka. Så fort han fick höra det, eller när han tänkte på det blev han ordentligt upprörd och såg en bild i sitt inre hur han skulle rymma sin väg. Frans var nästan alltid röksugen och ibland gjorde det honom ilsken. Då fick han gå in till sig, och man låste dörren om honom.

Han fick sitta på sitt rum i många timmar, stirra på sina tomma vita väggar, eller ligga i sängen och se hur sprickan tvärs över taket blev allt större. Sprickan i takputsen kunde locka honom till tankar om det där med att försvinna, lämna allt som var omkring honom. Ännu hade han inte funderat djupare över det, det var mest grumliga tankar, men starka känslor av och till, ungefär som ett röksug. I sådana stunder tänkte Frans att han inte skulle stanna en dag längre än han var tvungen till.

Annars, fick det gå, han hade ingenstans att ta vägen, inga anhöriga, inga vänner, han var ensam, och det var inget han direkt sörjde över, det var som det var, som det alltid varit. Han fogade sig för det mesta. Hade sällan ork till annat. Och han visste att han inte var van vid att planera för ett liv på egen hand, inte så att det skulle bli bra, det hade han aldrig fått lära sig, ingen som brytt sig om att tänka i de banorna, tvärtom, var det viktigt att han lämnade över sitt liv i andras händer, till dem som förstod sig på det hela, som personalen. För Frans handlade det om cigaretterna. Han med sitt ständiga sug, personalen som skulle begränsa – av vilken anledning kunde han ibland undra. Ingen hade tänkt att man kanske skulle se bortom cigaretterna. Ge honom kraft, ja, verktyg till att leva på mer egna villkor. Nej, så var det inte.

Han kände ingen på det nya boendet. De flesta var omöjliga att få kontakt med, liksom bortkopplade, hopplöst förlorade i sig själva. Frans kunde tänka att det kanske var där det goda livet fanns, djupt inom människan, inom det egna, kanske som ett inre rum, att de andra sett och förstått och lärt sig att det som låg utanför dem var otrygghet och låsta dörrar, personal som dominerade och bestämde vad som var bra, och tillåtet. Att det var i det inre som livet fanns. Där hade han något att lära sig. Trots alla år. Frans visste vem som bestämde, och inte var det han, men i det inre kom nog personalen inte lika lätt fram att bestämma och det borde han försöka utveckla. Han mindes R som sagt att det var därför det fanns så mycket mediciner, för att medicinerna var ett sätt att kontrollera patienternas inre. Frans kunde följa med i den tankegången, vad han inte begrep sig på var varför R så gärna tog mer medicin än han behövde. Så hade aldrig Frans gjort. Inte för att han bråkat om de mediciner man sagt åt honom att ta, han hade svalt vad man gett honom, men att ta mer, skulle han aldrig göra.

R hade sagt, att det fanns en bra sida med mediciner, man slapp att känna, man blev en annan, kanske som en kung eller en fågel, eller så blev man ingen, önskade ingenting, var ingenting, och det var nog det som lockade mest, men så ville inte Frans ha det. Han ville ha sina cigaretter, ja, också kom ibland känslan över honom att han ville styra mer än vad han fått göra.

Dessa tankar var inte mer utvecklade hos honom än så. Han kunde visst tänka på hem, familj, välja TV program, eller vad han skulle äta, men det var tankar som flöt kring i hans inre, likt isolerade öar, knappast tankar som var klara, tydliga och sammanhängande, det hade han aldrig fått uppleva. Han var född på en institution. Han skulle dö på en institution. Hela livet på institutioner. Inte så underligt att hans föreställningar var lite grumliga.

Men en cigarett var stort, det kunde han omfamna, cigaretter gjorde att han mådde bra. Det var hans liv.

Och det fanns faktiskt vissa möjligheter att få sig en extra cigg, eller i vart fall några bloss på en kvarglömd fimp i askkoppen.

Var fredag fick han lite pengar att köpa choklad för i en kiosk på området, som han kunde beställa från. F kunde ibland smussla undan ett par kronor, och dessa köpte han cigg för. Där fanns en man som bodde på samma avdelning som fick permission då och då och som ofta lyckades smuggla in några askar han ville deala med. Ibland hade han en hel limpa och då var han inte lika dyr utan F kunde köpa ett par cigg för en femma, men oftast tog han fem kronor styck, och då blev det svårt. Då gällde det att hitta ett annat sätt, eller tvingas vänta efter nästa måltid. Det var så hans liv var, och det fick han vara nöjd med. Även om han kunde tänka att han borde ha ett sådant där inre rum, det hade kanske gjort honom gladare, resonerade han, men mer än så blev det inte. Som barn kanske, alla dessa drömmar han trots allt haft, men även drömmarna försvann med tiden, precis som han kände att han som person gjort. Det var inte mycket som var kvar, tänkte han, samtidigt som han gick längs den långa korridoren för att söka reda på någon personal, kanske kunde han få sig en extra cigarett.

36

Agneta.

Det var svårt för Agneta att veta vad hon skulle ta sig för. Dennis hade öppnat upp en värld inom henne som handlade om ett annat liv än det som blivit, närmare än så kunde hon inte beskriva det. Hon hade varit sjukskriven länge, slutkörd efter alla år inom sjukvården där hon arbetat som undersköterska. Agneta hade stått nära patienterna, ibland alltför nära. Hon hade identifierat sig med alla missförhållanden hon upplevt att patienterna ständigt var utsatta för. Skuldbelagt sig. Så många felbehandlingar, för tidig hemgång, stängda avdelningar, flyttning av personal, för lite personal, personalgrupper som fungerat utmärkt tillsammans men som slagits sönder av dåraktiga politiker som inte kunde planera längre än deras näsor räckte. Hon hade stått sidan om alla dessa patienter som lidit så ofantligt i onödan, en del som rentav blivit sjukare av sjukvården, som kanhända klarat sig bättre om de hållit sig undan, tänkte Agneta. Agneta hade klarat ut det till en viss gräns, sedan gick det inte längre, hon gick in i väggen, blev sjukskriven, men fick ingen riktig hjälp, behandlades som hon fejkade sina symtom, eller i vart fall tog man inte dem på allvar – sådant, tänkte Agneta, kvinnor genom årtiondena råkat ut för. Men Agneta var inte i första hand feminist, det var större än så, menade hon, det handlade om klass, var man kom ifrån, hur mycket pengar man hade i plånboken, ens yrke, det fanns många män som blev lika illa behandlade som kvinnorna, och det fanns kvinnor och män, som sedan urminnes tider haft en gräddfil enbart vikt för den som hade status – i den filen befann sig inte Agneta. Hon var i och för sig inte långtidssjukskriven längre, men hon hade aldrig lyckats ta sig tillbaka till arbetslivet. Hon försökte på halvtid inom geriatriken, men trots att man kunde tänka sig att det planerats för ett lugnare tempo, anpassat till den gamles livsrytm och behov, var det hur stressigt som helst. Alldeles för lite personal, som inte hann med att ge den trygghet och goda omvårdnad som borde vara en självklarhet. Hur länge var Agneta där? kanske en månad, Agneta mindes inte, men kort tid var det, sedan kom symtomen tillbaka, och hon blev sjukskriven igen. Och nu, sedan ett antal år tillbaka, tredje fasare som inte gav något som helst av värde för henne, men som trots allt fick gå, det var i alla fall inte stress på det sättet som under jobbtiden, menade Agneta.

Agneta träffade andra i samma situation, man kunde prata över en kopp kaffe på träffpunkten, hjälpa till i köket, igenkänningsfaktorn med andra i samma sits, möten som leddes av man som kallade sig för terapeut. Men det var mest gnäll, hon satt där för att hon måste. Det hade funnits dem som sagt åt henne att hon måste rycka upp sig, ta sig i kragen, att det knappast kom stekta sparvar inflygandes i munnen på henne, och så vidare. Bland annat från arbetsförmedlingen, som väl mest annars suckade, tänkte mellan raderna att Agneta var en förlorad kvinna, omöjlig att göra något för. Och det låg något i deras bedömning, kunde hon mena. Det var som att hon inte orkade längre, varken det ena eller det andra. Agneta blev till en början föst hit och dit utifrån de arbetsmarknadsåtgärder som för tillfället var på modet. All denna stress – att själv bli stark och komma tillbaka till det arbetsliv som inte gjorde det minsta avkall på sitt tempo. Fokus på kroppen, själen och hälsan. Där hon skulle vara dirigenten som terapeuten talade om. Man lade allt på individen, men glömde bort det bakomliggande.

Hon tillhörde förlorarna, det kunde hon inte ändra på. Samhällets framsida gav bara plats åt de starka, föll man ifrån var det nästan omöjligt att ta sig tillbaka. Det fanns bara motorvägar för dem som hade styrka nog, resten stod vid sidan om: tredje fasare, funktionsnedsatta, flyktingar och a- lagare, värdefulla människor som Dennis.

Att i allt detta återse honom, var som en gåva från himlen. Han gav henne så ofantligt mycket den korta tid de fick tillsammans. De få gånger de träffades, kände hon en kraft som handlade om samhörighet, ett slags återvändande till barndomen och en annan väg än till det som blivit. Som att börja om. Lite grann så var det. Möta en annan sida av sig själv, som alltid funnits där men som aldrig fått möjlighet att blomma ut. Inte för att det i längden kanske inneburit någon skillnad, fast det vet man inte, nog finns det oanade krafter inom var och en som inte minst Dennis visade, tänkte Agneta. I vart fall, i stunden hade det gett henne en känsla av liv och bejakelse som var... vad skulle hon säga? likt en kärleksgåva från livet.

Men det tog fort slut, och i backspegeln var inget annat att vänta – Dennis, lilla Dennis hon känt sedan småskolan. Hon hade inga som helst ord att ta till som verkligen beskrev vad hon kände, det som hänt, var så sorgligt. Men ingen av dem hade mäktat med vad som väckts till liv. Inte efter den bakgrunden, eller omgivningen.

Så fanns han plötsligt åter där. Hon såg honom när hon promenerade genom parken en varm sommarkväll. Han dök upp mellan träden. Hade för en gång skull tagit av sig sin alldeles för stora tygjacka, bar den över armen, och gick där mellan de lummiga träden, som en hägring och ändå så levande. Hon ropade på honom, men han hörde henne inte, fortsatte bara gå på det där avslappnade sättet man kan se hos den som har det bra. Några änder som simmade ljudlöst i dammen sidan om, en koltrast som kvittrade så vackert från parkens kanske högsta trädtopp. Hon följde honom, såg hur han för ett ögonblick försvann bakom en trädstam, dök upp igen, stilla och meditativt.

Hon ropade inte längre på honom, bara följde honom, i hans fotspår, solen som gick ner bakom träden, skymningen som långsamt sträckte sig över himlen, som ett vilsamt täcke över parken, kvällen som blev till natt. Agneta såg för ett ögonblick upp på sommarhimlen, ett fång stjärnor som trots det kvardröjande ljuset bröt igenom, lös över hennes väg, men när hon åter såg ner och sökte hans gestalt var han försvunnen, uppslukad av sommarnatten, hon följde spåren av hans fötter i det oklippta sommargräset, som liksom dröjde kvar för hennes skull.

Hon tänkte att det var det enda hon kunde göra, följa spåret av honom tills inget annat längre återstod, vidare mot horisonten.

37

Direktorn

Direktorn sitter djupt försjunken i sin skinnklädda kontors-
stol, framför sitt ekfärgade skrivbord, ser ut genom kontorets
panoramafönster, hamnen där danmarksfärjan just lämnar sitt
färjeläge. Vädret är strålande. Måsar och trutar seglar lojt och
tillsynes njutningsfullt över den molnfria himlen, och den vita
solen speglar sig i Göta Älvs utlopp på ett vilsamt och meditativt
sätt. Herrens leende över landskapet. Inte en enda skarv i sikte.
Var det så man kunde beskriva bilden som mötte direktorn?
Vanligtvis, tänkte direktorn, var det en tolkning han utan större
svårighet kunde anamma och känna sig tillfreds med.

För tolkning, handlade det alltid om, vald eller som ingrodd
vana – ren upplevelse var det sällan, möjligtvis när Gud stod ho-
nom särdeles nära. Kanhända hoppet han burit inom sig sedan
dottern vilsnade, bönen om hennes återkomst till Herrens famn,
lika verklig som att hon stod framför honom som Gud ville ha
henne, och någon gång när hans mission var synnerligen krä-
vande och svårbemästrad, som mötet med pojken från Aleppo –
där var upplevelserna rena, obefläckade, bortom tolkning om än
smittade med viss dumdristighet.

Han tänkte på hustrun. Eller tänkte han egentligen på hus-
trun? Hon hade trätt ur hans liv och fanns i en mening inte
längre. Nu kunde man snarare beskriva färgerna i den bild han
hade framför sig som metalliska, i termer av silver och alumi-
nium, stål och järn, doften av bensin och olja, kanhända rost i
själva grunden: ett ärrat landskap – och synen blev en helt an-
nan. Kanske var det utifrån den betraktelsen som det i slutändan
handlade om en ren upplevelse. Ett liv av aluminiumremsor,
tänkte direktorn. Dunket och slamret från nergrävda rör under
asfalten och rör i väggarna som spydde ut sin galla över mänsk-

ligheten. Och i det steg tvivlet inom direktorn till höjder han väl aldrig förr varit med om. Direktorn tänkte på Djävulen. Hedonisterna i varje gathörn. Världen vriden ur sitt läge. Enda sättet att inte bli helt galen, tänkte direktorn, och kände hur hans språk också blev annorlunda, var att förneka omfattningen av det som var illa, alternativt se bortom eländet och på ett kanske mer omedvetet plan åter öppna sig för Gud. Som ett barn. Ren i blicken. Direktorn tänkte på Rilke, en poet som för länge sedan diktade om den rena blicken, men då var det förbehållet djur. Och därmed knappast så som Gud såg på saken. Direktorn tänkte att steget från aluminiumremsor till rakblad inte var särdeles långt. Kasta sig ut från tredje våningen. Eller hälla bensin över sig, försöka tända cigaretten, som D, för att dra ett sista bloss utan att lyckas – genast brinna upp i all den fasa det innebar.

Direktorn reste sig hastigt upp, gick fram till fönstret och lutade sin panna mot fönsterglaset. Det var då han såg skarvarna, flygandes i formationer som attackplan komna inifrån staden, kanske från rören under honom, eller dem som fanns inbyggda i väggarna – flög dessa märkliga svarta fåglar ut över hamnen, Göta Älv under Älvsborgsbron där skarvarna tvärvände och flög in mot land igen, just som attackplan gör, när de har ett viktigt uppdrag att utföra, tänkte direktorn.

En del dök i det svarta havet, som pilar under havsytan, kom upp igen och deltog så i attacken. Där direktorn stod, det måste vara tusental och i samma ögonblick insåg direktorn att han måste acceptera hur det var, att detta var den yttersta prövningen som Gud ställde honom inför och det enda han kunde göra var att falla på knä och be om Herrens nåd.

38

379

J.

Det kunde mycket väl vara så att efter allt det som hon väckt till liv inom honom, att hon lämnade honom, som ett avlagt plagg ingen ville kännas vid. Att det var just det som hade hänt i det ögonblick hon tryckte bort honom mitt i en mening under mobilsamtalet.

Det fanns en stark känsla av förlust inom honom, som gjorde honom rastlös och orolig, han tänkte att han måste springa hem till henne på direkten så att hon inte fick för sig att göra som modern. Lämna allt. Försvinna.

I samma stund insåg J att om hon hade dessa tankar var hon omöjlig att stoppa.

I samma stund insåg J att det var det som det avbrutna samtalet kunde innebära, även om det inte var menat så från början.

Kanske ville han inte stoppa det, när han tänkte efter.

Tanken: det som sker, sker.

För honom: lätt som en fjäder.

Det var då han reste sig upp, snörade skorna, slängde på sig en tunn sommarjacka och lämnade lägenheten i hast.

Iväg med en enda tanke störtandes fram och tillbaka i hans hjärna: han måste hinna fram.

J sprang gata upp och gata ner, genom kvarter, över torg, sprang och sprang tills han blev helt slut och tvingades luta sig mot en lyktstolpe för att hämta andan.

Det var då han insåg att han inte alls visste var han befann sig, att han måste ha sprungit fel. Folk rörde sig omkring honom, dök upp, avlägsnade sig och ersattes av nya. Han tänkte han kunde fånga någons uppmärksamhet, fråga om gatan hon bodde på, men hur han än letade i sitt minne kunde han inte komma på namnet på gatan. J befann sig i utkanten av ett torg. Människor överallt. Duvor, myllrade kring hans skor.

Spårvagnar korsade varandras spår hela tiden. Det fanns inget varaktigt att fästa blicken vid. Inte ens bilden av henne kunde han hålla fast. Allt var en enda röra. Och solen, vars strålar egendomligt regnade som björntrådstunna aluminiumremsor (inte helt olikt dem direktorn observerade och slutligen föll på knä av) exploderade när de nådde marken där han stod och sökte tillvaro, det var som att befinna sig i ett hav av fotoblixtar där ingen vettig människa kunde ta sig fram.

J var som en förlorad, som gått vilse i en stad där ingen egentlig orientering fanns. Inga skyltar, vänliga konstaplar som kunde få honom på rätt köl igen.

Folk såg honom helt enkelt inte.

Sedan blev allt svart för honom. Det var som att släcka nattlampan. En rak linje som inte innehöll något man kan kalla för liv. Efter stormen. På andra sidan ett vattenhål med eldflugor som blinkade intensivt i en märklig pardans. Konturen av ett kadaver. På avstånd havet. Skarvarna. Dessa egendomliga fåglar som man inte visste vart man hade.

Det var som att J befann sig i framtiden, seende på sig själv där han till slut stod utanför hennes dörr och ringde på. Och hon som inte öppnade. Hon som aldrig mer öppnade för honom.

Han ensam.

Kanske bäst så.

Han lyfte blicken, reste sig från soffan, gick ut i köket, öppnade köksfönstret och insöp den ljumna sommarnatten.

Färgerna var betydligt mildare nu, det var som på slätten där jordens eget ljus gavs plats och trängde undan allt annat, liksom svalde det hårda, det metalliska, betongen i bakgrunden, alla plåtchassin, aluminium- och glasfasader som gjorde så många bländade och desorienterade.

Varför hade Nea så abrupt tryckt bort honom. Hade han gått för hårt fram? Överskridit någon slags gräns? Nu när hennes mamma var försvunnen. Kanske. Men det var viktigt att tala om Missionen. Viktigt för personer som D och F och alla andra, som hade diagnos och som Missionen inte hade kompetens nog att handskas med på ett sätt som följer LSS och SoL. Empowerment framför omvårdnad. Han grät. Förstod någonstans att han förlorat både henne och sig själv. Det fanns ingen väg tillbaka. Ingen framtid. Inte för honom. Inte heller för de med diagnos. Man stod och stampade på samma punkt som före LSS, psykiatrireformen, avinstitutionaliseringen, det sistnämnda som enbart bytt kostym, mindre enheter med samma stigma. För honom visste han inte vad som återstod. I den statusen var J när han ringde på Neas dörr, med blommor och choklad i famnen. Ordet förlåt på läpparna. Plötsligt blygdes han – som vanligt svämmade det över, han borde kanske ha kommit, bara han, inte haft något med sig, det här verkade så pretentiöst, men när Nea öppnade dörren, verkade hon glad över det han tagit med sig, själv, sa hon, hade hon inte alls tänkt att hon inte ville träffa honom något mer, det hade bara blivit för mycket för henne den senaste tiden.

Det var så J fantiserade medan han stod utanför Neas dörr utan att hon öppnade dörren. Han ringde på dörrklockan åtskilliga gånger, stod och väntade, lade örat emot, gläntade till och med på hennes brevinkast, och kallade på henne, sa hennes namn ganska tyst så att han inte skulle väcka uppmärksamhet hos grannarna men ändå så pass tydligt att om hon varit hemma hade hon inte kunnat undgå att höra honom. Han lyssnade in i lägenheten via brevinkastet, men möttes bara av tystnad. Ett kylskåp som drog igång, och sedan hur det slog i ytterdörren två våningar ner. Han släppte genast luckan till brevinkastet, vars lock gick igen med ett metalliskt klick, reste sig upp och gick långsamt nedför trapporna, han mötte ingen, men återvände inte upp till hennes lägenhetsdörr igen, han måste ha stått därutanför säkert en timme, tänkte han, medan han gick ut genom porten, och promenerade i sakta mak nedför gatan.

Nea

Nea tänkte på hur förändrat faderns liv skulle bli. Han hade sin Mission, sin Gud som han säkert skulle fortsätta att gräva ner sig i och sätta sin tillit till.

Men förr eller senare måste han sätta sig i bilen och fara ut till villan.

Det sista han sagt till henne innan de ringde av var att hon måste lova att snart besöka honom, komma ut till villan och umgås, laga en god middag ihop och gå en promenad vid havet. Han hade uttryckt sig som han främst var en människa i nöd framför hennes vanligtvis så självsäkre far, tänkte hon, och blev alldeles omrörd. Hon var inte stark nog att vara med honom i den svåra tid han hade framför sig. Han skulle stiga ur bilen och mötas av ett släckt hus, ett tigande som steg fram ur varje rum. Ensam. Utlämnad. I det scenariot hon målade upp framför sig var hon glad över att fadern hade en stark Gudstro. Det behövde han. Annars visste hon inte vad som kunde hända. Hon rös av sina tankar. Kände tårarna komma. Visste hur omöjligt det var för henne att finnas vid faderns sida när det sakta gick upp för honom att hustrun inte skulle komma tillbaka. Och på sikt, insikten varför hon valt att lämna honom på ett så definitivt sätt.

Nea upprepade för sig själv att fadern måste få ordning på sitt liv på egen hand, att hon inte var stark nog att finnas för honom, att hon måste få ordning på sitt liv. Hon visste inte ens om hon orkade ringa honom något mer. Hon måste bli stark på annat håll. Och i stunden uteslöt det honom.

Vad hon skulle göra, visste hon inte.

Hon tänkte på J. Kände starkt att det var ett avslutat kapitel.

Att hon tryckt bort honom var en impulsiv handling, men där hade funnits en intuitiv känsla i bakgrunden, som styrt hela förloppet åt just det håll som blev. Han var inget alls för henne, om hon nu någonsin tänkt i de banorna, annat än som en samtalspartner i stunden, han var alldeles för färdig i sina tankar och även om han förnekade det var han mogen att inleda en relation med henne. Och det hade aldrig kunnat bli bra, han hade kvävt henne, långsamt upplöst henne som självständig person och omformat henne till något som inte var hon, fyllt henne med en massa färdiga tankar, åsikter som hon inte visste om hon delade men som hon hade känt sig tvingad att ta del av då hon kanske inte hade något vettigt alternativ att komma med. Det handlade inte nödvändigtvis om hans ålder, en ung människa kunde vara lika färdig som honom, och en gammal människa, öppen till sinnet för förändring och alternativ – ja, just rasera sig själv och bygga något annat, som kanske hennes mamma nu sökte göra. Det där sista var Nea inte alls övertygad om, modern kunde lika gärna hamna i samma spår som hon alltid levt i, det fanns så många trygghetsfällor som låg på lur, som inte minst när man bröt upp liksom kändes vänliga i förhållande till alla de käftsmällar hon självklart måste känna nu och framgent.

Och J. Var just i den positionen. Han var så rädd för ensamheten att han halvt omedveten sökte lättköpta sanningar – ett liv som skulle göra tillvaron uthärdlig för honom. Och där passade inte Nea in.

Efter att hon talat med fadern, ringde hon sin bästa väninna som hon visste skulle ställa upp för henne, ge henne logi över natten och inte ställa en massa dumma frågor som hon inte orkade svara på.

Väninnan var så annorlunda. Hon var så livsbejakande. Det var skönt att vara med henne. Väninnans energi smittade av sig på Nea. Även Nea ville ju ta hela världen i sin famn. Se möjligheter och alternativ. Hon visste bara inte hur.

Det hon sagt i förbigående till fadern. Om att resa. Ta en paus från studierna. Det var precis vad hon behövde, sa hon sig, medan hon packade ihop det nödvändigaste, lämnade lägenheten och gick i snabb takt i riktning mot väninnan som inte bodde mer än femton minuters promenad bort. Hon upprepade för sig själv: det var en paus hon behövde.

Men hennes promenad drog ut på tiden, utan att lägga märke till riktningen, gick hon inte alls närmsta vägen till väninnan. Tvärtom. För varje steg kom hon allt längre bort. Svängde av så att hon hamnade i motsatt riktning, bostadskvarter avlöste varandra, glesade ut och togs över av industrikvarter. Märkliga byggnader med skorstenar som lämnade från sig en underlig odör trots att man egentligen inte såg att det rök från dem. Gigantiska maskinhallar med tak i korrugerad plåt, en del vars hela byggnadskonstruktion gick i plåt eller aluminium, som gav ett märkligt ljus som gjorde ont i hennes ögon, andra teglade, vars slitna karaktär skvallrade om svunna tider. För sin inre blick kunde hon se horder av arbetare som vällde in eller ut ur fabrikerna. En ofantlig parkeringsplats fylld med koreanska bilar som stod i ändlösa rader och snart asiatiska arbetare som vällde fram längs med gatorna – med samma blick av uppgivenhet som de svenska arbetarna. En lika gigantisk parkerings- eller uppställningsplats för Volvo bilar som måhända ingen ville ha, mötte henne. Tangerade en slags tomhet som berörde henne illa. Glasförsedda kontorsbyggnader som aldrig åldrades.

Nea promenerade vidare. Tänkte att hon snart skulle nå havet, men hon visste inte längre var hon befann sig. Doften av havet hon alltid kände starkt när hon närmade sig, fanns där inte, istället olja och bensin och den där odören hon känt hela tiden från de högresta skorstenarna som hon inte kunde identifiera, en doft hon liksom upplevde gick rakt in i henne, grumlade hennes tankar, rörde om bland hennes känslor. Hon hade väl aldrig känt sig så desorienterad som nu. Samtidigt fanns där en visshet. Hon visste att hon måste ge sig av, och detta, tänkte hon, var väl så gott som något. Det enda hon kunde göra var att gå vidare, se vart hon hamnade, om det bortom fabriksområdet fanns en värld för henne att växa i.

Hon upprepade för sig själv att hon måste lämna. Inte för gott, men för nu. Att det borde finnas så mycket kraft att hämta ur det.

Och samtidigt var det som att hon inte visste om hon kunde ge sig av. Hon tänkte på fadern. Kunde hon lämna honom? Skulle han klara ut att bli ensam i villan?

Enträget fortsätta sitt arbete, sitt liv.

Och hon, var stod hon egentligen i förhållande till fadern? Till religionen. Gud.

Var det någon mening att fly från det som kanske var hennes bestämning?

Var det Gud hon skulle söka?

Hon och fadern hålla ihop.

Växa samman – mötas genom Gud.

Eller skulle hon resa iväg med väninnan?

Det behövde inte nödvändigtvis vara för så länge.

Det kunde göra henne säkrare på vad hon ville.

Skulle hon söka reda på modern?

Finna henne och så kanske bli hel.

Hon försökte be, gick ner på knä, bad den bön hon lärt sig som barn, men kände inget, absolut ingenting.

Hon började gråta.

Kanske var allt en dröm hon snart skulle vakna ur.

Allt som vanligt igen.

Nej så var det nog inte. Nea fortsatte sin promenad. Gata upp och gata ner genom detta gigantiska fabriksområde som inte tycktes ha något slut. Hon visste inte vad hon skulle göra. Det enda, tänkte hon, som hon kunde göra i detta smått overkliga scenario var att fortsätta gå och gå och se vad som hände. Någon gång måste landskapet förändras och något annat ta vid, kanske havet, och i samma stund hon tänkte den tanken, kände hon sig förvissad om att så skulle det bli. Bortom hörnet fanns ett annat

landskap och bara synen av det skulle få hennes tankar att röra
sig i klarhet över vad nästa steg skulle bli.

39

Torget.

J brukade lämna lägenheten på förmiddagen och gå den halv-
timmeslånga promenaden till torget som låg ett stenkast från
Missionens kontor. Honom själv omedvetande satte han sig ner
på den bänk där Dennis suttit när cheferna flyttade in på det nya
kontoret. Sidan om den stora fontänen, numera torrlagd, satte
sig J varje dag från förmiddagen till sena eftermiddagen. Såg ut
över torget, betraktade alla människor som skyndade förbi, eller
stod och väntade vid någon av de hållplatser där spårvagnar och
bussar stannade för att hämta och lämna resenärer och sedan
for vidare. Mest satt han och tänkte på ingenting. Någon tanke
hit och dit som sällan fick fäste. Kanhända överföll honom och
drog iväg på egna villkor. Försvann lika snabbt som de uppstått.
Det var så han ville ha det. Vegetera framför existera.
Det hade pågått ett bra tag nu. Hur länge visste han inte. Det
var en meningslös aktivitet att hålla reda på tiden, mäta och
räkna, som om det hade betydelse för förankring och mänsk-
lighet. Självklart var det honom helt ointressant.
Det hade bara blivit så. J hade lämnat trapphuset där Nea hade
sin lägenhet och genast gått och satt sig på torget.
Den enda syssla han numera utförde med aningen själ i sig,
var promenaden mellan sin lägenhet och torget, sittande på
samma bänk dag ut och dag in, betraktande torgets rörelser med
tomma tankar. Hans ekonomi hade visserligen försämrats, men

ännu, tänkte han, var det ingen fara på taket. Hans utgifter var små, han åt som en myra, drack bara vatten, gick i samma kläder, som han tvättade först när det var som allra nödvändigast i handfatet, gnuggade med tvålen, sköljde, och lät kläderna torka på dörrkarmarna och köksstolarna.

Han hade gjort sitt. Fanns inget av värde han ville ägna sig åt. Det var över. Inte för att han tänkte ta sitt liv. Det var en lika meningslös syssla som allt annat. En syssla som dessutom krävde sådan energi av honom som han inte ägde. Det enda som låg framför honom var att promenera till torget, sätta sig ner, och sedan promenera hem igen.

Någon gång kunde han tänka på det som varit. Alltid i så fall på natten, när han låg vaken och inte kunde sova.

Men det var inte många tankar han tillät få fäste.

D var en tanke han inte riktigt kunde värja sig inför. När tankar om D kom för honom kände han sig tvingad att följa. Men det han kände var inte längre några stora känslor. Han var tacksam att han fått träffa honom. Och han tänkte att Dennis, nog, trots allt, känt, om inte annat, det geografiska dem emellan. Kanske också att J varit den som stått på hans sida. Inte för att det hade betytt något väsentligt. Men ändå, att så hade varit fallet. Om tankarna löpte vidare, och skulden anfrätte honom, bröt han numera av med att tänka att han bara var en människa och att han därför inte kunde lastas i någon större utsträckning. Räckte inte det, fick han resa sig upp från sin bänk på torget, eller från sin säng, gå en extra promenad och tänka på ingenting. Om inte heller det gav resultat, om skulden växte och gav ångest och därtill energi att ända hans liv, överlämnade han sig med en suck åt vad som blev. Vad som i det sammanhanget inträffade, när han så att säga nådde stupet i denna känsla, och stod utanför bensinmacken, var att han per automatik föll ner i en total orkeslöshet och uppgivenhet, han släpade sig hem till sin lägenhet, vilket ibland kunde vara en tämligen lång sträcka, och med den snigelfarten han då mäktade med, kunde det ta en hel natt, eller en eftermiddag och kväll i anspråk, det som vanligtvis för en frisk och stark människa tog en timme eller så att tillryggalägga. Väl hemkommen, föll han ihop på sängen och kunde ligga så i en vecka, orkade bara med enstaka toalettbesök och då och då ett glas vatten. Och sedan, tja, en dag var orkeslösheten förbi, och han kunde som vanligt gå ner till torget på förmiddagen, stanna till sena eftermiddagen, gå hem och nästa dag företa sig samma aktivitet igen. Den enda skillnad ett tränat öga möjligtvis kunde se var att J liksom blev allt tröttare, för var dag som gick, om möjligt mer uppgiven. Ryggen böjdes av, det tunga huvudet föll framåt, han tappade vikt, liksom minskade till såväl längd som omfång.

Han kunde visst tänka att det snart var dags att lämna livet, att det var det som självklart var slutklämmen.

Så var det för alla.

Att han var som Dennis. Att den känsla av samhörighet han upplevt med D djupast betydde att de hade samma öde att gå till mötes.

Helt enkelt tidigare än de flesta.

Ta sitt liv, han smakade på orden. Kände ingenting.

Han kunde också resa iväg, börja om på nytt, någonstans.

Orkade han det?

Han var definitivt färdig med socialt arbete: ingenting förändras, tänkte han, tragiskt men sant, allt är lika illa som det alltid har varit, formerna för boendena är tidsanpassade, innehållet är som på mentalsjukhusens tid. Och så vidare.

Men att ta sitt liv, som sagt, det hade han ingen energi för.

Också meningslöst som allt annat.

Att börja om?

Aldrig.

Han fortsatte sin promenad till torget, slog sig ner på parkbänken, på samma bänk där D en gång suttit, satt hela dagen och när kvällen närmade sig gick han hem igen.

Naturligtvis var det inget han kunde hålla på med i evighet. Det gäller alla handlingar – allting har ett slut. Om inte förr, när han inte längre hade pengar till hyran, eller när kroppen inte längre orkade, men där var han inte än, så det fick gå ett tag till. Till första snön, tänkte J, eller möjligt till den tidpunkt när det nya året stod för dörren.

40

Vera

Vera vägrade att öppna dörren. Det borde man veta vid det här laget. Ville man få kontakt med henne, fanns det betydligt bättre sätt att gå tillväga.

Man hade varit och knackat på hennes lägenhetsdörr flera gånger. Samordnaren hade sagt åt Vera att hennes kontaktman på öppenvården absolut ville komma i kontakt med henne. Att det inte alls var bra att Vera struntade i de tider hon fått av sin kontaktman att självmant besöka öppenvården. Att Vera gjort sig omöjlig på alla sätt och vis. Och om detta fortsatte kunde inte samordnaren råda över vad som blev resultatet.

Ett förtäckt hot. Vera avvek för mycket från det man kommit överens om. Hennes ändrade beteende spädde på. Hon visste med sig att i slutändan skrev psykiatrikern vårdpapper på henne. Så var det alltid.

Att man inte bara kunde låta henne vara. Låta henne få leva sitt eget liv. Minsta förändring tolkades negativt. Psykosutbrottet var nära, etc. Dessutom visste man att hon inte gärna öppnade dörren för den som sökte henne spontant. Önskade man besöka

henne ville hon att det planerades. Att hon öppnat dörren för
J var ett undantag. Spontana besök slutade sällan lyckligt var
hennes erfarenhet. Man kunde i alla fall ha lagt en lapp i brev-
lådan som föreslog ett möte, dag och tid så hade hon varit lite
förberedd. Återigen slog henne tanken att det inte var lätt alla
gånger att veta vem som var sjuk.

Vera tänkte på D. Hur ofta man hotat honom med tvångsin-
läggning på en slutenvårdsavdelning, argument: för hans eget
bästa. Men Vera visste att det handlade om att man utgick från
diagnosen och anamnesen, tolkade varenda avvikelse utifrån
det som varit, vad diagnosen beskrev, aldrig omprövade sin syn
på varken D, Vera eller någon annan med diagnos, trots att ved-
erbörande kanske prövade nya vägar att leva sitt liv på. Liksom
växte på ett oväntat sätt. Dömd på livstid till sin funktionsned-
sättning. Man kunde bli galen för mindre, tänkte Vera.

Vera tänkte att det var därför hon inte varit på öppenvården. Man
skulle inte alls förstå vem hon blivit, kontaktmannen hade sin syn
klar och spikad. Hans frusna sätt att tänka ville hon slippa undan.
Dessutom hade det gjort ont. Medfört en hel del smärta i bilden.
Också oro. Känslan av upplösning. Hon visste att hon fått kämpa
emot och det hade som alltid tagit hårt på hennes krafter.

Vera tänkte på direktorn, han som ansågs stå närmast Gud av
alla på Missionen. Inte ens han var förskonad från lidandet.
Hans fru som hastigt brutit upp och lämnat honom åt hans eget
öde... Dottern som ingen visste något om.

Vera hade mött My. Hon hade först inte känt igen henne. Hon
såg så ledsen ut, påminde om en kvinna hon känt på sjukhu-
set. Kvinnan på sjukhuset hade aldrig lett, eller sagt något som
kunde peka på möjligheter, livsbejakelse, hopp. Om kvinnan på
sjukhuset överhuvudtaget sa något, var det som att dra ner en
rullgardin. En dag var hon försvunnen, Vera såg henne aldrig
mer, hade inte den ringaste aning vart hon tagit vägen.

Så såg My ut. Tärd och avlägsnad. Gammal och Sjuk. Det var My som berättade för henne om direktorns öde – hur alla blivit så påverkade av Dennis död. Inget var sig likt enligt henne. My sa att hon aldrig mer skulle jobba på Missionen. Det var för tungt för henne. Hon klarade inte av det, sa hon till Vera. Också gick hon, försvann i folkvimlet, Vera såg efter henne, så länge hon kunde, tills hon slukades av folkmassan, eller kanske vek in på en sidogata. Gick sakta och osäkert som en gammal människa. Vera tänkte att det var som om My glömt vem Vera var. Att My liksom frikopplat Vera från Missionen. Det gjorde henne glad. Vera tog det som att hennes nya liv inte det minsta avvek från det normala. Ett sådant bemötande hade hon aldrig förr fått.

Till slut hade man använt gruppboendets nycklar och tvingat sig in hos Vera. Vera hade suttit i sin fåtölj, stirrat oavbrutet ut genom fönstret, och vägrat svara på tilltal.

Det hade varit samordnaren, Magda och hennes kontaktman på öppenvården. Man hade ställt sig runt henne, på alla sätt försökt tala med henne, som man tänker sig en klagokör, men Vera hade bara tittat bort. Tänkt att hon inte hade något att säga. Att dessa människor inte hade med henne att göra. Att hon bara ville att man skulle lämna henne ifred. Hon hade inte visat sig det minsta upprörd, arg, ifrågasättande varför de gått in utan att hon hade gett dem lov och nu stod hotfullt runt henne och krävde svar av henne. Hon kände sig totalt nollställd. Visste så väl vad som nu väntade henne. Samordnaren hade sagt åt henne att man inte kunde ha det såhär. Att man förstod att Vera var sjuk, och behövde hjälp för att tillfriskna, att det var bäst om hon frivilligt la in sig på avdelningen – samma avdelning, tänkte Vera, D varit på så många gånger utan att få det minsta hjälp. Vera hade varit där en gång, för länge sedan, året efter hon flyttat till boendet. Hon hade inte tyckt om det, amatörer allihopa, från skötare till psykiatriker, ansåg hon. Dit tänkte hon inte åka. Inte någon annanstans heller för den delen, hon ville vara hemma, leva sitt eget liv, gå upp till den gemensamma lägenheten någon enstaka gång, inte mer, i övrigt gå sina promenader till kyrkogården och umgås med de döda.

I samma stund som hon tänkte den tanken, sa hennes kontaktman på öppenvården att de visste om att hon gick ut på nätterna och besökte kyrkogården, att det inte alls var bra för henne, att det var destruktivt för hennes hälsa och dessutom farligt för en ensam kvinna att smyga omkring på kyrkogården på natten. Inte heller det svarade Vera på. Hon tänkte på de tre vårdarna som stod runt henne och såg ner på henne där hon satt i sin tygfåtölj, som riktiga skvallerkäringar och sådana hade hon inget till övers för. Hon vände bort blicken. Tänkte att det var typiskt för personal, man försökte ha koll på allt. Ett par timmar senare befann sig Vera på avdelningen. Från den ena stunden till nästa blev hon tvångsomhändertagen. Som alltid var argumentet att hon for illa ute i det fria. Hur hon hamnat på sjukhuset, mindes hon inte. Sådant var det ingen mening att befatta sig med.

Vera såg sig om. Kanske var det snarare i himlen än på jorden hon befann sig. Väggar och tak gick i vitt, golvet var visserligen gråspräckligt med hade vita stänk i sig. Dörrarna vita. Fönsterkarmarna vita. Matsalsmöblemanget vitt. Hon såg ut genom fönstret. Björkstammar på rad. Vita moln på himlen. Hennes hud var vit. Och skjortan hon bar på vit. Tabletterna hon tvingades äta fyra gånger om dagen, vita. Personalen vitklädda.

Och ändå visste hon att det knappast var i himlen hon befann sig. Ytterdörren var låst. Hur hårt hon än ryckte och drog i handtaget gick inte dörren att öppna.

En natt, när Vera gick fram och tillbaka i den långa korridoren, som en osalig ande (ett uttryck hennes morfar använde om henne och gav henne en lavett på köpet), såg hon, när hon kom till korridorens bortre ände och vände sig om för att gå tillbaka, två gestalter som rörde sig ljudlöst en bit framför henne, gestalterna rörde sig i riktning mot korridorens andra ände. Vera ökade takten, och trots att gestalterna gjorde detsamma kom hon en liten bit närmare, och såg att det var två herrar, som hon snart identifierade som D och J. Arm i arm gick de plötsligt framför henne, livligt viskande till varandra samtidigt som deras huvuden böjde sig mot varandra i en slags intimitet. Detta gjorde henne glad. Men inte det minsta förvånad. Hon kände hur det liksom porlade av päronsoda inom henne. Men när hon ökade på stegen ytterligare och kom så nära att hon nästan kunde röra vid dem, och hörde brottstycken av deras sydländska dialekt, försvann de plötsligt från korridoren. Uppslukade av sig själva. Hur mycket hon än sökte efter dem, fann hon dem inte. Hon tänkte att hon varit för girig. Velat ha ut för mycket av situationen. Och där kunde hon banna sig, visste så väl efter sina kyrkogårdsupplevelser att det var fel väg att gå.

Det var alldeles mörkt på avdelningen. Av någon anledning hade lysrören släckts, och Vera hade inte märkt det, förrän nu. Hon trevade efter en ljusknapp. Famlade liksom i blindo. Och det dröjde innan hon lyckades hitta rätt. Plötsligt badade korridoren i ljus, som alltid stack det i ögonen på henne. En nattlig skötare kom gående och frågade henne vad hon i hela fridens namn gjorde ute i korridoren denna sena timme. Vera svarade honom inte, slank kvickt in på sitt rum, som hon delade med en yngre tjej, som sov djupt, kanske drömlöst, och kröp ner i sängen bredvid utan att säga ett ord. Övertygad om att det var D och J hon sett. Som om de befann sig i himlen tillsammans, tänkte hon, trots att det knappast var där hon befann sig.

Vera tänkte på D. Hon visste inte ens var han låg begravd. Det var det ingen som sagt något om. Men det kunde kvitta. Hon hade just mött honom, större än så kunde det knappast bli.

*

Nere vid Göta Älvs utlopp samlas skarvarna. På varje förtöjningsstock ockuperar dessa märkliga fåglar med vingarna utfällda, som om de är på väg att strida för sin rätt.

Det fanns en hel del folk som ansåg att man borde skjuta av skarvarna då de blivit alldeles för många. Och ingen såg nyttan med att de existerade. Tvärtom åt de för mycket fisk. Förstörde näten för yrkesfiskarna. Tog helt enkelt för mycket plats, sa man. Men skarvarna tänkte inte ge sig så lätt. Och när två män med varsitt gevär dök upp en tidig gryningsmorgon beslöt dessa märkliga fåglar att gå till motattack.

Nog var det så att skarvarna tänkte att de hade samma rätt som alla andra att leva här på jorden, i deras ögon lös samma glöd som hos den kaja D mötte en sommardag ursinnigt pickande på en papperskorgs plåtkant.

I ögonen kunde man ana revolutionen.

If I could start again
A million miles away
I would keep myself
I would find a way

Hurt – Johnny Cash